이병주 장편소설

허 균

이병주 李炳注 (1921~1992)

호는 나림(那林). 경남 하동에서 태어났다. 일본 메이지대 전문부 문예과와 와세다대 불문과 재학 중 학병으로 끌려갔다. 해방 후 진주농대와 해인대(현 경남대) 교수를 거쳐 〈국제신보〉주필 겸 편집국장으로 활발한 언론활동을 했다. 5·16 때 필화사건으로 복역 중 출감한 그는 1965년 월간 〈세대〉에 감옥생활의 경험을 살린 〈소설·알렉산드리아〉를 발표, 문단에 신선한 충격을 던지며 등단하였다. 그 후 1977년 장편 〈낙엽〉과 〈망명의 늪〉으로 한국문학작가상과 한국창작문학상을, 1984년 장편 〈비창〉으로 한국펜문학상을 수상하였다.

일제 강점기로부터 해방공간, 남북 이데올로기 대립, 정부 수립, 한국전쟁 등 파란만장한 한국 현대사를 온몸으로 겪은 그의 작가적 체험은 누구보다 우리 역사와 민족의 비극에 고뇌하게 했고, 이를 문학작품으로 승화시킨 원동력이 되었다. 대표작으로는 〈관부연락선〉, 〈지리산〉, 〈산하〉, 〈소설 남로당〉, 〈그해 5월〉, 〈정도전〉, 〈정몽주〉 등의 대하장편이 있으며, 1992년에 화려한 작가생활을 마무리하고 타계하였다.

나남창작선 122

허 균

2014년 9월 5일 발행
2014년 9월 5일 1쇄

지은이_ 李炳注
발행자_ 趙相浩
발행처_ (주) 나남
주소_ 413-120 경기도 파주시 회동길 193
전화_ (031) 955-4601 (代)
FAX_ (031) 955-4555
등록_ 제 1-71호 (1979. 5. 12)
홈페이지_ http://www.nanam.net
전자우편_ post@nanam.net

ISBN_ 978-89-300-0622-4
ISBN_ 978-89-300-0572-2 (세트)

책값은 뒤표지에 있습니다.

이병주 장편소설

허 균

이병주 장편소설

허 균

차 례

프롤로그를 대신하여

— 내가 생각하기론 허균 당신은 500년쯤 일찍 이 세상에 태어난 것 같소. 말하자면 21세기에나 태어나 마땅한 사람이 16세기 봉건시대에 태어났단 말이오.

"그렇게 생각하는 까닭은?"

— 당신이 부르짖은 평등사상은 달걀로 철문을 두드려 깨려는 노릇이나 마찬가지고, 왕조를 뒤엎을 궁리를 했다는 것은 당랑螳螂이 도끼를 쳐든 거나 마찬가지였으니 하는 소리요.

"그 모두 당시엔 긴급한 문제였다. 모사謀事는 재인在人이고 성사成事는 재천在天이란 것은 예나 지금이나 통하는 말 아닌가. 하늘이 돕지 않아 실패한 거지, 시대가 어긋나서 실패한 건 아니다."

— 당신의 집안은 그렇지 않은데 어떻게 당신의 행동은 그처럼 방자했소? 지금쯤 같아서야 프리섹스의 물결이 이 땅에까지 밀려왔지만 어디 그땐 어림이나 있었던 일이오?

"내 행동이 방자했다는 건 인정하지. 내 아버지 허엽許曄은 그야말로 근엄한 사대부였지. 형인 성筬은 아버지를 닮았고, 다음 형

봉筆은 센티멘털한 데가 있었지만 행동은 단정했지. 우성전禹性傳에게 시집간 큰누이는 부덕婦德의 모범 같은 분이고, 작은누이 난설헌蘭雪軒은 청초하기 이를 데 없는 시인이었고. 그런 가문에서 나 같은 놈이 났다는 건 이상한 일이지."

— 서출庶出, 천출賤出 등을 동정하여 신분혁명身分革命을 하려 했던 동기가 손곡蓀谷 이달李達 선생 때문이었다는데요.

"그것만은 아니지. 그러나 〈손곡산인전〉을 한번 읽어나 보고 얘기를 하라."

— 한번 읽어 보겠소.

〈손곡산인전〉은 다음과 같다.

손곡산인 이달의 자는 익지益之이며 쌍매당 이첨의 후손이다. 그 어머니가 천한 탓으로 출세하지 못하고 원주 손곡에서 구차하게 살았다. 그의 호는 그 고장의 이름에 비롯된 것이다.

이달은 젊었을 때 읽지 않은 책이 없었다. 글도 많이 썼다. 일찍이 한리학관漢吏學官이 된 적이 있으나 뜻이 맞지 않아 그만두고, 고죽孤竹 최경창崔慶昌, 옥봉玉峯 백광훈白光勳과 사귀어 함께 시사詩社를 만들었다(시사란 시동인詩同人과 마찬가지다).

그는 소장관(소동파蘇東坡)의 시를 본받아서 그 진수를 터득했으므로 한번 붓을 들면 몇백 편도 쓸 수 있었는데 그 모두가 아름답고 풍부해서 가히 읊을 만했다. 하루는 사암思庵 상국相國 (박순朴淳) 이 이달에게 이르기를, "시도詩道는 마땅히 위魏 · 당唐의 것을 정통으로 삼아야 할 것 아닌가. 자첨 (소동파) 이 비록 호방하나 결국 그 아류亞流가 아닌가" 하고 서가에 꽂힌 이태백의 악부樂府 · 가가歌 · 음악 등과 왕유王維·맹호연孟浩然의 근체시近體詩를 뽑아서 보였다.

　이달이 깜짝 놀라 그제야 시의 정법正法을 깨닫고 앞서 배운 것을 버리고 옛날 은거하던 손곡으로 돌아가서 〈문선〉文選, 〈이태백집〉과 성당盛唐 32가家 유수주, 위좌사, 양백겸 등을 밤낮을 가리지 않고 읽어 다섯 해가 지나자 마음이 갑자기 밝아져서 무엇을 깨달은 듯싶었다.　그제야 시를 읊으면 말이 몹시 많아져 비로소 구태를 씻었다.

　제가諸家의 체體를 본받아 장단편, 율시, 절구 등을 지었다.　그는 시에서 구句와 자字를 단련하고 성률聲律을 알맞게 배치했다.　만일 법칙에 맞지 않으면 달마다 연구하고 해를 두고 고쳐서 여남은 편을 지은 뒤에야 끄집어내어 제공들에게 읊어 들려주었다.　제공들은 감탄을 금할 수가 없었다.　최고죽, 백옥봉 등은 "도저히 그를 따를 수 없겠다"고 하고, 고제봉, 허하곡과 같은 일대의 대가들도 그를 '성당'盛唐으로 인정하지 않을 수 없었다.

　그의 시는 맑고 새롭고 아담하고 화려해서 높은 것은 왕유, 맹호연, 고적, 잠삼 등의 경지에 드나들었고, 유우석, 전기의 풍운을 잃지 않았다.　신라·고려 때로부터 당시를 배운 자가 많았지만 모두 그를 따르지 못했다.　이렇게 된 데는 사암에게 힘입은 바 많았는데 진섭陳涉이 한고제漢高帝의 길을 틔워준 것과 같은 일이다.

　이달의 이름은 이로부터 동국東國을 휩쓸었다.　그런데 그의 시는 귀중하게 여기면서도 사람은 버리고 쓰질 않았다.　그리고 끝까지 그를 칭찬한 사람은 사림詞林의 서넛 대가들뿐이고, 그를 질투하는 소인배들의 수는 이루 헤아릴 수 없었다.　뿐만 아니라 그를 더럽히고 모함하여 형망刑網을 얽었으나 마침내 그를 죽여서도 그의 이름을 빼앗지는 못했다.　이달의 얼굴이 얌전하지 못한 데다가 성격 또

한 호탕하여 구속을 입지 않고 또 세속의 예법을 아랑곳하지 않았으므로 당시 사람들에게 미움을 받았다.

그는 고금의 모든 일과 산수山水의 아름다운 취미를 얘기하길 좋아하고 술을 사랑했으며 글씨는 진체晉體에 능했다. 그의 마음은 텅 비어 아무런 한계가 없었고 살림살이를 돌보지 않았다. 그러므로 그를 사랑하는 자가 없지 않았지만 몸 붙일 곳도 없이 떠돌이 노릇을 했으므로 더러는 그를 천하게 여겼다. 그래서 그는 가난과 곤액 중에 늙었으니 이는 실로 통탄할 일이다. 그러나 비록 그 몸은 곤궁했으나 그의 시는 썩지 않을 것인즉, 어찌 한때의 부귀로써 그 이름을 바꾸리오.

그의 저서는 거의 다 잃어버렸으므로 내 일찍이 수집하여 4권의 책으로 엮어 후세에 전하려 한다.

외사씨外史氏는 이렇게 평했다. "언젠가 태사太史 주지번朱之蕃이 이달의 시를 읊고는 만랑무가漫浪舞歌에 이르러 무릎을 치며, "이 작품이야말로 이태백에게 비하여 뒤떨어지지 않는다"고 칭찬했다. 석주 권필은 이달의 반죽원班竹怨을 읽곤 "이것을 청련집靑蓮集(이태백의 시집) 중에 넣으면 아무리 눈이 높은 자라도 분간하지 못할 거라"고 했으니 이 두 사람이 어찌 망령된 말을 하였겠는가. 아아, 이달의 시야말로 정말 기이할진저.

— 당신의 방자한 행동은 이걸 보니, 이달을 닮은 것이로군요.

"의기상통하다가 보니 어떻게 그리 되어버린 거지. 아무튼 그러한 천재로서 단지 어머니의 신분이 천하다는 이유만으로 평생 푸대접을 받았다고 하면 말이나 될 얘긴가?"

— 서출이나 천출이 왜 푸대접을 받았는지?

"도대체 조선조의 시작부터가 잘못된 거여. 이태조李太祖가 물러갈 무렵 왕위계승을 둘러싸고 왕자들 사이에 골육상쟁이 벌어졌다. 이것을 '방원芳遠의 난'이라 한다. 방원은 전비前妃의 소생인데, 정도전鄭道傳 등이 계비繼妃의 소생을 옹립하려고 했지. 방원은 정도전과 계비의 소생을 죽이고 자기가 왕위에 올랐다. 그렇게 해서 정종定宗·태종太宗의 차례로 왕위가 계승되었지. 태종은 자기의 입장을 합리화할 의도로 주자의 적서嫡庶에 대한 명분론을 내세워 서자들의 등용길을 막아 버렸다. 이것이 성종成宗 때에 이르러선 〈경국대전〉經國大典에 '서얼영세금고법'庶孽永世禁錮法으로 굳어져버렸다. 참으로 딱한 노릇이지. 서자는 어디 사람이 아닌가. 서자가 되었다는 게 어찌 자기의 책임인가. 서자의 수는 늘어만 가고, 그 가운덴 총명한 사람도 많은데 어찌 그런 부당한 짓을 한단 말인가."

— 그래서 당신은 〈홍길동전〉을 쓴 것이로군요.

"말하자면 그렇다. 그로써 나는 세상을 풍자하고 비판하려 했다."

— 당신의 〈홍길동전〉은 성공했소. 오늘까지 세상 사람들이 당신을 기억하는 것은 그 〈홍길동전〉 때문이오. 만일 그것이 없었더라면 당신은 경박한 재사가, 명문인 가문을 믿고 날뛰다가 사형받은 인간이라고 치고 거의 돌보지도 않았을 거요.

"〈홍길동전〉이 없어도 내 시와 문장이 있지 않은가."

— 당신의 문장과 시는 벌써 낡아버려 역사의 유물 이상이 되지 못하오. 그런데 〈홍길동전〉만은 지금껏 그 의미를 지니고 있고, 앞으로도 그럴 것이오. 당신이 〈홍길동전〉을 썼을 때 주위의 친구

들은 뭐라고 했소?

"아녀자들을 위한 희문戱文이라고만 보았지. 별반 높은 평가는 하지 않았다."

— 그것 보시오. 그런데 역사의 변화가 있는 것이오. 그땐 대단하다고 생각했던 것이 지금은 형편없는 걸로 되고, 그때 형편없다고 취급된 것이 지금에 와선 대단한 것으로 되고….

"그러니 무상無常이라고 하지 않는가."

— 그 말을 들으니 당신이 불교에 귀의했다는 얘기가 상기됩니다. 당신이 불교에 귀의한 게 사실인가요?

"한동안 그런 생각을 가져보았지. 그러나 그게 될 일이 아니더군."

— 그렇겠지요. 불교는 첫째 금색禁色인데, 당신은 여색女色을 끊곤 못 살았을 것이니 어찌 불교에 귀의할 수 있었겠소.

"그건 모르는 소리다. 금색이 불교의 절대적인 교리가 되는 건 아녀. 금색은 방편이여. 그런 방편 없이 대각大覺에 이를 수도 있다는 게 불교이다. 그래서 불교를 광대무변廣大無邊이라고 하지 않는가."

— 귀의는 못했을망정 나름대로 불교를 믿었단 말이로군요.

"그렇지. 전적 귀의全的 歸依는 못했을망정 부분 귀의는 한 거지."

— 그래서 삼척부사로 있을 때 목에 염주를 걸었구먼요.

"염주를 목에 걸건 다리에 걸건, 또는 걸지 않건 그게 문제될 건 없지. 내가 목에 염주를 걸었던 것은 속유俗儒 · 부유腐儒들을 놀려주기 위해서였다. 놈들의 케케묵은 사고방식에 정문頂門의 일침을 가하고 싶어서였다."

12

— 그로써 손해 본 건 당신 아뇨. 정문의 일침이 다 뭐요?

"핫하, 그렇게 되긴 했지만 그때 놈들이 놀랐던 꼴이 지금도 눈에 선하구먼."

— 황해도사黃海都事로 있을 때 관가에 별채를 꾸며놓고 서울 기생들을 몽땅 데려다가 주지육림酒池肉林을 벌였다는데, 그게 사실이오?

"사실이지 않고! 그땐 참 신났지. 감사監司녀석이 깜짝 놀라 질색을 하더구먼. 그래도 그 녀석이 꼼짝도 못한 것은 내 형 성성筬이 조정에 있었기 때문이지. 그러나 결국 그 녀석이 주위의 선비들을 부추겨 조정에 고자질한 거야. 때문에 파직이 되었다. 파직쯤을 문제 삼을 것 있나. 그만큼 놀아보았으니 원도 한도 없다."

— 도대체 몇 사람이나 되오. 평생 동안 관계한 여자가 말이오.

"누가 그런 걸 헤아려보기나 했나? 하지만 자네들이 상상한 숫자보단 훨씬 적을 거다. 나는 여자를 가리는 편이니까. 아무리 예쁘게 생겨도 총명하지 않은 여자는 상대도 안 했지."

— 상대하지 않고서 어떻게 총명한지 안 한지를 알죠?

"그건 관상으로써 알아."

— '남녀 사이의 정욕情欲은 천天이요, 예법禮法은 성인이 정한 것이다. 나는 천을 따르지 성인에 따르진 않겠다'고 했다는데 사실인가요?

"사실이다. 내가 뭐 잘못 말했나? 남녀 간의 정욕은 하늘이 만든 인간, 아니 만물의 생명원리가 아닌가. 나는 만물의 실상實相을 그대로 갈파했을 뿐이다."

― 20세기 사람인데 당신과 같은 철학을 가진 소설가가 있었소.

"그게 누군가."

― D. H. 로렌스라고 하는 영국인이죠. 이 세상에서 성애性愛 이상으론 신성한 게 없다고 했지요.

"그자 쓸 만한 놈이군. 헌데 당신은 잘못 말했어. 그런 사상을 가진 소설가라고 했는데 그 표현은 잘못이다. 그런 사상을 설說한 사람이라고 해야 옳아. 왜냐하면 그런 사상을 가지고 있는 사람은 많아. 그러나 발설하진 못해. 문제는 그런 사상을 발설한 데 있는 것이지, 가지고 있는 데 있는 게 아니다."

― 다시 불교 얘기로 돌아갑시다. 당신은 유교를 배척하고 불교를 신앙했소?

"나는 유교를 배척한 적이 없다. 싫어한 적도 없고. 내가 배척하고 싫어한 것은 케케묵은 유교도儒敎徒들이다. 나는 유교를 정치와 인륜을 위해 필요한 교훈이라고 알고 있다. 그런데 불교는 사람의 마음을 다스리는 데 유익한 교훈이다. 그렇게 알고 유불儒佛을 같이 숭상했다."

― 불교적으로 본다면 당신이 벼슬한 것 자체가 쑥스러운 노릇이 아닌가요?

"쑥스러운 노릇이지. 그러나 당시는 벼슬이라도 하지 않곤 처자를 먹여 살릴 방도가 없었다."

― 정 그런 마음이었다면 벼슬의 임무를 충실히 수행했어야 할 것 아니오?

"그게 그렇게 되지 않는단 말이야. 벼슬이 떨어지고 나면 허전한

14

데, 벼슬하고 보면 따분해지는 거라. 돼먹지 않은 동료들의 거동을 보면 구토증이 날 지경이고. 그래 한바탕 기갈飢渴을 부려버리는 거라. 그러고 나면 또 벼슬이 떨어지고….”

— 파직이 되었다가도 얼마 안 가 도로 붙곤 했던데, 참으로 재주가 비상하십니다.

“재주가 비상해서가 아니라, 형이 조정에 있으면서 음으로 양으로 도와준 덕분이지.”

— 한두 번의 실수도 아닌데 형이 용하게도 참아주었구먼요.

“내가 아버지를 여읜 건 열두 살 때였다. 아버지는 막내인 나를 각별히 귀엽게 여겼어. 아버지가 죽고 나니 형은 내가 가련했던가 봐. 아버지 대신 내게 사랑을 쏟았지. 내가 실수를 되풀이해도 점잖게 타이를 뿐, 다신 보기 싫다든가, 내 앞에 얼씬도 말라든가 하는 따위의 말은 하시지 않으니까.”

— 형제간의 우애가 대단하셨군요.

“우리 형제간의 우애야 그럴 수 없이 좋았다. 그게 자랑이기도 해. 우리 형제는 3남 2녀였다. 위로 누님이 계셨는데 이분은 우성전에게 시집갔다. 장남은 성筬. 차남은 봉錕, 그 다음에 난설헌이란 누이가 있고 막내가 나다. 큰누이와 성은 아버지의 전처前妻 소생이고, 봉, 난설헌, 그리고 나는 후처의 소생이지. 그런데도 우리는 조그마한 틈서리도 없이 지냈다. 장형 성과 나와의 나이 차는 21세이고, 차형 봉과 나 사이는 18세, 누이 난설헌과 나 사이는 6세 차이다. 그러니까 나는 온 집안의 사랑을 한 몸에 받고 자란 셈이지.”

— 그런데 어떻게 그런 이단異端의 길을 걷게 되었소.

"한마디로 운명이라고 할 수밖에 없지."

— 당신의 말년은 비열하다고밖엔 할 수 없더군요. 그만한 식견과 도량을 가진 사람이 어떻게 영창대군永昌大君을 죽이고 인목대비를 폐하는 모사에 가담할 수 있었을까요?

"자넨 당시의 정치를 잘 몰라서 그런 소릴 하는 거다."

— 당시의 정치가 어쨌는데요. 광해군光海君의 의사에 떳떳이 맞서 영창대군을 죽이는 것과 인목대비를 폐하는 건 옳지 못하다고 주장한 사람들도 있지 않았소.

"그러나저러나 개판이었어. 임금이 자기의 형과 동생을 죽이려고 드는 판이니 개판이 아닌가. 그런 마당에 무슨 명분이 소용 있었겠나. 될 대로 되라고 할 수밖에. 그럴 바에야 우선 자기의 입장에 편리하도록 행동해야 되지 않겠나. 이미 인륜의 대사가 말살된 바에야 못할 짓이란 없다. 자기의 생명을 버려서까지 지킬 아무것도 없다."

— 그런 그렇다고 치고 반란모의는 또 뭡니까?

"자넨 나를 두고 소설을 쓰겠다면서 그런 얘기를 미리 죄다 해버리면 무얼 쓸 건가."

— 그도 그렇군요. 그럼 한 가지만 더 물어봅시다. 다시 당신이 이 세상에 태어난다고 치고, 그리고 상황이 그때와 꼭 같다고 치면, 또 한 번 당신의 그 생활을 그냥 그대로 되풀이 하겠소?

"가혹한 질문이군."

— 가혹하더라도 대답을 하셔야죠.

"능지처참陵遲處斬이란 형刑이 어떤 것인지 알기나 하나?"

— 모르죠, 물론.

"그런 꼴을 두 번 되풀이하긴 싫어."

— 그러니까 다신 그런 생활을 하기 싫다는 얘기로군요.

"아니다. 그 능지처참의 형 말곤 그 생활을 되풀이해도 좋다."

— 역적이란 이름을 감수하겠단 말인가요?

"역적이 또 뭔가. 그 추잡한 왕조를 뒤엎을 모의를 했대서 역적인
가? 천추의 한은 그때 조선조를 뒤엎지 못했다는 사실에 있었다.
만일 그때 조선조를 전복하고 새 나라를 만들었더라면….."

— 허씨왕조許氏王朝가 될 뻔했군요.

"농담으로 할 얘기가 아니다. 그렇게 되었더라면 서교西敎를 받아
들여 일본에 앞서 개명開明했을 것이다. 따라서 일본의 식민지가 되
는 따위의 일도 없었을 것이다."

— 역사에 만일이란 가정은 하나마나한 얘깁니다. 그러나 그 풍
부한 상상력엔 존경을 드립니다. 역시 당신은 〈홍길동전〉의 작가
이십니다. 그러나 당신이 〈홍길동전〉을 썼다고 해서 으쓱하진 마
십시오.

"그 자랑마저 없으면 나는 무엇이 되나."

— 내 애길 들으십시오. 혹시 '셰익스피어'란 이름을 들으신 적이
있나요?

"없다."

— 셰익스피어와 당신은 동시대인이었소. 그의 생년은 1564년이
고, 당신은 1569년이니 당신보다 그가 5년 연장이지요. 그리고 그
의 몰년이 1616년이고, 당신은 1618년이니 2년 먼저 그가 죽은 거

죠. 그런데 그 셰익스피어란 자는 수십 편의 명작^{名作}을 써서 영국이 한때 지배하던 인도 대륙을 놓치는 한이 있더라도 그를 놓치지 않겠다고 했을 만큼 유명하게 돼 있습니다. 당신의 〈홍길동전〉이 우리 국문학사에 빼놓을 수 없는 가치를 가지고 있다는 것은 사실이지만, 셰익스피어의 작품과 비교하면 너무나 초라하게 보여요. 내가 이런 말을 하는 건 세상에 나만한 재주의 소유자가 어디 있으랴 하는 당신의 자만과 자부에 쐐기를 박기 위해서입니다. 하기야 당신이 즐겨 쓰는 가정법을 이용해서 당신이 영국 같은 나라에 태어났더라면 물론 사정이 달라졌겠죠. 대화는 이쯤으로 해둡시다.

"소설이랍시고 허무맹랑한 얘기를 쓰는 건 용서하지 않을 테니까."

— 도깨비가 되어 내게 복수라도 할 작정인가요?

"나는 그런 쩨쩨한 놈은 아니다. 그러나 도깨비가 되어서라도 네가 살고 있는 시대와 장소에 가보고 싶구나."

— 윤회^{輪廻}의 법칙에 따르면 당신이 명계^{冥界}에서 천 년의 기한을 채운 25세기쯤에 이 세상에 나타나게 되어 있으니 마음 푸욱 놓고 기다리십시오.

"한심하구나. 자네의 소견이. 명계의 하루는 자네가 살고 있는 세계 1천 년에 해당하는 시간이다. 이를테면 일일여천추^{一日如千秋}. 그러한 나날을 천 년을 지내야 하니, 3억 6천 5백만 일을 겪어야 화생^{化生}하는 것으로 된다. 그렇다면 내가 윤회의 혜택을 얻는 날은 25세기가 아니고 2,500세기쯤으로 될 것인데, 그때 지구가 존재할 것인지 분해해 버리고 없어질 것인지 누가 알기라도 하겠나."

18

— 그렇다면 절망이란 뜻 아뇨?

"절망이지. 그러나 나의 절망은 지금 시작한 건 아녀. 살아 있을 때부터 나는 모든 것에 절망하고 있었으니까."

— 그러니까 당신은 허무주의자였군요.

"허무주의자지. 철저한 허무주의자."

— 그래서 납득이 갑니다.

"뭣을 납득했단 말인가."

— 당신의 행동이 그처럼 지리멸렬하고 무원칙적이었다는 이유를 짐작했단 말이오. 허무주의자 아니고서 어찌 그런 짓을 했겠소.

"자넨 허무주의에 반감을 가지고 있는 모양인데, 바보 아닌 다음에야 인생을 살면서 허무주의자가 되지 않을 수 있겠는가."

— 그렇다면 인생에 구원이 있을 수 없다는 말로 되는데요.

"구원은 오직 예술에만 있어. 허무주의에서 꽃필 수 있는 건 오직 예술뿐이라, 허망한 인생이 영원한 세월 속에 보탤 것이 있다면 그것은 예술이다."

— 당신은 예술가로서 자부할 수 있다는 얘기요?

"그렇지. 나는 누가 뭐라고 해도 예술가이다. 내 몸뚱이는 능지처참을 당했을망정 내 예술은 티끌만큼도 상하지 않았다 …."

— 대단한 자부이십니다.

"그러니까 나를 소설로 쓰려거든 예술가인 그 사실에 중점을 두고 쓰란 말이다."

부유腐儒의 왕조王朝

1580년. 선조 13년 경진년庚辰年.

임진왜란을 12년 앞둔 해이다.

이 해도 정월부터 정국이 어수선했다.

지난해 사헌부司憲府에서 동인東人과 서인西人의 시비를 가리려던 움직임에 이어 이율곡의 동서사류東西士類의 보합론保合論이 있고부터 당쟁이 수그러들긴커녕 음습한 빛깔을 띠게 되었다.

이러한 판국에 동인의 영수격領袖格인 허엽許曄이 상주尙州의 객관客館에서 병에 걸렸다. 그때 허엽의 나이는 63세.

동지중추부사同知中樞府事의 한직에 있었다고는 하나 그러한 고령으로 엄동설한을 무릅쓰고 상주까지 가게 된 이유는 알 수 없다.

춘삼월이면 한직에 있는 몸으로 강산풍월을 보며 행락을 즐길 겸, 친구를 찾아갈 수는 있을 것이라고 짐작되기도 하지만 허엽이 서울을 출발한 것은 정월 보름 뒷날이었다.

병석에 누운 허엽이 회춘할 수 없다고 판단되자 급보가 서울 집으로 날아갔다. 장남 성箴과 차남 봉篈이 상주에 도착한 것은 2월 초순이었다. 당시 성은 아직 생원의 신분으로 있었고, 아우 봉은 교리校理 벼슬이었다. 성과 봉은 세 살 차이로 같은 해 1568년에 생원시生員試에 합격했는데 봉은 1572년에 친시문과親試文科에 급제하여 형보다 앞서 벼슬길에 올랐던 것이다.

해소가 끓고 있어 호흡이 곤란한 지경이었으나 허엽의 정신은 맑았다. 당황하여 어쩔 줄 모르는 아들 형제의 얼굴을 힘없는 눈빛으로 쳐다보며, "당황하지 말고 서러워마라"고 한 뒤 물었다.

"균은 잘 있느냐."

"예, 잘 있습니다. 데리고 올까 했지만 어린 데다가 날씨가 춥고 해서 두고 왔습니다."

성이 머리를 조아렸다.

"데리고 오지 않은 게 잘했다."

허엽은 집안의 안부를 두루 묻곤 봉에게 눈을 돌린다.

"너의 〈조천기〉朝天記를 여행 도중에 짬짬이 다시 읽어보았더니 버릴 수 없는 대목이 많더라. 그러나 자기의 생각을 스스로 대견하다는 듯 쓴 곳이 마음에 걸린다. 앞으로 그런 글을 쓸 때 소시所視(본 바)와 소청所請(들은 바)만을 적고 생각한 바는 생략하는 것이 좋을 것이니라. 지금 세상도 그러하려니와 앞으로는 더욱 그러하리라. 여리박빙如履薄氷하도록 하라."

이렇게 말하고 나니 숨이 가쁜 모양으로 허엽은 잠시 눈을 감고 숨을 몰아쉬었다. 성은 가지고 온 환약을 온탕에 녹였다.

"이 약은 봉算이 연경에서 가지고 온 청회단입니다. 자시지요."

허엽은 보일 듯 말 듯 고개를 저었다.

"내가 안다. 아무 약도 소용없다. 좋은 약일수록 고통의 시간을 길게 할 뿐이다."

"그래도 아버님."

"날 잠깐 쉬게 해라."

밤이 꽤 이슥하게 되었을 때 눈을 뜬 허엽은 꿇어앉아 있는 아들 형제에게 손을 내라고 일렀다. 형제의 손이 아버지의 손을 잡았다.

"과여불급過如不及이라. 나는 지금 죽어도 별반 여한이 없다. 오직 한 가지 걱정이 균이다. 그놈의 재주가 과하다. 너무 길다고 해서 황새의 다리를 자를 순 없지 않은가."

허엽은 일단 말을 끊었다. 다시 이어진 허엽의 말은 ─

"지나친 재주를 멈추게 할 순 없다. 내가 10년만 더 살 수 있으면 그놈을 온전하게 만들 수 있겠는데⋯. 성아, 봉아. 너희들에게 맡긴다. 그놈을 꾸짖어선 안 된다. 지켜보고 타일러야 한다. 열 번이고 스무 번이고. 질책이 지나치면 형을 멀리할 놈이다. 사이가 멀어져선 깨우칠 겨를이 없어진다. 언제나 주위에 돌고 있도록 끝끝내 자상해야 한다. 알겠느냐?"

"걱정하지 마십시오. 제 정성을 다하겠습니다."

성과 봉의 눈에서 눈물이 흘렀다.

"그놈은 일을 꾸미는 재주가 뛰어나다. 그런 재주가 있는 놈은 꼭 일을 꾸미고야 만다. 원래 재주란 사람을 가만있지 못하게 하는 것이다. 헌데 꾸민 일의 성사成事란 어려운 것 아닌가. 내가 걱정하는 건 그놈이 고종명考終命을 못할 것 같아서다. 그런 걱정이 아니면 너희들에게 왜 이런 새삼스러운 부탁을 하겠느냐."

"그건 너무나 지나치신 심려이옵니다."

허성이 북받쳐 오르는 울음 속에서 겨우 한 말이다.

"아니다. 결단코 지나친 걱정이 아니다. 그 화를 면하게 하는 건 너희들의 노력뿐이다."

"그럴 리가 있겠사옵니까. 균은 이치에 맞는 일만 꾸밀 것입니다."

"그, 이치에 맞다는 게 위험한 것이다. 이치가 통하는 세상이면 무얼 걱정하겠나."

다시 숨이 차올라 허엽이 말을 끊었다가 ―

"너희들 5남매를 둔 것이 나의 큰 자랑이구나. 헌데 초희도 걱정이로구나. 그 비상한 총명을 허약한 몸이 감당할 수 있을지 겁난다. 게다가 김 서방 성립誠立이란 놈이 변변찮아. 그놈을 사위로 한 것은 내 불찰이었다. 출가외인이라지만 초희도 잘 봐주어야 한다."

초희란 곧 허난설헌許蘭雪軒을 말한다. 그녀는 3년 전 15세의 나이로 저작著作 김성립에게 출가했던 것이다.

허엽은 일시 혼수상태에 빠졌다가 다시 눈을 떴다. 입가에 보일 듯 말 듯한 미소가 떠올랐다. 기쁜 회상이 있었던 모양이다.

"균이란 놈이 김치걸 선생 면환免還시켜준 일 알지?"

"예."

성과 봉이 동시에 대답했다.

"그때가 그놈 일곱 살 때였지? 대단한 놈이다."

허엽의 말이 비통하게 바뀌었다.

"그땐 균이 대단하다고만 생각했는데 곰곰이 생각하니 그게 일낼 바탕이었어. 너희들이 지켜보고 꽉 붙들어 주지 않으면 참말 큰일을 낼 놈이다."

허엽의 숨이 한결 더 가빠지더니 갑자기 고요해졌다.

옆방에 대기하고 있는 의원을 부를 겨를도 없었다.

다 탄 촛불처럼 허엽의 생명도 꺼졌다. 향년 63세의 인생이었다.

허엽이 임종에 회상한 사건은 다음과 같은 것이다.

허엽이 부제학副提學이 된 지 1년 남짓했을 때의 일이다. 허균이 김치걸이란 선생 밑에서 수학하고 있었다.

허엽은 후에 청백리清白吏로서 녹선錄選될 만한 인물이었고 보니 북촌의 부유한 마을에 살지 못하고 낙산駱山 밑 한적한 시골에 살고 있었다.

허엽은 균과 이웃 아이들을 위해 김치걸을 초대해서 별채에 기거하게 하도록 했다. 김치걸은 학문의 소양은 깊었으나 불운하게도 등과登科하지 못해 ─ 아니 과거를 볼 생각도 안 했는지 모른다 ─ 평생 포의布衣로 있었던 선비이다.

어느 봄날이었다.

강론을 쉬고 잠시 숨을 돌리고 있을 즈음 뒷간엘 다녀온 허균이 먹을 갈아 무엇을 쓰더니 느닷없이 선생 앞에 밀어놓았다.

分明二犬結一體 雄頭東向雌頭西 분명이견결일체 웅두동향자두서
兩獸共忘人見吠 如覺如睡如夢中 양수공망인견폐 여각여수여몽중
(분명히 두 마리 개인데 한 둥치에 묶여 있다. 수놈 대가리는 동쪽으

로 향하고 암컷 대가리는 서쪽으로 향했다. 두 짐승은 같이 사람을 보고도 짖기를 잊었는데 깨어있는 것도 같고 잠자고 있는 것도 같고 꿈을 꾸고 있는 것도 같다.)

선생이 거의 읽었다고 짐작되었을 때 허균이 물었다.

"어떻게 된 겁니까."

"그런 건 몰라도 된다."

"천상천하에 몰라도 되는 것이 있습니까?"

"있지."

"개는 사람에게 가장 가까이에 있는 짐승이 아닙니까."

"그렇지."

"그렇다면 열다섯이 넘어서 배워야 한다는 논어論語를 일곱 살인 제가 배울 필요는 없는 게 아니겠습니까."

선생 김치걸은 진퇴양난이 되었다. 그래서 하는 수 없이 말했다.

"개에도 음양지도陰陽之道가 있느니라."

"그 말씀만 갖고는 모르겠습니다."

김치걸은 음양이 합일하지 않으면 만물이 생성될 수 없다는 것과 음양을 떠나선 만물이 존재할 수 없다는 이치를 소상하게 가르쳤다.

"이제 알겠습니다."

허균은 물러났다.

그리곤 마루로 나간 허균이, "개에게서도 배울 게 있구나. 개에게서 음양의 도를 배웠다"고 깔깔대고 웃었다.

얼마가 지나서다. 혼자 있는 틈을 타서 허균이 선생을 찾아왔다.

그리곤 질문을 시작했다.

"여자는 음, 남자는 양이 아닙니까?"

"그렇다."

"그런데 왜 선생에겐 부인이 안 계십니까?"

"……."

"음양이 합일하지 않고는 만물이 생성할 수도 존재할 수도 없다고 하셔놓고 왜 선생님은 홀로 계십니까."

"그건 네가 알 바가 아니다."

"제가 알 바는 아니라도 선생님, 쓸쓸하시지요?"

"이놈! 못하는 말이 없군."

"선생님 보기가 딱해서 드리는 말인데요."

"나는 조금도 쓸쓸하지 않다."

"오늘밤에라도 아버지에게 말씀드려 볼까요?"

"무엇을 말씀드리겠다는 거냐?"

"선생님 장가들게 해드리라구요."

"네 이놈!"

성난 말투라기보다 당황한 말투이다. 허균은 뭔가 짐작한 것이 있다는 것처럼 빙그레 웃고 선생 앞에서 물러났다.

조사朝事를 끝내고 돌아오면 제일 먼저 허엽이 찾는 것은 균이었다. 균도 그것을 알고 있기 때문에 사인교가 대문을 들어설 때면 어디선지 나타났다. 그날도 허균은 아버지의 사인교가 동구로 들어서기가 바쁘게 달려왔다.

허균은 아버지가 세수하고 방에 들어와 좌정하길 기다렸다.

"아버지께 여쭐 말씀이 있습니다."

"무슨 말인가 해보아라."

"저어 ― 오늘 말입니다. 선생님께서 개가 서로 붙어 있는 것을 보시고선 저에게 음양지도陰陽之道를 설명해 주었습니다."

"음양지도를?"

허엽이 웃음을 띠고 물었다.

"음양지도로써 만물이 생성하고 만물이 있다고 하였습니다."

"허, 그래서."

"또 음양합일에 관해서도 말씀이 계셨는데 아무래도 선생님은 쓸 쓸하게 보였습니다."

"왜 쓸쓸할까?"

"음양합일을 가르치다가 보니 홀아비로 있는 자기가 외롭게 생각 되셨나 봅니다."

"네가 그런 걸 어떻게 아느냐?"

"그래서 드리는 말씀입니다. 선생님을 장가보내드리도록 하시지 요."

허엽은 균의 뜻밖의 말에 '헛허'하고 웃었다.

"그러나 그게 그리 쉬운 일이냐."

"낙산 중턱에 양씨란 과부가 있습니다."

"네가 그걸 어떻게 아느냐."

"얌전하다고 소문이 나 있으니까요."

허엽도 얌전하게 수절하고 있는 양씨란 과부가 있다는 것을 들어서 알고 있었다.

"그래서 어떻다는 거냐."

"그 과부와 선생님을 결합시켜주면 좋지 않겠습니까?"

"누가 들을라."

허엽이 비로소 정색했다. 그리고 덧붙였다.

"수절하고 있는 과부를 두고 이말 저말 하는 것은 미덕과 순풍을 어지럽히는 거나 다를 바 없다. 수절은 나라가 권장하고 있는 바이다. 그런 말이 비록 어리다고 하지만 네 입에서 나왔다고 하면 우리 집안의 체면이 아니다."

"서로 좋아서 그렇게 되었다고 하면 되지 않겠습니까."

"허참, 말이 심하구나. 점잖으신 선생님과 수절 과부댁이 어떻게 서로 좋아질 수 있다는 거냐."

"아무튼 아버지, 선생님이 외롭게 되지 않기를 바라지요?"

"그거야 그렇지."

"그럼 알았습니다."

"뭘 알았단 말이냐. 너는 아직 어린아이다. 어른들의 일에 참견하지 말고 공부나 잘해라."

"예."

"안에 가서 손님 한 분 오신다고 알리고 저녁 준비하라고 시키고, 선생님한테 가서 아버지가 오시란다고 전해라."

"예" 하고 균이 뛰어나갔다.

방 안에선 허엽과 김치걸이 반주를 곁들여 식사하고 있었다. 허균은 마루 끝에 살며시 앉아 방에서 흘러나오는 말에 귀를 기울이고 있었다. 개 얘기를 적당하게 꾸며댄 게 아무래도 마음에 켕겼던 것이다.

아니나 다를까! 그 얘기가 화제에 올랐다.

"자네 오늘 개 흘레하는 걸 보고 아이들에게 음양지도를 가르쳤다며?"

허엽이 장난스럽게 시작했다.

"균이 그런 말을 하던가?"

"그 애 말구 그런 얘기 전할 놈이 있는가."

"그놈 참 대단한 놈이네. 글쎄 뒷간엘 다녀오더니, '분명이견 결일체, 웅두동향 자두서, 양수공망 인견폐, 여각여수 여몽중'이라고 써서 내 앞에 밀어놓고 대뜸 묻지 않겠나? 개들이 무엇 하는 거냐고."

오늘 낮에 있었던 얘기까지를 소상하게 말하곤 크게 웃었다.

"그놈 묻고 드는 덴 정말 당할 수가 없더구만. 커서 경연經筵에 나가게 되면 당적할 자가 없을 거라."

균은 안심했다. 그런 정도면 자기의 말이 꾸민 거짓말로 되지 않겠기 때문이다.

"그런데 그놈이 또 하는 소리가 자네를 장가들게 하라는 거였어."

"날 보고도 그런 뜻을 말하더군."

"그래, 자네 어쨌나."

"호통을 쳐주었지."

"그래, 장가가기 싫어서 호통쳤나?"

"어린아이가 할 말이 아니잖은가. "

"은근히 장가는 가고 싶은 모양이로구나. "

"예끼, 이사람. "

"바른대로 말하게. "

"장가를 간대도 걱정이 아닌가. 첫째 집이 없고, 시량柴糧이 걱정이구…. "

"그런 게 어디 문제인가. 상대가 있는가 없는가가 문제이지. 상대만 있다면 별채를 그냥 쓰면 될 게고, 시량은 내가 보태주겠지만. 어때, 의중의 사람이라도 있나?"

"그런 게 있을 까닭이 있는가. "

"이 마을에 수절하는 과부가 있다는데 혹시 들은 적 있는가?"

"나는 듣지 못했네. "

"얌전하고 알뜰한 과부라네. 지방에선 보쌈 같은 게 있다고 하던데?"

"부제학 대감, 체신에 어울리는 말을 하게. 수절을 숭상하고 권장해야 할 조신朝臣이 입에 담기라도 할 말인가. "

"자네의 사정이 딱해서 그러네. 어떻게 사람을 시켜 뜸을 들여보면 싶은데 어떨까?"

"큰일 날 소리 말게. 만일 거절이라도 당해 소문이 쫙 퍼져보게. 나는 이 마을에서 살지도 못한다네. "

"개가改嫁는 국법으로 말리는 형편이지만 부득이한 경우도 있는 법이네. 성사만 되면 떳떳이 살 수 있을 것 아닌가. 다행히 이곳은 그 과수의 친정 마을인데 친정은 타처로 뜨고 없으니 누를 끼칠 염려도 없구."

"성사를 어찌 바라겠나. 위험한 짓은 하지 않겠네."

"막상 마음에 없는 건 아니로군."

"날 홀아비라고 놀리지 말게."

"내가 어째서 자넬 놀리겠는가."

"그런 말 다시 하면 나 부제학을 보지도 않을 거네."

"우리는 서로 죽마고우竹馬故友가 아닌가. 자네의 청한淸寒한 몸가짐을 나는 항상 존경하고 있네. 사실 벼슬이 다 뭔가. 당파에 휘말려 상대방의 허만 노리고 호시탐탐하며, 허를 찔릴까 봐 전전긍긍하는 꼬락서니가 자네 앞에 부끄럽네."

"당당한 동인의 영수領袖가 그런 심약한 소릴 해서 쓰겠는가."

그 다음에 이어지는 얘기는 정사政事에 관한 일이고, 동서양당東西兩黨에 속하는 인물들의 평담評談이어서 균의 관심사가 아니었다.

균은 그 자리를 물러나 둘째형 봉의 방을 향해 걸어가다가 동쪽에 떠있는 달을 쳐다보느라고 발길을 멈췄다.

균의 두뇌는 회전이 빨랐다. 서당에서 같이 공부하는 동무들을 불러 모았다. 그 가운덴 균보다 나이 많은 아이들도 섞여 있었지만 균은 언제나 대장 노릇을 했다. 균은 세밀한 계획을 그들에게 일렀다. 그리고는 비밀을 엄수하자는 지시도 잊지 않았다.

그래놓고 그날 저녁나절, 균은 낙산 중턱에 있는 과붓집을 찾아갔다.

조촐한 숫을대문을 단 과붓집은 비록 규모는 작았지만 짜임새가 있었다.

균이 대문 앞에 서서 목청을 높였다.

"이리 오너라."

그리고 대문을 두드렸다.

이윽고 과부는 대문을 반쯤 열고 밖을 보았다.

"아주머니, 우리 선생님 와 계시지요?"

이웃에 들리도록 균이 큰 소리로 외쳤다.

"너 무슨 소릴 하니! 너의 선생님이 누구인데 우리 집에 왔겠느냐."

"그럼 안 오셨단 말입니까?"

"안 오셨다. 그런 분이 올 까닭도 없구."

과부는 대문을 탕 닫아버렸다.

"이상한데 여기 와 계실 텐데."

이렇게 중얼거리며 균은 발길을 돌렸다.

그 이튿날 같은 무렵에 균이 또 과부댁을 찾아 선생님 안 오셨느냐고 물었다. 과부는 "안 오셨다"며 성난 기색을 보였다.

그 이튿날도 같은 일이 되풀이되었다. 그리고 그 이튿날도.

과부는 망측스러워 견딜 수가 없었다. 매일처럼 꼬마 녀석이 와서 큰 소리로 "우리 선생님 안 오셨습니까?"하고 외쳐대니 이웃에 부끄럽기도 했다.

그런 일이 일곱 번 거듭되고 나니 과부는 단단히 결심했다. 다시 꼬마 녀석이 나타나기만 하면 붙들어놓고 경을 칠 작정이었다. 누구의 집 아들인가를 알아내어 그 집을 찾아가 항의할 요량이었다.

그렇게 작정하고 과부는 균이 나타날 무렵이 되자 대문 안쪽에 바짝 붙어 섰다. 대문 밖에서 소리가 나기만 하면 뛰어나가 꼬마 녀석을 붙들 참이었다.

사정이 그쯤 되었을 것이라고 균은 미리 짐작하고 있었다. 동무들을 모아놓고 최후의 지시를 했다.

어느 아이에겐 "떡 준비되었나?"고 묻고, 어느 아이에겐 "술 준비가 되었나?"고 묻고, 어느 아이에겐 "유과 준비되었나?"고 묻고, 어느 아이에겐, "식혜 준비되었나?"고 묻곤 두루 확인을 하자, 사태의 진전에 따라 해야 할 일을 구체적으로 설명했다.

이렇게 해놓고 균은 과붓집 앞에 갔다.

"이리 오너라" 하고 외쳤다.

균이 예상한 대로 대문이 탕하고 열리더니 과부가 뛰어나왔다. 균은 붙들릴 뻔하다가 산 쪽으로 도망쳤다. 과부가 따라왔다.

균이 돌아보며 "오늘도 우리 선생님이 오셨지요?" 하고 고함을 질렀다.

"무슨 선생이 우리 집에 왔단 말인가."

과부는 잔뜩 약이 올라 균을 뒤쫓았다. 균은 붙들린 뻔하다가 또 앞으로 뛰어가선 "선생님이 오셨으면 오셨다고 할 일이지 왜 그러십니까?"하고 외쳐댔다.

동네 사람들이 다 듣겠다 싶으니 과부는 더욱 약이 올랐다.

"망측스럽게 너의 선생이 어째서 우리 집에 왔단 말이냐!"

악을 쓰며 과부는 균의 뒤를 쫓았다. 오늘은 어떤 일이 있어도 저 꼬마 녀석을 붙잡아야겠다는 결심이 굳어만 갔다.

균도 지지 않고 외쳐댔다.

"선생님이 아주머니 댁에 있는 줄 알고 왔는데 왜 이러십니까?"

잡힐 듯 잡힐 듯 하는 바람에 과부는 단념할 수가 없었다. 쫓고 쫓기며 산마루까지 와버렸다.

거기선 동네가 환히 보인다.

균은 끝에 하얀 수건이 걸린 장대가 과부댁 담벼락에 기대어 있는 것을 보았다. 그것이 신호였다.

균은 못이기는 척하고 과부에게 붙들렸다.

과부는 가쁜 숨 사이로, "너 누구 댁 아이지?"

"누구 집 아이면 어쩔 건데요?"

균이 퉁명스럽게 말했다.

"너의 집을 찾아가서 네 버릇 단단히 고치라고 이를란다."

"내가 뭘 잘못했는데요?"

"너의 선생이 어쨌는데 매일 우리 집에 와서 찾느냐?"

"선생님이 아주머니 댁에 계시니까 찾아간 것 아닙니까."

"아이구! 창피해. 어째서 너의 선생이 우리 집에 왔단 말인가?"

"왔으니까 찾아온 것 아닙니까."

"거짓말 하는 입에 똥이 들어간다는 말 알지?"

"알지요."

"그런데도 거짓말을 해."

"거짓말 할 줄 모른다니까요."

"그럼 아가리에 똥을 퍼 넣어야겠다."

"거짓말 안 했는데 왜 아가리에 똥을 퍼 넣어요?"

"능청스럽기도 하구나."

"능청스러운 건 아주머님입니다."

"내가 능청스럽다구?"

"그럼요. 우리 선생님을 아주머니 집 안방에 숨겨두고 없다고 하니 그게 능청스럽지 뭡니까?"

"안 되겠다. 우리 집으로 가보자!"

"가보면 우리 선생님이 거기 계시겠죠, 뭐."

"없으면?"

"누가 퍼 넣을 게 아니라 내가 똥물을 켜죠, 뭐!"

"너 말 잘했다."

"이왕이면 동네사람 다 데리고 갑시다. 아주머니 집에."

"그런 수작을 꾸미고 도망가려구?"

"천만의 말씀입니다. 전 도망 안 가요. 제 신분을 밝히지요. 나는 허 부제학의 막내아들입니다."

"그런 집 아들이 거짓말을 밥 먹듯 해?"

"거짓말인지 아닌지 가보면 알 것 아닙니까."

"그렇다! 가보자."

과부는 균의 팔을 꽉 잡고 산비탈을 내려가기 시작했다.

"내 말이 거짓말이 아니고 참말이면 아주머닌 어떻게 할 겁니까?"

"뻔한 거짓말인데 내가 어쩌고저쩌고 할게 뭔가."

"나는 거짓말이면 똥물을 켜겠다고 맹담盟談했습니다. 그렇다면 아주머니 말이 거짓이면 어떻게 하겠다는 맹담이 있어야지요."

"내 말이 거짓말이면 나도 똥물을 켜겠다."

36

"아무리 내가 아주머니께 똥물을 먹일 수야 있습니까. 장차 우리 사모님이 되실 어른인데요."

"너 무슨 말을 그렇게 하니!"

"그보다 맹담을 하세요. 내 말이 참말이고 아주머니 말씀이 거짓이면 우리 사모님이 되시는 거지요?"

"창피하다. 그런 말 듣기도 싫다."

"아주머니, 맹담하지 않으면 난 아주머니 집에 가지 않을래요."

"슬슬 꾀를 부리는구나."

"천만에요. 나만 맹담하고 아주머닌 맹담을 안 한다면 불공평하지 않습니까?"

"그러니까 똥물을 마시겠다고 하지 않았나."

과붓집 대문이 보이는 지점에까지 와서 균도 길 한가운데에 섰다.

"아주머니 말이 거짓말일 경우 우리 사모님 되겠다고 맹담하지 않으면 난 안 갈래요."

"슬슬 꽁무니를 뺄 생각인가? 어림도 없다."

과부는 더 강하게 균의 팔을 잡았다.

"내가 힘에 부대껴 여기까지 끌려온 줄 아십니까?"

균이 잡힌 팔을 휙 뿌리쳤다. 과부는 당황해서 다시 균의 팔을 잡으려고 했으나 균은 두어 걸음 물러서며,

"아주머니가 거짓말했을 경우 우리 사모님이 되겠다고 맹세하지 않으면 난 안 가겠어요. 그 대신 우리 선생님이 아주머니 집 안방에 계신다고 떠들고 돌아다닐 작정입니다."

과부는 당황하지 않을 수 없었다.

"좋다. 내 말이 거짓말이면 너 하라는 대로 하지"라고 약속했다.

그러자 "음양합일이다!" 균이 높이 외쳤다.

미리 약속해놓은 신호였다.

"갑시다."

균이 앞장을 섰다.

대문은 밀면 되었다. 과부가 따라 들어왔다. 어느새 모였는지 균의 동무들이 과부를 뒤따라 마당을 메웠다.

균이 호기 있게 말했다.

"자아… 봐요."

과부가 문을 열었다.

이 어찌된 일인가? 방 안엔 김치걸 선생이 점잖게 앉아 있었다.

"아주머니, 이제 우리 사모님이 되셨습니다. 절 받으십시오."

균이 성큼 마루로 올라와 넙죽 과부에게 절을 했다.

어느새 흩어졌는지 마당에 있던 아이들이 간 곳이 없더니 조금 후 떡을 지고 들어오는 사람이 있고, 술을 이고 오는 아낙네가 있고, 유과를 들고 오는 아이, 식혜를 가지고 오는 아이들이 열을 지었다.

그 뒤로 동네 노인들이 밀려들어오기 시작했다.

앉지도 서지도 못하고 있는 과부 눈앞에 덕석이 깔리고 차일이 쳐지고 등불이 밝혀졌다. 순식간에 혼청婚廳이 만들어진 것이다.

억지 반 장난 반으로 혼례가 끝났다. 허균의 선창으로 학동들이 시경詩經, 당풍唐風의 주무綢繆를 제영齊詠했다.

綢繆束薪 三星在天 주무속신 삼성재천
今夕何夕 見此良人 금석하석 견차양인
子兮子兮 如此良人何 자혜자혜 여차양인하

綢繆束芻 三星在隅 주무속추 삼성재우
今夕何夕 見此邂逅 금석하석 견차해후
子兮子兮 如此邂逅何 자혜자혜 여차해후하

이 소식을 전해 듣고 가장 놀란 것은 균의 아버지 허엽이었다. 그 때의 일을 허엽은 임종에 회상한 것이다.

바람이 움직일 때마다 향기가 흘러들었다. 봄 향기가 밤의 미풍을 타고 그윽했다.

망월望月인가. 엷은 구름 사이로 심창深窓의 여인처럼 아련한 달빛을 받아 이웃집의 목련꽃이 향기를 뿜어내고 있는 것이다.

허성許筬은 돌아가신 아버지 엽曄의 모습을 마음속에 그려보았다. 엽이 특히 목련꽃을 좋아했기 때문이다.

63세의 나이로 비록 객사客死였다 하나, 5남매를 남기고 고종명考終命했다고 하면 불행한 인생이라고 할 수 없다. 그러나 바로 지척에 두고 판서判書에 오르지 못했다는 것은 본인으로선 한스러운 일이었을 것이라 생각하니 가슴이 메었다.

엽이 판서에 오르지 못한 것을 성의 아우 봉篈은 이율곡의 농간으로 보고 기회 있을 때마다 율곡을 비난했는데, 성은 흥분하기 쉬운 봉의 성격으로선 도리가 없는 일이라고 짐작은 했지만, 이제 모두

지나버린 일을 가지고 그런 걸 따져 뭘 하나 하는 심정이었다.

사실 엽은 동인東人의 영수라고 하는 허명虛名 때문에 처세나 출세에 서 적잖은 손해를 보았다. 무슨 일이 있을 적마다 엽은 열여섯 살이나 어린 율곡에 눌려 결국 동지중추부사同知中樞府事란 한직으로서 끝나고 말았다.

허엽이 동인의 영수가 된 것은 스스로 그렇게 바랐던 것이 아니다. 그는 동인의 실질적인 영도자 김효원金孝元의 인물됨을 높이 평가하여 김효원이 사간司諫이 되고 자기가 대사간大司諫이 되었을 때 부하이자 연하인 김효원을 정중하게 대우했다. 그러자 동인들이 허엽을 떠받들게 되었다. 그렇게 되고 보니 동인들의 이해관계를 돌보지 않을 수 없었다.

허엽은 기회 있을 때마다 동인을 천거하려고 했다. 심의겸沈義謙의 문제를 놓고 율곡과 다툰 적이 한두 번이 아니었다. 율곡은 한수韓修, 남언경南彦經 등을 앞에 하고 공공연하게 비난했다.

"허엽의 소견은 매우 잘못되었다. 훗날 정사를 그르칠 사람은 반드시 이 사람일 것이다."

선조宣祖의 총애를 독점하고 있다시피 한 율곡의 생각이 이러했으니 허엽의 관도官途가 트일 까닭이 없었다.

그러나 성은 봉과 성격이 달라서 율곡을 미워하진 않았다. 성의 성격으로 볼 때 아버지는 지나치게 당쟁黨爭에 휘말린 것이다.

'아버지는 원래 율곡과 친한 사이가 아니었던가. 하찮은 일로 서로 비위가 상하게 된 것이 유감스럽다.'

성은 문득 남사고南師古의 말을 상기했다.

40

남사고는 울진 출신으로 일종의 기인이었다. 허성과는 과거科擧
의 시장試場에서 만나 서로 친숙하게 된 사이였다. 그런데 남사고는
풍수, 천문·지리, 복서卜書, 상법相法 등의 비리에 통해 있었다.
그의 예언은 이상하게도 적중했다.

그러한 남사고가 엽의 대상大祥 때 문상하러 와서 며칠 밤을 묵고
갔는데 그때 두 사람 사이에 이런 말이 오갔다.

"이제 3년상이 났으니 내년쯤 과거를 볼 것이 아닌가."

"그럴 참으로 있네."

"악록(허성의 호)은 내년엔 틀림없이 등과할 걸세."

"그렇게 되기만 한다면야."

"틀림없다, 악록은."

"자네는 어떤가?"

"난 자신 없어. 상중이어서 자네가 응시하지 못했을 때도 나는 매
번 응시했거든. 그랬는데 낙방이었어."

"자넨 남의 일을 척척 알아맞히면서 어찌 자신의 일은 모르는가."

"사심私心이 동하면 판단이 흐려져. 내 자신의 운세를 점칠 순 없
네."

"자네의 학식과 총명함은 등과하고도 남을 건데."

"과거는 운運이지 총명은 아니다. 그런데 자네 집안에 걱정이 있
네."

"무언가?"

"자네의 운세는 앞으로 창창한데 하곡荷谷(봉의 호)이 걱정이네.
어제 잠깐 만난 자리에서 보았는데 양미간에 구름이 끼었어. 좋지

못한 징조네. ”

“어떻게 하면 될까?”

“산속으로 들어가 세상을 피하는 수밖에 없지. ”

허성은 더욱 난처한 심정이 되었다. 허봉은 상중이어서 지금 무관無官으로 있지만 탈상과 동시에 곧 전한典翰의 직을 맡게 돼 있었다. 전한은 홍문관弘文館 소속으로 직제학直提學 바로 밑에 있는 벼슬로서 종3품직從三品職이다.

아직 등과하지 못한 허성이나 남사고에겐 아득히 바라보이는 지위이다. 그런 지위에 32세의 나이로 앉을 수 있다는 것은 이례의 영달이다(앞서는 얘기가 되지만 형인 허성이 정9품인 검열檢閱이 된 것은 35세 때이다. 검열이 전한 벼슬까지 오르려면 8, 9계단을 거쳐야 한다).

아무리 남사고의 말이라고 하지만 형으로서 아우에게 그런 말을 할 순 없는 것이다. 그때 남사고는 이런 말을 했다.

“이건 타언他言할 것이 아니라 악록만 알고 있게. 불원 큰 변이 날 걸세. 그게 진년辰年에 나면 그래도 살 길이 있겠지만 사년巳年에 나기라도 한다면 감당 못하고 나라가 망할 걸세. ”

“변이라면 무엇을 뜻하는가?”

“천재지변이 아니면 전쟁이야. ”

“남쪽에서 나는 전쟁인가, 북쪽에서 나는 전쟁인가?”

“내가 점지한 대로는 남쪽이지. ”

“그렇다면 왜변倭變이 난다는 얘기가 아닌가. 믿을 수 없구만. ”

“나도 내 점지한 바가 틀려주었으면 싶네. ”

"진년이라면 가장 가까운 진년은 임진壬辰이 아닌가."

허성이 손가락을 꼽았다. 앞으로 9년이다. 그 다음의 진년은 갑진甲辰. 앞으로 21년.

"사람의 힘으로 어떻게 할 수 없는 걸 걱정하면 뭘 하나."

남사고가 입을 다물려고 할 적에 허성이 물었다.

"막내아우 균은 어떤가?"

남사고는 눈을 지그시 감더니 불쑥 말했다.

"그 얘긴 안 하겠네."

허성이 3번을 거듭 물었으나 남사고는 그 문제에 관해선 끝끝내 입을 열지 않고 있다가 균의 나이를 물었다.

"지금 열여섯 살이야."

"그럼 더욱 말할 필요 없네. 수십 년을 지낼 동안이면 천문이 바뀌고 지리도 바뀐다. 하물며 용상容相이야 조석지변朝夕之變이니까."

남사고와의 대화를 회상하는 동안에 달은 너울을 벗었다. 교교한 빛이 가을달을 닮았다.

허성은 광주廣州 시집에 있는 누이동생 초희楚姬 (난설헌)에게 생각이 미쳤다. 대상 때 보았으니 1년 전의 일이다.

'무척이나 야위어 있더니, 지금은….'

하고 생각하자 눈물이 핑 돌았다.

'지금 저 달을 보며 시상詩想에 잠겨 있을지도 모른다.'

그러자 허성의 뇌리에 초희의 시구가 스쳤다.

秋淨長湖碧玉流 荷花深處繫蘭舟 추정장호벽옥류 하화심처계란주
逢郎隔水投蓮子 剛被人知半日羞 봉랑격수투연자 강피인지반일수
(가을이라, 맑은 장호의 물이 벽옥처럼 흐르는데, 연꽃 핀 깊은 곳
에 작은 배를 매어놓고 물 건너 임을 만나 연자를 던지다가 그만 사
람이 보는 바람에 반나절이나 부끄러웠다.)

이것은 근친覲親 온 초희에게 허성이 장난삼아 "요즘 지은 시가 없
느냐?"고 물었더니 귀밑까지 빨갛게 하고서 써서 내민 시편이었다.

초희를 생각하면 안타까우면서도 허성의 입언저리에 미소가 이
는데 아우 봉篈과 균筠에게 생각이 미치면 얼굴이 굳어졌다.

그러나 봉은 전한典翰 벼슬로 있다가 두 달 전 창원부사昌原府使로
부임하여 청년사도靑年使道로서 의기양양하다고 하니 별반 걱정할
것까진 없지만 균의 일이 걱정이었다.

성은 자리에서 일어나 균이 글방으로 쓰고 있는 별채로 나가보았
다. 균의 방엔 불이 꺼져 있었다. 외출한 것이 분명했지만 성은 낮
은 소리로 불러보았다.

"균아, 균아."

대답이 없었다.

방문을 열어보았다. 달빛이 흘러들어 한구석을 밝혔다. 방은 얌
전히 정돈되어 있었다.

'열여섯 살이면 철이 들 만도 한데.'

허성은 혀를 끌끌 차고 발길을 돌렸다.

'내일은 어떤 일이 있더라도 균과 얘기를 해야겠다'며 잠깐 발을
멈추었다가 내실로 향했다. 과거 준비를 하느라고 내실을 너무 등

한히 했다는 뉘우침에 춘정春情이 겹쳤던 것이다.

그날 밤 허균은 묵동墨洞의 기방妓房에 있었다.

허균의 기방출입은 14세 때부터 시작되었다. 학문에도 조달早達했거니와 음양의 도에도 조달하고 있었던 것이다.

뿐만 아니라 허균은 그때부터 세상을 시들하게 보고 있었다.

"부유腐儒가 조정에 득실거리고 시답잖은 양반이 득세하고 왕자, 왕손은 누구의 뱃속에서 나와도 금지옥엽인데, 적서嫡庶를 가려 차별대우하는 이놈의 세상이 바로 된 세상인가."

하며 강개의 문장을 쓰기도 하고 외치기도 했기 때문에 권문權門의 서자들과 상인들의 서자가 그의 주위에 모였다.

그날 밤도 종로 포목전·보석전의 서자, 마포 객주의 서자가 같이 어울렸다. 그들은 모두 20세를 넘기고 있었으나 16세의 허균이 왕 노릇을 했다. 비범한 재능과 통솔력이 그들을 감복케 한 것이다.

한편 이른바 양반의 자제들, 즉 적자嫡子들은 허균을 경원했다. 허균의 종횡무진한 재능에 당할 수 없을 뿐 아니라 기회만 있으면 허균이 그들을 깔보는 말을 예사로 했기 때문이다.

〈조선왕조실록〉에 허균이 등장하기만 하면 거의 반드시라고 할 만큼 딴 사람에겐 붙이지 않는 주를 붙인다.

허균이 병조좌랑兵曹佐郎에 임명된 선조 31년 10월조에 보면,

"허균이 부성賦性이 총혜聰慧하고 박통군서博通群書하고 장어사장長於詞章이나 위인爲人이 경망輕妄하여 볼 만한 데가 없다無足觀者".

선조 32년 5월 황해도사黃海都事에 임명되었을 땐,

"무행무치지인無行無恥之人으로서 다만 문묵文墨의 소기小技로선 볼 만한 것이 있으나 식자들은 그와 나란히 서기를 부끄러워한다識者羞與並立"고 주를 붙였다.

이와 같은 것은 허균이 어릴 적부터 양반의 권위를 무시하고 적서의 차별을 인정하지 않는 언행을 했기 때문에 생긴 일이다.

그런 만큼 허균은 상인과 상민, 서자들과 섞여 놀 땐 그들의 지능 정도에 맞추어 놀 줄 알았고, 때론 유명한 시문을 읊어 흥을 돋우기도 했다. 그날 밤 허균이 읊은 시는 이백李白의 〈파주문월〉把酒問月 이었다.

靑天有月來幾時 我今停杯一問之　청천유월내기시 아금정배일문지
人攀明月不可得 月行却與人相隨　인반명월불가득 월행각여인상수
皎如飛鏡臨丹闕 綠煙滅盡淸輝發　교여비경임단궐 녹연멸진청휘발
但見宵從海上來 寧知曉向雲間沒　단견소종해상래 영지효향운간몰
白兎擣藥秋復春 嫦娥孤捿與誰鄰　백토도약추부춘 상아고서여수린
今人不見古時月 今月曾經照古人　금인불견고시월 금월증경조고인
古人今人若流水 共看明月皆如此　고인금인약류수 공간명월개여차
唯願當歌對酒時 月光長照金樽裏　유원당가대주시 월광장조금준리

(푸른 하늘에 언제부터 달이 있게 된 것일까. 잠깐 술잔을 멈추고 물어보고 싶다. 사람은 달 위에 기어오를 수가 없다. 그러나 달은 사람을 따라온다. 교교히 빛나는 거울이 선인의 궁전에 걸린 것 같구나. 녹색의 너울이 걷히면 맑은 빛이 나타난다.
밤이 되어 바다로부터 달이 뜨면 누구나 볼 수가 있지만 새벽이 되어 달이 구름 사이로 숨어버리는 것을 사람은 보지 못한다.

하얀 토끼가 가을이고 봄이고 선약을 찧고 있는데 선약을 먹은 상아는 언제나 홀로 산다. 아무도 이웃에 없다. 오늘의 사람은 옛날의 달을 보지 못하지만 오늘의 달은 옛날 사람들을 비추었던 것이다. 고인이나 금인이나 흐르는 물과 같다. 같이 명월을 보며 같은 생각을 한다. 단 하나의 소원은 노래 부르며 술을 마실 적에 달빛이여! 황금으로 된 내 술통 안을 비춰주소서.)

모두들 이백의 시 자체보다도 허균의 유려한 풀이에 감동했다.

향화는 "도련님을 알았기에 언제 죽어도 내 살 보람을 다한 것으로 되었어요"라고 했고, 포목전의 아들은 "당신이 필요하다면 우리 전의 포목을 모조리 갖다 나르겠다"고 했고, 보석전의 아들은 "말씀만 하시오. 우리 전의 보석은 모두 당신의 것이다"고 했고, 마포 객줏집 아들은 "언제라도 필요할 때 필요한 물자를 제공하리다"라고 했다.

허균은 감격해서 말했다.

"좋은 세상을 만들자. 적자니 서자니 하는 구별이 없는 세상을 만들자. 그러기 위해선 힘을 길러야만 한다. 언젠가 포목이 필요할 것이다. 쌀이 필요할 것이다. 금은보석이 필요할 것이다. 그러나 오늘은 필요 없다. 다만 우리의 우의友誼를 돈독하게 하자."

그리고는 높이 외쳤다.

"인생감의기人生感意氣하면 공명수부론功名誰復論일까."

이렇게 허균의 가슴속엔 무언가 바람이 일고 있었다. 불꽃이 타오르고 있었다. 허균의 머릿속엔 무언가 사상이 익어가고 있었다.

이 경향이야말로 장형 허성이 가장 우려하고 있는 경향이었다.

그러나 허성이 허균의 가슴속에 불길이 일고 균의 머릿속에 거창한 사상이 일고 있는 것을 알 까닭이 없었다.

그해, 즉 선조 16년 허성이 별시문과別時文科에 병과丙科로 합격하여 검열檢閱의 벼슬을 하게 되었다. 정9품의 말단직이었지만 이로써 그는 관도官途에 들어섰다. 창창한 앞날을 굽어볼 수 있었다.

그런데 허씨 집안에 암운이 드리웠다. 창원부사 허봉이 삭탈관직되어 종성鍾城으로 유배되는 화가 닥친 것이다.

사단事端은 허봉이 전한典翰으로 있을 때 올린 이율곡에 대한 탄핵소彈劾疎에 있었다.

율곡이 병조판서로 있을 때, 국경도시 종성鍾城이 호인胡人에 포위당한 변이 있었다. 그래서 도성都城 5부의 각방各坊의 향도香徒들로 하여금 활을 잘 쏘는 사람들을 징발하게 했다. 그렇게 해서 사수射手들을 징발했지만 이들이 타고 싸울 전마戰馬가 부족했다.

병조판서 이율곡은 징발된 사람이라도 말을 헌납하면 전쟁터에 나가지 않아도 된다는 지령을 내렸다. 그러자 말이 많이 모여들었다. 이로써 말 없는 자는 말을 갖게 되고, 말을 바친 자는 징발을 면하게 되어 좋다고 생각했는데, 이럴 경우 필연적으로 있을 수 있는 병폐가 따랐다. 예컨대 돈이 있는 자는 전쟁에 나가지 않아도 되고, 없는 자만이 전쟁에 나가야 한다는 데 따른 민심의 불평이다.

이율곡의 반대파는 이 기회를 포착했다. 율곡이 전담권병專擔權柄하여 교건만상驕蹇慢上했다는 것이다.

아버지와의 관계로 이율곡에게 악감을 가지고 있었던 허봉은 부

제학 권덕여, 대사헌 송응개, 박근원 등과 짜고 다음과 같은 소疏를
올렸다.

"병조판서 이이李珥 (율곡) 는 글자나 아는 것으로 하여 관계官階
를 뛰어 높은 자리를 차지하고 자기의 의견만을 고비하여 인정을 거
슬렀으니 어찌 공론의 발동이 없겠습니까. 우선 근일의 일만을 보
아서라도 크건 작건 일을 처리할 때엔 주상主上께 아뢰어야 할 것이
거늘 그러한 신자臣者로서의 도리를 어기고, 궁궐의 지척에서 말을
헌납하라고 자기가 먼저 명령을 내려놓고 나중에 주상에게 아뢰었
으니 이것은 국가의 권력을 자기 마음대로 한 것이나 다를 바가 없
습니다.

그리고 평소 때와 같이 출입하여 중한 병에 걸렸다는 말을 듣지
도 못했는데, 전하가 부르심에도 불구하고 내병조內兵曹까진 가면
서 정원政院에 나가 전하의 명령을 받지 않았으니 이것이 군부君父
를 업신여긴 행동이 아니고 무엇이겠습니까.

따라서 대간臺諫이 파직을 청한 것은 당연한 일입니다. 마땅히
자기의 죄를 알고 허물을 반성하기에 겨를이 없어야 할 것인데도 이
이는 붓과 혀를 놀리어 극력 공론公論과 싸웠으니, 첫째는 오랫동안
시론時論을 거슬렀고, 둘째는 여러 신하에게 죄의 경중을 물어 달라
하며 슬픈 사연과 괴로운 말로 전하의 마음을 움직이려 하여, 이 세
상에 사람이 없는 것처럼 대간을 손바닥 위에 놓고 희롱하려는바
'아래를 막고 위를 가리어서 사심을 부렸음이' 틀림없습니다.

혹자는 이珥를 왕안석王安石과 비교하기도 하는데 왕안석의 문장
과 절행節行에 어찌 이이를 대비시킬 수 있겠습니까만 왕안석의 임
금을 업신여긴 태도와 그가 임금의 신임을 굳건히 하고서 임금을 이

용하려고 한 심사와 이이㊀의 태도는 같다고 하겠습니다. 그러니 후
일의 화는 이루 다 말할 수 없을 것이므로 이를 두려워합니다. …"

허봉의 이 상소에 대사간 송응개의 상소가 겹쳤다. 송응개의 상
소는 "이이는 원래 장삼 입고 머리 깎은 중이었습니다. 이것은 인륜
을 끊어버려 윤리상의 죄를 범한 것으로써 그가 중이 된 죄를 논함
에 있어선 선유先儒의 정론이 있을 것입니다" 하고 시작한 것이다.

송응개는 이이의 출세가 심의겸의 천거에 의한 것이라고 지적하
고, 율곡이 때론 김효원과 심의겸이 같다고 하다가, 때론 심의겸이
별로 죄악이 없다고 하여 은근히 김효원을 깎아내렸다고 하는 등
율곡이 횡설수설했다고 비판하곤, "이이는 향리에 있을 때에는 염
치로 몸을 닦지 못하여 여러 고을에서 뇌물이 그의 집으로 몰려들
고, 이利를 구하고 재물 다루기를 힘껏 하여 바다의 이익과 관선官船
의 세금을 모두 차지하였다"고까지 극론했다.

허봉과 송응개의 상소는 선조의 마음을 불쾌하게 했다. 그래서
허봉을 창원부사로, 송응개를 장흥長興부사로 내보낸 것인데 서인
西人들, 특히 이율곡을 지지하는 파들이 가만히 있지 않았다. 이윽
고 송응개는 회령으로, 박근원은 강계로, 허봉은 종성으로 귀양 가
게 되었는데 종성은 전투지역이었으므로 갑산甲山으로 유배지를 바
꿨다.

선조가 이들에게 얼마나 분개했는가는 그가 친필로써 다음과 같
은 교문敎文을 지은 사실로도 알 수가 있다.

"간사한 자들이 관직에 있어서 조정이 편안하지 못하고, 법관이 형벌을 빠뜨려서 국시國是가 정해지질 못했다. 이에 멀리 내쫓는 법을 집행하여 길이 후세의 본보기로 삼으려 한다. 박근원, 송응개, 허봉 등은 간사한 천성으로 조그마한 재주를 가지고 부박한 무리들과 결탁하여 사사로이 당파를 만들고 서로 끌어들여서 요직을 차지하였는데, 왕명을 출납하는 자리인 승정원을 더럽히고, 혹은 대간과 시종하는 벼슬 홍문관을 차지하고서 성세를 떠벌리고 사설을 선동하여 권형을 마음대로 희롱하고 조정을 협박 견제하여 대신을 모함하며, 충성되고 어진 이를 배척 제거하여 파당을 지은 형적이 이미 드러났는데도 오히려 공론이라 말하고, 사감을 품은 지취가 뚜렷한 데도 스스로 정직하다고 한다.

모든 사실을 가릴 수 없고 말은 다 허망한 것이다. 충성스럽고 어진 이가 눌리고 꺾였으니 탁란은 이미 극에 달하였고, 모든 소인小人들이 나라를 그르쳤으니 그 죄는 용서받을 수 없다. 원근의 사람들이 모두 이 사실을 알고 함께 분하게 여기는 바인데, 오히려 저자에게 참형해야 할 형벌을 너그럽게 감하여 경한 법을 시행한다."

당쟁을 완화하려고 애쓴 이율곡이 보다 치열한 당쟁을 유발하게 되었다는 사실은 나라의 운명을 말하는 것일까.

급기야 동서분당東西分黨의 싸움에 염증을 느낀 선조는 이런 교문까지 내린 것이었지만 허봉으로선 억울하다고 하지 않을 수 없었다. 송응개의 상소엔 약간의 허위사실이 없지 않았으나 허봉의 상소엔 격렬한 감정의 표출은 있었을망정 날조된 행위는 없었던 것인데, 송응개의 상소에 극도로 분격한 선조는 똑같이 이율곡을 탄핵

했다는 사실로 허봉을 송응개와 동률同律로써 벌하게 된 것이다.

이 사건으로 동인의 진영은 울분으로써 소연하고, 서인들은 회심의 축배를 들었다.

당자 허봉은 탄핵소를 내었을 때 이런 일도 있을 수 있을 것이라고 미리 짐작하고 있었다며 오히려 태연했으나 형 성과 아우 균이 받은 충격은 컸다. 난설헌도 그 소식을 전해 듣고 5, 6일간 식음을 전폐하다시피 했다. 난설헌은 시문을 봉의 친구 이달李達에게서 배웠으나 봉의 훈도도 컸다. 형제간에서도 난설헌은 특히 봉에 대한 애착이 더욱 절실했다.

난설헌은 그때의 감회를 이렇게 적었다.

遠謫甲山客 咸原行色忙 원적갑산객 함원행색망

臣同賈太傅 主豈楚懷王 신동가태부 주개초회왕

河水平秋岸 關雲欲夕陽 하수평추안 관운욕석양

霜風吹雁去 中斷不成行 상풍취안거 중단불성행

(멀리 갑산으로 가는 나그네여, 함원의 행색이 황망하기만 합니다. 신하, 즉 오빠는 억울하게 귀양살이한 초나라의 명신 가태부와 같은 운명이 되었군요. 그런데 임금은 초회왕을 닮았습니다. 강물은 가을의 기슭을 썻어 평평하게 흐르는데 변방의 구름은 저녁 노을 물들이고 석양을 가립니다. 상풍 속으로 기러기가 나는데 간간이 끊어져 가지를 못하는군요.)

허균은 형 봉을 수십 리나 뒤따라 가다가 파송졸把送卒에 쫓기어 되돌아설 수밖에 없었는데 그때 봉이 균에게 한 말은 이러하다.

"균아, 다시 만날 날이 있을 것이니 너는 그만 여기서 돌아가라. 내 비록 이런 지경이 되었지만 내겐 얼마간의 학문이 있고 시상詩想이 있다. 학문과 시상이 있으면 세상 어디를 가나 나름대로의 경지를 만들 수가 있다. 나는 외롭지 않을 것이다. 균아, 재고난입 속인기才高難入 俗人機니라. 그러나 장자莊子의 말에 대침大浸하여 하늘에 이르러도 빠져 죽지 않는다는 것이 있다. 지혜를 마음속에 가진 사람은 어떠한 불행 속에서도 굳건할 수가 있다. 균아, 내 걱정일랑 말고 애써 지혜를 가꿔라. 그리고 큰형님에게 걱정을 끼치지 마라. 형님은 내 일만으로도 마음이 아플 것이니…."

눈물을 머금고 형을 바라보고 섰다가 균은

"형님 신외무물身外無物입니다."

라고 한마디를 불쑥 남기고 발길을 돌렸다.

황량한 가을길을 걸으며 균은 주먹을 들어 허공을 쳤다. 그리고 마음속으로 '이놈의 세상을, 이놈의 세상을!'하고 울부짖고 있었다.

이 부조리한 세상을 언젠가는 두들겨 부수겠다는 것이다.

서울로 돌아온 균은 그날만은 기방에 들르지 않고 곧바로 집으로 갔다. 소찬의 저녁 밥상을 사이에 두고 그날 밤 성이 봉의 행차를 묻고 길게 한숨을 쉬곤 이렇게 물었다.

"너의 작은형이 뭐라고 하더냐?"

"큰형님에게 걱정을 끼치지 말라고 했습니다. 자기 일만으로도 형님의 마음이 아플 것이라고 하시고서…."

그 말이 충격이었던지 한동안 묵묵하더니 성이 입을 열었다.

"천하에 우리 3형제뿐이다. 누가 우리 일을 걱정이나 해주겠나. 우리 3형제 마음을 합하여 살아갈 수 있으면 빈궁 속에서도 낙이 있을 것을…. 허나 네 작은형 걱정은 말아라. 워낙 재주가 뛰어난 사람이니 자기 일은 자기가 알아서 처리할 것이다. 내 걱정은 너에게 있다. 힘써 공부해서 네 형이 못 다한 일을 네가 마저 이룩해야 하느니라."

"형님."

수저를 놓고 균이 말했다.

"저더러도 공부해서 과거를 보아 벼슬하란 말입니까?"

"결국 그렇게 해야만 되지 않겠느냐."

"작은형처럼 귀양 가게요?"

"벼슬한다고 모두 귀양을 가느냐?"

"평신저두平身低頭 전전긍긍戰戰兢兢하고 있으면 귀양 가지 않아도 되겠지요. 저는 그렇게 하긴 싫습니다."

"세상 따라 살아야지 별 수가 있겠냐."

"전 과거 볼 생각 없습니다."

"그럼 뭣을 할 거야?"

"무엇을 할지 아직은 생각하지 못했습니다."

"왜 과거가 싫으냐?"

"벼슬이 하기 싫으니까요."

"왜 벼슬이 싫으냐?"

"아까 말씀드리지 않았습니까?"

"평신저두 전전긍긍하지 않아도 벼슬은 할 수 있다. 보통의 마음으로 보통으로만 행동하면 되느니라. 우리 양반은 벼슬하지 못하곤 살지 못한다.”

“벼슬한다는 건 임금에게 충성을 다해야 한다는 뜻 아닙니까? 그런데 나는 죽어도 임금에게 충성하긴 싫은걸요.”

“너 그 무슨 소리냐?”

허성이 황급하게 말했다.

“봉 형님을 귀양 보내는 따위의 임금에게 무슨 충성을 하란 말입니까. 작은형이 국법을 어겼습니까? 언관言官으로서 마땅히 할 말을 한 것이 아니오리까. 마땅히 할 말을 한 것인데 자기의 총신寵臣에게 불리하다고 해서 삭탈관직하여 귀양보낸다는 것은 너무하지 않습니까. 그런 용렬하고 우매한 임금에게 충성을 바친다는 것은 자기를 속이는 일이며 너무나 비굴한 노릇입니다.”

균의 과격한 말에 성이 주위를 돌아보며 음성을 낮추어 말했다.

“그래도 억울하게 귀양간 사람이 어디 한두 사람인가. 정사政事란 원래 곧게만 할 수 없는 것이다. 그리고 왕이란 지엄한 존재가 아니냐. 그 지엄한 존재를 인정하는 것이 곧 신하의 도리이니라.”

“그러니까 전 신하가 되기 싫다는 겁니다. 그 지엄한 존재를 인정하고 싶지 않다는 것입니다.”

“솔토率土의 민民으로서 신하 아닌 사람이 없다. 지엄至嚴이란 누가 인정하고 안 하고에 관계가 있는 것이 아니다.”

“꼭 그렇다면 저는 출가하여 중이라도 되겠습니다.”

“너 그 무슨 소릴 하는가. 형이 귀양 가는 모습을 보고 아무래도 네가 흥분한 것 같다. 그러니 이야기는 이 정도로 해두자. 다만 조심해야 할 것은 그런 말은 바깥에 나가선 일절 삼가라. 삼족三族을 멸하는 화근이 될 수 있는 말이다. ”

성은 아버지의 유언을 상기했기 때문에 되도록이면 노기를 띠지 않으려고 애썼다.

“제겐들 그만한 지각쯤이야 없겠습니까. ”

싱긋 웃곤 이번엔 허균이 물었다.

“형님, 벼슬하시는 기분이 어떻습니까?”

“검열은 말단의 직책이니 벼슬이라고 할 것까지도 없다. 그저 그날그날을 성실하게 보내고 있다. ”

“형님의 관서에도 동인·서인의 분당이 있을 것 아닙니까?”

허성이 쓸쓸한 얼굴빛으로 말을 보탰다.

“그렇다. 나는 되도록이면 그 사이에 끼어들지 않으려고 안간힘을 쓰고 있지만 아버지의 아들이요, 봉의 형이고 보면 난처한 경우가 이만저만이 아니다. ”

멀리 갑산甲山에 유배된 봉篈으로부터 기별이 왔다.

원래 봉의 유배지는 종성鍾城으로 되어 있었는데 그곳이 오랑캐와의 전쟁터가 되었으므로 갑산으로 변경한 것이다.

삼수갑산三水甲山이라고 한다. ‘삼수갑산에 갈망정’이란 말이 있다. 머나먼 곳이라는 뜻이다. 궁벽하기 짝이 없는 곳이란 뜻이기도 하다. 유배지 가운데서 가장 혹독한 데로 알려진 곳이다.

다정다감하고 기골이 강한 허봉이 갑산에서 무엇을 생각하며 살았을까. 1년 만에야 봉의 기별을 듣게 된 성篈은 동생 균均을 불러

봉투를 뜯었다.

먼저 문안인사가 있고 다음에 귀양살이하는 그의 심정이 적혀 있었다. 한일월閑日月 속에 필묵을 벗 삼아 살고 있으니 심자한心自閑으로 자기 일은 걱정이 없으나 한성의 형제들과 가솔들을 생각하면 목이 메는 심정이라고 씌어 있었다.

그리곤 마지막에 "초희가 어떻게 지내는지 마음에 걸린다"며, "초희에게 대한 편지를 별봉別封했으니 균이 전달해주었으면 좋겠다"는 부탁이 있었다.

"내 서장을 초희가 혼자 읽는 것보다 균이 같이 읽게 되면 연약한 여심女心을 달랠 수가 있기 때문에 특청이다."

균은 즉시 초희 — 난설헌이 살고 있는 곳으로 달려갔다.

난설헌은 그때 광주廣州 시골의 시댁에서 시집살이를 하고 있었다. 그녀는 균을 만난 것만으로도 반가웠는데 작은오빠의 편지를 가지고 왔다고 듣곤 더욱 기뻐했다.

봉이 난설헌에게 보낸 편지엔 누이동생을 생각하는 누누한 정이 적혀 있었고, 여러 수의 시가 말미에 씌어 있었다. 그 가운데 하나이다.

嶺樹千重遠塞城 江流東下海冥冥 영수천중요새성 강류동하해명명
辭家萬里堪怊悵 愁見沙頭病鶺鴒 사가만리감초창 수견사두병척영
(고개의 나무들은 외로운 성채를 천 겹으로 에워싸고 강은 동쪽으로 흘러 아득한 바다에 이른다. 집을 떠나 만 리 밖 슬픔을 혼자 견디며 시름에 겨워 보니 강가 모래밭에 병든 할미새가 있더라.)

난설헌은 '병든 할미새'란 대목에 이르자 와락 눈물을 쏟았다.
"세상에…. 병든 할미새라니."
손수건으로 눈물을 닦고는 "다음은 균아, 네가 읽어보라"고 했다.

千群組練明朝日 萬丈旌旗拂嶺雲 천군조련명조일 만장정기불령운
指點胡山臨黑水 穹廬爭看漢將軍 지점호산임흑수 궁려쟁간한장군
(짝지어 훈련을 받는 병사들이 아침 햇빛 속에 늠름하고, 만장의 깃
발이 고개 위 구름 사이에 나부낀다. 멀리 호지胡地의 산을 가리키며
흑수가에 서 있으면 오랑캐들은 다투어 한장군漢將軍을 바라본다.)

균이 마저 읽자 난설헌은 한숨을 쉬고 중얼거렸다.
"오빠가 있는 곳이 바로 전쟁터인 모양이지?"
"종성 근처에선 가끔 전투가 있답니다."
"항상 신변이 위태롭겠구나."
"형님은 그 점엔 걱정 없으실 겁니다. 워낙 몸이 가벼우시고 동작
이 민첩하시니…."
"그러나 그 무거운 마음으로 어찌 동작이 민첩할 수가 있겠니."
벼루를 당겨놓고 먹을 갈기 시작하는 것을 균이 얼른 받아 그 먹
을 갈기 시작했다.
흰 종이가 펼쳐졌다. 난설헌이 붓을 들었다.
붓끝에서 저절로 시가 솟아나왔다.

層臺一柱壓嵯峨 西北浮雲接塞多 층대일주압차아 서북부운접새다
鐵峽霸圖龍已去 穆陵秋色雁初過 철협패도용이거 목릉추색안초과

山回大陸呑三郡 水割平原納九河 산회대륙탄삼군 수할평원납구하

萬里登臨日將暮 醉憑長劍獨悲歌 만리등림일장모 취빙장검독비가

(한 채의 층대가 높은 산을 누르고 서 있는데 서북쪽으로 뜬구름이
변방의 성채들에 이어져 있다. 철원에서 웅도를 펴려던 용 — 궁예는
떠난 지 오래고 추색 짙은 목릉관에 날아가는 첫 기러기.
산은 대륙을 돌아 삼군을 삼키고 강은 벌판을 가로질러 구하를 받아
들였다. 만 리의 나그네 누대에 오르니 날은 저물어 취하여 장검에
기대어 서서 슬픈 노래가 절로 나온다.)

결구結句에 이르자, 균이 "누님." 하고 불렀다.

꿈에 깨어난 듯 난설헌이 고개를 들었다.

"이것은 여자의 시가 아니고 장부의 시옵니다."

"왜?"

"누님이 장검을 보시기나 했수?"

"장검을 본 일이야 있지."

"술에 취해 본 일이 있수?"

"취한 기분은 알지."

"철협패도용기거鐵峽霸圖龍己去 목릉추색안초과穆陵秋色雁初過는 도
저히 여성의 시상이 아닙니다."

"장부엔 남녀가 없네. 시에도 남녀가 없구. 시상詩想 속에서 남男
은 여女가 될 수도 있고, 여가 남이 될 수도 있는 거란다. 이백의
〈규원〉閨怨은 이백이 여자가 되어 쓴 시가 아니더냐."

"이 시를 작은형님이 읽으시면 대단히 기뻐하시겠습니다. 형님
은 언제나 누님이 가냘프다고 해서 걱정이셨으니까요."

"나도 시상 속에선 장부가 될 수 있다. 장부가 될 때도 있다. 그러나 여자는 여자인 걸 어떡하나. 너 여자의 시를 읽고 싶으냐?"

"예."

"그럼 보여주지."

난설헌이 문갑을 챙기더니 시고詩稿를 꺼냈다.

그중 하나의 제목은 〈빈녀음〉貧女吟.

豈是乏容色 工鍼復工織 개시핍용색 공침부공직

少小長寒門 良媒不相識 소소장한문 양매불상식

不帶寒餓色 盡日當窓織 부대한아색 진일당창직

唯有父母憐 四隣何會識 유유부모련 사린하회식

夜久織未休 戛戛鳴寒機 야구직미휴 알알명한기

機中一匹練 終作阿誰衣 기중일필련 종작아수의

手把金剪刀 夜寒十指直 수파금전도 야한십지직

爲人作嫁衣 年年還獨宿 위인작가의 연년환독숙

(얼굴이야 남보다 못하진 않지요. 바느질과 길쌈 솜씨도 좋지요. 가난한 집안에 자라난 탓으로 좋은 중매자를 알지 못했을 뿐입니다. 춥고 굶주려도 내색을 않고 하루 종일 창가에서 베만 짜지요. 오직 어버이들만 저를 불쌍히 여기시는데 이웃들이야 무슨 상관이겠습니까. 밤늦도록 쉬지 않고 베를 짜노라면 삐걱삐걱 베틀소리가 차갑게 울리지요. 베틀에서 짜낸 한 필의 베, 누구의 옷이 될지 모른답니다. 손에 가위를 들고 옷감을 잘라내고 있으면 추운 밤엔 열 손가락이 곱아오지요.

남들 시집갈 옷 짜고 있으면서도 저는 언제나 홀로 잠을 잡니다.)

60

허균이 그 시를 자세히 읽고 나서 물었다.

"빈녀貧女는 누굴 두고 하신 말씀입니까?"

"빈녀는 바로 나다. 이 나라에 사는 모든 여자라고 할 수도 있겠지만…."

난설헌이 이렇게 말하고 나지막이 덧붙였다.

"나는 남의 옷을 짜본 적도 없고 추운 밤에 손가락이 곱도록 남의 옷을 지어본 적도 없지만 정상은 꼭 그대로다. 넌 여자를 소중히 할 줄 알아야 한다."

"누님. 이런 시는 짓지 마십시오. 궁상스러워요."

"궁상스러운 인생을 그대로 읊는 게 뭐 나쁠까?"

"우리가 살고 있는 인생이란 터전이 원래 궁상스러운데 시에서까지 궁상스러울 필요가 없지 않겠습니까."

"너의 말이 옳기도 하고 그릇되기도 하다. 난들 왜 궁상스런 세상을 싫어하지 않겠느냐. 그래 나는 신선이 된 양으로 유선시遊仙詩를 쓰기도 한다. 그러나 어쩌랴! 사바세계에서 멍든 마음을 그냥 둘 수 없더구나. 토해야 할 피는 토해버려야 한다. 그런 심정으로 쓴 몇 편의 시가 있다. 읽고 싶으냐?"

"장차 누님의 문집文集을 만들기 위해서라도 읽어보아야죠."

"문집을 만들겠다니 창피를 무릅써야겠구나."

"동기간에 창피가 무엇입니까."

"동기간이니까 더욱 창피스럽지. 그러나 골육骨肉의 정이 어떻다는 것을 화를 당하고 나서야 알 수 있겠더구나."

난설헌이 균 앞에 내놓은 것이 〈곡자〉哭子라는 제목의 시였다.

去年喪愛女 今年喪愛子 거년상애녀 금년상애자
哀哀廣陵土 雙墳相對起 애애광릉토 쌍분상대기
蕭蕭白楊風 鬼火明松楸 소소백양풍 귀화명송추
紙錢招汝魄 玄酒尊汝丘 지전초여백 현주존여구
應知弟兄魂 夜夜相追遊 응지제형혼 야야상추유
縱有腹中孩 安可冀長成 종유복중해 안가기장성
浪吟黃臺詞 血泣悲吞聲 낭음황대사 혈읍비탄성

(지난해엔 사랑하는 딸을 잃었고, 이 해엔 사랑하는 아들을 잃었다.
슬프다. 슬픈 광릉의 땅이여! 두 무덤이 나란히 마주보고 서 있다.
쓸쓸한 바람이 버드나무 가지에 불고 도깨비불이 솔숲에서 명멸하는
데 지전을 날려 너희들의 혼을 부르고 너희들 무덤에 술을 붓는다.
남매의 혼들이여, 밤마다 서로 쫓으며 놀고 있으리라는 것을 나는 안
다. 비록 내 뱃속에 아이가 있지만 과연 장성할 날이 있을 것인가.
하염없이 슬픈 노래를 불러 피눈물을 머금고 소리를 삼킨다.)

균은 겨우 통곡을 참았다.

산다는 것이 무엇인가. 아들과 딸이 무엇인가. 사별死別이란 것
이 무엇인가. 여자의 숙명이란 게 무엇인가.

그에겐 누님을 위로할 수단이 없다는 것을 알았다. 이 절대적인
슬픔 앞에 무슨 위로의 말을 꾸미겠는가. 그래서 겨우 입을 떼었다.

"슬픔에 져서야 되겠습니까. 죽음이란 매한가지입니다. 조만早晩
이 있을 뿐입니다. 백 년 후의 달은 아무도 볼 수가 없습니다. 누
님, 이번엔 가슴이 활짝 트이고 마음이 뿌듯해지는 그런 시를 보여
주십시오."

난설헌이 보일 듯 말 듯 웃음을 띠었다.

"이건 어떻겠느냐"며 시 한 수를 가리켰다.

芳樹藹初綠 蘼蕪葉已齊 방수애초록 미무엽이제

春物自姸華 我獨多悲悽 춘물자연화 아독다비처

壁上五岳圖 牀頭參同契 벽상오악도 상두참동계

煉丹倘有成 歸謁蒼梧帝 연단당유성 귀알창오제

(향긋한 나무가 물이 올라 푸르르고 궁궁이 싹이 무성히 돋아났다.
봄날이라 모두들 스스로의 화려함을 뽐내는데 나만 홀로 슬픔 더해
진다. 벽 위엔 오악의 그림이 걸려있고 침상 머리맡엔 참동계가 없으
니 단약丹藥을 만들어내기만 하면 돌아가는 길에 순임금을 만날 수
있으려니.)

"특히 '춘물자연화'春物自姸華란 구절이 좋습니다."

균이 무릎을 탁 쳤다.

"그런데 그 다음이 좋지 않구먼요. '아독다비처'我獨多悲悽가 뭡니
까. 누님의 글엔 비悲가 너무나 많습니다. '비'자를 절약하고 다른
말로 바꾸셔야지."

"그러고 보니 자네에게 보인 시詩마다 '비'자가 있구나. 앞으론
삼갈게."

"삼갈 것까진 없지요. 그러나 대국의 명시名詩에 보면 고사故事에
빗대어 정情을 논하고, 서경敍景을 통해 감感을 나타내어 자기의 심
정이 노출되길 피하는 기교技巧가 있는 것 같습니다."

"장하구나, 균아. 네가 벌써 그런 것을 다 알구."

이렇게 이어지는 자제간姉弟間의 정담에 밤이 깊어가는 줄도 몰랐다.

밤참을 먹고 다시 얘기는 계속되었다. 그래도 자형姉兄 김성립金誠立이 돌아오지 않자 균이 물었다.

"오랜만에 자형을 한번 뵙고 가려고 했는데 아직 돌아오시질 않는 걸 보니 이번에도 틀린 것 같습니다."

"벌써 사흘째다. 집에 돌아오지 않은 게."

"재미나는 곳이 있는가 보지요?"

"글쎄다."

난설헌이 한숨을 쉬곤 활짝 표정을 바꾸었다.

"내 우스운 얘기 하나 하지. 풍문에 네 자형이 첩妾을 얻었다는 소문이 나돌고 있을 때였다. 접接~서당에 간다고 핑계를 대곤 첩의 집에 틀어박혀 있는 거라. 그래 어느 날 편지를 썼지. '고지접유재古之接有才인데 금지접무재今之接無才'라구."

"그렇군요. 접接자에서 재才가 떨어져 나가면 첩妾이 되는군요. 누님이 남자로 태어났더라면 기가 막힌 인물이 되었을 거라."

균이 깔깔대고 웃었다.

"우리 동기 가운데 셋 있는 남자가 모두 기막힌 인물인데 나까지 낄 것은 없지."

난설헌이 조용하게 웃었다.

"그런데, 누님. 세상을 바꿀 수는 없을까요?"

"어떻게?"

"숫제 정치가 돼먹지 않았어요."

64

"그게 어디 어제오늘 시작된 일이냐."

"그렇다고 해서 보고만 있으려고 하니 답답해요."

"답답하대서 어떻게 하겠나. 성현의 말씀이 그처럼 돈독하고 정사政事의 대본大本이 이미 정해져 있는데도 노상 그런 꼴이니 어떻게 하겠나. 인생이란 원래 참고 사는 게 아닐까?"

"그런데 누님, 들어보시오. 손곡蓀谷 선생 같은 분은 얼마나 훌륭하십니까. 그런데도 천출賤出이란 사실 하나만으로 세상에 쓰일 수가 없으니…. 손곡만이 아닙니다. 제가 사귀고 있는 사람 가운덴 서출, 천출이 많습니다. 그런데 그 모두가 훌륭하단 말입니다. 조정에 우글거리고 있는 것들은 머저리들뿐입니다. 양반의 적출嫡出이라고 해서 머저리들이 날뛰고 기막힌 인재들은 서출이라고 해서 썩구. 이게 될 말이기나 합니까?"

"세상 걱정하는 것도 좋지만 먼저 네 수신修身을 잘해라. 마음대로 되지 못할 세상일 때문에 수신을 등한히 해선 안 된다."

"수신하면 뭣합니까. 수신하고 제가齊家하고 치국治國하라구요?"

"알고 있구나."

"제가는 될지 모르지만 나라의 근본을 이대로 두곤 치국은 어림도 없습니다. 그러니까 공부하기도 싫어요. 과거를 볼 생각도 안 나구요. 중형이 귀양 가는 걸 보니 정사에 만정이 떨어졌습니다."

"그래도 과거는 보아야 하고 벼슬도 해야 한다."

"그보다도 누님, 전 축지법縮地法을 배우고 싶고, 둔갑술遁甲術을 배우고 싶어요."

"축지법? 둔갑술?"

난설헌은 크게 웃었다.

"누님, 웃을 일이 아닙니다. 저는 정말 축지법을 배우고 싶습니다. 둔갑술을 배우고 싶구요. 이 나라를 뿌리부터 고치려면 그런 신통력을 가져야 합니다. 큰소리 한번 치고 붙들려 경을 쳐선 죽도 밥도 안 되는 것이니까요. 중국엘 가면 축지법을 배울 수 있을까요?"

정색을 하고 이렇게 말하는 균을 난설헌은 물끄러미 바라본다.

"너 나이 몇 살이지?"

"열여섯 살입니다."

"열여섯 살이면 그런 꿈도 꿀만 하다만, 네가 시담詩談을 할 땐 어른이 다 된 줄 알았더니…."

"제가 철이 없어서 그런 말을 하는 줄 압니까?"

"철이 들고도 그런 말을 한다면 더욱 난처한 일이지."

"축지법을 배울 수 없을까. 둔갑술, 변신술變身術을 배울 수 없을까?"

허균의 눈이 열기에 이글거리기 시작했다.

"요괴전妖怪傳이나 신선전神仙傳에 있는 황당한 얘기지. 어디 축지법, 둔갑술 같은 것이 있겠느냐. 그런 얘기보다도 요즘 읽고 가장 감동한 시문詩文이 있거든 그걸 얘기해보려무나."

"누님, 저에겐 생각이 있습니다. 백성들의 가슴에 불을 붙이는 글을 쓰고 싶습니다. 서출이다, 천출이다 하고 버림받은 인물들의 원한을 씻어줄 수 있는 글을 쓰고 싶소이다. 어떻게 사는 것이 잘 사는 것이며 어떤 나라가 되어야만 사람이 사람답게 살 수 있는가

66

를 가르치는 글을 쓰고 싶습니다. 그렇게 해서 백성들의 마음을 깨우쳐야죠. 축지법, 둔갑술, 변신술 같은 신통력을 배울 수 없을 바에야 글이라도 써서 포부를 천하에 펴야지요. 대장부 뜻을 품고 있으면서 취생몽사醉生夢死야 할 수 있습니까.”

“글을 쓰겠다는 건 좋은 일이라 말리지 않겠다. 그러나 글에도 갖가지가 있지 않겠나. 자기는 옳다고 생각해도 남이 그르다고 판단할 글도 있을 것이고, 가문에 영광이 되는 글이 있는가 하면, 멸족滅族의 화인禍因을 만들 수 있는 글도 있을 것이구.”

“어리석은 임금을 상대로 머리칼에 홈을 파는 것 같은 시비를 다루어 상소를 올리는 따위의 글은 쓰지 않을 작정입니다. 나는 임금에게 상소하고 천하의 자칭고사自稱高士들을 상대로 하는 글이 아니고, 전리田里와 여항閭巷에 사는 시민들에게 호소하는 글을 쓰고 싶은 겁니다.”

“시詩로? 부賦로써?”

“아닙니다. 소설을 쓸 겁니다. 얘기책을 꾸미는 겁니다.”

“얘기책을 꾸미는 것도 좋지. 얘기책이 꾸며지면 내가 맨 먼저 읽고 싶구나.”

“그렇게 하셔야죠.”

“그러나 균아, 모든 일엔 순서가 있느니라. 과거에 급제하고 나서 소설을 쓰건 얘기책을 꾸미건 해라. 세상을 바꾸는 것도 나쁘지 않은 일이지만 세상을 바꾸려면 세상을 따라가며 바꿔야 한다. 첫째 사람들이 네 말을 들어야 하지 않겠니? 누구의 말이다, 하면 사람들이 귀담아 듣도록 할 인물로 되어 있어야 할 게 아니냐. 그러자면 과거에 급제해야 한다. 과거에도 급제 못한 백면의 서생이 하는 말과 과거에 장원한 선비가 하는 말은 무게가 다르지 않느냐. 성인도 여세출與世出이라고 했다. 지금 세상을 저주스럽게 여기는 사람도 이 세상에 차지한 지위를 보아가며 상대를 평가한다. 앞으로 크게 뻗칠 포부가 있을수록 세속의 지위를 다져두어야 하느니라."

"누님의 말뜻은 알겠습니다. 우선 누님을 기쁘게 해드리기 위해서라도 과거에 급제하겠습니다. 장원하겠습니다."

"그 말을 들으니 반갑구나. 내 봉선화를 두고 지은 시를 읊어볼 테니 들어보게나."

金盆夕露凝紅房 佳人十指纖纖長 금분석로응홍방 가인십지섬섬장
竹碾搗出捲菘葉 燈前勒護雙鳴璫 죽년도출권송엽 등전늑호쌍명당
粧樓曉起簾初捲 喜看火星抛鏡面 장루효기염초권 희간화성포경면
拾草疑飛紅峽蝶 彈箏驚落桃花片 습초의비홍협접 탄쟁경락도화편
徐勻紛頬整羅鬟 湘竹臨江淚血斑 서균분협정라환 상죽임강누혈반
時把彩毫描却月 只疑紅雨過春山 시파채호묘각월 지의홍우과춘산
(금쟁반에 저녁 이슬이 서린 새색시의 방이로다. 가인의 열 손가락 섬세하고도 길구나. 대절구에 깃을 넣어 장다리잎으로 말아선 쌍귀고리 울리며 등잔 앞에 동여맸다. 새벽에 일어나 화장하고 발을 걸으니 기쁘다, 화성이 거울에 비치었다. 풀을 뜯으면 붉은 호랑나비 날아온 듯하고 가야금을 켜면 복사꽃이 떨어진 듯하구나. 얌전히 분을 바르고 큰 머리를 다듬고 있으니 소상강 반죽이 피눈물의 자국과도 같더라. 이따금 붓을 들어 초승달을 그리면 붉은 빗방울이 춘산을 지나가는 느낌이러라.)

균은 이 시에서 받은 감동으로 넋을 잃고 눈물을 글썽거렸다.

"이하李賀의 기교, 이상은李商隱의 풍운이 함께 서려 선화仙華로 핀 느낌입니다. 이와 같으신 누님을 가진 영광을 어디다 비할까요. 이와 같으신 누님을 이런 두메, 한숨의 나날 속에 묻어두어야 할 슬픔을 어디에다 비할까요."

"균아. 그건 너무나 외람된 말이다. 나를 이하에 비유하고 이상은에 비유한다는 건 망발로서도 너무하다. 만일 네가 듣기 좋은 말을 그렇게 했다고 하면 사정私情에 흘러 천재天才를 모독하는 경박한 행위가 되고, 네가 진정 그렇게 느꼈다면 너의 견식이 부족하다. 나이 16세에 어찌 시선詩仙들을 알아볼 견식을 갖출 수 있겠는가마는, 자신 없는 말은 무실장담無實壯談이 되고, 그것이 버릇이 되면 호언장담을 일삼는 경박지배輕薄之輩로써 남의 빈축을 산다. 나는 너를 장차 큰 인물로 자랄 사람으로 굳게 믿고 있다. 그런 자질을 가진 사람이 어찌 말을 함부로 할 수 있겠느냐."

"누님의 가르치심 정말 고맙습니다. 그러나 제가 아까 드린 말엔 추호의 거짓도 없고 능히 이하와 이상은을 비견할 만하다는 자신도 있습니다."

그러자 난설헌은 어이가 없다는 듯 웃었다.

"네가 이하를 얼마나 읽고 이상은을 얼마나 읽었느냐. 이하는 그야말로 귀재鬼才이다. 불행히도 요절했기 때문에 그 시풍詩風이 양量을 겸전하지 못했을 뿐이지 만년시사萬年詩史에 불과 몇 되지 않는 사람 중의 하나이다. 이상은 역시 그러하다. 그들에 비하면 나는 어쩌다 학문의 집안에서 태어나 일찍 시심詩心을 익힐 수 있었던 여자일 뿐이다. 나의 시는 아녀자의 장난에 불과하다. 네가 과거에 급제하고 나서 힘써 이하와 이상은을 읽어보아라. 내 말이 헛된 것이 아니라는 것을 알 수 있으리라.”

그리고 난설헌은 이하李賀의 〈개수가〉開愁歌를 읊었다.

秋風吹地百草乾 華容碧影生晩寒 추풍취지백초건 화용벽영생만한
我當二十不得意 一心愁謝如枯蘭 아당이십부득의 일심수사여고란
衣如飛鶉馬如狗 臨岐擊劍生銅吼 의여비순마여구 임기격검생동후
旗亭下馬解秋衣 請貰宜陽一壺酒 기정하마해추의 청세의양일호주
壺中喚天雲不開 白晝萬里閑凄迷 호중환천운불개 백주만리한처미
主人勸我養心骨 莫受俗物相塡豗 주인권아양심골 막수속물상전회

읊기를 끝낸 난설헌이 풀이를 해주었다.

“추풍이 불어제쳐 백초가 말랐다. 화산의 푸른 그늘이 해질 무렵의 추위처럼 느껴진다. 내 나이 20세에 실의에 빠져, 내 마음은 우울하여 시들은 난꽃과 같다. 옷은 메추리처럼 보잘 것이 없고 타고 있는 말은 말이라기보다 개의 꼬락서니다. 갈림길에 검을 두들기니 구리쇠 소리를 낸다. 주막에서 말을 내려 가을 옷을 잡히고 그리던 의양의 술을 한 병 마셨다. 술에 취해 하늘을 보고 소리를 질러보지만 구름은 개지 않고 백주의 만리사방은 싸늘한 정적뿐이다. 주막의 주인이 충고하길 ‘심골(정신력)을 가꾸어야 해요. 속세의 압박 같은 것에 굴복해선 안 되죠’.”

그리고 말을 이었다.

70

"균아, 이 시를 깊이 음미해보아라. 이하가 지은 것 가운데선 대수롭지 않은 것이지만 자연과 인생과 사람과 사람과의 사이와 체관과 애상이 그림과 같지 않느냐. 특히 갈림길에서 검劍을 두들겨보는 대목은 누구도 흉내 낼 수 없다. 저 길도 있지만 나는 이 길로 간다고 할 때, 당연히 가야 할 길을 잡으면서도 자기가 가지 않을 그 길에 대해 뭐라고 형언할 수 없는, 미련이라는 말까진 이를 수 없는 알쏭달쏭한 감회가 서리기 마련이다. 그 감회가 곧 '임기격검생동후'臨岐擊劍生銅吼로 되었다. 귀재 아니면 어림도 없는 구절이다. 그리고 또 보아라. '호중환천운불개'壺中喚天雲不開라, 옛날 시존施存이란 선인仙人은 술항아리를 우주라고 하여 밤이면 그 속에 들어가 잤다는 고사가 있는데, 이하는 그 고사에 술 취한 기분을 빗대어 이렇게 썼다. 이를테면 술에 취해 떠들어보았자 세상사는 될 대로밖에 안 된다는 뜻을 그렇게 적은 것이다. 그런 데다 주막집 주인의 말에 빙자한 대목을 보아라. '주인권아양심골'主人勸我養心骨, 참으로 기막힌 대목이 아니냐. 마지막의 전회塡屍란 글귀는 밝혀 말할 수가 없다. 속물에 의한 압박이란 뜻이 아닐까?"

균은 누님의 시해력詩解力에도 감복할 수밖에 없었다.

밤은 깊어도 잠은 오질 않았다.

'이제 헤어지면 언제 다시 만날 수 있을까' 하는 감상도 있었다.

난설헌은 균이 조르는 대로 이하의 시를 연석演釋하고 이상은의 시를 연석하다가 이윽고 첫닭의 울음소리를 들었다.

난설헌으로선 아무리 그 만남이 소중하기로서니 시부모를 모시는 며느리의 신분인 것이다.

"잠깐이나마 눈을 붙여야겠다."

며 난설헌이 일어나서 균을 사랑방에 마련해둔 침소로 안내했다.

허균은 그 이튿날 누님 집을 하직했다. 강기슭을 끼고 산굽이에
이르렀을 때 돌아보니 누님 난설헌이 집 뒤 동산에 처량하게 서서
이쪽을 보고 있었다. 균은 고함을 질러 누님을 불러보고 싶은 충동
이 일었으나 가까스로 참고 자기도 모르게 흘러내린 눈물을 닦았다.

누님의 모습과 누님이 사는 마을이 보이지 않게 된 산길을 걷기
시작하면서 균은 누님을 기쁘게 해드릴 유일한 수단은 멋진 얘기책
을 꾸미는 것밖엔 없다는 생각을 하게 되었다. 그 생각이 후일 〈홍
길동전〉을 쓰게 된 바탕이었는지 모른다.

균은 그가 죽을 때까지 광주의 시골에서 누님과 더불어 정담을
나눈 그날 밤을 잊지 못했다. 그렇게 긴 시간을 두고 난설헌과 더불
어 시를 논하고 인생을 논한 기회는 그것이 마지막이었다.

허봉이 금강산에서 죽었다. 노수신의 진력으로 귀양살이에서 풀
려난 그는 서울에 있는 가족에게로 돌아오지 않고 금강산으로 들어
갔는데 거기서 신병으로 죽은 것이다.

그때 봉의 나의 38세. 불같은 정의감과 한량없는 포부와 하늘이
준 기막힌 재능을 안고 죽어야 했으니 그 한恨이 오죽했을까.

균의 나이는 그때 21세였다. 비보를 듣고 균이 금강산으로 달려
갔을 땐 봉은 이미 무덤 속에 들어가고 없었다.

균은 형의 사인死因을 세상의 부조리로 보았다. 그의 통곡은 주야

로 이어졌다.

　봉의 임종을 지켜보고 장례까지 치러준 암자의 노승은 몸부림치며 우는 균에게 이렇게 타일렀다.

　"생자필멸生者必滅, 회자정리會者定離는 인생의 정리定理인즉, 멸滅과 이離를 넘어설 지혜를 가꿀 일이지 슬픔에 젖어 자상自傷할 일이 아니오."

　그러나 그 말은 균의 슬픔을 달랠 수 없었다.

　"멸과 이를 어떻게 넘어선단 말이오."

하고 물어보지 않을 수 없었다.

　"사람의 염력念力은 불가능을 모르오."

　노승의 조용한 말이었다.

　"어떻게 불가능이 없단 말이오?"

　"생生에 사死를 보고 사에 생을 보는 지혜 앞에선 생사가 여일如一한 것이니, 그 여일을 그대로 깨닫도록 염력을 집중하란 뜻이오."

　"그 근거는 어디에 있소."

　"오직 불도佛道에 있을 뿐이오."

　"세속世俗을 버리라는 말인가요?"

　"영생永生을 얻기 위해선 수유須臾의 세속을 버린들 무어 아까울 것이 있겠소."

　노승의 말엔 권위가 있었으나 균은 납득할 수가 없었다.

　"세상이 내 형을 죽였소. 내 형을 죽음으로 몰아세운 세상을 가만둘 수 없소. 나는 복수해야겠소. 이 세상을 저주하오."

　그런데 노승의 입에서 뜻밖의 말이 나왔다.

"복수도 좋고 저주도 좋소. 그러나 그 모두가 일섬광음一閃光陰 속의 장난에 불과하다는 것만은 잊지 마시오. 불안佛眼으로 보면 인생은 개미나 마찬가지올시다. 하지만 도리가 없지요. 평생 그 업業에서 벗어날 수 없는 사람도 있는 것이니까. 보아하니 젊은 선비는 지독한 업을 지니고 있는 사람 같구려."

'나무아미타불 관세음보살'을 연송하며 노승은 그 이상 말하려 하지 않았다.

이때 균은 불도佛道에 끌리는 마음이 없지 않았으나 형의 죽음이 너무나 억울해서 만사는 원수를 갚고 난 후에 생각해 보리라고 마음먹었다. 암자에서 사흘을 묵고 노승에게 봉의 무덤을 당부한 후 균은 그곳을 떠났다.

금강산의 절경도 그의 눈엔 없었다. 형을 잃은 슬픔이 앞섰기 때문이다.

묵묵히 계곡을 따라 내려오는데 서양갑徐羊甲이 "단보!"하고 불렀다.

단보端甫는 균의 자字이다. 결혼한 후론 주로 이렇게 불리었다.

"뭔가?"

"자네의 그 애통해 하는 모습이 답답하구나. 노승의 말마따나 생과 사는 어떻게 할 수 없는 일이 아닌가. 사흘 낮 사흘 밤을 그만큼 울었으면 지금쯤 마음을 가라앉혀도 될 만하지 않는가."

서양갑이 타이르듯 했다. 그는 목사牧使를 지낸 서익徐益의 첩이 낳은 아들이다. 총명한 데다 힘이 좋았다.

"양갑이."

균이 불렀다. 서양갑은 아직 장가를 들지 않았기 때문에 이름 그대로를 부른 것이다.

"말을 하게."

"항상 하는 얘기지만 세상이 이래서야 되겠나."

"안 되지, 안 돼."

백번이고 더 되풀이한 말을 양갑이 다시 한 번 되풀이했다.

"우리 말만으로 떠벌릴 게 아니라 화끈하게 해치우고 싶어."

"무엇을 어떻게 해치우자는 건가?"

균이 개울가의 바위를 가리켰다.

"저기 좀 앉아서 얘기하자."

균이 바위에 앉았다. 서양갑이 그 옆에 가 앉았다. 만산이 적막한데 개울소리만 은근했다. 그 소리에 귀를 기울이던 균이 울먹였다.

"형님은 저 소리를 들으며 돌아가셨을 거라."

"단보, 형님 얘기는 그만두기로 하자."

균은 서양갑의 말엔 아랑곳 않고 옷소매에 눈물을 닦았다.

"형님은 임종의 자리에서 이 소리를 어떻게 들었을까. 억울해서 어떻게 돌아가셨을까."

"대장부 우는 꼴 참말로 보기 싫구먼. 그렇게 심약한 주제에 장차 무슨 큰일을 할 건고."

서양갑이 핀잔하는 투가 되었다.

"양갑이! 내 이번 한성으로 돌아가면 송강놈을 당장에 요절을 내겠다."

송강松江이란 정철鄭澈을 말한다. 일부 대신들이 말리는 가운데 정철만이 주장해서 허봉, 박근원, 송응개가 귀양살이를 하게 된 것이다.

뭐라고 할 말을 잃고 서양갑이 멍청히 있었다.

"형님의 상소에 그릇된 데가 있던가?"

"그릇된 데야 없지. 없지만…."

"없지만 어떻단 거야."

"당파싸움 아닌가. 단보의 형은 김효원의 친구이구, 송강은 이이의 친구이구. 동인東人이 하는 짓은 서인西人의 눈으로 보면 아니꼽구 그 반대도 그렇구…."

"그러니까 도리가 없단 얘기야?"

"도리가 있을 수 있으려면 당파싸움이 없어져야 해. 그러지 않곤 백 년을 가도 그 모양일걸."

"그렇다고 송강놈을 가만둬야 하나?"

"귀양을 보냈대서 원수를 갚으려면 갚을 놈은 따로 있지."

양갑이 불쑥 말했다.

"그게 누군데."

"몰라서 묻나?"

양갑이 뜻하는 것은 '임금'일 것이었다.

"그러나 그건…."

"원수의 장본인은 놔두고 피라미만 잡자는 건가?"

"송강이 어째서 피라민가?"

"피라미지. 오늘 정승자리에 있다고 하지만 정승이 다 뭐고. 상소 한 장 올려놓고 적당하게 일을 꾸미면 그자도 귀양살이 아닌가."

"그래도 나는 분을 참을 수 없어. 돌아가기만 하면 당장 그자를…."

"내일 모레면 저승으로 갈 자와 자네의 생명을 맞바꿀 참인가?"

"도리가 없지."

균이 뱉듯이 말했다.

양갑은 그런 균을 부드러운 눈으로 보고 있다가 말을 보탰다.

"참게, 참아야 하네. 우리에겐 원대한 포부가 있지 않은가. 그때까지 참게. 송강 하나쯤 쥐도 새도 모르게 없애는 건 여반장如反掌한 일이다. 보다도 나라의 꼴을 바로잡아야 할 게 아닌가."

균이 잠잠해 버렸다.

"참지 못할 처지에 있는 건 우리들이다. 자넨 그래도 세상과 타협하고 살 순 있지 않은가. 벼슬이나 하고 적당히 말이다. 그런데 우리 서출庶出들은 타협할 수도 없다. 짓밟히고만 살아야 하니 그런 형편에 타협이 있을 수 있겠는가. 이런 우리도 참고 사는데 억울하게 형님이 돌아가셨다고 해서 몸부림치는 자네를 보니 정말 딱하군. 자네 형님은 신병으로 돌아가셨어. 일찍 돌아가신 것은 섭섭하지만 천수를 다했다고 볼 수 있지 않은가. 당당한 양반으로서 말이다."

서양갑의 이 말을 균은 백번 이해하고 있다.

균의 주위엔 불우한 친구들이 많았다. 균은 그 친구들과 적극적으로 사귀었다. 그들의 운명을 자기의 운명인 양 받아들였다.

그들의 운명이란 서출의 운명이다. 아무리 총명하고 재주가 높고 덕행이 있고 양반집 출신이라도 어머니가 첩이면 행세할 수 없었다.

어떻게 이런 꼴이 되었는가. 그 원인은 조선조의 초기에 비롯되었다.

태조太祖가 물러갈 무렵 왕위를 계승하는 문제가 대두되어 왕자들 사이에 골육상쟁骨肉相爭이 벌어졌다. 이른바 '왕자王子의 난亂'이다.

태조는 아들 여덟을 두었다. 방우芳雨, 방과芳果, 방의芳毅, 방간芳幹, 방원芳遠, 방연芳衍은 신의왕후神懿王后 한씨韓氏의 소생이고, 방번芳蕃, 방석芳碩은 신덕왕후神德王后 강씨康氏의 소생이다.

태조 즉위초 세자책립世子冊立이 거론되었을 때 배극렴을 비롯한 몇몇 중신들은 "평상시라면 적자嫡子이며 장자인 왕자를 세울 것이지만 비상한 때이므로 개국에 공이 많은 제5자 방원을 세우는 것이 좋다"고 주장했다.

그런데 태조는 계비 강씨의 의향에 따라 제7자 방번을 세우려 했다. 배극렴 등은 사람됨으로 하여 방번이 부적당하다고 하고, "꼭 강씨 소생이라야 한다면 제8자 방석이 가하다"고 하여 결국 그렇게 되었다.

이 처사는 한씨 소생 왕자들의 불평을 사게 되었다. 그 가운데도 방원의 불만이 컸다. 방원은 태조의 창업에 절대적인 기여를 한 사람이다. 방원이 없었다면 조선조의 창업은 불가능했을지 모를 정도였다.

방원은 조준, 김사형 등과 짜고 이숙번이 이끄는 사병을 동원하여 정도전과 남은의 거처를 습격해서 이들을 죽였다. 이어 방석,

방번을 죽이고 제2자 방과를 세자로 책립했다.

방과는 정종定宗으로 왕위에 올랐는데 그 2년에 또 왕자의 난이 발생했다. 제4자 방간이 박포의 선동에 의해 난을 일으킨 것이다. 결국 실패하여 방간은 유배지에서 죽었다.

이 두 난을 겪은 후 방원이 정종에 이어 태종太宗으로 왕위에 올랐다.

이런 경험을 가진 태종은 왕권을 확립하는 동시 후환을 없앨 의도로 주자학朱子學에 이른 적서嫡庶의 명분론을 이용하여 서자庶子들을 완전 소외하는 제도를 만들었다. 이로써 서자들에겐 일체 등용의 길이 막혀버린 것이다.

게다가 성종成宗 때에 이르러 '서얼영세금고법'庶孽永世禁錮法이란 것이 〈경국대전〉經國大典에 추가되었다. 이로써 서자들은 과거科擧를 볼 수 없게 되었을 뿐만 아니라 양반 옆에 앉지도 못하게 되고, 조상의 제사를 지낼 때엔 마루에 서지 못하고 축담이나 뜰에 멍석을 깔아놓고 지내야 했다.

그 후 조광조, 이이, 성혼 등이 서자들이 쓴 굴레를 벗겨주려고 했으나 여의치 않았다. 그런 까닭에 신분을 속이는 사례가 나타나기도 했는데 발각되기만 하면 등과登科의 방榜이 붙어도 즉시 취소되었고 관직에 있는 경우엔 당장 삭탈관직이 되었다.

한참을 있다가 서양갑이 다시 입을 열었다.

"단보, 자네는 우리들의 기둥이다. 원수를 갚는 것은 우리가 할 테니까, 자넨 빨리 등과해야 하네."

"이런 세상에 과거를 보아 출세하는 것보다 화적 떼에 섞여 세상을 잡아 흔들어보고 싶다."

"또 쓸데없는 객담을 하는군. 자네가 벼슬을 해서 우리의 울이 되어 주어야 한다. 조정의 거목이 되어 우리를 감싸주어야 하네. 그렇게 해야만 안팎으로 호응하여 대사를 이룰 수 있지 않겠는가."

"알았다, 서공."

균은 활달하게 말하고 먼지를 털고 일어섰다.

그 이듬해 균은 생원시生員試에 합격했다. 그러나 그 기쁨을 망쳐버릴 또 하나 큰 슬픔이 닥쳤다.

누님인 허난설헌의 죽음이었다.

"천여재天與才 천불여행天不與辛, 그렇다면 재才를 준 것이 무슨 까닭이었던가. 슬픔을 더하게 하기 위한 농락이 아닌가."

균은 땅을 치고 울었다. 그는 완전히 허무주의자가 되었다. 기방妓房에 유연流連하는 게 버릇처럼 되었다.

장형 성筬은 타일렀지만 균의 귀엔 마이동풍과 같았다.

"지금이 중요한 때이다. 이 시기를 허황하게 지내면 아무것도 안 된다. 봉을 잃고 초희를 잃은 것이 낸들 슬프지 않을 까닭이 있는가. 봉이 못 다한 일을 네가 해야 할 것 아닌가. 초희가 네게 건 기대를 저버려선 안 될 것이 아닌가."

"출세가 뭡니까. 가문이 뭡니까. 살아갈수록 원怨과 한恨만 짙어가는데 이 원, 이 한을 어떻게 합니까. 깨어있는 마음으로 어떻게 이 슬픔을 견딜 수가 있겠습니까. 버린 동생으로 치고 날 내버려 두

80

서요."

그래서 학업을 전폐하다시피 했다.

그의 재능이면 그 이듬해에라도 대과大科에 오를 수 있었는데 기방妓房에서 유연황망流連荒亡 세월을 허송하고만 있었다.

참다못해 허성이 어느 날 심우영沈友永을 불렀다. 심우영은 심전沈銓의 첩 소생으로서 균에겐 처삼촌이었다. 심우영은 조카사위인 균과 매일처럼 떠돌아다니며 술을 마셨지만 영특한 소질을 타고난 사람으로 방자하진 않았다. 허나 그도 역시 출세의 길이 막힌 서출로서 허무적인 기분으로 기울어 있었다.

"사형!"

허성은 심우영을 사형査兄이라고 불렀다. 사장査丈으로 부르기엔 나이가 너무 어렸기 때문이다.

"균이 저런 꼴이니 내가 제수씨를 대할 면목이 없소."

성이 제수씨라고 하는 것은 균의 부인 심씨를 두고 하는 말이다.

"단보의 일로 허형이 미안해할 것 없지 않소."

심우영의 말은 무뚝뚝했다. 그러자 성의 표정이 굳어졌다.

"듣건대 사형은 매일 균과 어울려 다닌다고 하던데 질녀 되시는 분에게 미안하지도 않소?"

이 말엔 심우영이 약간 찔끔했다. 성이 말을 정중하게 꾸몄다.

"나는 곧 통신사의 서장관으로 왜국에 가기로 돼 있소. 그런데 균이 저런 형편이니 마음을 놓을 수가 없구려. 어떻소? 사영, 균의 마음을 좀 잡아주시오."

"내 말을 어디 듣습니까?"

"아니오. 사형 말은 들을 것 같소. 균이 그대로면 왜국으로 떠나는 형이 불안해서 임무를 완수할 수 없다더라고 전해주시오. 보다도 균은 대과大科를 치러야 합니다. 저대로 둬둘 순 없지 않소. 무슨 수를 써서라도 균의 마음을 바로잡도록 힘써주시오. 내 이렇게 빕니다."

성이 무릎을 꿇고 절을 했다.

"이래선 안 됩니다."

심우영이 당황했다. 당상관堂上官인 허성으로 하여금 일개 서출 앞에 무릎을 꿇게 해선 안 되는 것이다.

"사형, 일생의 소원입니다. 균의 마음을 바로잡게 해주시오."

"제 성의를 다해보겠습니다."

얼떨결에 심우영의 입에서 이렇게 대답이 나왔다.

허성이 문갑에서 돈 백 냥을 꺼내 심우영 앞으로 밀어놓았다.

"균에겐 돈이 없을 것이오. 그런 균을 데리고 다니려니까 사형의 부담이 얼마나 컸겠소. 이건 가용을 절약해서 만들어놓은 돈이오. 맡아두셨다가 균이 절박하게 돈이 필요하다 싶을 때 나를 들먹이지 말고 사형의 것이라고 하고 건네주시오."

"직접 주시지요."

심우영이 사양했다.

"며칠 전 형제간에 심한 다툼이 있었소이다. 그리고부턴 균이 내 앞에 나타나질 않습니다. 그러니 내가 직접 건네줄 기회가 있을 것 같지 않소이다. 그런 데다 내가 주면 받지 않을 겁니다. 엉뚱한 응석은 하면서도 형에 대해 미안한 감정은 있는 모양이오."

심우영은 허성이 아우를 생각하는 섬세한 마음에 감동했다.

그 돈을 받아가지고 나오며 무슨 수단을 써서라도 균의 생활이 정상을 찾도록 힘써야겠다고 다짐했다.

허성의 집을 나온 심우영은 회현동으로 박응서를 찾아갔다.

대낮인데도 박응서는 자고 있었다. 심우영이 그를 깨웠다. 응서가 부스스 일어나 눈을 비볐다.

"어떻게 된 일이냐?"

"자네가 어떻게 된 건가? 대낮부터 자고 있는 꼴이 뭔가."

"어젯밤 단보, 양갑이허구 어울려 밤새 술을 마셨더니만….."

"그래, 단보는 어디 있나?"

"우학경의 소가에 있어."

우학경이란 삼개 객주의 아들이다. 몇 해 전부터 허균을 싸고돌며 노는 친구 가운데 하나이다.

"어쩌다 우학경의 소가로 갔는가?"

"남원에서 기막힌 여자가 왔어. 단보가 어쩔 줄 모르더구면. 우학경이 다리를 놓았지."

"그건 그렇고….."

심우영이 서양갑의 소식을 물었다.

"양갑이는 자기 집에 있을걸. 같이 돌아왔으니까. 그런데 양갑은 왜 찾나?"

심우영은 허성과의 사이에 있었던 얘기를 대강 했다.

"단보가 무난히 대과를 치르도록 무슨 계교를 꾸며야겠다."

"단보는 응하기만 하면 대과에 장원하고도 남을 건데, 뭐."

"그렇다고 매일 술독에 빠져 있게 할 순 없잖아."

"그렇긴 해. 그러나 무슨 계교를 부린다?"

"서양갑에게 좋은 의견이 있을지 모르지."

심우영과 박응서는 서양갑이 살고 있는 반촌 쪽으로 어슬렁어슬렁 걸었다. 북악이 맑은 공중에 솟아 있었다. 바람이 서늘했다. 녹색 사이에 붉은 빛이 섞였다. 단풍이었다.

"벌써 가을이 되었구나."

"취생취몽醉生醉夢 우춘추又春秋. 이게 시가 될까."

"자네 조카사위에게 물어보게."

서양갑의 집 대문을 밀고 들어서자 뜰에서 국화를 손질하던 양갑의 모친이 핀잔을 했다. 그래도 입언저리엔 미소가 있었다.

"양갑은 사랑에서 자고 있소. 무슨 술을 그렇게 먹여놓았소."

양갑의 아버지가 황해도에서 고을살이를 할 때 만났다는 양갑의 어머니는 나이가 40세를 반을 넘겼을 것인데도 30세 이전의 향기를 그냥 지니고 있었다.

"양갑을 깨울 테니 어머닌 해장국 준비부터 해주십시오."

응서가 넉살좋게 말하자 양갑의 어머니는 웃었다.

"또 오늘밤 술타령일 것이니 해장은 내일로 미루지 그래."

소리를 듣고 깨었는지 방문을 열고 들어서자 양갑은 이불 위에 일어나 앉아 팔뚝을 긁고 있었다.

"팔뚝은 왜 긁어?"

"미운 놈 한 대 갈겨주고 싶어 팔이 근질근질해. 뭣 땜에 몰려온 거냐?"

"해장부터 먼저 하고 말하지."

박응서가 이불을 제쳐놓고 앉았다.

미리 준비했던 모양으로 양갑의 어머니는 해장국과 해장술을 하녀를 시켜 사랑에 내보냈다.

술을 마시며 허균에게 대한 대책을 의논했다.

허균이 대과에 합격하여 빨리 벼슬하게 해야 한다는 점엔 의견이 일치했다. 그들의 이른바 대사는 허균의 출세와 더불어 시작되고 진행될 것이었다.

"우리 모두가 술을 삼가고 기방출입을 하지 않도록 하면 어때?"

심우영이 이런 제안을 했다.

"괜한 소리 하지 말어. 개보고 똥을 참으란 말이 되기나 한 말이여."

서양갑이 피식 웃었다.

"그 어려운 일을 허균을 위해서 우리 한번 해보잔 말이다."

심우영은 짐짓 그런 각오를 하고 있었다.

"과거날을 1주일쯤 두고 단보를 밀실에 가두어버리면 되지 않을까?"

균의 재능을 단단히 믿고 있는 양갑으로선, 그 일을 갖고 수선을 피울 필요가 없다고 생각하고 있었다.

심우영과 서양갑 사이에 오가는 응수를 듣다가 박응서가 나섰다.

"내 말 들어."

두 사람은 응서의 말을 기다렸다.

"너희들, 세상을 고칠 생각이 있냐, 없냐?"

"새삼스럽게 무슨 소린가?"

"그렇다면 우리 일대 결심을 하자. 대사를 위해선 결심이 있어야 하고 결심에 따른 정진이 있어야 하지 않겠나. 대사는 식은 죽 먹듯 되는 일이 아녀. 익어 떨어지는 밤 같은 것도 아니고…. 우리가 꾸미고 다지고 만들어내야 하는 거여."

"그래, 어쩌겠다는 얘긴가?"

양갑이 투덜댔다.

"잘 들어. 단보는 공부하고 우리는 무술을 익히자. 이렇게 하면 어때? 깊은 산속 암자를 하나 빌려가지고 단보는 거기서 공부하고 우리는 그동안 산과 계곡을 누비며 무술을 익히는 거야. 기한은 단보가 대과에 급제할 때까지. 대사를 일으키려면 우리에게도 준비가 있어야 할 게 아닌가?"

"좋은 생각이다."

심우영이 공감의 뜻을 표했다.

"말은 좋다만 그렇게 될 수 있을지."

서양갑은 가만히 있다가 시무룩한 표정을 지었다.

"그렇게 할 수 없으면 대사大事고 뭐고 없다. 단보 혼자 공부시킬 방도도 없고…. 우린 매일 놀고 있으면서 그 사람에게만 어떻게 술 마시지 마라, 기방출입 마라고 강요할 수 있는가."

심우영이 이 말을 받았다.

"양갑이 응하지 않으면 우리끼리라도 그렇게 결심할밖에. 이경준, 박치인, 김경손을 불러 한번 의논을 해보자."

그래도 서양갑은 시무룩한 표정을 풀지 않았다. 그의 성격대로라면 누구보다도 먼저 이 계획에 발 벗고 나설 것인데 아무래도 이상한 일이어서 심우영이 물었다.

"서공, 우리에게 숨겨놓은 일이 있는 게 아닌가?"

서양갑은 입맛만 다셨을 뿐 대답하지 않았지만 그에겐 동지들의 제안에 곧 응할 수 없는 사정이 있었다.

얼마 전 그의 옆집에 강릉이 고향인 최 진사란 사람이 이사왔는데 그 최 진사의 딸이 천하일색이었다. 얼굴만 잘난 것이 아니라 그 총명이 이만저만 아니란 얘기도 들었다. 그는 그 여자에게 홀딱 반했다.

나이로 보아, 또는 양갑의 집안으로 친다면 능히 사람을 사이에 넣어 청혼할 수도 있지만 서출인 주제로선 엄두도 내지 못할 일이었다.

최 진사의 집이 가난하기라도 하다면 재물을 써서 성사시킬 수도 있으련만 처녀의 가세는 매우 부유한 것으로 알려졌다. 그래 서양갑은 비상수단을 쓰기로 작정했다. 처녀가 나들이하는 기회를 포착하여 감쪽같이 납치하든지, 야심할 때 처녀의 방을 덮쳐 소문을 내서 그 처녀가 자기에게 오지 않으면 안 되게 하든지, 그 양단간을 노릴밖에 없었다.

서양갑은 평소 사귀어놓은 시정의 불량배를 동원할 요량으로 있었기 때문에 동지들 사이엔 일절 발설하지 않고 있었다. 그런 시기에 심우영, 박응서의 제안이 있었으니 얼른 응할 수 있을 까닭이 없었다.

"그럼 자넬 빼고 우리만으로 해도 되겠지?"

심우영이 못을 박듯 했다.

"사람을 그처럼 족치지 말게. 내게도 요량이 있으니까."

서양갑이 이렇게 얼버무렸다.

"무슨 요량인가?"

"넉넉잡고 두 달만 기다려주게."

박응서가 얼른 받았다.

"우리가 산중으로 들어간다고 해서 내일모레 가야 할 것은 아니지 않은가. 두 달쯤은 기다릴 수가 있어. 서공은 뒤에 참여해도 되는 거니까. 어쨌든 우학경의 소가로 가보세."

우학경의 소가에선 엉뚱한 사태가 벌어져 있었다.

심우영, 박응서, 서양갑은 우학경과 허균이 마주앉아 해장술을 마시고 있는 자리에 들어섰다.

"남원의 미녀는 어딜 갔나?"

박응서가 물었다. 우학경이 턱으로 안방을 가리켰다.

"새 꽃의 향기는 어땠어?"

서양갑이 빙글빙글 웃었다.

우학경이 모두를 둘러보며 의미 있는 듯한 웃음을 보였다.

"도련님의 심기가 좋지 않으니 말씀들 삼가시죠."

허균은 잔뜩 찌푸린 상으로 술을 들이켜고만 있었다.

"이 사람아, 해장술을 그렇게 마셔?"

심우영이 나무라는 투로 말했다.

"기분 잡쳤수다."

허균이 중얼거렸다.

"그런 망신 난생처음이여."

우학경과 허균이 번갈아 한 얘기를 종합하면 이렇게 되었다.

남원에서 온 미녀의 이름은 채선인데 허균의 구애求愛를 정면에서 거절해 버렸다는 것이다. 채선은 아직 동기童妓의 몸으로 어떻게 돈을 벌었는지 그 돈으로 몸값을 치르고 기적妓籍에서 벗어났다. 그리곤 어릴 적부터 남몰래 사귀었던 애인이 과거 보러 서울로 떠난 채 돌아오지 않자 남복으로 바꾸어 입고 천릿길을 걸어 한양까지 온 것이다.

몸 붙일 곳이 없어 묵동 기생집을 찾아가 술자리에 나갔다가 삼개 우학경을 알게 되고, 그 연유로 허균이 노는 자리에 오게 되었다. 채선에게 반한 허균의 부탁을 받고 우학경은 채선을 자기 소가로 데려와 허균과의 신방을 차리려는 참인데 거기서 문제가 생겼다.

채선이 허균에게 물은 것이다.

"과거를 보셨나요?"

"생원시는 치렀다."

"대과는 언제 볼 참이죠?"

"대과는 안 볼 참이다. 기생이 그건 물어 뭣해."

"시원찮은 사람하곤 자리를 같이하기 싫으니까요."

"그럼, 내가 시원찮단 말인가?"

"대과를 못했으니 시원찮고, 대과를 할 생각도 없다니까 더더욱 시원찮소."

"사람을 보면 되지, 벼슬이 무슨 소용인가."

"사람 속을 어떻게 알아요. 벼슬이나 보고 알지."

"심히 당돌한 년이로구나."

"심히 싱거운 선비네요."

그리고는 채선이 자리를 박차고 나가버렸다는 것이다.

"대과에 장원하여 찾지 않는 한 그 사람 앞엔 나가지 않겠다."

우학경의 소가가 아무리 타일러도 버티는 덴 두 손 들었다는 것이다.

심우영이 감탄했다.

"그 채선이란 여자 대단하구나."

"벼슬만 알고 사람을 모르는 년이 뭐 대단하단 말이오."

허균이 불쾌한 듯 뱉었다.

"초면의 사람을 알아볼 방법이 벼슬하고 돈 이외에 달리 있겠는가. 여자는 그만했으면 됐지 뭔가."

심우영이 이렇게 말하자 서양갑이 투덜댔다.

"제기랄, 평생 벼슬 못할 우리를 사람 축에도 넣지 않겠군."

"그건 아니래. 채선의 말은 당초 벼슬할 생각이 없었던 사람이면 달리 보기라도 하겠는데 생원시 따놓고 대과大科를 포기하는 사람은 비겁하거나 용렬한 소인이란 거지."

우학경의 말이었다.

"미녀를 안아보기 위해서도 단보는 대과를 해야겠군."

박응서가 껄껄대고 웃었다.

"대과?"

허균이 씁쓸하게 웃었다.

"그런 년 비위 맞추려고 내가 대과를 해? 침어낙안沈魚落雁의 미녀라도 소용없어. 그런 년은 사타구니에 감투라도 끼고 색을 쓰라지."

말투로 보아 허균은 심히 자존심이 상한 모양이었다.

"그런 년 걸려들까 두려워서라도 나는 벼슬 같은 것 안 할 거다."

허균이 계속 투덜댔다.

"그래 그 여자 때문에 토라져 대과를 포기했단 말인가?"

심우영이 말을 꺼냈다.

"그럴 까닭이 있겠소만 그러나저러나 나는 대과할 생각이 없어!"

모두들 조용해져 버렸다.

허균의 성미를 알고 있기 때문이다. 옆에서 반대하면 엉뚱한 방향으로 굳어지는 게 허균의 성미였다.

허균은 잠자코 술잔을 비우면서 속으로 자문자답했다.

'역적으로 몰리기 위해 대과를 해?'

'곤장을 맞고 개처럼 죽기 위해 대과를 해?'

'길이 아니면 가지를 말 일이고, '펄 구덩이'인 줄 알면 밟지 말아야 할 일이고, 덫인 줄을 알면 치이지 말아야 할 일 아닌가.'

허균은 작금의 정여립鄭汝立 사건을 염두에 두고 있었다. 그는 왠지 정여립에게서 자기와의 동질성同質性을 느끼고 있었다.

정여립은 벼슬이나 세도勢道 같은 것에 연연하는 사람이 아니었다. 그렇다고 해서 야심과 포부가 없었던 것은 아니다. 어느 누구보다도 자존심이 강했다. 상대가 속물俗物이라고 보면 면매面罵를 함부로 했다. 어떠한 권위도 그의 안중엔 없었다. 얄팍한 지식을 휘두르는 자를 보면 서슴없이 경멸의 언설을 삼가지 않았다. 위선의 내음을 맡기라도 하면 거침없이 비난의 화살을 쏘았다.

스승이 율곡栗谷을 비난하고 나선 것도 무슨 공리적功利的 목적을 노렸기 때문이 아니고, 혼자 점잖은 척하는 태도, 자기만 천하의 도리를 알고 있는 척하는 태도, 내가 아니면 안 된다는 식의 독선에 대한 혐오 때문이었고, 그 위선의 가면을 갈기갈기 찢어놓고 싶은 충동 때문이라고 허균은 짐작했다.

정여립의 그러한 성격이 자신의 내부에 골고루 갖추어져 있다는 것을 누구보다도 허균 자신이 잘 알고 있었다. 많은 사람들이 교만한 태도와 교격한 언동 때문에 정여립을 미워한다. 허균 자신도 그러한 성격 때문에 많은 사람의 미움을 사고 있다.

그런데도 정여립을 좋아하는 사람이 있는 것과 마찬가지로 허균을 좋아하는 사람이 있는 것이다. 그런 까닭에 허균은 정여립의 운명에서 자기의 운명을 보았다.

영리한 데다 날카로운 관찰력을 가지고 있는 허균은 정여립의 역모죄가 조작이란 것을 간파하고 있었다. 말하자면 억울하게 역적으로 몰린 것이다. 그렇다면 정여립의 그 운명이 곧 허균 자신의 운명으로 될 것이었다. 이러한 짐작은 곧 '나는 저렇게 되어선 안 된다'는 자각으로 이어졌다.

대과大科에 등제하면 벼슬길에 올라야 한다. 벼슬길에 있게 되면 자신의 소신을 관철해야 한다. 자기의 소신을 관철하려면 옹졸한 붕배朋輩들의 반대를 무릅써야 한다. 그렇게 하려면 많은 적을 만들게 된다. 그 결과는? 형 봉篈처럼 귀양살이하다가 죽든지, 곤장을 맞고 개처럼 죽든지, 정여립처럼 자살하든지, 누군가처럼 능지처참을 당하든지 할 것이 뻔하다. 그런 까닭에 허균의 기분으로선 대과大科가 대과大過로 되게 하는 덫인 것이다.

생각에 잠긴 허균의 얼굴을 바라보며 우학경이 그의 눈치를 살폈다.

"지금쯤 채선인 후회하고 있을 거여. 오늘밤 내가 한번 타일러보지."

"아냐, 그런 년은 보기도 싫어. 감투 좋아하고 돈 좋아하는 년은 우리완 무연無緣의 중생이야. 그 년 얘기는 집어치우자."

"그 말 한번 좋다."

박응서가 끼어들었다.

"단보 어떤가. 서울에 있어보았자 매일 술타령이고 계집타령이니 어디 산 좋고 물 좋은 곳을 찾아 그곳에서 한동안 지내보는 것이 어떨까."

"좋지. 그러나 벌써부터 산림 속에 묻혀버리기엔 우리의 청춘이 너무나 아까워. 신여고목身如枯木하고 마음에 선태蘚苔가 끼일 무렵 명산명수名山名水를 찾아도 늦지 않을 것을 미리부터 서둘 필요가 있을까?"

심우영이 얼른 그 말을 받았다.

"영영 산림 속에 묻혀버리자는 얘기가 아닐세. 2, 3년 동안만 서울을 떠나 있어보자는 얘길세."

"산 좋고 물 좋은 데 가면 안개와 이슬만 먹어도 살 수 있나요?"

"그 문제는 걱정 말게."

심우영이 자신만만하게 말했다.

"꼭 그럴 생각이라면야 내가…."

우학경이 도와줄 생각이 있다는 의사를 표정으로 나타냈다. 그는 삼개 갑부의 아들이었다.

"서공은 어떤가?"

허균이 서양갑을 돌아보았다.

"나도 그게 좋다고는 생각하네만…."

서양갑이 말꼬리를 흐렸다.

"좋다고 생각하네만 어떻다는 건가?"

허균의 질문은 박응서가 받았다.

"서공에겐 무슨 사정이 있는가 봐. 그 일만 처리하면 우리와 합숙하게 돼 있어."

"그 일이 뭔데?"

"차차 얘기하지."

서양갑의 표정에 근심의 빛이 있었다.

"시기를 어떻게 잡을까?"

심우영이 성급하게 나왔다.

"형님이 곧 왜국倭國으로 떠나신다니까 그 후쯤으로 잡지요."

술집에서 연일 유연황망流連荒亡하면서도 균은 형에 대한 관심은 마음 한구석에 남아 있었던 모양이다.

균의 형 허성은 지난해 11월 18일 조의朝議의 결정으로 황윤길黃允吉을 정사正使로 김성일金誠一을 부사副使로 한 통신사의 서장관書狀

官으로서 왜국倭國에 가기로 되어있었다.

"그러나 언제 떠나시게 될지 모르지 않는가. 떠나실 때 자네가 돌아오면 될 게 아닌가."

"사람이 그처럼 경망하게 움직일 수 있나요."

심우영의 말에 허균의 대답이었다.

결국 허균의 의견에 따라 허성許筬이 왜국으로 떠난 후 결행할 작정을 하고 장소의 선택 등 사전준비는 심우영, 박응서가 맡기로 했다.

며칠 후, 경인년 정월 23일 밤 3경三更에 태묘太廟에서 화재가 났다. 〈조선왕조실록〉에는 다음과 같이 기록되어 있다.

"수복守僕들이 묘내廟內에 잠입하여 금은보화를 절취하고 그 흔적을 없애기 위해 방화한 것이다. 전임 후임의 수복 전부를 체포하여 국문하자 전 수복前守僕 이산李山이 자복했다.

이산은 능지처참 당하고 공범인 지량池良, 변두성邊斗星은 참형斬刑에 처해졌다. 이 사건에 연루되어 죽은 자 수십 명이다. 재빨리 화재를 발견하고 진화한 원주의 정병正兵 유성회柳成會를 당상관堂上官으로 특진시키고 동참의 3인에게 군직 5품軍職 五品을 서敍했다."

바로 이날 밤 서양갑과 그 일당은 최 진사댁의 헛간에 불을 질러 놓고 그 불을 끄는 척 뛰어 들어가서 가족들이 정신을 차리지 못하는 틈에 최 진사의 딸을 납치하여 달아났다.

사실을 말하면 그 계략은 허균에게서 나왔다. 그날 밤도 늦게까지 술을 마시고 있었는데 태묘에 불이 났다는 소문이 날아들었다. 서양갑으로부터 일전 최 진사 딸 얘기를 듣고 있던 허균이 불이 났다는 소식을 듣자 귓속말로 물었다.

"서공, 최 진사의 딸을 어떻게 할 텐가?"

"납치할밖엔 달리 방도가 없지."

서양갑도 낮게 속삭였다.

"그렇다면 이 기회가 좋다. 관속들의 관심이 전부 태묘에 모였을 것 아닌가. 이때를 이용하자."

허균의 이 말에 암시를 받고 서양갑은 수하 몇 놈에게 일러 최 진사집 헛간에 불을 지르라고 했다. 허균이 짐작한 대로 관속은 물론이고 최 진사집 인근에서도 장정들은 모두 태묘의 불구경하느라 가 버리고 최 진사집의 화재를 돌보는 사람은 없었다.

그 기회에 서양갑 일당이 들어가 한 패는 불을 끄고 한 패는 집기를 옮겨내고 서양갑은 사람들을 피신시킨답시고 최 진사와 마님을 자기 집으로 옮기는 동시에 최 진사의 딸만은 수하를 지켜 주자동 친구 집에 데려다 놓았다.

헛간만 타고 다른 건물이 무사하니 천만다행이었으나 딸이 행방 불명이 된 것은 대사건이었다. 최 진사와 부인은 심통心痛으로 앓아 누웠다. 그러자 3일 만에 서양갑은 가까스로 최 진사의 딸을 찾아 냈다며 생색을 내고 데려왔다. 무뢰한이 납치해가서 하마터면 큰 일 날 뻔했던 찰나 구출했다고 꾸며댈 수 있을 만큼 각본이 썩 잘 되어 있었다.

어떤 이유건 양반집 딸이 무뢰한에게 납치되어 3일 동안이나 외방에 머물러 있었다고 하면 옥기玉器에 금이 간 것이나 다를 바 없었다. 그런데 서양갑은 생명의 은인인 것이다. 그러니 서양갑이 서출이니 뭐니를 따질 겨를이 없었다.

"처녀로 놔두고 말썽을 빚을 것이 아니라 빨리 치우도록 하는 것이 상책입니다."

매파媒婆의 권고에 따라 서양갑과 최녀崔女와의 혼사는 얼마가지 않아 이루어졌다. 비록 서출이라고 하나 양갑의 아버지는 높은 벼슬아치이고 양갑 본인은 총명과 풍채가 겸전된지라 최 진사는 딸에게 말했다.

"이것도 너의 팔자이다. 네 남편을 하늘로 알고 잘 섬기도록 해라."

혼사가 끝나고 며칠인가 지났을 때 단둘이 만난 자리에서 서양갑이 허균 앞에 무릎을 꿇었다.

"이로써 내 평생의 소원 하나는 이루었소. 이건 오로지 단보의 덕택이오. 이 은혜 백골난망이오. 전에도 그러했지만 앞으로 더욱 단보의 뜻을 받들어 견마지로犬馬之勞를 다하겠으니 그리 아시도록 하오."

"서공. 남 보기 부끄럽게 무슨 그런 얘기를 하는가."

허균이 껄껄대며 웃었다.

그해 3월 6일 왜국으로 가는 통신사 일행이 떠났다.

서장관 허성은 숭례문 밖까지 전송나온 균에게 어젯밤 했던 말을 한 번 더 되풀이했다.

"네 몸은 네 것만이 아니다. 네 마음도 네 것만이 아니다. 네 몸

엔 아버지의 생명이 함께 있고, 네 마음엔 아버지의 한이 같이하고
있다. 일촌일각인들 아버지를 잊을쏜가. 네가 열두 살 때 상주의
객상에서 돌아가신 아버지는 너를 생각하고 눈을 감으시질 못했
다."

"형님 걱정하시지 마십시오."

일행이 시야에서 사라질 때까지 선 자리에서 움직이지 않았으나
허균의 마음은 굳게 다져지고 있었다.

'내 생명은 아버지의 생명이다. 내 마음엔 아버지의 한이 있다.
그러나 그건 형님이 생각하는 것과는 다른 것이다. 아버지의 한은
형님이 짐작한 것보다는 몇 곱절 크다. 나는 그 한을 안다.'

허성을 포함한 통신사가 떠난 바로 그날 밤. 심우영, 박응서, 서
양갑을 비롯한 7, 8명의 동지가 허균을 주빈으로 하여 잔치를 베풀
었다.

이 잔치에서 박응서는 위징魏徵의 시 가운데서 "남아감의기男兒感
意氣에 공명수부론功名誰復論일꼬"를 들먹여놓곤 말을 이었다.

"남아로 태어나서 행하는 바가 있어야 하지 않겠는가. 이룩하는
바가 있어야 하지 않겠는가. 천하는 누구의 것이냐. 뜻 있는 자의
것이다. 그래서 나와 심공沈公은 삼개 우공禹公의 도움을 받아 충주
忠州와의 상거 30리 조령鳥嶺을 정남正南으로 보는 산의 계곡에 폐사
廢寺 하나를 수축하여 우리의 도장을 만들어놓았다. 산심山深하여
인적人跡없고, 수청水淸하여 오탁汚濁없고, 화조花鳥있어 객수客愁를
달랠 수 있으니 가히 명당名堂이라고 할 만하다. 우리 그곳에 가서

호학好學하는 자는 학문을 익히고, 호무好武하는 자는 무술武術을 익혀 장차 체현천의體現天意하고 안무백성安撫百姓하자는 것이다.”

“그 뜻은 좋다. 그러나 학學과 무武만으로 어디 살 수 있겠는가. 낙樂이란 것도 있어야 하지.”

허균이 호탕하게 말했다.

그러자 서양갑이 웃으며 대꾸했다.

“10일에 대연大宴하고 5일에 소연小宴이 있을 거요.”

“삼국지에 보면 매일 소연, 3일에 대연한다고 되어 있던데?”

누군가가 말했다.

“그건 영웅들의 행태이고 우리는 학생들이 아닌가.”

심우영이가 한 말이다.

“많은 것을 바라지 않는다. 5일 소연, 10일에 대연이면 족하다. 그런데 여자는 어떻게 할 텐가?”

허균이 물었다.

“예끼, 이 사람. 우리가 산으로 가려는 것은 여자를 피해서 가려는 것이다.”

박응서가 나무라듯 했다.

“피주피녀하기대避酒避女何期待, 술을 피하고 여자를 피해 무엇을 기대한단 말인가.”

허균이 이렇게 푸념을 토하자 서양갑이 “명월공산자생락明月空山自生樂”이라 했고, 박응서는 “보국안민평천하報國安民平天下”라고 했다.

“그래. 우리 한번 해보자.”

허균이 술잔을 옆자리에 있는 친구에게 돌렸다.

같이 충주 골짜기로 갈 사람들의 명단 확인이 있었다. 허균, 서양갑, 심우영, 박응서, 이경준, 박치인, 김경손, 허홍인, 김직재, 유인발, 김평손, 박종인 등이다. 이 가운데 심우영, 이경준, 박치인, 김경손은 호학도好學徒로서 허균의 글공부 동무가 되기로 하고, 나머지는 호무도好武徒라 하여 무술을 익히기로 했다.

이들이 조령 건너편의 춘추곡春秋谷으로 들어간 것은 허성이 떠난 지 한 달쯤 후인 4월 중순이었다.

이 무렵에도 정여립 사건의 여진이 남아 있어 조정은 여전히 살벌한 분위기에 휩싸여 있었다.

정여립과 교제가 있었다고 해서, 친하다고 해서 붙잡혀 죽은 사람이 많았는데 전 전라도 도사都事 조대중曺大中 같은 사람은 정여립이 죽었다는 소식에 눈물을 흘렸다고 밀고당하는 바람에 국문을 받고 죽은 일까지 있었다.

조대중이야말로 억울한 사람이다. 부안扶安에 출장 갔다가 어느 관기官妓와 친숙한 사이가 되었다. 돌아올 때 그 기생을 데리고 오다가 보성寶城에서 이별하게 되었다. 조대중은 퍽이나 감상적인 사람이었던 모양이다. 그 이별이 너무나 슬퍼 눈물을 흘렸다. 그 무렵이 공교롭게도 정여립이 자살한 때였다.

누군가가 그것을 보고, 정여립이 죽었다는 소식을 듣고 조대중이 방에 들어가서 울었다며 소문을 퍼뜨렸다. 전라감사 홍여순洪汝諄이 이 말을 듣고 보성군의 이속들과 하인들을 불러 사실여부를 살폈다. 그들의 말은 기생과의 이별 때문에 운 것이라 일치했다. 그런데 이 사실을 기화로 대중이 정여립 때문에 울었다는 소문疏文이 올라가자 대중은 체포되었다.

대중은 다음과 같이 공술했다.

"여립이 죽었을 때 나는 광주의 집에 있었고 그때 담양부사 김여물이 찾아왔습니다. 그래, 김여물과 같이 술을 마셔 대취해버렸습니다."

당시 김여물은 서울에 있었다. 소환하면 증언하려고 대기하고 있었으나 국청에선 그를 부르지 않았다. 그리곤 곤장을 쳐서 대중을 죽여 버린 것이다.

억울한 사람은 조대중만이 아니었다. 이렇게 매일매일 억울한 사람들이 죽어나갔다. 허균 일행이 충주로 떠날 즈음엔, 정여립을 김제군수와 황해도사에 천거한 당시의 이조당상吏曹堂上과 색랑청色郎廳 간부들을 모조리 파면시켜야 한다고 사간원司諫院에서 들고 일어났다. 정여립을 김제군수로 천거한 사람들은 판서 이산해, 참판 이식, 참의 백우양, 정랑 유근, 좌랑 정창연, 강신 등이었고, 정여립을 황해도사로 천거한 사람들은 판서 이양원, 정탁, 참판 정언지, 참의 이성중, 정랑 이항복, 좌랑 강신 등이었다.

충주로 가는 길목마다에서 허균과 그 친구들은 서울을 휩쓸고 있는 정변을 화제로 말을 주고받았다.

"세상이 이런 꼴로 되어가면 나라 망할 날이 얼마 남지 않았다."

열흘이 걸려 충주까지 왔을 때, 그러니까 4월도 그믐께가 되었을 무렵, 허균 일행은 충주의 여사에서 김효원金孝元의 부보計報를 들었다.

김효원은 심의겸과 대립하여 당파 동인東人의 괴수가 된 사람이다. 허균은 아버지 허엽으로부터 김효원에 관한 얘기를 많이 들었기 때문에 그가 죽었다는 소식을 접했을 때 남 같지 않은 감회를 가졌다.

참고로 〈선조수정실록〉宣祖修正實錄 24권 선조 23년 4월조를 보면 다음과 같은 기록이 있다.

"영흥부사永興府使 김효원 죽다. 효원의 자는 인백仁伯, 호는 성암省菴, 선산의 사람 홍우弘遇의 아들이다. 조식曺植의 문하에서 배우고 중년 이황李滉의 문에서 종유從遊하다. 소시엔 예민하여 일을 꾸미길 좋아하고, 논의論議가 교격하여 동배들이 모두 두려워했다. 때문에 심의겸과 더불어 당의 괴수로 지목되어 내직內職에 있지 못하고 외보外補되었다. 외직에 있게 되면서부턴 신중하게 처신하여 소관小官이라고 해서 가볍게 여기지 않고, 결코 시사時事를 말하지 않았다. 친구에게 보내는 서찰 중에서도 조정의 득실得失은 언급하지 않았다. 언제나 한탄하길, '내가 전관銓官으로 있을 때 나라를 위한 일념으로 한 것이 오늘과 같은 분규를 있게 한 원인이 되었다. 이 책임을 모면할 길이 없다.'

그런데 효원의 아버지가 영유현령永柔縣令으로 있을 때 그가 아버지를 보살피기 위해 개성을 지날 적엔 개성유수開城留守인 심의겸이 성의를 다해 영접했다. 이렇게 서로 만나면 친구와 다름없이 환담하며 지냈다. 훗날 심의겸이 죽었다는 소식을 듣자 효원은 '아아! 나의 벗을 잃었구나'라고 눈물을 흘리며 이틀 동안 식음을 폐했다. 효원의 졸년卒年은 49세. 그 아들에 극건克鍵과 극선克銑이 있다."

한편은 동인, 한편은 서인의 괴수가 되어 김효원, 심의겸은 서로

원수나 다름이 없는데 그 두 사람의 사적私的인 교의는 이러했다. 괴수들 사이는 이러했는데 당파 사이는 날로 험해만 갔다. 정여립의 사건은 그 당쟁의 절정에 있었던 것이다.

객사의 호롱불 밑에서 막걸리를 마시며 허균과 박응서는 이런 말을 주고받았다. 허균이 먼저 입을 열었다.

"인백(김효원의 자)은 과연 정여립의 사건을 어떻게 생각했을까?"

"일절 시사時事를 언급하는 일이 없었다니 알 수가 있나."

"거한성건居閑省愆했다니 그 심정은 명경지수明鏡止水 아니었겠나. 그 사람만은 진실을 알고 있었을 것이여."

"알고 있으면 뭘 해. 누가 뭐라고 해도 인백은 천추의 죄인이야."

"말을 그렇게 함부로 말게. 내 아버지가 그의 동류였다네."

"단보의 춘부장께선 받들어 모셔놓은 어른인데 어찌 인백과 동류라고 할 수 있겠나."

"아니야. 아버지는 인백을 무척이나 좋아하셨어. 나이를 따지면 아들 나이밖엔 안 되는 후배를 그처럼 좋아하신 걸 보면 인백이 보통 사람이 아니었다는 것을 알 수가 있어."

"인물을 평할 땐 그 행적을 보아야지. 그의 수신修身이야 어떻든 간에 그가 정사政事에 끼친 폐단이 이만저만한 게 아니지 않는가."

"그러나 박공, 인백을 두고 천추의 죄인이란 말은 삼가게. 그저 아까운 사람이라고만 말하게. 그 총명한 인재가 49세에 죽었다니 아깝지 않은가."

"단보의 마음은 알 것 같아. 그러니 단보 같은 인재가 조정에 들어가 당쟁에서 비롯된 모든 폐단을 일소해야 하네."

"박공이 무슨 소릴 해도, 내 형이 어떤 말씀을 해도 벼슬하기 싫어."

"내키지 않겠지만 우리를 위해서 단보는 조정에 들어가야 하네. 우리 때는 참는다고 하더라도 우리의 후손에게까지 고통을 물려줘서야 되겠는가."

"천하의 부조리를 내 하나의 힘으로 되겠는가."

"단보는 일당백, 일당천 할 수 있는 인물이니까!"

"사람을 너무 과찬하지 말게."

"사람 하나의 힘도 위대한 걸세. 단보가 조정에 왔다고만 하면 그 사실로도 우리는 용기백배할 수 있을 것이네."

"지나친 기대는 부담스러워."

"부담스러울 것 없네. 천의무봉天衣無縫으로 단보 하고 싶은 대로 하면 될 것이니까."

"박공, 내 청 하나 들어주겠나? 손곡蓀谷 선생을 모시고 왔으면 해."

"우리 도장에? 지금 어디 계시는가?"

"강원도에 계시지."

"연세는 꽤 높으실 텐데. 건강하신가?"

"그건 잘 모르겠네."

"자네가 꼭 모시고 싶다면야 여부가 있나. 자리가 잡히는 대로 우리 의논해서 모셔오도록 하지."

손곡 이달李達은 허봉許葑의 친구이자 허균, 허난설헌 시문에 있어서의 스승이다. 삼당시인三唐詩人의 하나로서 그 명성은 높았으나

104

천출이란 이유로 관계에 진출하지 못하고 술로써 불운을 달래는 처지였다.

박응서가 손곡 선생을 산장으로 데리고 오길 망설인 것은 허균의 대과준비大科準備에 방해가 되지 않을까 해서이다. 이달은 과거 같은 것은 안중에 없는 사람이고 시심詩心만 가꾸면 그만이란 인생관의 소유자였기 때문에 허균이 그 스승과 어울리기만 하면 화조풍월花鳥風月에 탐닉하여 과시科試 같은 건 돌보지 않을 위험이 있었다. 그래서 '자리가 잡히는 대로 우리 의논해서'란 단서를 붙인 것이다.

춘추곡春秋谷이란 이름은 허균이 붙였다. 폐사廢寺의 이름은 하동암夏冬庵이라고 했다. 이것도 허균이 지은 이름이다. 영락榮落을 일컬어 춘추라 하고, 성장成藏을 일컬어 하동이라 한다는 허균의 발상엔 그런 대로의 운치가 있었다.

서양갑은 이미 명나라에서 구해다 놓은 〈무술대전〉武術大全을 교본으로 해서 무술을 익힐 계획을 세웠고, 심우영, 이경준은 대과大科를 겨냥한 학습계획을 세웠다.

이윽고 허균은 주위의 친구들이 자기의 과거를 위해 이런 계교를 꾸몄다는 사실을 알아차렸다. 한편으론 귀찮은 기분이 없지 않았으나 다른 한편으론 고맙다는 생각이 들었다. 드디어 '이 친구들의 기대를 저버릴 수 없다'는 마음으로 기울어 들었다.

춘추곡 하동암은 과연 명당이었다. 박응서의 말대로 산이 깊어 인적이 없었고 물이 맑아 마음까지 청결하게 했다.

호무도는 숲속을 누비고 능선을 달리며 무술을 익혔고, 호학도는 책 읽고 시문을 짓는 데 여념이 없었다. 모두 수재들이어서 서로가 서로의 선생이 될 수 있어 특별한 스승을 초청할 필요가 없었다.

'이럴 바에야 산림의 은사로 일생을 마쳐도 한이 없겠다'고 허균은 그곳의 생활에 만족했다.

매일 과시科時 하나씩을 지어내는데 정말 허균의 재능은 탄복할 만했다. 때로 과시의 체體를 따서 세사를 비분하는 글도 썼고 서울에 두고 온 애인을 사모하는 글도 썼는데 그 모두가 구슬처럼 영롱했다.

허균과 그 일당이 춘추곡에서 호학好學 호무好武하고 있을 때에서 서울에선 정풍政風이 피비린내를 뿜어내고 있었다.

5월 들어 어느 날 이경준이 서울에 다녀오더니 이런 얘기를 했다.

담양의 유생 채지목이란 자가 광양의 훈도訓導가 되었는데 그곳의 현리縣吏와 짜고 문서를 위조하여 현감인 김극조가 이발李潑 형제의 역모를 돕기 위해 군기軍器를 마련해주었다고 밀고했다. 전 현감 한덕수도 이같이 감사에게 보고했다. 김극조를 체포하여 조사한 결과 문서를 위조했다는 것이 밝혀졌다. 채지목 등 현리들은 죽음을 당하고 한덕수는 유배되었다. 김극조는 옥에서 풀려나왔지만 고문으로 얻은 병 때문에 죽고 말았다.

비통한 것은 이발의 노모와 어린 아이들이었다.

이발의 어머니 윤씨가 82세의 나이로 형장에 끌려와서 모진 매를 맞고 숨질 때, 형벌이 너무 과람했다 전하고 이발의 아들은 8세였는데 국문을 받으며

"평일에 아버지가 나를 가르치시길 집에 들어와서는 효도하고 나가서는 충성하라 하였을 뿐 역적의 일은 들은 적이 없다."

고 하자 임금(선조)은

"이런 말이 어찌 놈의 자식 입에서 나올 말이냐."

하며 때려죽이라고 명령했다는 것이다.

그 얘기를 듣자 허균이

"오늘은 이발, 이길의 형제, 그 노모와 8세 된 이발의 아들을 위해 저녁식사를 폐하고 기도를 올리자."고 했다.

이발은 균의 작은형 허봉과 가까이 지냈기 때문에 몇 번 접촉이 있어 그 인품을 잘 알고 있었다. 그런 까닭에 특히 이발과 그 가족이 당한 참변은 견디기 힘든 슬픔이었다.

〈연려실기술〉에 다음과 같은 기록이 있다.

"이발은 효성이 지극했다. 평소 병이 많은 어머니를 위해 옷과 띠를 풀지 않고 약을 종들에게 맡기지 않고 손수 달였다. …기축옥사 (정여립 사건) 때엔 혹독한 고문을 받아 온몸의 살이 온전한 곳이 없어 숨이 끊어질 뻔했는데도 다시 국문을 받을 때엔 반드시 단정히 꿇어앉았고 조금도 얼굴색이 변하지 않았다. 마침내 곤장을 맞아 죽자 사람들은 모두 원통히 여겼다."

억울하고도 원통하게 이발은 죽고 그가 극진히 모시던 노모와 사랑하는 아들까지 죽었으니 그 한이 천추에 사무치리라!

허균은 눈물을 머금고 그 밤을 지새웠다.

광란狂亂의 굴절屈折

'광음光陰은 쏜 화살과 같다'는 것은 누가 한 말이던가.

춘추곡 하동암에서의 세월도 빨랐다. 허균은 학문에 몰두할 수 있었다. 원래 몰두할 줄 아는 자질이 있던 것이다.

해가 바뀌었다. 신묘년辛卯年.

백설이 덮인 하동암에서 젊은 청년들이 그들의 포부를 위해 자축의 잔치를 열었다. 이때 허균이 읊은 시에 이런 것이 있다.

志有開路 路即有至 지유개로 노즉유지

至所何處 天地眼下 지소하처 천지안하

(뜻이 있으면 길이 열린다. 그 길은 이르는 곳이 있다.

이른 그곳이 어디냐. 천지가 눈 아래 있는 곳이다.)

어느덧 2월에 들어섰을 때 한양에서 기별이 왔다.

일본에 갔던 통신사 황윤길, 김성일 등이 일본의 승려 겐소玄蘇와 대마도수大馬島守의 가신인 야나가와柳川調信를 데리고 지난 1월 말

부산포에 도착했다는 것이다.

허균은 기별을 받은 그 이튿날 서울로 떠났다. 심우영과 서양갑이 동행했다.

그런데 서울에 도착하니 뜻밖의 소식이 기다리고 있었다.

형 허성이 전판관前判官 성천지成天祉와 같이 체포되어 동래부東萊府에 구금되어 있다는 소식이었다. 마른하늘에 벼락과도 같은 일이었다.

'이 무슨 일이냐.'

곧 형조에 알아보니, 전일에 허성이 대장장이를 정여립의 집으로 보내 무기를 만들게 한 적이 있다고 밀고한 사람이 있어 동래부사로 하여금 그가 돌아오자마자 체포케 한 것이었다.

'세상에 이럴 수가 있는가. 만리타국에 갔다 온 사람을 위로는 못할망정 감옥에 잡아 가두다니.'

허균은 이를 갈고 부산포를 향해 떠났다. 심우영과 서양갑이 역시 동행해 주었다.

허균은 부산에 도착하여 사정에 따라선 감옥을 부수고라도 허성을 구출할 작정이었다. 이처럼 경우를 몰라보는 나라의 국법은 무시해도 좋다는 생각이었다. 추운 겨울길을 걸으며 허균은 갖가지 궁리를 해보았다. 어떤 수단으로 감옥을 부술 것인가. 탈옥케 한 후 어떻게 할 것인가. 감옥을 부숴도 형은 탈출에 응하지 않을 것이 아닌가.

정여립의 사건에 말려들었다고 하면 살아남지 못할 것이었다. 허균은 이발, 조대중을 비롯한 무수한 죽음을 상기했다.

허균은 아무리 생각해도 형이 정여립의 집에 무기를 만들게 하기 위해 대장장이를 보냈다는 것은 틀림없이 무고誣告라 생각되었다. 허성의 성격을 봐서도 그렇고 주위의 사정을 봐서도 그러했다. 그렇다면 어떤 놈의 모함일까. 허균은 그놈을 알아내기만 하면 당장 박살을 내리라고 이를 갈았다.

하루 백 리씩을 걸어 허균이 부산포에 도착한 것은 2월 15일이었다. 도착한 즉시 동래부로 가서 동래부사에게 면회를 요청했다.

허엽의 아들이며 허성의 아우라고 하자 동래부사는 쾌히 면회요청에 응해주었다. 면회한 자리에서 균은 형과 만나게 해달라고 부탁했다. 그런데 첫말이 "당신 형은 이곳에 없다"는 것이었다.

"여기에 없으면 어디에 있단 말입니까?"

허균이 대들 듯했다.

동래부사는 웃음을 머금고 "혐의가 없음이 밝혀져 엊그제 석방되었다"고 했다.

만신의 힘이 탁 풀렸다. 안도의 한숨과 동시에 장도長途를 걸은 피로가 일시에 엄습해왔기 때문이다. 그런데 순간 의혹이 생겼다. 국문을 받고 죽은 것을 석방이란 말로 고쳐 한 것이 아닐까 하는.

그래서 다음과 같이 물었다.

"혹시 심한 국문을 받으시진 않았을까요?"

"나라를 위해 먼 길을 다녀온 분에게 심한 국문이 있었겠는가!" 하고 동래부사는 "모두가 나라의 불운이라"며 한숨을 쉬었다.

"지금 형님은 어디에 계십니까?"

"온천에서 여독을 풀고 천천히 떠나시라고 내가 권했는데도 듣지 않고 어제 떠나셨소. 교군들을 시켜 소중하게 모시라고 했으니까 서울 가시는 데 불편은 없을 것이지만 오랜 여로에 지쳐있는 몸이라서, 아닌 게 아니라 나도 은근히 걱정하고 있소."

동래부사의 호의 있는 태도에 힘입어 허균은

"도대체 어떤 죄목으로 형님이 붙들린 겁니까?"

"내 입으로 말하기 싫소. 그러나저러나 혐의가 풀렸으니까 그런 것에 구애하지 말고 형 되시는 분의 몸이나 잘 돌봐드리소."

"고맙습니다."

허균이 퇴출하려 하자, 동래부사의 말이 있었다.

"서울에서 달려온 모양인데 내가 여사旅舍를 주선해줄 터이니 며칠 푹 쉬었다가 가도록 하오."

"고맙습니다만 지금이라도 당장 형님을 뒤쫓아 갈까 합니다."

"그건 안 될 말이지. 무리하다가 병에 걸리면 되레 형 되시는 분이 마음에 부담이 될걸. 천릿길을 달려온 몸으로 이틀 앞서 간 사람을 따라간다는 것은 무리요. 상대방은 건장한 교군으로 바꿔가기도 하고 역마를 타고 길을 재촉하기도 할 건데 무리하지 마시오. 서울에 가서 만날 작정을 하고 며칠 쉬시구려."

동래부사는 하인을 불러 허균 일행을 객관客館으로 모시라고 분부했다. 이때의 동래부사는 고경명高敬命이다.

허균은 형님 성을 모함한 사람이 정철鄭澈 일파일 것이라 짐작하고 서울에 돌아가기만 하면 무슨 수단을 써서라도 보복할 결심을 했다.

그런데 서울에 와서 보니 판국이 약간 달라져 있었다. 정철은 좌의정에서 영돈령부사領敦寧府事란 한직으로 밀려나 있었고, 균의 말을 듣자 성이 펄쩍 뛰었다.

"이번의 일은 정철과 전연 관련 없는 일이다. 그리고 지나간 일이니 그 일을 갖고 왈가왈부해선 안 된다. 박빙여리薄氷如履라는 말을 모르느냐. 참으로 세상은 험하다."

성은 균의 손을 붙잡고 간곡하게 당부했다.

그런 후 정철이 한직으로 밀려난 원인을 알게 되자 허균의 마음이 다소 풀리기도 했다. 그 사연이란 이렇다.

정철은 영의정 이산해, 우의정 유성룡, 부제학 이성중, 대사간 이해수 등과 더불어 세자책봉에 관한 의논을 했다. 그리고 광해군을 세자로 책립하도록 임금께 건의하자는 데 의견의 일치를 보았다. 그런데 임금에게 건의하기로 한 날에 이산해는 나타나지 않았다. 이산해는 김공량金公諒을 통해 김빈金嬪이 낳은 신성군信城君이 임금의 의중에 있다는 것을 알고 자리를 피한 것이다.

이런 사정도 모르고 경연經筵에서 정철이 세자책봉에 관한 건의를 했다. 임금은 심히 노하여 경들의 의견이 모두 그러냐고 했을 때 이산해와 유성룡은 묵묵부답이었다. 왕의 진노가 정철에게 집중되려 하자 부제학 이성중과 대사간 이해수는, 정철의 건의는 정철 혼자만의 의견이 아니고 우리 모두의 합친 의견이라고 말했다.

이 사건으로 인해 정철이 한직으로 밀려나고 이성중과 이해수는 외직外職으로 쫓겨났다. 뒤이어 유생 안덕인의 상소가 있었다. 정철은 주식酒食을 탐하여 나라를 어지럽히고 정사를 문란케 했다는 것이다.

"사정이 이쯤 되어 있는데 정철을 꼬집고 나서면 부화뇌동하는 소인배나 다름없지 않겠는가. 참으로 삼가라."

허성은 거듭 허균을 말리고 춘추곡에서 공부한다는 얘기를 듣고 빨리 춘추곡으로 돌아가라고 권했다.

이 무렵 조정에선 엉뚱한 일이 벌어지고 있었다.

정사 황윤길은 부산포에 도착하자 "반드시 병란이 있을 것이다"고 말한 바 있는데 임금 앞에서도 이와 같이 말했다.

그런데 부사 김성일은 "신이 정형情形을 살피건대 절대로 병란 같은 것이 있을 까닭이 없습니다. 그런데도 터무니없는 말을 함으로써 인심을 소란케 하고 있으니 사리에 어긋나는 일입니다" 하고 황윤길의 주장을 반박했다.

임금이 물었다.

"도요토미 히데요시豊臣秀吉란 자의 상相이 어떠하던가?"

정사 황윤길은 "그의 눈빛은 날카롭고 매서워 담膽과 지혜가 있는 사람으로 보였습니다" 하고, 김성일은 "놈의 눈은 쥐새끼 눈 같았습니다. 개의할 바 못됩니다" 라고 했다.

이렇게 양론으로 갈리자 혹자는 황윤길의 말이 옳다고 하고, 혹자는 김성일의 말이 옳다고 하였다. 좌의정 유성룡柳成龍은 김성일의 편을 들었다.

물음을 받자 서장관 허성이 단호하게 말했다.

"반드시 도요토미 히데요시의 침공이 있을 것입니다."

당파로 보면 김성일과 동류였지만 사태파악에 있어선 허성이 그와 의견을 달리했다.

전한典翰 오창령吳昌齡은 선위사로 일본에서 온 승려 겐소 등을 대접하는 역할을 맡고 있었는데, "명년을 기하여 조선을 거쳐 명나라를 칠 것이다" 하는 겐소의 말을 듣고 그대로 조정에 보고했다.

그런 일이 없을 것이란 김성일의 주장으로 기울어졌던 조정은 오창령을 그 직책에 두었다간 무슨 소릴 할지 모른다고 하여 선위사의 직책을 응교 심희수應敎 沈喜壽로 바꿨다.

3월말 김성일은 통신사로서의 공로가 컸다고 해서 대사성大司成으로 영진했다.

이때 허성이 허균을 불러놓고 조용히 말했다.

"김성일이 영진한 것은 좋다. 그만한 인물이니까. 그러나 정사 황윤길을 소홀히 취급하는 것은 달갑지가 않다. 모름지기 정사도 형평의 원칙을 따를 것이고 화전양면和戰兩面으로 대비할 것이거늘 김성일의 말만 듣고 병란에 대한 준비를 소홀히 한다는 건 대단한 잘못이다."

"형님은 왜국이 쳐들어온다고 믿고 계십니까?"

"그렇다. 나는 김성일이 보지 않은 것을 보았고 김성일이 보지 못하는 것도 보았으며 김성일이 만나지 않은 사람들을 만났다. 그 가운덴 도요토미 히데요시를 미워하는 사람들도 많았다. 히데요시는 망상이 과대하여 기필 나라를 망칠 것이라고 예언하는 사람도 있었다. 겐소는 우리나라 백성을 무기력하다고 보고 있다. 그들의 인식이 그대로 도요토미에게 전해져 있기 때문에 도요토미는 조선을 치는 것을 독수리가 참새를 잡는 것과 같은 것이라 생각하고 있다. 놈들의 나라는 무사武士의 나라이고 우리나라는 문약文弱의 나라라는 게 그들의 일치된 의견이다. 불가피할 것이다. 병란은."

"사정이 꼭 그렇다면 형님은 정면으로 그 의견을 극론하셔야 하지 않겠습니까."

"그것이 통할 줄 아느냐. 오늘의 조정은 정사政事하는 조정이 아니고, 안이安易를 탐하는 자들만 모인 조정이다."

"그런 조정에 무엇 때문에 머물러 계십니까. 산림으로 돌아가 학문이나 하시지요."

"그게 그렇게 쉬운 일인가. 자네도 정신을 차려야 한다. 성인도 여세출이란 말이 있지 않은가. 세상에 맞추어 조심스럽게 걸어야 한다. 그리고 내가 정여립에게 대장장이를 보냈다고 해서 화를 입었는데 사실을 말하면 대장장이가 아니라 장석을 고치는 사람이다. 여립이 서울 살 때 문갑의 장석이 떨어져나가 흉하다고 하기에 우리 집 옆에 살던 황 노인을 보내 장석을 고쳐주게 했다. 황 노인의 전직이 대장장이였는지 모르지만 자네도 알다시피 우리 집 옆에 살 땐 장석일만 하고 있었다. 그런데 황 노인을 여립의 집으로 보낸 것이 무기를 만들게 하기 위해 야장冶匠을 보냈다는 것으로 바뀌지 않았겠나. 다행히 해명되었으니 망정이지 큰일 날 뻔했느니라. 만일 그때 여립이 나에게 장도匠刀나 도끼를 빌려달라고 했더라면 어떻게 되었을까 생각하니 모골이 송연하다. 여립의 역모를 돕기 위해 무기를 주었다고 했을 것 아닌가. 살아남지 못했을 것이다. 이런 세상이다, 우리가 살고 있는 세상이."

116

"그런 걸 생각하니 벼슬이고 과거고 모두 싫어집니다."

"명색이 사대부 집안에서 난 사람이 벼슬하지 않으면 무슨 꼴이 되나. 멀쩡한 사람들이 짓밟히고 있는 걸 넌 보지 못했느냐? 잘 살기 위해서 과거를 보라는 것도 아니고 벼슬하라는 것도 아니다. 우선 사람구실을 하기 위해서다. 벼슬 못한 불평객들의 몰골을 매일처럼 보고 있지 않느냐. 벼슬을 경멸하기 위해서도 벼슬을 해야 하고 세상을 피해 살기 위해서도 벼슬을 해야 한다."

균은 형이 무슨 까닭으로 그런 말을 하는지 이해할 수 있었다. 동래부에 감금되었을 때의 충격을 짐작할 수 있었다. 그러한 형을 안심시키기 위해서라도 파락호擺落豪와 같은 생활은 하지 말아야 할 것이었다.

허균의 일행이 다시 춘추곡을 향해 서울을 떠난 것은 5월 초순이다.

조정에선 일본과의 관계를 명나라에 보고해야 하느냐 보고하지 말아야 하느냐로 의견이 대립되어 분분한 물의를 빚고 있었지만 아랑곳 할 것 없었다.

"대가리가 터지건 혓바닥이 녹아나건 한번 해보라지."

서양갑은 이렇게 비아냥거렸고, 심우영은 "그 시끄러운 대신들 사이에 끼어 임금도 할 노릇이 아닐 거다"며 웃었다.

그러나저러나 춘색春色 속으로 걸어가는 그들의 마음은 들떠 있었다.

눈을 하늘에 돌리면 시詩가 구름처럼 흘러가고 들을 바라보면 역시 시가 꽃처럼 피었다. 허균이 나직이 읊었다.

"춘색시시색春色是詩色이라."

심우영이 듣고 "춘색은 곧 시색이라"고 되풀이 하며 감탄했다.

"역시 단보는 기막혀."

주막마다 들어가 술을 마시며 기염을 토하고 고갯마루에서 방초를 깔고 앉아선 고인古人의 시를 회고했다.

심우영은 과천의 마루턱에서 당나라 유희이劉希夷의 시를 읊었다.

今年花落顔色改 明年花開復誰在 금년화락안색개 명년화개부수재
已見松柏摧爲薪 更聞桑田變成海 이견송백최위신 갱문상전변성해
(금년에 꽃이 지면 그만큼 얼굴색이 변한다. 명년 꽃이 필 땐 누가 남아 있을까. 송백도 쪼개져 장작이 되고 뽕밭이 바다로 변했다지 않는가.)

그러자 서양갑이 다음을 받았다.

古人無復洛城東 今人還對落花風 고인무부낙성동 금인환대낙화풍
年年歲歲花相似 歲歲年年人不同 연년세세화상사 세세연년인부동
寄言全盛紅顔子 應憐半死白頭翁 기언전성홍안자 응련반사백두옹
(낙양성의 동쪽에 살던 옛사람들 지금은 없다. 그런데 지금 우리들은 낙화의 바람을 앞에 하고 있다. 매년 매세 피는 꽃은 서로 닮았는데 매세 매년 그것을 보는 사람들은 다르다. 일러두고 싶구나, 지금 한창인 홍안의 젊은이들에게. 반쯤 죽어 있는 백두의 노인들을 불쌍하게 알라고.)

118

다음은 허균이 받았다.

此翁白頭眞可憐 伊昔紅顔美少年 차옹백두진가련 이석홍안미소년

公子王孫芳樹下 淸歌妙舞落花前 공자왕손방수하 청가묘무낙화전

光祿池臺開錦繡 將軍樓閣畵神仙 광록지대개금수 장군누각화신선

一朝臥病無相識 三春行樂在誰邊 일조와병무상식 삼춘행락재수변

(이 백발의 늙은 사람은 정말 가련하다. 그래도 옛날엔 홍안의 미소
년이었다. 귀공자와 젊은 왕자들과 더불어 향기로운 꽃나무 아래에
모여 떨어지는 꽃잎 앞에서 맑게 노래 부르고 우아하게 춤을 추기도
했다.
옛날 광록훈이 만든 못과 전망대, 대장군들이 만들어놓은 각, 신선
도와도 같은 광경. 그러한 곳에 살고 있던 사람이 돌연 어느 날 병에
걸렸다. 찾아오는 사람도 없는 적막 속에서 생각하는 것은 이 삼춘의
행락을 지금은 누가 즐기고 있을까이다.)

마지막은 세 사람의 합송이 되었다.

宛轉蛾眉能幾時 須臾鶴髮亂如糸 완전아미능기시 수유학발난여사

但看古來歌舞地 惟有黃昏鳥雀悲 단간고래가무지 유유황혼조작비

(아름다운 눈썹을 가진 미인도 언제까지 그 아름다움을 지탱할 수 있
는 것인가. 이윽고 학처럼 머리칼은 희게 되고 엉클어진 실처럼 될
것이 아닌가. 그 옛날 노래 부르고 춤을 추던 장소를 돌아보라! 황혼
에 슬피 우는 새소리만 들리지 않는가.)

그리고 입을 모아 다시 한 번 읊었다.

年年歲歲花相似 歲歲年年人不同 연년세세화상사 세세연년인부동

이렇게 걷는 길이 쉽게 줄어들 까닭이 없다. 닷새 만에야 청주에 도착했다. 굳이 색향色鄉이라고 할 순 없지만 청주에도 정서 있는 기생이 있다고 들었다.

"무심천無心川이 흐르고 있는 이 고장이 어찌 무심할 수 있겠는가. 우리가 어찌 무심하게 이곳을 지날 리 있겠는가."

허균이 청주의 환락을 찾자고 제의했다.

"나그네가 느닷없이 들이닥쳐도 환영할 리 만무하니."

심우영이 꾀를 내었다. 자기들 나리 또래의 부잣집 선비를 찾아가서 신세를 지자는 얘기다.

서양갑이 장터로 나가 노인을 붙들고 물었다.

"행세하는 집으로 청주에서 제일가는 부자가 누구요?"

"제일인지 다음인지 몰라도 한승수라는 부자가 있지요."

"한승수란 사람 나이가 얼마나 되는가요?"

"환갑 가까이 되었을 것이오."

"그 집에 아들은 없나요?"

"왜 없겠소. 첩 소생까지 따지면 팔남매나 된다고 하던데요."

"큰아들은 몇 살이나 된답니까?"

"글쎄요. 서른 살은 넘었을 거요."

서른 살을 넘었다면 거북하다.

"둘째아들은 나이가 얼만가요?"

"그것까진 모르겠소. 자기 형보단 나이가 어리겠지요."

120

"영감도 싱겁구먼. 형보다 나이 많은 동생이 어디에 있겠소."

"그런데 왜 그런 걸 묻지요?"

"우리는 한양에서 온 사람들이오. 노자가 떨어지고 해서 신세질 집을 찾고 있는 중이오."

"아아, 그래요?"

노인은 고개를 끄덕끄덕하며 생각하는 빛이었다.

"사정이 그렇다면 손 진사댁을 찾아가보시구려."

"왜 손 진사댁이우?"

"인심이 좋다고 소문난 집이니까요."

"손 진사면 꽤 나이가 많을 것 아니오."

"그 집은 겹진사 집이오. 부자가 모두 진사니까요. 아들 진사는 스물 대여섯 살 되었을 것이오. 자주 한양에 드나들기도 하니까 당신들과 말이 통할 거요."

"그 집이 어딥니까?"

"이곳에서 동쪽으로 5리쯤 가면 낙가산이 있소. 그 산 밑에 덩그런 기와집이 있을 거요. 그곳이 겹진사집이오."

5리 길이 대단할 건 없다. 세 사람은 낙가산을 향해 걸었다.

낙가산록 손진사댁은 5월의 태양 아래 조는 듯 조용했다. 토축 위에 기와를 씌운 담장 저편에 몇 그루 복숭아나무가 예쁜 꽃을 피우고 있었다. 사랑으로 통한 대문이 활짝 열려 있었다. 뜰엔 화단이 있고 사랑채 건물의 네 귀에 풍경風聲이 달려 있었다.

비위 좋은 서양갑이 뜰을 통해 성큼 축담 위에 올라서며 "주인 계십니까" 하고 목청을 뽑았다.

미닫이문이 열렸다. 망건을 쓴 젊은 선비가 일어서서 나오며 물었다.

"누구시오?"

"한양에서 온 과객들이오. 며칠 신세를 질까 해서요."

젊은 선비는 서양갑과 대문간에 서있는 허균, 심우영의 행색을 눈여겨보는 듯하더니 하인을 불러 일렀다.

"이 손님들을 바깥사랑으로 안내해라."

그리곤 양갑에게 말했다.

"이 사람을 뒤따라가시오."

바깥사랑은 다시 대문을 나와 오른편으로 돌아간 쪽에 별채로 되어 있었다. 하인은 대청마루를 앞으로 하고 나란히 있는 3개의 방 가운데 왼편 방문을 열고 그리고 들어가라고 했다. 다른 두 방엔 이미 손님이 있었다. 인기척이 있자 이방 저방에서 몇 사람이 얼굴을 내밀었다. 모두들 과객들의 몰골이었다. 그러고 보니 그 바깥사랑은 과객들을 수용하기 위해 마련된 곳이라고 짐작할 수 있었다.

행장을 벗어놓고 세 사람은 우선 목침을 베고 누웠다. 피로를 풀어야 했기 때문이다.

"영락없는 과객대접인데."

허균이 중얼거렸다.

"과객이 과객대접 받는 게 당연하지 않은가."

서양갑의 말이다.

"그래도 우리의 관상쯤 볼 줄 안다면 서슴없이 이런 대접을 안 할 것 아닌가."

그래도 허균은 불만인 모양으로 투덜댔다.

"아무래도 처삼촌이 꾀를 잘못 낸 것 같소."

"조금 두고 보자구."

심우영이 하품을 하곤 눈을 감았다.

하품엔 전염성이 있다. 뿐만 아니라 피로도 거들었다. 어느덧 세 사람은 시름시름 잠에 빠져들었다. 하인이 세 사람을 깨웠을 땐 긴 해도 저물어 있었고 밥상이 들어와 있었다.

"대뜸 밥을 먹여?"

허균이 볼멘소릴 했다.

"내일이란 날도 있고 고단하기도 하니 오늘은 밥이나 먹고 푹 쉬 도록 하자."

심우영이 타일렀다.

과객을 대접하는 밥상치고는 꽤 깔끔하게 차려졌기는 했다. 그 런데 술이 없었다. 허균이 느닷없이 창밖을 향해 "이리 오너라" 하 고 고함을 질렀다. 하인이 달려왔다.

"너희 마나님에게 여쭈어라. 반주 없인 진지를 자시지 못하는 손 님이 와 계시다구."

중년의 하인은 멍청하게 허균을 보고 섰더니 몸을 돌려 나가버렸 다. 무슨 보답을 기대하고 한 것이 아니고 괜히 익살을 부려본 것인 데 아까의 하인이 술병을 들고 나타났다.

"과연 인심이 후한 집이로구나."

밥그릇 뚜껑에 술을 나눠 따르고 있는데 옆방에서 장년 하나가 불쑥 나타나더니 비워버린 밥그릇을 내밀었다.

"내게도 술 한 방울 주시오."

점잖은 체면에 거절하기도 뭐해서 허균은 그 밥그릇에 가득 차도록 술을 따라주며 사나이의 인품을 살폈다. 촌스러운 용모였지만 뭔가 한두 바람은 있을 것 같은 풍채로 보였다.

밥상머리에서 수인사가 있었다. 그 사나이는 경상도에 사는 제반용이라고 했다. 그것이 인연이 되어 밥상을 치우고 나서도 말동무가 되었는데 사나이의 얘기가 걸쭉했다.

무과武科를 한답시고 몇 해를 별렀으나 번번이 실패하여 고향에 돌아갈 체면이 없어져서 조선팔도를 돌아다니는데 과객 노릇에 지치다보니 아까 선비가 한 것처럼 반주 없는 밥은 먹지 못하겠다는 호기를 부릴 기력도 없다면서 텁텁하게 웃었다.

"그만한 체격이면 무과에 오를 만한데 왜 낙방했을까요?"

서양갑이 물었다.

"무술 무예엔 자신이 있는데 그놈의 손자병법이니 육도삼략이니 하는 시험엔 판판이 낙방이오."

"그것만이 힘이라면 내가 가르쳐 줄 터이니 한번 해보시겠소?"

"난 책을 앞에다 놓기만 해도 머리가 아픈 사람이오."

"그럼 앞으로 과거를 안 볼 작정이오?"

"백번 해보았자 백번 떨어질 짓을 해서 무얼 하겠소."

"언제까지나 과객 노릇만 할 참인가요?"

"벼룩도 낯짝이 있고 빈대도 체면이 있다는데 언제나 이 짓만 하고 있겠소."

"그럼 무얼 할 거요?"

124

“할 일이 꼭 한 가지 있소.”

“뭔데요, 그게?”

“말해도 좋을까?”

제반용이 얼굴을 구기며 웃더니 말을 시작했다.

“버티다가 안 되면 화적 노릇이나 할까 하오.”

“그 참 좋은 생각이오.”

서양갑이 부추겼다.

“화적질을 해도 쩨쩨하겐 않을 것이오. 대갓집 봉물이나 대궐로 들어가는 헌상물 같은 걸 털 작정이오.”

제반용은 웃지도 않고 말했다.

“기우氣宇가 장대해서 내 마음에 들었소.”

서양갑이 계속 추켜올렸다.

“그렇지 않습니까? 벼슬하는 놈들 백성을 토색해서 재물을 모으는 데 비하면 화적질은 몇 갑절 점잖은 노릇이오. 그렇지 않소?”

제반용이 기고만장하게 떠들었다.

“누가 들을라. 화적 얘기는 그만하시오.”

심우영이 제동을 걸었다.

밤이 제법 깊었을 때 젊은 손 진사가 주효酒肴를 하인에게 들려 허균 일행이 묵고 있는 방으로 찾아왔다.

“바깥에서 들으니 주무시지 않는 것 같아서 찾아왔소이다.”

젊은 진사는 자기 이름을 손성태라고 소개했다. 수인사가 있은 뒤 허균이 물었다.

“진사께선 앞으로 대과를 치를 생각이 없소?”

"없습니다. 내겐 벼슬을 할 자질이 없는가봅니다. 감농監農이나 하며 전원에서 살 작정입니다."

"감농할 농사가 있다니까 부럽습니다."

허균은 항산恒産이 없는 스스로의 신세를 한탄해 보였다.

"사실을 말하면 우리가 댁을 찾은 것은 젊은 청주의 환락을 찾아 보려는 것이었는데."

이렇게 해서 다소 친숙하게 된 연후 서양갑이 손 진사의 명성을 청주의 시장에서 들었노라고 했다.

"미안하지만 청주엔 송도의 황진이, 평양의 월선, 부안의 매창에 비길 만한 기생이 없습니다. 벼슬아치들의 눈치만 살피고 돈 많은 선비 호주머니나 넘겨다보는 그야말로 천기들만 있을 뿐이어서 풍류객을 초대할 만한 곳이 없습죠."

"청주의 산세를 보면 그렇지도 않을 것인데요."

허균이 이숭인이 이모李蓁를 전송하며 지은 문장을 읊었다.

"청위주보淸爲州寶이나 동남지주집야東南之走集也라. 어찌 명기가 없겠소. 찾으면 있는 거죠. 옥도 땅에 묻힌 대로 옥이 될 수 없소이다. 속인俗人의 눈엔 광풍명월도 속되게 비치고 풍류를 발견할 수 있는 것이오. 우리에게 청주 기생들 구경을 시켜주시오. 기필 명옥 名玉을 찾아 청주의 빛으로 하리다. 청淸으로 고을의 보배를 하였다면 청을 청답게 할 명옥이 반드시 있을 것이외다."

허균이 돌연 웅변이 되더니 비무제非武帝일망정 무제武帝하는 내용의 칠언절구를 즉석에서 지었다.

126

진사 손성태는 허균이 허엽의 아들이고 서양갑이 서익의 아들이고 심우영이 심전의 아들임을 듣고 범상하게 대접할 일이 아니란 것을 깨달았다. 뿐만 아니라 그들의 당당한 호기와 문장의 소양에 혀를 내둘렀다.

이튿날 아침 손성태는 청주 성안으로 아버지의 소실小室을 찾아갔다. 성태의 아버지 손진목은 거처를 소실댁으로 하고 있었다. 아버지에게 인사하고 난 후 성태는 아버지의 소실방으로 건너가 의논했다.

"서울 대갓집 아들 셋이 손님으로 와 있는데 모두들 호협한 젊은 장부들입니다. 기생을 불러 환대해야겠는데 서울 선비들을 모셔 부끄러움이 없을 기생들이 있을는지요."

한때 청주명기淸州名妓로서 소연이란 이름을 날린 여자이었기 때문에 이런 의논을 한 것이다. 소연은 한참을 생각하더니,

"젊은 축의 아이들은 상종이 없었으니 알 수가 없고, 나이가 든 사람 가운데 그럴 만한 사람이 없진 않는데."

하고 옥주, 중월, 연심 등의 이름을 꼽았다.

"그 아가씨들의 나이가 대개 얼마나 됩니까?"

"모두 25세를 넘었을 거요."

기생 나이 25세이면 환갑으로 친다.

"나이가 너무 많은데요."

성태가 난색을 보이자 소연이 대꾸했다.

"그들은 데려다가 시창과 가무를 시키고 술 접대는 화초기생을 몇 불러다가 시키면 자리가 어울릴 것 아니겠소."

"그럼 작은어머님께 만사를 부탁하겠습니다. 오늘 해질 무렵까지 아까 말씀하신 기생과 화초기생 4, 5명을 집에까지 보내주시오."

성태는 집으로 돌아와 하인을 시켜 돼지를 잡는 등 잔치 준비를 했다. 안사랑 대청에 멍석과 보료를 깔고 잔치는 해질 무렵에 시작되었다. 초롱을 팔방에 달고 뜰엔 횃불을 달아 대낮같이 밝게 해놓았다.

음식상이 들어왔을 무렵에 8명의 기생들이 나타났다. 허균 일행을 합하여 초대된 과객의 수는 7명이었다. 주빈은 물론 허균, 심우영, 서양갑이다. 이 세 사람이 상석에 앉았다.

기생이 차례대로 큰절을 하며 아뢰었다.

"옥주라고 불러주사이다."

"옥玉에 주珠까질 보탰으니 신身은 여옥如玉이고 심心은 여주如珠라는 뜻이렷다."

허균이 점잖게 한마디 했다.

그러자 옥주의 응수가 있었다.

"풍상風霜에 시달려 옥이 금이 가고 주에 흠이 생겼소이다."

다음에 "연심이라 불러주사이다" 하는 기생이 있었다.

서양갑이 싱글벙글했다.

"연화蓮花의 마음일진대 객수客愁를 달래줄 줄 알리라."

"소녀는 중월이라고 하나이다."

"신월新月도 잔월殘月도 아닌 중월이니 내 심중의 달이로다."

심우영이 한 말이었다.

화초기생들의 자기소개가 있었다. 향월, 소월, 명월 등 '월' 자가 든 아가씨가 세 명이고, 난주, 연주로 '주' 자가 든 아가씨가 두 명이었다.

난주란 이름을 가진 아가씨가 절색이었다. 허균이 그 기생을 불러 자기 옆에 앉혔다.

"빠르기도 하군."

서양갑이 장난스럽게 투덜댔다.

대배大杯에 술이 가득 부어지고 옥주의 권주가가 있었다. 우미인虞美人이 항우에게 잔을 권하는 사설詞說이었다.

"역발산力拔山하고 기개세氣蓋世라. 항우를 위해 잔을 들자."

허균이 대배를 들이켰다. 모두들 그를 따라 술을 마셨다.

다음에 중월의 권주가가 있었다.

당현종唐玄宗에게 술잔을 권하는 양귀비의 사설이었다.

"청주에서 명창을 들으니 당현종도 부럽지 않다."

심우영이 대배를 들었다. 모두 이에 따랐다.

이어 연심의 권주가가 있었다.

화창한 봄날의 행락行樂에 어울리는 노래였다. 먼저 한 두 기생의 노래보다 월등하게 좋았다. 가히 절창絶唱이었다.

서양갑이 "청연심창聽蓮心唱하니 자생연심自生戀心이로다" 하고 무릎을 치며 대배를 들었다.

순배巡杯가 되었을 때 노래는 중머리, 중중머리로 들어섰다.

기생들의 노래에 이어 허균, 서양갑, 심우영의 순으로 시창이 있었다. 언뜻 보니 뜰에 마을사람들이 가득 모여 있었다. 서울 선비들이 노는 광경을 보러온 것이다. 허균이 말했다.

"손 진사, 우리만 술과 노래에 취할 수가 있소. 저 마당에 있는 사람들에게도 대접이 있어야 하지 않겠소."

"이미 술독과 돼지고기를 뜰에 갖다 두었으니 괘념치 마십시오."

어느덧 달이 떠오르고 있었다.

"월출어동산月出於東山하여 배회두우지간排徊斗牛之間이로다."

심우영이 동파의 〈적벽부〉赤壁賦를 읊기 시작하자 모두들 이에 창화唱和했다.

술과 노래를 엮어 연락은 밤이 깊도록 계속되었다. 밤이 2경쯤에 이르렀을 무렵 연회는 파했다.

"환락극회애정다歡樂極會哀情多."

라고 했을 땐 허균의 혀가 꼬부라져 있었다.

청주에서의 환락은 사흘 동안 계속되었다. 그때 맺은 인연으로 옥주, 동월, 연심, 난주는 가끔 춘추곡 하동암을 찾게 되었고, 손성태, 제반용이 허균의 동지가 되었다.

춘추곡 하동암에서의 세월은 평온하게 흘러갔다. 허균의 학력은 일진월보一進月步하여 과거를 볼 날만 기다리면 되었다.

그러나 한양의 사정은 달랐다.

일본의 도요토미 히데요시가 편지를 보내온 것이다.

"명년 2월 명나라에 쳐들어갈 작정인데 우리를 도와 같이 명나라로 쳐들어갈 생각이 없느냐?"

이것을 본 임금은 중신들에게 의논을 했다.

판서 윤두수는, "당장 그 사실을 명나라에 알려야 하옵니다"라고 하고, 유성룡은 "결단코 그런 짓을 해선 아니 됩니다"라며 맞섰다.

병조판서 황정욱이 말했다.

"우리나라가 천조天朝를 모신 지 2백 년이나 되옵니다. 그리고 충성을 다해왔습니다. 그런데 지금 감히 듣지 못할 말을 왜국으로부터 들었습니다. 그런 편지를 받고도 어떻게 가만있을 수 있습니까?"

부제학 김수는 황정욱을 반박했다.

"서찰이 그렇게 되어 있다고 해도 통신사로 갔다온 세 사람의 의견이 각각 다르지 않습니까. 그러니 그 서찰만을 믿을 것은 못됩니다. 자칫하면 있지도 않은 일을 보고하는 꼴이 되어 책망받을 것 아닙니까."

임금 선조가 말했다.

"사신들이 모두 그런 일이 없을 것이라고 해도 서찰이 이와 같이 되어 있으니 그 사실만은 알려야 할 것 아닌가. 신자臣子인 신분으로 범상犯上하겠다는 말을 듣고 가만있을 수가 있는가."

이에 대해 김수가 말했다.

"왜국이 꼭 명나라를 칠 것이란 사실을 확인할 수만 있다면야 황급히 진주陳奏해야 되겠지만 확인도 못하고 그런 짓을 했다간 망신만 당할 것입니다."

황정욱은 완강하게 이에 반발했다.

"다행히 도요토미 히데요시의 대언大言을 그치게 할 수만 있다면 우리나 천조는 무사할 수 있을 것이지만 만일 불행하게도 서찰에 적힌 것 같은 사태가 발생하면 그때 가서 후회해도 소용이 없습니다."

"괜한 말씀이오. 상국의 복건福建은 바다 하나를 두고 왜국과 상고商賈를 통하고 있소. 만일 우리가 명나라에 진주하면 왜국에 그 사실이 알려질 것이오. 진주한 후에 왜국이 상국을 범할 뜻이 없다는 것을 알면 천조는 우리를 비웃을 것이고, 왜국은 우리에게 원망하는 마음을 가지게 되어 화근을 만들 염려가 있게 되는 것입니다."

거듭된 김수의 주장이었다.

임금은 다음과 같이 말하며 좌승지 유근柳根의 의사를 물었다.

"복건의 땅이 과연 일본과 가깝고 상인들의 내왕이 있다면 이 같은 서찰을 왜국이 우리에게 보낸 사실도 알려져 있지 않겠는가. 만일 도요토미의 서찰이 노현露見되어 천조가 우리와 왜국이 공모하였다고 책임을 추궁하면 어떻게 할 텐가. 전일 윤두수의 말도 진주해야만 한다고 했다."

"대의大義를 좇아 진주해야 합니다. 그러나 일일이 그 사연을 직주直奏하면 혹 난처한 일이 생길지 모르니 그저 가볍게 그런 일이 있었노라고만 전하면 가할까 합니다."

옆에 있던 수찬 박동현도 대답했다.

"주문지사奏聞之事도 당연한 일입니다. 대신들과 광의廣議하여 처리하심이 옳다고 아룁니다."

이튿날 임금은 삼공, 즉 영의정 이산해, 좌의정 유성룡, 우의정 이양원을 불러 의정議定케 했다.

모두들 유근의 '종경진주'從輕陳奏의 설이 지당하다 하고 포로로

잡혀 있다가 대마도에서 돌아온 김대기金大機 등으로부터 들었다는 것을 내용으로 하여 명나라에 보고하자는 데 합의를 보았다.

동시에 일본의 서찰에 대해선 군신의 대의를 내세워 명백하게 통진通陣하고 그들의 요구를 단연 거절하되 말을 극히 조심하여 후환이 없게 하라고 했다.

진주의 역할을 맡을 사람으로서 성절사 김응남과 서장관 황치경을 임명했다.

이 일과 함께 서울에서 전해온 소식 중에 정철에 관한 사건이 있었다. 이조吏曹에서 정철의 당黨이라고 해서 파직된 전 사인舍人 백유함과 전 정랑 유공진을 학관學官으로 위촉하자는 건의서를 냈다.

'도대체 이따위 소리를 하는 놈이 누구냐."

선조가 이것을 보고 화를 내고 그 출안자出案者를 대라고 힐문했다. 당상관들이 함구하고 대답하지 않자 선조는 더욱 성을 내어 힐문했다. 정랑 윤돈이 낸 의견이라는 것이 밝혀졌다. 선조는 명령을 내려 윤돈을 하옥케 하고 그 당장에서 파직시켰다. 그리곤 판서 최홍원, 참판 이헌국, 참의 이덕형, 좌랑 구성, 박동현 등을 추고推考했다.

사헌부司憲府와 사간원司諫院에서 합동으로 정철, 백유함, 유공진 등을 먼 곳으로 귀양 보내야 한다고 임금에게 아뢨다. 임금은 그 합계合啓를 윤허했다. 본시 정철을 진주에, 백유함, 유공진은 서쪽으로 귀양 보낼 작정이었는데 그 방침을 변경하여 정철을 강계로, 백유함을 경흥으로, 유공진을 경원으로, 이춘영을 삼수로 보내기로 했다.

　뿐만 아니라 양사兩司에서 우찬성 윤근수, 판중추부사 홍성민, 여주 목사 이해수, 양양부사 장운익 등을 정철에 당부黨附했다는 이유로 관직을 삭탈할 것을 아뢰자 임금은 이도 윤허했다.

　정철과 가까운 사람은 이처럼 온전할 수가 없었다. 병조판서 황정욱, 우승지 황혁, 좌승지 유근, 호조판서 윤두수, 황해감사 이산보, 사성 이합, 병조정랑 임현, 예조정랑 김권, 고산 현감 황신, 사과 구면 등도 파직시켜야 한다는 주장이 있었다. 임금은,

　"황정욱, 황혁을 정철의 당이라고 하는 것은 지나치고, 윤두수는 관후寬厚하고 재능이 있는 사람이고, 유근은 문재文才가 뛰어난 사람이니 뒤두고 다른 사람은 모두 파직시키라."

고 했다가 뒤에 가선 결국 양사의 건의대로 처리했다.

　정여립 사건으로 동인들이 화를 입더니 이번엔 정철 때문에 서인들이 추풍낙엽의 신세가 된 것이다.

　부제학 김성일은 최영경이 정철의 모함으로 억울하게 죽었다고 논계하고 그의 복권을 주장했다. 임금은 그 주장에 따랐다. 그러자 양사는 최영경을 모함한 모구인을 체포하여 정죄定罪해야 한다고 합계했다. 그 합계에 따라 무고인 양천경, 양천희, 강현, 김극관, 김극인, 조응기 등이 체포되어 국문을 받았다.

　심한 국문을 받고 이들은 정철의 뜻을 받들어 최영경을 김삼봉이라고 하는 무근지설無根之說을 조작했다고 자백했다. 그리하여 이들은 매를 맞고 귀양살이를 하게 되었는데 양천영, 양천희, 강현 등은 결국 장독杖毒으로 죽었다.

정철과 관련된 사람들이 무슨 꼴을 당하건 아랑곳할 일이 아니었지만 그의 자형인 우성전이 정철과의 관계로 파직되었다고 들었을 때 허균이 흥분하지 않을 수 없었다.

　허균은 우성전의 성격을 잘 알고 있었다. 결단코 우성전은 정철의 당인일 수가 없었다. 허균은 어느 놈이 모함한 짓일 것이라 생각하고 박응서를 한양으로 보내 그 진상을 알아오도록 했다.

　한양으로 간 박응서가 알아온 바에 의하면 정철과 가까운 사람이면 모조리 없애려고 드는 조정의 처사에 대해,

　"그런 옥석을 구분俱焚하는 것은 사직을 위해 이롭지 않은 노릇이다."

고 어느 사석에서 말한 것이 우성전이 삭탈관직된 이유였다.

　그런 까닭에 관직이 삭탈된 데 끝나고 국문을 당하거나 귀양살이를 하거나 하는 일은 없다는 것이어서 일단 마음을 놓기는 했지만 허균이 조정을 저주하는 정도는 더해졌다.

　9월에 들어서였다.

　한양을 다녀온 서양갑이 이런 소리를 했다.

　"한양에선 왜변倭變이 있을 것이란 소문이 쫙 돌고 있어. 얼마 전에 왔다가 돌아간 왜승 겐소玄蘇가 그런 말을 퍼뜨려 놓았는가 봐. 그런데 한양의 백성들은 하나같이 조정에 반감을 가지고 있어. 왜놈의 침범을 좋아할 까닭은 없지만, 왜변이 있기만 하면 이씨왕조가 망할 것이라 보고 있다는 거여. 이씨왕조가 망하고 나면 의병을 일으켜 왜놈을 치겠지만 지금의 왕조가 망하기 전엔 손 하나 까딱

하기 싫은 심정인가 봐. 아무튼 이처럼 민심을 잃은 조정이 어떻게 부지해나갈 것인지….”

“왜변이 있기 전에 우리 손으로 이 왕조를 뒤엎어버릴까. 그래야 일치단결하여 왜병을 무찌를 힘이 생길 것 아닌가. 민심이 떠나버린 조정을 그대로 두곤 왜변을 막을 힘이 모아지지 않을 테니 말이야. 어떻게 하건 왜변은 막아야 해. 그러기 위해서라도 조정을 뒤엎어버려야 해.”

허균이 주먹을 불끈 쥐고 한 말이었다.

“어떻게 하면 되지?”

심우영의 질문이었다.

“정병 천 명만 있으면 해치울 수 있소. 지금 조정을 지키는 병사들은 허수아비들이나 다를 바 없소. 정병 천 명으로 무기창을 점령해 버리면 끝장이 나오.”

허균은 자신만만했다.

“천 명을 어떻게 모으는가가 문제 아닌가.”

심우영은 어디까지나 신중론자이다.

“전국의 화적들을 불러 모으는 거요. 그들은 이미 목숨을 내놓은 자들이 아니오. 그들을 모아 역성혁명易姓革命의 취지를 선포하면 당장 호응할 것이여. 그러기 위해선 얼만가의 돈이 필요하오. 군량미의 비축도 있어야 할 것이구.”

“돈과 군량미를 모으기 위해서도 2, 3년은 걸릴 것 아닌가. 뿐만 아니라 조정과 내통하는 자가 있어야 할 것이고 병정들을 이편으로 끌어들이는 방책을 강구하기도 해야 할 것이고, 우리의 거사를 성취하기 위해선 결국 단보가 조정에 들어가 벼슬을 해야 하느니. ”

이것은 변함없는 서양갑의 주장이었다.

“아냐, 왜변이 있기 전에 해치워야 한다. 왜변을 막기 위해서도 해치워야 한다. ”

며 허균은 서양갑에게 물었다.

“만일 거사했다고 치고 서공은 한양의 건달들을 몇이나 걸머질 수 있겠는가?”

“기껏 백 명에 미달하는 수를 믿고 어떻게 거사할 수 있는가. ”

“백 명이 한양에 불을 지른다고 하자, 백 군데서. 그렇게만 해놓으면 조정은 정신을 못 차릴 것이다. 그 틈에 우리는 왕궁을 점령해서 임금을 처치하고 정사를 장악해버리는 거다. 불평자들이 일제히 우리에게 붙을 게 아닌가. 민심을 떠난 조정은 망하게 마련인 것이다. ”

그러자 박응서의 말이 있었다.

“그런 잠꼬대는 심심파적은 될망정 아무런 실속도 없다. 단보는 과거 치를 공부나 하고 있어. 역성혁명의 준비는 우리가 할 테니까. 요는 돈이고 군량미고 사람 모으는 일 아닌가. 그게 일조일석에 안 된다는 것은 뻔한 일. 내일부터라도 돈 모으는 일과 사람 모으는 일을 서둘러 볼 테니까 이 문제에 단보는 끼지도 말라. ”

박응서의 의견이 곧 모두들의 의견이었다. 최악의 경우를 생각하고 허균을 그들의 모의에 참가시켜선 안 된다고 생각하고 있었다.

이 무렵 도요토미 히데요시는 조선에 출병할 준비를 착착 진행시키고 있었다. 이런 소문이 날아들지 않을 까닭이 없었다. 그 무렵 왜국에 포로로 잡혀갔던 사람들이 많이 돌아와 그들이 보고 들은 바를 전했던 것이다.

불안을 느낀 조정에선 만일을 위해 각자의 성지를 보수하고 병사들을 훈련시키는 등 움직임을 보이기 시작했다. 비변사備邊司에서 이순신李舜臣을 발탁한 것도 그러한 세론世論에 따른 것이었다.

그런데 부제학 김성일이 엉뚱한 소리를 하며 들고 일어났다. 그는 세 번이나 차자箚子를 올려 이른바 시폐時弊를 논했는데 그 내용은 다음과 같다.

"나는 통신사로서 직접 왜국에 갔다 온 사람이다. 나는 왜국을 내 눈으로 보았고 왜국에서 중임을 띠고 사람들을 직접 만나고 그들의 말을 듣기도 했다. 그래서 얻은 결론은 결코 왜국은 이리와 병단兵端을 일으키지 않는다는 것이다. 왜인들도 영리한 사람들이다. 백해가 있고 하나의 이득도 없는 것을 할 까닭이 없다.

도요토미 히데요시는 거만하고 간사한 사람이다. 미천한 출신으로 오늘과 같은 권세를 이룬 사람이다. 즐겨 대언大言은 하되 실은 극히 소심小心한 인간이다. 도요토미가 입버릇처럼 대명大明을 치고 우리나라를 치겠다는 것은 아직도 그에게 심복하지 않고 있는 변방의 영주들에게 겁을 주기 위함이요, 본심에서 우러난 말은 아니다. 만일 우리가 흔들린다면 그의 술수에 빠져 들어가는 꼴이 된다.

우리는 도요토미의 망언이 우리를 혼란시키려는 데 그 목적이 있다는 것을 알아야 한다. 이때일수록 우리는 침착해야 한다. 대범해야 한다. 지금 지방에서 축성을 서둘고 병정을 모집하는 통에 영남의 민심은 흉흉하기 이를 데 없다. 당장 그런 따위의 일은 중지해야 한다. 비변사에서 이순신 따위를 발탁한 것 같은 소위도 삼가야 한다. 평지풍파를 일으켜 태평성대를 어지럽게 하는 것은 결단코 삼갈 일이다."

누구나 변이 있을 것이란 얘기보다 변이 없을 것이란 이야기를 듣고 싶어 한다. 선조도 예외가 아니었다. 평소 김성일의 인품을 좋아하던 탓도 있어 선조는 김성일의 말을 그대로 믿고 영남의 방백들에게 영을 내려 성지의 수축과 병정의 동원을 중단하도록 하였다.

마음이 초조해진 것은 허성이었다. 허성은 도요토미 히데요시의 명령으로 대선大船을 축조하는 현장을 직접 자기의 눈으로 보았다. 그리고 듣기도 했다. 그와 같은 대선을 일본 각지에서 만들고 있다는 얘기였다.

'우리나라와 병란을 일으킬 작정이 아니라면 무슨 까닭으로 그런 큰 배를 그렇게 많이 만들 필요가 있단 말인가.'

뿐만 아니라 허성은 자기의 접대역이었던 가시마 노부스케鹿島信介라는 자가 투덜대는 소리를 들었다.

"태합 도요토미 히데요시는 모든 일이 자기가 마음만 먹으면 가능하다고 생각하는 사람이오. 천한 출신으로 천하를 잡고 보니 그러한 자신감을 가지게 된 것이오. 태합의 꿈은 명나라를 정복하고 자기가 북경에 옮아앉아 동양천지를 좌지우지하는 것이오. 그런데 그게 망상이란 것을 아무도 지적하지 않고 그저 지당한 말씀이라고만 하니 딱하단 말입니다. 불원 무슨 일을 벌일 것 같소. 명나라를 정복한 후에 영지를 나눠줄 계획까지 다 세워놓고 이미 약속까지 해버렸으니까. 조선은 정신을 차려야 할 것이오."

허성은 가시마가 진심을 털어놓는 말이라고 들었다. 가시마는 공자의 가르침을 마음으로 동경하고 존중하는 사람이었다. 그런 관계로 허성에게 경복敬服하고 그렇게 진심을 밝혔다.

그런 데다 납치되었다가 돌아온 사람들의 이야기를 신중하게 듣고 도요토미 히데요시의 조선침범이 허황된 낭설이 아니라고 확신할 수 있었다. 그런데 김성일이 그런 일이 있을 수 없다며 호언장담하고 나선 것이니 딱하기만 했다.

허성이 황윤길을 찾아갔다 황윤길을 김성일의 위세에 눌려 관직도 없이 낙산의 자택에서 한거하고 있었다. 동인천하東人天下에 서인西人인 황윤길이 설 자리가 없었던 것이다.

허성은 동인의 계통이지만 용감하게 황윤길의 의견을 지지한 사람이다. 그런 까닭으로 두 사람 사이엔 각별한 교의가 있었다.

먼저 허성이 황윤길에게 김성일의 시폐론時弊論을 들었느냐고 물었다. 들었다는 대답이었다.

"그것에 관해 대감께선 어떻게 생각하고 계십니까?"

"학봉(김성일)은 정말 일낼 사람이오. 사직의 관위에 관한 일을 두고 어떻게 그처럼 경망할 수 있는지…."

"대감께선 간곡한 상소를 하면 어떻겠습니까?"

"듣지도 않고 읽지도 않은 상소를 하면 무슨 보람이 있겠소. 적반하장賊反荷杖으로 삼수갑산에 쫓겨 가기가 고작이지."

"그러나 일이 급한 걸 어떻게 합니까. 제가 소문을 써서 연명連名

으로 올리면 어떨까 하옵는데 대감의 심정은 어떠하신지."

황윤길은 눈을 감고 잠시 생각하더니 무겁게 입을 열었다.

"허공이 답답해하는 심정 내 모르는 바 아니외다. 그러나 지금의 조정 형편으로선 옳은 말이 통할 것 같지 않소. 지금 정철을 두고 하는 꼴을 보시오. 정철이 물론 성미가 과격해서 인덕을 얻지 못할 짓을 더러 한 것 같소이다만 그 사람을 그렇게 처우해서야 쓰겠소. 정철을 빙자해서 화를 입은 사람이 수십 명에 이르렀다고 하니 기가 막히오. 지금 허공이나 내가 진실로 나라를 걱정해서 상소한다고 하면 모두들 그 진실을 살피려 하지 않고 상감께 아부하여 득총得寵하려는 수단으로만 알 것이오. 듣자니 허공도 정여립 때문에 큰일 날 뻔했다고 합디다. 견의불행見義不行은 군자가 할 바 아니라고 하지만 그것도 방불한 세상이라야지. 허공, 우리는 입을 꼭 다물고 있으십시다."

"그러다가 왜병이 들이닥치면 어떻게 합니까?"

"당해보고 나서야 깨닫겠지."

"깨달았을 땐 이미 늦게 될 것 아닙니까."

"그러나 도리가 없잖소. 천의天意에 맡깁시다. 학봉은, 보는 사람마다 나를 곁늙어 노망했다고 한다더구먼. 상감도 그렇게 알고 있는 모양이오. 그런데 나는 학봉을 고맙게 여기고 있소. 덕택으로 파옥破屋이나마 편히 지낼 수 있으니 말이오. 사실 나는 무슨 치사致仕라도 하라고 할까봐 그것이 겁이 나오. 소의조식素衣粗食하며 성현의 여향餘香 속에 사는 것이 그지없이 다행한 일이라고 나는 생각하오."

황윤길은 쓸쓸하게 웃으며, 퍽이나 사람이 그리웠던지 떠나려는 허성을 "약주라도 한잔 나누자"며 붙들었다.

"아주 총명한 계씨季氏가 있다고 들었는데 지금 어떻게 지내오?"

술을 나누는 자리에서 황윤길이 허균의 안부를 물었다.

"지금 조령 근처의 산속에서 수학하고 있습니다."

"그것 잘하는 일이군. 춘부장의 대상도 지났을 것이니 등과해야 할 것이 아니겠소."

"그런데 그놈은 과거에 마음이 없는 것 같습니다. 너무 조달했다고 할까요. 벼슬도 하기 전에 벼슬에 환멸을 느낀 것 같은 말을 자주 해서 질색입니다."

"원래 재주가 많은 사람은 벼슬하길 싫어하는 거요. 그러나 잘 타일러서 등과하도록 해야지."

"제가 간곡하게 말하는 바람에 일단 그런 기분으로 되어 있는 것 같습니다만, 워낙이 경망해서 언제 생각을 바꿀지 항상 불안합니다."

"과히 걱정 마십시오. 출중하게 총명한 사람이 자기 앞을 가리지 못할 까닭이 있겠소."

황윤길은 성의 아우 허봉許篈과 누이동생 난설헌이 빨리 죽은 것을 애도하기도 하며 허성에게 술을 권했다.

서로의 회포를 푸는 가운데 허성은 황윤길 같은 식견과 도량을 가진 사람을 중용重用하지 않는 것은 조정의 잘못이란 사실을 새삼스럽게 깨닫고 통분하는 말을 하기도 했다. 그러나 황윤길은 그답지 않은 말을 했다.

"불명不明한 군주는 오히려 가까이 하지 않는 게 좋은 것이오."

그만큼 허성을 믿고 있다는 뜻일 것이다.

허성은 다시 물었다.

"황희 정승 같은 분이 지금 계시면 어떻게 행세하실까요?"

황윤길은 황희 정승의 후손인 것이다.

"글쎄요…."

생각하는 빛이 되더니 황윤길은 쓸쓸한 표정을 지었다.

"아마 그 어른이 있어도 지금의 상감 밑에선 별 볼 일 없을 것이오."

이렇게 되니 화제는 위험한 대목으로 접어들었다.

"임금은 나라를 먼저 생각해야 하는 거고 스스로의 감정을 누를 줄도 알아야 하는데, 금상今上은 그럴 줄을 몰라."

황윤길은 선조가 감정에 흘러 임금답지 않은 행동을 한 사례를 몇 가지 들었다. 그 가운덴 이발李潑의 어머니와 어린 아이를 처참하게 죽인 사례가 끼어 있었다.

"아들의 죄를 그 어머니에게 묻는 것은 인자仁子의 도에 어긋난 것이고, 아비의 죄를 열 살도 안 되는 아들에게 묻는 것도 윤리에 어긋나는 일인데, 만백성의 주상이 되는 어른이 그런 패륜을 저지르고서야 어떻게 국태민안國泰民安할 수 있겠소."

이어 황윤길은 임금 되는 자가 귀가 너무 얇은 까닭에 조정이 문란하게 될 수밖에 없다면서 개탄했다.

"마음에 든 자가 상소하면 어제 벼슬을 준 사람을 오늘 귀양 보내고, 마음에 들지 않은 사람이 상소하면 상소한 그자를 잡아다가 경을 치고 하니 어떻게 조정의 벼슬아치들이 마음 놓고 일할 수가 있겠소."

얼마 전 귀양 간 유근과 박동현의 이름을 예로 들었다.

유근과 박동현은 허성과도 친한 사이였다. 그런 만큼 정철과의 사이는 불가원不可遠불가근不可近이라고 할 수 있었는데 사간원의 벼슬 하나가 꾸며댄 얘기를 듣고 아까운 인재를 귀양살이에서 썩게 한 것이다.

그런 예는 비일비재했다.

뿐만 아니라 김빈金嬪의 오빠인 김공량의 횡포는 모르는 척 방임하고 있으면서, 옳게 따져보지도 않고 상소 하나를 근거로 하여 예사로 중신들을 죽이기도 하고 귀양 보내기도 하는 것이니 나라의 기강이 어지럽게 되는 것은 당연한 일이다.

술에 취하자 두 사람은 손을 맞잡고 눈물을 흘렸다.

"왜병이 불원 이 나라를 침범할 것인데 그것을 미리 알고 걱정하는 사람은 오직 허공과 나뿐이니 장차 이 일을 어떻게 하면 좋단 말이오."

황윤길은 참고 있었던 울분을 통곡과 함께 터뜨렸다.

허성도 동감이었다.

"난리가 눈앞에 닥쳐오고 있는데 부제학 김성일은 결단코 그런 일이 없을 거라며 그런 변을 미리 방비하자고 하면 민심을 교란하여 사직을 위태롭게 하는 놈이라는 죄를 뒤집어씌우니 말문이 막힐 수밖에요."

황윤길은 소매로 눈물을 닦고 마음을 진정시키곤 허성에게 이런 말을 했다.

"허공, 왜변이 닥치면 조정은 망하오. 그러니 조정은 망하더라도 나라는 망하지 않도록 각별히 조심해야 할 것이오. 허공은 아직도 연부역강한 선비가 아니오. 나라를 살리는 비책을 지금부터 연구해야 할 것이오. 이 조정에서 천운은 떠나갔소."

이때, 춘추곡 하동암에서 허균도 같은 말을 하고 있었다.

"봉수대烽燧臺에 불이 붙었다!"

제반용이 큰 소리로 외치며 하동암으로 들어섰다. 춘추곡 하동암의 식구가 된 제반용이 땔나무를 하고 있다가 봉수대에 불이 붙어 있는 것을 발견한 것이다.

허균을 비롯한 청년들이 우르르 몰려나와 봉수대가 보이는 곳으로 뛰어갔다. 조령의 정상 봉우리에서 활활 타오르고 있는 불꽃이 저물어가는 하늘에 꽃송이처럼 아름다웠다.

그러나 그것은 아름답게만 볼 일이 아니었다. 외적外敵이 쳐들어온다는 신호인 것이다.

"무슨 일일까?"

"난리가 난 거로군."

모두들 저마다 중얼거렸지만 까닭을 알 순 없었다.

"북쪽에서 내려오는 봉수烽燧인가?"

북쪽에서 내려오는 봉수라면 오랑캐의 침범이 될 것이어서 허균이 일단 이렇게 물어본 것이다.

"아니다. 남쪽에서 올라오는 봉수다."

제반용이 말했다.

"그럼 왜놈이 쳐들어왔단 말인가?"

"그럴지도 모른다."

심우영이 응했다.

왜적이 침범할 것이라고 예측하지 않은 바는 아니지만 막상 그런 일이 났다고 하니 실감에 와 닿지가 않았다.

이윽고 만월滿月이 동산 위에 떠올랐다.

"오늘이 4월 보름이로구나."

허균은 멍청히 서서 달을 그슬리듯 타오르는 봉수의 불길만 보고 있었다. 난리가 났다고 해도 허균으로선 달리 취할 도리가 없었다.

"돌아가서 저녁을 먹고 의논하자."

서양갑이 하동암 쪽으로 걸어갔다.

"의논한다고 하지만…."

심우영이 중얼거렸다.

"아찔한 일이로군."

그때의 상황을 〈선조실록〉宣祖實錄을 통해 더듬어 본다.

4월 13일.

왜장倭將 고니시 유키나가小西行長 등이 군을 이끌고 대마도에 도착, 이날 대마도수對馬島守 소 요시토시宗義智 등과 병선 수십 척으로 대마도 오우라大浦를 출발, 부산포釜山浦에 접근했다.

부산첨사釜山僉使 정발鄭撥은 처음 변보를 들었을 땐 세유선歲遺船이 아닐까 했는데 만일의 경우를 고려하고 군선을 정비, 대변待變케

했다.

일본의 병선이 계속 부산포에 들어와 '길을 비켜 달라'는 종이를 성중에 투하하고 가도假道를 청했다. 정발은 대답하지 않고 병민兵民을 모두 인솔하고 성을 지켰다.

이튿날 새벽 왜병이 상륙하여 부산성을 포위했다. 이윽고 성은 함락되고 정발은 전사했다. 이때 경상좌수사 박홍은 동래군 남면에 있는 영營을 버리고 도망쳤다.

왜군은 서생포와 다대포를 공격했다. 다대포첨사 윤흥신이 항거하여 싸우다가 전사했다. 경상좌병사 이각이 소식을 듣고 울산의 병영에서 나와 동래로 왔다. 부산성이 함락됨을 알고 소산역으로 퇴진했다.

15일.

동래성이 함락되었다. 이에 앞서 왜군은 성 밖에 '싸우려면 싸우자. 싸우지 않으려면 길을 내줘라'고 크게 쓴 목판木板을 세웠다. 부사府使 송상현宋象賢이 남문로에 올라 독전督戰하며 대판大板에 다음과 같은 글을 써서 왜군 속에 던졌다.

'죽긴 쉬운 일이나 길을 빌려주는 건 어려운 일이다.'

송상현은 분전하다 죽었다. 왜군은 송상현의 죽음을 의롭다고 하여 정중히 동문 밖에 매장했다. 상현의 자는 덕구, 호는 천곡, 여산인이다. 조방장 홍윤관, 양산군수 조영각, 대장代將 송봉수, 교수 노개방 등 모두 죽고 울산군수 이언성은 생포되었다.

17일.

기장, 좌우영, 양산 등이 연이어 함락되었다. 왜군 고니시 유키나가 등은 작원(지금의 삼랑진)에 진출했다. 밀양부사 박진은 황산에서 저항했지만 실패로 돌아가고 군관 이대수, 김효우는 이 전투에서 죽고 박진은 밀양으로 돌아가 병고兵庫와 곡물창고를 태워버리곤 산속으로 들어갔다. 좌병사 이각은 영으로 돌아갔지만 수성守城의 계計를 세우지 않아 병정들이 소란을 일으켰다.

이날 이른 아침에야 왜군 침공의 소식이 서울에 들어왔다. 경상좌수사 박홍의 장계狀啓에 의한 것이었다. 대관大官 비변사가 빈청에 모아 의논한 결과 이일李鎰을 순변사, 성응길을 좌방어사左防禦使, 조경을 우방어사에 임명하여 각각 중로中路 및 동서로東西路로 내려 보내고 유극량, 변기를 조방장에 임명하여 각각 죽령과 조령을 수비하게 했다.

경주부윤 유인함은 유겁懦怯하다 하여 강계부사 변응성으로 대치했다. 그럴 즈음 부산이 함락됐다는 소식이 들어와 도성都城의 사람들은 크게 놀랐다. 이일은 장기군관壯騎軍官 60여 명을 데리고 일선을 향해 달려갔다.

18일.

왜장 가토 기요마사加藤淸正, 구로다 나가마사黑田長政 등이 부산에 도착했다. 구로다 등은 죽도로 회항하고, 가토 등은 양산으로 향하여 다음날 언양을 점령했다.

19일.

김해가 함락되었다. 왜장 구로다 나가마사 등이 상륙하여 성을 포위했다. 부사 서예원이 성문을 닫고 고수했으나 초계군수 이유겸이 먼저 도망쳤다. 군사들이 이것을 보고 전의를 잃고 궤멸되었다. 부사 서예원도 성을 버리고 진주로 달아났다.

왜군은 창원으로 들어가 서로西路로 해서 영산, 창녕, 현풍을 거쳐 27일, 성주를 점령했다. 이때 순찰사 김수金睟는 진주에서 처음으로 변보를 듣고 좌도로 달려가려 했으나 길은 이미 막혀 있었다. 우도로 다시 돌아가 열읍에 이 사실을 알리고 백성들에게 난을 피하게 했다.

20일.

유성룡은 도체찰사都體察使 김응남을 부사로 하여 제장諸將을 감독하게 했다. 이때 신립申砬이 "이일이 고군孤軍으로 전방에 있는데 후속자가 없다. 왜 맹장을 남하시켜 이일을 돕게 하지 않는가. 지금 체찰사가 남하한다고 하지만 맹장이 아니고선 승패를 겨룰 수가 없다"고 했다.

유성룡이 전 의주목사 김여물을 출옥시켜 입砬과 같이 선견先遣시킬 것을 청했다. 신립을 삼도도순변사三道都巡邊使에 임명하고 유성룡이 모집한 장사들을 이에 속하게 했다.

왕이 신립을 인견하여 보검寶劍 한 자루를 하사하며 말이 있었다. "이일 이하 명령을 듣지 않는 자는 이 칼로써 베어라."

다음날 신립이 전지로 향했다.

순변사 이일이 문경에 이르러 조정에 보고하길, "오늘의 적은 신병神兵과 같다. 감히 대적할 수가 없다. 신臣에겐 죽음이 있을 뿐이다."

조정은 불안하여 사복시司僕寺에 명하여 마필을 정비케 하고 원행遠行할 차비를 서두르기로 했다.

21일.

경주가 함락되었다. 부윤 유인함이 파직되고 신임 변응성이 임지로 가기 전에 있었던 일이다. 판관 박의장 등은 도망치고 성병은 궤멸됐다. 왜장 가토 기요마사가 입성하고 이튿날 영천을 점령, 이어 신령, 비안에서 용궁, 하풍진을 건너 충주로 향했다. 안동부사 정희적이 도망치고 좌방어사 성응길, 조방장 장종남이 의흥에 머물렀다.

23일.

왕은 내수사 김공량에게 명하여 내수사의 노자奴子 가운데 활을 잘 쏘는 자 2백 명을 이끌고 대내大內에 입직入直시켰다. 이 무렵 도성의 백성들 가운덴 피란하는 자가 많았고, 각 사의 관원들 가운데도 숨어버리고 출사하지 않는 자가 있었다. 양사兩司 합계合啓하여, 도성의 문을 굳게 닫아 일반 백성들이 도망치지 못하도록 하고 죽음을 맹서하고 도성을 포기하지 않을 것이란 의사표시를 해야 한다고 청했다.

24일.

경상우병사 김성일金誠一을 체포했다. 성일이 일본에 사신으로 갔다가 돌아와 왜의 침범이 없을 것이라고 함으로써 국사를 그르쳤기 때문이다. 김성일을 체포하여 직산에까지 연행했을 때 변보가 급했기 때문에 그 죄를 용서하고 우도초유사右道招諭使에 임명하여 의병義兵을 초모招募할 임무를 맡겼다.

25일.

상주성이 함락됐다. 처음 경상감사 김수는 변보를 듣고 제승방

략制勝方略에 의해 열읍에 공문을 보내 문경 이남의 수령들은 병을 이끌고 대구에 내려가서 경장京將이 오길 기다릴 참이었다. 그런데 왜군이 갑자기 달려들었기 때문에 중군衆軍이 경동하여 밤중에 궤멸상태가 되었다.

순변사 이일이 문경에 도착했을 때 현縣은 이미 텅 비어 있었다. 이에 앞서 왜장 고시니 유키나가 등은 중로에 의해 밀양, 청도, 경산, 대구를 함락하고 석전을 점령, 안동으로부터 선산을 지나 주州의 동쪽 20리 현의 장천 언덕에 주둔했다.

이날 이일은 북천변北川邊에 진을 친 후 대기했는데 성중 수처에서 불이 일어났다. 군관을 시켜 탐색케 했더니 임간林間에 숨어있던 왜군의 복병伏兵이 조총을 쏘아 군관을 죽였다. 군병들은 멀리서 이것을 보고 혼이 빠졌다. 왜군이 좌우익으로 진출해선 아군을 포위했다. 이일이 감당할 수 없음을 깨닫고 말을 돌려 북쪽으로 달렸다. 장수 없는 군사들은 여기서 몰살을 당했다. 종사관 교리 박호, 윤섬, 방어사 종사관 병조좌랑 이경류, 상주판관 권길 등이 이곳에서 죽었다. 이일이 문경에 이르러 패보를 조정에 전하고 조령을 넘어 충주로 도망쳤다.

26일.

함창과 문경이 함락되었다. 문경현감 신길원도 생포되었지만 항복하지 않고 참살되었다. 고니시 유키나가도 조령을 넘었다.

27일.

삼도도순변사 신립이 충청도 단월역에 도착했다. 제장들은 조령의 험險을 이용하여 왜적을 무찌르자고 했으나 신립은 듣지 않았다.

이일, 변기 등을 데리고 같이 충주성으로 들어갔다. 이때 군관이 적이 조령을 넘었다는 보고를 했다. 신립은 망언을 퍼트렸다고 해서 그 군관을 베어죽인 후 군을 이끌고 탄금대에 주둔하여 강을 등지고 진을 쳤다. 적이 이미 10리 안에 들어와 있었다는 것을 몰랐던 것이다.

이튿날 새벽 왜병은 단월역에서 두 방향에서 진격해왔다. 고니시 유키나가의 군은 산을 따라 동쪽에서, 소 요시토시의 군은 강을 따라 내려왔다. 신립이 어떻게 할 바를 몰라 포위를 뚫고 달아나다가 달천 월탄에 이르러 강물에 몸을 던져 죽었다. 조방장, 충주목사 이종장, 종사관 김여물, 박안민 등도 난병 가운데서 죽었다. 제군諸軍은 대패하여 시체가 강을 덮었다. 이일은 샛길로 해서 도망하여 패보를 알렸다.

조정은 동지중추부사 이덕형을 왜군으로 보내 강화할 작정을 했다. 이에 앞서 왜학통사倭學通事 경응순이 상주의 전투에서 포로가 되었는데 고니시 유키나가, 도요토미 히데요시의 이름으로 예조禮曹에 보내는 편지를 써서 경응순 편으로 보내온 적이 있었다.

이 편지엔, 동래에서 울산군수 이언성을 생포하여 그에게 서계書契를 맡겨 보냈는데 아직 아무런 응답이 없다. 만일 조선이 강화할 뜻이 있다면 28일 이덕형을 충주로 보내라는 사연이었다. 이덕형은 자기가 가겠다고 나섰다. 예조에서 쓴 편지를 갖고 경응순과 같이 길을 떠났다. 죽산에 이르러 충주가 이미 함락되었다는 사실을 알고 먼저 경응순을 보내 사정을 탐색시켰다. 그런데 경응순은 살해되었다. 그래서 이덕형은 중도에 돌아오고 말았다.

도성의 수비에 관한 의논이 있었다. 우의정 이양원을 경성도검찰사京城都檢察使에, 이전, 변언수, 신각을 좌우중위 대장에, 상산군 박충간을 도성검찰사에, 윤탁연을 부사에, 이성중을 수어사에, 정윤복을 동서로호소사東西路號召使에 임명했다.

이양원이 빨리 군병을 증모해야 한다고 청하고 성안의 사민士民들은 각각 일터와 집을 지키라고 일렀다. 그러나 상주의 패보가 들어오자 민심은 흉흉하여 사헌부에게 교서를 내려 인심을 진정시키려고 했지만 피란자는 계속 불어만 갔다.

생원 구용과 권필은 유성룡이 강화를 책동한 것과 이산해가 국사를 그르쳤다고 하여 참형斬刑하자는 장계를 올렸으나 왕에게까진 이르지 못했다.

28일.

대관들이 모여 도성을 떠나야 한다는 제의를 했다. 모두들 눈물을 흘리며 그 불가를 극언했다. 영중추부사 김귀영은 경성의 고수를 주장했고 우승지 신집, 수찬 박동현도 간지諫止했다. 신집은 세자를 세움으로써 민심을 수습하자는 의견을 말했다. 왕은 영의정 이산해와 좌의정 유성룡 등을 불러 누구를 세자로 하면 좋겠느냐고 물었다. 모두들 임금이 직접 결정해야 할 일이라고 아뢰었다. 왕은 광해군을 지명했다.

29일.

광해군이 왕세자가 되었다. 종친들이 합문 외에 모여 통곡하며 도성을 버리지 말 것을 간청했다. 병조는 방리의 백성 및 공사천公私賤, 서리胥吏, 삼의사三醫司를 초발하여 도성 성첩을 지키도록 영을 내렸다. 그러나 모두 오합지중으로 도망할 생각만 하고 있는 모양이었다.

저녁에 충주의 패보가 들려왔다. 만성滿城이 함께 떨었다. 중신회의가 열려 피란을 의논했다. 대관들은 "사세가 이에 이르렀으니 잠시 평양으로 자리를 옮겨 명정明廷의 원병을 청하여 수복을 꾀할 도리밖에 없다"는 데 의견을 모았다.

장령 권협만이 경성의 고수를 주장했다. 이에 유성룡의 말이 있었다. "협의 말은 충성이다. 그러나 사세가 그렇지 않은 것을 어떻게 하는가." 서행西行이 결정되었다.

김명원을 기용하여 도원수에, 신각을 부원수에 임명하여 한강을 다스리게 하고, 변언수를 유도대장留都大將에 임명했다.

좌의정 유성룡, 도승지 이항복이 왕자를 각도에 분견하여 근왕勤王의 병사를 모으자고 건의했다. 김귀영, 윤탁연은 임해군을 모시고 함경도로, 한준과 이개는 순화군을 모시고 강원도로 가게 했다.

30일.

왕, 왕비, 왕세자는 도성을 버리고 서행길을 떠났다. 어제 서행이 의결되자 위사衛士 이복吏僕들은 뿔뿔이 헤어지고 궁문을 잠그지도 않았고 금루禁漏는 시각을 알리지 않았다.

밤중에 이일의 장계가 들어왔다. 왜군이 금명간에 도성에 들이닥칠 것이란 내용이다. 이날 새벽 왕은 사관祠官으로 하여금 종사의 주판主版을 모시게 하여 선발시키고 왕은 기마로써 돈의문을 나섰다. 바로 그 뒤를 세자의 기마가 따르고, 왕자 신성군, 정원군의 순서로 호종했다.

왕비, 숙의는 가마를 타고 여시女侍 십수 인은 통곡하며 보종步從했다. 어두운 가운데 비가 내려 지척을 판별할 수 없었다. 도승지 이항복李恒福은 촛불을 들고 길을 이끌었다.

난민들이 장예원掌隷院과 형조를 불태웠다. 공사노비公私奴婢의 문적文籍이 있는 곳이었기 때문이다. 난민들은 또한 내탕고內帑庫에 침입하여 돈과 비단을 약탈하고, 경복궁, 창덕궁, 창경궁을 불태워 하나도 남기지 않았다. 역대의 보완 및 문무루 소장의 서적, 춘추관의 각조실록 등이 타고 소장의 전조사초前朝史草, 승정원일기 등도 모두 불타버렸다. 예문관 검열 조존세, 박정현, 임취정, 김선여 등이 본관의 사초를 태우고 성을 넘어 도망쳤다.

난민들은 왕자 임해군의 집과 전 병조판서 홍여순의 집을 불태웠다.

날이 밝을 무렵 왕은 사현沙峴을 넘었다. 도성을 돌아보니 궁궐은 타고 있었고 연기가 하늘을 덮었다.

왕이 홍제원에 이르지 빗발이 세찼다. 숙의淑儀 이하 가마를 버리고 말을 탔다. 벽제관에 가서 점심을 먹는데 주방의 준비가 모자라 왕세자의 밥상이 없었다. 병조판서 김응남이 펄 구덩이 속을 분주하게 돌아다니며 행렬을 정비하려 했으나 쓸데없는 노릇이었다. 일행은 흠뻑 젖어 대각의 문관 가운덴 낙오자가 많았다. 혜음령을 지나니 비는 쏟는 듯했고 이곳저곳에서 곡성이 들려왔다.

장계군 황정욱과 그 아들인 호군護軍 혁이 스스로 순화군을 모시겠다고 간청했다. 왕은 그렇게 하라고 허락하고 황정욱을 호소사로 하여 한준 등을 대신하게 했다. 혁은 순화군 부인의 아버지이다.

저녁 때 왕은 임진강에 도착하여 배를 탔다. 비는 그치지 않았다. 명령을 내려 배를 침몰케 해서 적이 건너지 못하게 했다. 강변의 민가들도 철수하여 적이 떼배[筏]를 못 만들도록 했다.

밤중에 동파역에 도착했다. 백관들은 굶주리고 지쳐 촌가에 흩어져 자게 되었다. 강을 건너지 못한 자가 태반이었다.

파주목사 허진, 장단부사 구효연이 주방을 만들어 음식을 장만하게 했는데 따라온 하인들이 주방에 난입하여 약탈하는 바람에 왕에게 바칠 음식이 없어져버렸다. 허진과 구효연은 너무나 황공하고 두려워 몰래 도망쳐버렸다.

이상은 임진왜란이 발발한 저 보름 동안에 있었던 일들이다. 한심스럽기 짝이 없는 꼬락서니지만 그런 일에 흥분하고 있을 겨를이 없었다. 그동안에 허균이 어디서 무슨 짓을 하고 있었는가를 살펴야 하기 때문이다.

허균 등이 봉수를 본 것은 4월 15일이고, 왜병이 쳐들어왔다는 정보를 확인한 것은 4월 16일이다.

4월 16일 밤 춘추곡 하동암에선 진지한 회의가 열렸다. 이 왜란에 어떻게 대처해야 할까 하는 것이 주요한 의제였다.

허균은 먼저 의병을 일으킬 필요가 있지 않을까 하는 의견을 말했다.

"우리가 중심이 되어 천 명의 병사를 모을 수만 있으면 조정에 무기를 청할 수가 있다. 무장만 잘되면 지형과 지물을 잘 알고 있는 우리들이니까 기습작전으로 적을 무찌를 수가 있다. 손자병법을 그냥 그대로 활용하는 것이다. 적진아퇴敵進我退 적퇴아진敵退我進 주피야동晝避夜動. 감쪽같이 우리의 정체를 숨기고 적의 허를 찌르는 전법을 사용하면 왜놈을 공략할 수 있을 뿐 아니라 전쟁이 끝날 때까지 그 군세軍勢를 보전할 수가 있다. 보전된 군세로써 전후의 사태에 대처한다. 어떤가?"

"꼭 그대로 될 수만 있다면 해볼 만하다. 그러나 일단 의병이 되었다고 하면 나라의 군제 속에 편입되어야 한다. 조정에서 무기를 준다면 그런 요구를 해올지 모른다. 만일 그렇게 되었을 때 어쩌면 개죽음을 할 우려가 있다. 지금 눈을 씻고 보아도 명장名將이 있을 것 같지 않다. 바보 같은 장수 밑에 들기만 하면 끝장이다. 이일이 명장이라고 하지만 옛날이야기다. 한 줌도 안 되는 오랑캐와 싸워 이겼다고 해서 그게 무슨 대단한 공적인가. 신립 장군도 마찬가지다. 고집만 세고 큰소리만 할 줄 알지 기략機略이란 전연 없는 자이다. 의병을 일으킨다고 하더라도 시기와 사정을 보아가며 하자."

박응서의 말이 있었다.

심우영은 팔짱을 끼고 멀뚱멀뚱하게 천장만 쳐다보고 있었다.

"심형의 생각은 어떤가?"

서양갑이 물었다.

"난 좀더 생각해보아야겠다."

고 했을 뿐 다시 입을 다물어버렸다.

"왜놈이 쳐들어온 것은 사실이지만 남도 근처에서 티격태격하다가 물러갈 것 아닐까? 위협을 주기 위한 거동일 거다. 산 설고 물선 곳에 와서 놈들이 어쩔 거냔 말이다. 전에도 가끔 해온 노략질

정도의 것일 거다."

심우영의 말은 그럴듯했다. 상식이 있는 놈들이라면 무모한 전쟁을 할 까닭이 없기 때문이다.

그러나 허균은 형인 허성으로부터 들은 말이 있었다. 이번의 침범은 준비에 준비를 거듭한 후의 행동일 것이니 일단 전쟁이 시작되었다고 하면 쉽사리 끝나진 않을 것이었다. 그렇다고 해서 그런 짐작만으로 무슨 대책을 세우라고 하는 것도 우스운 얘기이다. 그래 이런 말을 했다.

"서형이나 박형은 우리의 모임을 군사집단으로 하는 것이 소원이지 않았나. 그렇다면 이 기회는 그야말로 호기이다. 구체적인 계획은 다음에 세우더라도 의병을 일으킨다는 것만은 합의해 두자."

모두들 그렇게 하자고 했으나 서양갑만은 달랐다.

"왜병을 무찌르는 덴 나도 찬성이지만 지금의 임금을 위해 싸우긴 싫다. 설마 왜병이 우리 땅덩어리를 삼키기야 하겠나. 철저하게 조정이 몰려 임금이 물러나지 않으면 안 될 사태에까지 갔으면 좋겠다. 그러자면 왜병이 승리해야 할 것 아닌가. 임금이 물러나도록 싸우려면 왜병도 기진맥진한 꼴이 될 것이다. 의병을 일으키려면 그때 가서 하는 것이 좋겠다. 우리의 손으로 왜적을 물리치는 것이다."

"결국 의병을 일으키자는 건가?"

"지금 일으키는 건 반대다."

이렇게 되니 결국 회의는 흐지부지하게 되었다. 좀더 상황을 관망해보자는 것으로 낙착이 되었다. 그런데 얼마 되지 않아 상주가

158

함락되었다는 소식이 들어오고 왜병이 조령을 향해 진격하고 있다는 소문이 날아들었다. 게다가 왜병의 수는 엄청나 그 파죽지세에 조선의 군대는 추풍낙엽이란 것이다. 아닌 게 아니라 부산포에 상륙한 지 불과 열흘 동안에 열읍列邑을 점령하고 상주까지 진출했다면 실로 대단한 전력이라고 할 수 있지 않은가.

상주의 패보는 곧 이일이 일패도지一敗塗地했다는 패보이기도 하였다.

춘추곡이 안전한 곳이 못 된다는 건 확실했다. 하동암 뒤에 토굴을 파고 서책과 살림도구를 묻어 놓고 허균 등은 일단 서울로 돌아가기로 했다. 서울로 가는 도중 청주의 손성태 집에 들러 이틀을 묵었다. 난리가 난 세상이라고 해서 거리낄 것이 없는 허균 일행은 옥주, 중월, 연심 등의 기생들을 불러 즐기길 사양하지 않았다.

만일 의병을 일으킬 경우 같이 행동하겠다는 승낙을 허균은 손성태로부터 받았다.

허균 일행이 서울로 돌아온 것은 신립의 패전이 있은 그날이었다. 아직 서울 사람들은 그 사실을 모르고 있었는데도 서울의 민심이 흉흉하다는 것을 피부로 느낄 수 있었다.

허균의 형 허성은 임금의 몽진蒙塵을 미리 짐작하고 호종扈從할 준비를 서두르고 있었다.

"균아, 너도 호종할 준비를 하라."

"제가 무엇 때문에 호종을 합니까."

허균은 이렇게 말하고 동지들과 행동을 같이하겠다는 약속을 했다는 말을 했다.

"네 일신이 편하려면 호종하는 것이 제일이다. 내 이조에 부탁해서 미관말직이라도 만들어 줄 터이니 나와 같이 가자."

임금이 있는 곳은 아무려나 무사할 것이란 허성의 주장이었다.

"그건 그렇고, 김성일은 어떻게 되었습니까?"

"체포되어 직산까지 왔을 때, 죄에서 풀려나 경상우도 초유사가 되었다."

"뭐라구요? 그런 자에게 다시 벼슬을 주었다구요?"

"그런 게 아니다. 김성일은 능력이 있는 사람이다. 판단을 잘못한 건 중대한 실수지만 이러한 난국에 그 실수를 따져 그만한 인물을 버려둘 수야 있겠는가. 김성일의 재임명은 백번 잘한 일이다."

"형님에겐 뱃속이 있는 겁니까, 없는 겁니까. 그자에게 그렇게 당하고도 그자를 옹호해요?"

"평화시 같으면 나 역시 가만있지 않겠다. 이러한 시국엔 참으로 능력 있는 인물이 필요한 것이니 자네도 김성일에 관한 말은 함부로 하지 마라."

허성이 다시 호종문제를 꺼냈다. 허균은 호종을 하더라도 왜병이 서울을 침노할 직전에 가서 하겠다는 말을 남기고 친구들을 찾아 나섰다.

박응서도 서양갑도 집에 없었다.

"그 둘의 행동이 수상해. 전부터 사귀어본 파락호들을 만나고 있는 모양이던데 아마도 무슨 일을 낼 것 같다."

심우영의 말이다.

"강도가 횡행하고 있어. 포교나 포졸들이 꼼짝을 못하니까 강도가 활개를 치고 있다."

심우영은 박응서와 서양갑이 그 패거리들에 끼인 것이 아닌가 하고 은근히 걱정했다.

"설마 그럴 리야."

허균이 부인하자, 심우영은 박응서의 집에 기식하게 된 제반용이 서울에 온 그 이튿날 호사스런 옷을 입고 다닌 사실을 들먹여, "도대체 그 옷을 어디서 구했겠느냐?"고 했다.

박응서, 서양갑, 제반용을 만나지 못한 채 허균은 4월 30일을 맞이했다. 충주의 패보는 이미 서울에 들어와 있었고 거리는 난민들이 우왕좌왕하는 모습으로 혼란이 극도에 달하고 있었다. 임금의 몽진이 결정되었다는 소문이 어디로부터인가 새어나오고 있었다.

밤이 되어 허균이 계향이란 기생집을 찾아가는데 돌연 북악산 아래에 불길이 일었다. 얼른 그 방향으로 달려가 보니 장예원과 형조가 불타고 있었다. 아찔했다.

박응서와 서양갑이 거느리고 있는 패거리 가운덴 노비들이 더러 섞여 있었다. 서양갑의 노비들은 기회 있을 때마다 해방을 들먹였다. 언젠가는 장예원 건물을 가리키며 깔깔대고 웃은 적이 있었다.

"이 나라에서 태워 없애야 할 곳이 있다면 바로 저곳이라."

타고 있는 것은 장예원과 형조만이 아니었다. 경복궁, 창덕궁, 창경궁까지 타고 있었다. 실화失火가 아닌 것은 확실했다. 분명히 방화였다. 방화였다고 하면 서양갑이 직접 한 짓은 아니더라도 그 모사의 중심에 있었을 것이란 생각을 허균은 지워버릴 수가 없었다.

비가 억수로 퍼붓고 있었다.

그 빗속을 허성은 떠났다. 임금의 몽진에 호종하기 위해서였다. 같이 가자는 권고를 끝까지 물리친 아우 균에게 허성이 마지막으로 한 말은

"너만 믿는다"는 것이었다.

"안심하십시오. 형님."

균은 자신 있게 말했으나 무슨 근거가 있는 것은 아니었다. 막연한 짐작이 있었을 뿐이다.

허성을 보내고 난 후 가족회의가 있었다. 가족회의에서 균이 이런 말을 했다.

"이 난리는 아마 1년쯤 계속된다고 보아야 할 것이오. 그러니 1년 동안 우리 가솔이 어떻게 사느냐가 문제요. 그런데 내가 한 군데 보아둔 곳이 있소. 그곳은 피아의 병정들이 지나갈 필요가 없는 곳이오. 그곳에 가서 꽁꽁 숨어 있으면 병화兵禍만은 피할 수가 있소. 염려되는 것은 식량이오. 집안에 무엇이건 돈이 될 만한 게 있으면 그걸로 식량을 바꾸시오. 그 식량을 늘려 먹되 한 끼를 다섯 끼로 늘려야 하오. 지금은 다행히 초여름이라 산에 가면 산채를 캘 수 있을 것이오. 산채를 열심히 캐서 말리시오. 그리고 뭔가 심을 만한 땅이 있으면 산비탈을 후벼 일구어 호박을 심든지 감자를 심든지 하시오. 내일에라도 시전에 나가 씨앗을 구하시오. 굶어 죽지만 않으면 살아남을 수가 있소."

그리고 충복忠僕 중쇠와 말쇠를 불러 갈 곳을 지시했다.

"도성지에서 40리쯤 양주 쪽으로 가면 덕소란 곳이 있다. 덕소에

서 한강을 오른편으로 끼고 20리쯤 가면 남한강과 북한강이 합치는 양수리가 있다. 거기서 왼편을 보면 운길산이 있다. 운길산 정상 가까이에 수종사란 절이 있다. 수종사의 스님을 나는 잘 알고 있다. 내가 편지를 써줄 테니 그걸 갖고 우리 가솔과 너의 가솔을 그곳으로 데리고 가라. 가기가 바쁘게 밭을 일구어 씨를 뿌리는 것을 잊지 마라. 가재도구와 의복은 가질 수 있는 데까지 가지고 가라. 모든 서책은 단단히 싸서 땅속에 묻어라."

이렇게 말해놓고 허균은 집을 나섰다.

처가댁 식구를 합류시키기 위해서였다. 우선 심우영을 만나야만 했다. 심우영은 텅 빈 집 대청에 관솔불을 밝혀놓고 혼자 앉아 있었다.

열려있는 대문으로 들어서며 허균이 물었다.

"대문을 열어젖혀 놓고 이게 무슨 일이오?"

"첫째는 단보를 기다리기 위해서이고, 둘째는 도둑놈의 범접을 막기 위해서이네."

"대문을 열어놓고 도둑놈을 막아?"

"열려있는 대문으로 도둑놈은 들어오지 않는 법이네."

"그럴듯한 말이군. 그런데 식구들은 모두 어딜 갔소."

"광주의 두메로 보내버렸다."

"빠르기도 하구려. 나는 처가집 식구 모시러 왔는데."

"어디로 데리고 가려구?"

허균이 운길산 수종사를 들먹였다.

"역시 단보는 다르군."

심우영이 감탄했다. 심우영은 허균과 함께 운길산 수종사엘 간 적이 있었다. 야산 같으면서도 깊이가 있고 조망이 트여 운신運身하 기가 좋고 정상 근처가 평퍼짐해서 수월하게 개간할 수가 있는 곳 이다. 그런 데다 근처에 인가가 드물고 전연 전략적, 군사적으로 이용가치가 없는 곳이니 피아의 병정이 그곳에 접근할 까닭이 없는 것이다.

"우리 식구를 보낸 곳도 당분간 위험은 없을 것이다."

심우영은 허성의 소식을 물었다.

"떠났소."

"국록을 먹는 사람이니까 도리가 없겠지. 그러나저러나 임금이 그런 꼴이니 앞날이 걱정이라."

심우영은 혀를 끌끌 찼다.

"박응서와 서양갑의 소식 모르시오?"

허균이 물었다.

"언젠가 나타나겠지. 세상 사람들이 다 죽어도 그자들은 살아남 을 테니까."

심우영이 일어서서 균을 방으로 안내했다. 방엔 얌전하게 주안 상이 차려져 있었다.

"이게 뭐요?"

허균이 반기며 물었다.

"마지막 시중이 될지도 모르니 술상을 보아놓고 가라고 내자에게 일렀지."

술이 거나하게 돌자 심우영의 악담이 터져 나왔다.

164

"단보. 한양성이 어떤 성인지 아는가?"

"말해보소."

"그 기장이 9천 9백 95보요, 그 높이가 40척이네. 그리고 숭례, 숙정, 흥인, 돈의, 혜화, 창의, 광희, 소덕 등 대소 여덟 개의 문을 가지고 있지 않는가."

"그래서?"

"이 성을 버리고 소위 임금이란 자가 어디로 도망간단 말여!"

"다급하면 요동 땅까지 가겠지요."

"그렇다면 뭣 때문에 이 거대한 성을 만들었지? 밤낮 없이 무슨 까닭으로 이 성을 지켰지? 기껏 백성들에게 세도 부리기 위해 만들어놓았던 성인가? 정작 막아야 할 원수가 나타나자 기성棄城해버리는 성에 무슨 의미가 있지? 제기랄, 그런 자를 임금이라고 그 앞에서 굽실거리고 있으니 그 꼴이 뭔가."

"처삼촌, 말씀 좀 삼가야겠소."

허균이 농담 반 진담 반으로 말했다.

"말씀 삼가라구? 궁전을 불태워버리는 놈도 있는데 내가 이만한 말을 못할까?"

"딴은 그렇소. 그렇지만 이 판국에 와서 악담을 하면 뭣하오."

"자기만 살겠다고 만백성 팽개쳐버리고 도망한 놈 악담하지 않고 누구한테 악담할 건가."

"권토중래捲土重來를 위한 피신이란 것도 있는 게 아니오."

"권토중래? 나는 그자가 다시 나타날까 봐 겁난다."

"왜놈에게 짓밟히고만 있으란 말요?"

"왜놈에게 혼 한번 나봐라, 이거여. 비 내리고 땅 굳어진다는 말도 있지 않는가. 아무튼 누가 세자가 될지 모르지만 난중이건 난후이건 임금은 물러앉아야 해."

"그건 나도 찬성이오."

그렇게 말하면서 허균의 마음은 무거웠다. 아무리 임금이 밉기로서니 왜적의 승리를 바랄 순 없는 일인 것이다.

심우영은 임금을 몰아내고 새 나라를 만들어 왜놈과 강화講和하면 어떨까 하는 의견을 내놓았다.

"실없는 소리 마소. 일이 그렇게 되도록 명나라가 내버려두진 않을 것이니까."

"명나라와 짜고 거사할 순 없을까?"

"명나라 누구와 짜고?"

"단보, 자네가 명나라로 가보게. 명나라로 가서 야심 있는 장수와 의기상투하면 혹시 가망이 있을는지 모르는 일 아닌가."

"잠꼬대 같은 소리 작작하시오."

"단보답지 않게 그게 무슨 소린가. 지금이야말로 역성혁명易姓革命의 호기가 아닌가. 이왕조李王朝엔 망조가 들었어. 이왕조에 연연하다간 백성들 다 죽게 생겼어."

심우영의 이 말은 허균 자신이 한 말이나 다를 바가 없었다. 역성혁명의 관심은 언제나 허균의 가슴속에서 이글거리고 있었다. 그러나 그런 관심으로 하여 왜적을 이롭게 하는 결과는 결단코 만들기 싫은 것이 허균의 본심이었다.

"처삼촌 생각은 모르는 바 아니지만 지금은 그 시기가 아니오. 왜놈들이 이 땅에서 환통을 치고 있는 한 그런 생각은 버려야 할 거요."

허균의 말에 심우영이 입을 삐쭉했다. 사회성분이 다른 데서 비롯된 의식의 차이를 느낀 때문이었다.

"아따, 나는 모르겠다. 될 대로 되라지 뭐!"

심우영이 하품을 했다.

잠을 깨어보니 5월 초하루.

낭자한 배반杯盤이 있을 뿐이다. 허균은 어젯밤 있었던 일을 생각했다. 심우영이 어디로 갔을까.

창을 열었다. 비는 여전히 내리고 있었지만 어제처럼 세찬 우세雨勢는 아니다. 하품을 하고 기지개를 켜고 있는데 심우영이 중문으로부터 들어왔다. 흠뻑 비에 젖어 있었다.

"어찌 된 거요?"

"우선 옷부터 갈아 입구."

심우영이 안방으로 들어갔다. 옷을 갈아입고 나온 심우영이

"아무리 난리가 났기로서니 민심이 이럴 수가 있을까!"

탄식부터 하고 나서 이런 얘기를 했다.

"단보가 술에 취해 잠들고 난 뒤였다. 빗소리 사이로 여자의 비명소리가 들리는 거라. 환청인가 했지만 마루에 나갔더니 비명소리가 또렷했어. 바로 옆집이 양 교리 집인데 그 집에서 나는 소리가 분명했다. 양 교리는 몽진에 호종하기 전 자기의 가솔들을 피란시켰으니 그 집에 사람이 있을 까닭이 없거든. 여자의 비명소릴 듣고

가만있을 수가 있나. 담장을 넘어 들어가 비명소리를 따라 움직이는데 그 비명소리가 딱 그쳐버렸어. 방방을 열어볼 수도 없구, 그러고 있는데 어디선가 인기척이가 있어 마루 밑으로 몸을 숨겼지. 그믐밤이고 비가 장대같이 쏟아지고 있었지만 샛문으로 해서 나가는 그림자를 보았다. 그 뒤를 쫓았다. 골목 어귀에서 그놈을 바싹 따를 수 있었다. 사나이였다. 얼굴은 볼 수 없었지만 젊어 보였다. 그놈은 낙산 중턱에 가더니 어느 집으로 들어가더군. 양 교리 집에 무슨 일이 있다는 짐작 때문이겠지만 나도 꼭 그놈의 정체를 알아놓고 싶었다. 다행히 그 아래에 새벽부터 해장국을 파는 집이 있어서 그리로 들어가서 날이 새기를 기다렸지. 그 사나이가 들어간 집은 전 정언前正言 한진韓晋의 집이고, 그 사나이는 그 집 종인 만돌이란 걸 알았다. 주막에서 들은 대로지. 그런 사실을 확인하고 나서 돌아와 양 교리의 집 광을 열어보았더니 웬걸, 젊은 여자의 시체가 둘이나 있지 않겠나. 몸종으로 보이는 계집애는 머리통이 깨져 죽어 있었고 젊은 마님인 성싶은 여자는 재갈이 물린 채 목 졸려 죽어 있더라. 그런데 그 젊은 마님은 아무래도 양 교리의 시집간 딸인 것 같애. 작년 가을 정혼했는데 그 시가가 한 정언의 집이라고 들은 적이 있거든."

"그렇다면 결국 어떻게 된다는 얘긴가요."

허균도 살인이 있었다고 듣곤 범연할 수 없었다.

"그 만돌이란 녀석이 그 젊은 마님을 친정에까지 모셔주라는 분부를 받고 데리고 왔는데 양 교리 집이 텅텅 비어있고 주위에 사람이 있는 것 같지 않으니까 엉뚱한 생각을 한 것이 아닌가 해."

"능욕의 흔적이 있던가요?"

"치마와 속옷이 흐트러져 있긴 해도 능욕을 당한 것 같진 않았어. 겁탈하려다가 마음대로 안 되니 죽여 버리고 간 게 아닌가. 내 짐작은 그래. 어때 시체를 한번 보려나?"

"처삼촌두, 뭣 때문에 그런 걸 보겠수."

"그런데 이 일을 어떻게 한담? 못 본 척 내버려 둘 수도 없구, 선불리 서둘렀다간 괜히 말려들어 귀찮게 될지도 모르구."

"관에 알린다고 해도 지금 금부禁府가 있나, 포도청이 있나. 양갑이 있으면 간단하게 처리될 문제인데."

"어떻게?"

"한 정언의 하인놈을 끌고 와서 자백서를 받고 그놈 손으로 시체를 처리하게 하는 거지요. 썩은 시체를 이웃집에 두고 어떻게 배겨내겠소."

두 사람이 이런 걱정을 하고 있을 때 유일하게 그 집에 남아 있던 중늙은이 노비가 아침 밥상을 가지고 들어왔다.

"찬은 없지만….."

"지금 어디 찬 걱정할 땐가. 숭늉이나 잘 끓여서 가지고 오라."

아침 식사를 하고 두 사람은 거리로 나왔다. 대궐은 물론이고 조금 크다 싶은 집은 불타고 없었다. 빗속인데도 아직 타고 남은 부분에서 연기를 내고 있는 집들이 있었다.

"처삼촌 집이 성한 건 불행 중 다행이오."

허균이 익살을 부렸다.

"심우영의 덕망이 그만하다는 증거가 아닌가. "

심우영이 뽐내는 척했다.

"내 덕망도 무시 못할 것이죠. 우리 집도 까딱없으니까. "

"그건 단보 덕망 탓이 아니다. 단보 형님의 덕망이지. "

빗속인데도 피란가는 사람들이 우왕좌왕했다. 동남쪽에서 왜군이 밀려오고 있으니 피란민의 무리는 혜화문과 창의문 쪽으로 쏠리고 있었다.

그 무리들을 보며 허균이 불쑥 말했다.

"아무래도 덕망 탓이 아니라 응서와 양갑의 덕인 것 같소. "

"뭣이?"

"우리 집들이 온전한 게 말이오. "

"그럴는지도 모르지. "

허균의 말뜻을 알아들었던 모양으로 심우영이 고개를 끄덕였다.

"그러나저러나 왜병은 어디까지 왔을까?"

허균의 말이었다.

"우리 남산으로 올라가 보자. 대강의 동정은 알 수 있을 것 아닌가. "

"남산에 올라 동정을 알 수 있을 정도라면 우리도 이대로 있어선 안 될 것인데요. "

그러나 사태를 파악해야만 하는 것이다. 허균과 심우영은 붐비는 피란민 사이로 어슬렁어슬렁 걸어 남산 꼭대기에 기어올랐다.

비는 완전히 멎고 뜨거울 정도로 햇살이 퍼졌다.

벌이 멀찌감치 뻗은 저편으로 높고 낮은 산들이 침묵의 파도를

170

일구고 있고 한강은 무심히 흐르고 있었다. 어디에도 전쟁의 흔적은 없었다. 그런데도 무슨 흉조凶兆와 같은 것이 하늘의 일각에 느껴졌다.

'오초가 동남으로 갈라지고吳楚東南, 건곤일야부乾坤日夜浮…란.'

두보의 시구가 허균의 뇌리를 스쳤다. 이어 허균의 가슴에 시상이 고였다.

"처삼촌."

"뭔가? 단보."

"이런 것은 어떻소. 산하무심여직화山河無心女織花인데, 인위불궤항작화人爲不軌恒作禍로다."

"화花가 곧 화禍여. 대구가 되지 않아. 화를 화畵라고 하지!"

이렇듯 심우영이 가끔 날카로운 감성感性을 번뜩이는 것이다.

"그렇지. 화花보단 화畵가 낫겠소."

그러나 허균은 시상에만 머물고 있을 수 없었다. 박응서와 서양갑의 동태가 자꾸만 마음에 걸렸다.

이무렵 박응서와 서양갑은 제반용을 끼운 패거리를 지휘하여 고관대작들의 광을 샅샅이 털어선 그 재물을 자하문 밖 세검정 근처에 굴을 파고 묻는 작업을 감행하고 있었다. 고관대작이나 부잣집의 피란보따리를 털어 금붙이, 은붙이, 옥 같은 것이라고 보면 가차 없이 탈취하기도 했다. 도성 내의 약탈방화의 3분의 2가 그 패거리들이 한 짓이었다.

물론 그들은 배후에서 건달패를 조종하는 것이지만 언젠가 들통이 나지 않을 까닭이 없었다.

"빨리 응서와 양갑이를 찾아내야 하는데."

허균의 얼굴에 근심의 빛이 있었다.

"내버려두려무나. 이왕 막가는 세상인데."

"아니오, 처삼촌. 도성이 지금 혼란한데 혼란한 데도 무슨 질서가 있는 것 같단 말이오. 이건 결코 좀도둑만의 소행이 아니오. 그런 머리를 쓸 놈은 응서와 양갑을 두곤 없소. 나는 앞으로 닥칠 사태를 걱정하는 것이오. 더 이상 증만增慢하지 않도록 무슨 수를 써야 하는데 당최 보여주기라도 해야지요. 우리를 피하고 있는 작태로 보아 도성 혼란의 장본인은 그자들이오."

"걱정 말게, 단보. 우린 생명이나 보전하며 사태의 추이를 보고 있으면 그만 아닌가."

"그 사태의 추이를 미리미리 파악해야 한단 말이오."

사태의 추이를 미리 파악해야 한다는 것은 나라를 보아서나 개인을 보아서 중요한 일이다. 그러나 그게 쉬운 일이 아닌 것이다.

"남사고南師古쯤 되는 사람이면 몰라도 우리가 어찌 그걸 알 수 있겠는가."

이런저런 말을 하고 있으면서 문득 한강 쪽을 보니 병사들이 바쁘게 움직이고 있었다.

"아! 한강 일대에 병력을 배치하고 있군."

허균이 제천정濟川亭을 가리켰다. 제천정은 남산의 중허리, 즉 이태원의 한강부 돌출부에 있는 정자이다.

"제천정을 근거로 싸울 셈인가?"

허균이 혀를 찼다. 허균의 상식으로선 지휘부가 노출되어선 안 되는 것이다. 이쪽에선 적과 아군의 동정을 환히 파악할 수 있는 곳이면서 적의 눈엔 가려져 있는 곳을 지휘부로 해야 한다는 것은 병법兵法의 초보에 속한 일이다.

"도원수都元帥가 김명원金命元이라던데."

허균이 형으로부터 들은 말이 있어 이렇게 중얼거렸다.

"김명원 갖고 될까?"

심우영이 입을 삐쭉했다.

김명원은 직제학 김천령의 손자이고 대사헌 만균의 아들인데 중종 25년, 그러니까 1534년에 탄생했다. 그러니 당년 58세이다. 문과에 등제하여 벼슬이 좌참찬까지 된 사람이며 퇴계의 제자로서 출중한 인재라고 하지만 장군의 그것은 아니라고 심우영은 보고 있었다. 자기 아버지와 교분이 있었기 때문에 심우영은 나름대로 김명원의 인물됨을 평가하고 있었다.

"요컨대 인재가 없는 거지요. 그러나 부원수副元帥 신각申恪은 기골이 있는 사람이 아닌가요."

"그 사람을 난 잘 몰라."

심우영의 대답이었다.

허균은 형 허성이 신각을 높이 평가하고 있더란 말을 했다.

한강변에 적병이 나타난 것은 5월 2일이다.

승승장구한 왜적이 한강의 건너편에 나타나 조총鳥銃을 쏘아댔다. 강남의 벌에 왜병이 가득차고 그 함성이 높았다. 총탄이 제천정까지 날아들었다. 김명원은 산과 들을 덮은 왜병의 위세를 눈앞에 보자마자 전의를 잃어버렸다.

"병기와 자재 일체를 강 속으로 버려라."

김명원의 명령은 병정들의 사기를 꺾어버렸다.

"도원수, 어떻게 하시려고 그러시오?"

부원수 신각이 대들듯 따졌다.

"부원수는 저것이 보이지 않소? 날아온 총탄이 보이지 않소? 저 대적大敵을 소수의 병력으로써 어떻게 막는단 말이오. 병사들을 개죽음시킬 순 없소!"

김명원이 번복하기 시작했다.

"그러나 한번 싸워보지도 않고 진지를 포기하는 것은 상명上命을 어기는 것이 아니오니까!"

"도원수는 나요. 부원수는 나를 따르시오."

이때 종사관 심우정이 그 말고삐를 붙들었다.

"이제 주상께서 서행하시고 한강을 지키라고 하셨는데 이 한강을 버리시면 어떻게 되옵니까. 꼭 한강을 떠나시겠다면 원컨대 임진 강을 지키시옵소서. 적이 그곳부턴 북쪽으로 가지 못하게 해야 합니다."

"그렇게 하겠다."

김명원은 임진강을 향해 떠나버렸다.

부원수 신각은 그 어처구니없는 도원수의 태도에 분격을 금할 수가 없었다. 그런 도원수와는 동사同事할 수 없다고 결심하고 신각은 김명원을 따라가지 않고 성안으로 들어와 유도대장留都大將 이양원 李陽元에게 보고하고 그와 함께 양주의 산속으로 들어갔다.

도원수 김명원이 도망쳤다는 소식은 삽시간에 도성을 휩쓸었다. 설마 그렇게 빨리 적이 도성에 육박할까 하여 기회를 보고 있던 사람들도 서둘게 되었다. 도성은 완전히 공성空城이 되어 버렸다. 의지할 곳 없는 보행을 못하는 노인들만 하나둘 남았을 뿐이다.

다음 만날 날과 장소를 기약하고 심우영은 광주 두메로 가족을 찾아가고 허균은 운길산 수종사로 향했다.

다음은 일본 측의 기록을 근거로 한 이야기다.

한강 남쪽 언덕에 가토加藤淸正가 서서 북쪽을 바라보았다. 대안對岸엔 백구가 한가하게 날고 있었다. 그것으로 미루어 조선군이 퇴각했다는 사실을 알았다.

며칠 전의 폭우로 인해 무척이나 불은 수량으로 한강은 도도히 흐르고 있었다. 그런데 한강 남쪽에선 배 한 척을 찾아볼 수 없었다. 저쪽 기슭에 배 한 척이 보였다.

"누가 헤엄쳐 건너가 저 배를 가져올 자가 없느냐?"

"제가 가겠습니다."

소네 마고로쿠曾根孫六라는 종사從士가 나섰다.

수영의 달인인 소네는 대안對岸으로 건너가 배를 가지고 왔다. 그 배를 이용하여 수척의 배를 찾아낼 수 있었다. 그러나 배로써 대군大軍을 건널 수가 없어 사평원沙平院 부근의 민가를 헐어 젖히고 목주木柱와 판자板子를 얻어, 먼저 쳐놓은 대색大索에 판자를 매게 하여 부교浮橋를 만들어서 병사들을 건너게 했다.

이렇게 하여 도강을 완료한 왜군은 성안에 버티어 있을 것을 짐작하여 한강변에 진을 치고 이틀 동안 탐색전을 벌이며 한양성에 접근했다.

적의 제1번대는 여주에서 양주를 거쳐 용진도龍津渡를 건너 한성 동쪽에 진출한 고니시 유키나가小西行長의 부대이다. 동대문이 굳게 닫혀 있고 높은 장벽을 넘을 수가 없었다. 고니시는 부하인 기토木戸作右衛門라는 자를 시켜 문을 부수게 했다.

고니시는 병사들에게 '폭행하지 마라', '술집에 접근하지 마라'는 등 지시를 내려 전투태세에 들어갔으나 성안엔 대적할 군사는커녕 사람의 그림자라곤 없었다. 적연寂然한 공성空城이었다.

제2번대인 가토 기요마사의 부대는 남대문 앞에 도착했는데 대문은 열린 채였고 성중은 고요하며 병마의 소리도 없었다. 필시 복병이 있을 것이라고 짐작하고 성 밖에 진을 치고 신중을 기하여 용사 한 명을 뽑아 기를 들려 성안으로 보냈다. 그 용사가 성벽 위에 서서 처음엔 백기를 흔들었다. 이것은 아무런 저항을 받지 않고 성안으로 들어올 수 있었다는 신호였다. 그 다음엔 흑기를 흔들었다. 이것은 근처엔 복병이 없다는 신호였다. 마지막으로 적기를 흔들었다. 이것은 진입해도 좋다는 신호이다.

이 신호에 의해 적의 전군全軍은 안심하고 입성했다. 그들로선 이처럼 수월하게 조선의 도성을 점령할 수 있었다는 것이 뜻밖의 일이었다. 사기가 충천했음은 물론이다.

이때 한성에선 양반들은 이미 멀리 피란가고, 중인中人과 천민賤民들은 가까운 시골로 피하고 궁궐의 대부분과 큰 집들은 난민들에 의해 거의 소진燒盡되어 있었다.

176

왜적의 양 주장兩主將인 가토와 고니시는 성안을 두루 살핀 뒤에 각자의 담당구역을 정하고 진陣은 성 밖에 쳤다. 그리고 방榜을 8개 문과 시내 곳곳에 붙였다. 도민들의 생명과 재산을 보호해줄 터이니 돌아와서 각자 생업에 종사하라는 내용이었다.

이어 제3번대 구로다黑田長政의 부대와 제4번대인 모리森吉成의 부대가 청주, 진천, 죽산, 용인을 거쳐 한성으로 들어오고, 마지막으로 왜적의 총수 우기다宇喜多秀家가 제장諸將을 거느리고 입성했다.

우기다는 본거를 처음 종묘에다 두었다. 그런데 밤중만 되면 괴이한 일이 생겨 왜병 중에 폭사하는 자가 생겼다. '이곳은 조선의 종묘로서 신령을 모신 곳이므로 머물러 있을 곳이 못 된다'고 말하는 자가 있어 본거를 '소공주택'小公主宅, 즉 남별궁南別宮으로 옮겼다. 남별궁은 지금 '조선호텔'이 있는 자리에 있었던 건물이다.

생활의 필요는 사람들을 비굴하게 만든다. 왜적의 방을 믿었던 바는 아니지만 백성들이 도성으로 돌아왔다. 어느덧 방리坊里와 시전이 도로 차게 되었다. 왜병은 자기들이 발행한 첩帖(증명서)을 가진 조선 백성들이 자유롭게 8대문을 통과하는 것을 허가한 것이다.

그러나 백성 전체가 왜병에게 회유당하고만 있을 수 없었다. 크고 작은 저항운동이 곳곳에서 일어났다. 적을 모살한 사건도 있었고 적진에 방화한 사건도 있었고 적진의 내막을 정탐하려는 사람도 있었다.

이와 동시에 적에게 아부하여 동족을 팔아먹는 놈들도 생겨났다. 예컨대 예빈시禮賓寺의 서원書員이었던 박수영朴守英 같은 놈이다.

이들은 왜병의 개가 되어 한성의 방리를 두루 돌아다니며 왜병에게 적대하는 움직임을 발견하기만 하면, 또는 있지도 않은 사건을 조작까지 해서 왜병에게 밀고했다. 이런 밀고를 받기만 하면 왜병들은 무자비하게 행동했다. 지목된 사람들을 체포 연행해선 종루 앞과 숭례문 밖에서 불에 태워죽였는데 그들의 기록으로서도 그렇게 죽인 촉루백골髑髏白骨이 산더미를 이뤘다고 되어 있다. …

허균과 심우영은 가족들이 있는 곳과는 약간 거리를 두고 산속의 토굴 속에서 같이 살고 있었는데 한양의 소식을 허균이 신임하고 있는 종 말쇠를 통해 듣고 있었다. 말쇠는 자기를 종으로 취급하지 않고 친구처럼 대하여 짬이 있을 때마다 글을 가르쳐주기도 하는 허균에게 심복하여 허균의 말이라고 하면 수화水火를 불사할 충성심을 가진 데다 천성이 총명하기도 했다.

말쇠는 상인을 가장하여 왜병의 첩帖을 얻어 비교적 자유롭게 도성을 드나들 수 있었다. 왜병에 아부하여 밀고하는 자가 있어 많은 사람들이 소사燒死당했고, 아직도 그 참학慘虐이 진행 중이라는 소식을 허균이 들은 것도 말쇠를 통해서였다.

동족 가운데 그런 자가 있다는 사실을 안 것만으로도 충격이었는데 혹시 박응서와 서양갑이 그런 부류에 끼어 있지 않을까 싶으니 밥맛이 떨어질 지경이었다. 설마 그렇게까지야, 싶었지만 마음이 놓이질 않아 식량을 들고 토굴을 찾아온 말쇠에게 허균이 간절한 부탁을 했다.

"어떻게든 네 지모를 다해 왜적과 내통하고 있는 놈들의 이름을 알아내어라."

그리고 열흘 만에 말쇠가 이런 말을 했다.

"왜병에 내통한 놈의 우두머리는 전에 예빈시의 서원이었던 박수영이란 놈과 임수량林秀良이란 놈이고, 그밖에 이우직李友直, 채영식蔡榮植 등 왜통사倭通事들도 악질적인 행동을 하고 있다는 애깁니다."

"혹시 우리가 알고 있는 사람은 끼이지 않았던가?"

"없었습니다."

그 말에 허균의 마음은 한결 가벼워졌다.

은행나무를 등지고 앉아 있었다.

수령 200세를 넘는다는 운길산의 이 은행나무는 수월찮게 세상의 유위전변有爲轉變을 보아왔으리라!

"약유수심若有樹心이면 기언무량其言無量일 것을!"

나무에 마음이 있다면 그 할 말은 한량이 없을 것이란 감회이다.

"무심무언無心無言이길래 성장여시成長如是."

마음 없고 말이 없기에 이처럼 자랐을 것이지만

"관자유감觀者有感 세사막막世事漠漠이로다."

보는 사람에겐 느낌이 없을 수 없고 세상사는 그저 막막하기만 하다.

허균은 마음속에 떠오르는 대로 중얼거리며 몽진에 동행한 형을 생각했다.

'지금은 어디에 계실까. 어떻게 하고 계실까.'

형 성筬을 생각하면 작은형 봉篈의 생각이 나고, 이어 누나 난설헌蘭雪軒에게까지 마음이 미친다.

'살아 이런 꼴을 보지 않는 것이 오히려 다행이다.'

하는 감회는 잠깐이고

'이럴 때일수록 살아계셔야 하는 건데. 그리고 이 모든 것을 보고 느끼며 주옥의 글을 남겨야 하는 것을!'

하는 심정이 간절했다.

오른편으로 남한강의 줄기가 굴곡하고 왼편으론 북한강의 줄기가 굴곡하는데 양수리에서 합쳐진 물이 도도하게 흘러가는 방향에 서울이 있는 것이다.

허균은 서울을 생각하면 가슴이 아팠다. 왜병에게 겁탈당하고 있는 도성의 처참한 양상이 눈앞에 떠오르기 때문이다.

한동안 잠잠하던 매미소리가 일제히 되살아나기 시작했다.

"만산선성滿山蟬聲엔 무슨 곡절이 있으리라."

사람의 지혜로선 알 수 없을 뿐이다.

허균은 일어서서 허리를 펴곤 숲 사이로 은현隱現하고 있는 오솔길 쪽을 내려다보았다. 무르익어가는 여름의 오솔길엔 사람의 그림자가 없었다. 허균은 다시 은행나무에 기대앉았다.

그는 가족을 돌보러 갔다가 오늘 오겠다고 기별이 있은 심우영을 기다리고 있는 것이다.

무료가 다시 시작되었다.

갖가지의 시편詩篇, 갖가지의 사장詞章, 갖가지의 회상, 회상에 따르는 감회가 그의 무료를 수놓았다.

어느덧 그는 두보의 〈병거행〉兵車行을 마음속으로 되뇌고 있었다.

"차린린車隣隣 마소소馬簫簫"로 시작한 장편의 시는 구句마다에 한숨이 있고 절節마다에 눈물이 고인다.

"참으로 생남生男은 좋지 않고 계집애를 낳는 것이 좋다信知生男惡反是生女好."

"여자를 낳으면 이웃에 시집보낼 수가 있지만 사내를 낳으면 백초 속에 매몰되기生女猶得嫁此鄰 生男埋 마련이다. 군불견청해두君不見青海頭에 고래로 방치된 백골들을古來白骨無人收 신귀는 번원하고 구귀는 곡하니新鬼煩冤舊鬼哭, 천음우습성추추天陰雨濕聲啾啾로다."
에 이르러 허균의 뺨은 흥건히 눈물에 젖어 있었다.

"아아 불행한 산하여! 누가 이곳을 삼천리三千里근역槿域이라고 하였던고. 오만하기만 하고 현명賢命이 없는 임금, 장광설長廣舌은 있어도 민초를 사랑할 줄 모르는 부패한 대관들. 오죽이나 무능했기에 섬나라 왜놈들의 침노를 받게 되었을까. 무능한 장수將帥에 병졸은 오합烏合이니 장차 이 나라의 장래가 어떻게 될꼬."

그러면서도 허균은 하늘 저편에까지 뻗어 있는 산파山波를 보며 불퇴전의 의지를 가꾸었다.

"비록 백만의 적이 밀어닥칠지라도 이 산하는 굴복하지 않는다. 굴복해서도 안 된다. 민심을 합칠 수만 있으면 천만의 적이라도 감당할 수 있을 것을!"

어떻게 민심을 합칠 수가 있을까.

허균이 고대하던 심우영이 나타난 것은 긴 6월의 해가 서쪽으로 기울어갈 무렵이었다. 심우영은 반가웠지만 그가 전한 소식엔 하나도 반가운 것이 없었다. 부원수副元師 신각申恪이 참형斬刑을 당했다는 소식은 허균을 더욱 우울하게 했다.

"신각이 무슨 죄가 있었기에. 설혹 죄가 있다고 해도 이 위급지세에 그만한 장재將才를 함부로 없앨 수 있는가."

허균이 흥분했다.

허균이 만일 그 사건의 진상을 그때 알 수 있었더라면 더욱 절치부심했을 것이다.

도원수 김명원이 한번 싸워보지도 않고 한강을 포기했다는 것, 부원수 신각은 도원수의 처사에 불만을 품고 성안으로 들어와 유도대장留都大將 이양원과 행동을 같이하게 되었다는 것은 이미 기록한 바 있다.

그 후 신각은 해유령蟹踰嶺 전투에서 적수賊首 60여 급을 베는 대공을 세웠다. 그런데 도원수 김명원이 평양에 있는 왕에게 "부원수 신각은 방자하여 나의 명령에 복종하지 않고 다른 곳으로 갔다"는 장계를 올렸다. 임금은 우의정 유홍兪泓의 의견에 좇아 신각을 참형하도록 지시를 내렸다. 그 명령을 내린 직후 왕은 사실이 장계와 같지 않다는 사실을 알고 처형을 중단하라는 명령을 내려 선전관을 보냈으나, 선전관이 가기 전에 신각의 처형은 이미 끝나 있었다. 게다가 그때 신각에겐 90세 노모가 있었다는 것이다.

심우영이 전한 소식 가운덴 이런 것도 있었다.

전라도 순찰사 이광李洸이 병정을 모으고 있는데, 옥과玉果, 순창淳昌의 군인들이 백성들의 염전기분厭戰氣分을 충동질하여 반란을 일으켰다는 것이다. 지난 5월 20일에 있었던 일이다. 형대원荊大元, 조인趙仁 등이 주동자가 되어 관청과 옥사獄舍에 불을 지르고 그 일대를 지배하려고 들었다. 순창군수 김예국은 적도에 합류하고 담양부사 이경인은 난병들에 의해 살해되었다. 남원, 구례, 순천의 병력은 참예역에서 자궤自潰해 버렸다. 광주, 나주의 병사들도 용안에서 해산해 버렸다. 남원판관 노종용이 김예국, 조인 등을 주살하고 반란은 진정되었다.

이 얘기를 하고 심우영은 개탄했다.

"이로써도 민심을 알 수 있지 않는가."

"전쟁에 이기려면 뭐니 뭐니 해도 민심을 모아야 하는데 이런 상황으로선 민심을 모으기란 지난한 일이다."

허균은 아까 생각했던 바를 털어놓았다. 허균의 생각으로선 청백하다고 소문이 나 있고 그만큼 백성의 신뢰를 받는 재야在野의 인물들을 임금이 초치하여 성심을 다해 그들에게 의병모집을 권고하는 것이 현책賢策일 것이었다. 그들은 각 지방에 흩어져 있는 병사를 모으는 한편 민심을 구국救國으로 이끄는 것이다.

"단보, 그런 꿈같은 소리 말게."

심우영이 비아냥거렸다. 그의 의견은 이러했다.

"백성들은 자기들이 살 구멍을 찾느라고 허겁지겁하고 있다. 지금 의병을 초모한대서 모일 사람이 얼마나 되겠는가. 민심을 구국의 방향으로 이끈다고 하지만, 나라의 우두머리가 도성을 버리고 평양에 가 앉아 있고, 들리는 말로는 여차하면 요동遼東으로 건너갈 참이라고 하네. 이건 분명히 기민棄民이 아닌가."

"설마 그럴 리야 있겠소."

"그럴 리야 있건 없건 그 소문이 항간에 쫙 퍼졌다. 도성까지 버린 임금이 무슨 짓을 못할까 하는 게 백성들의 짐작이다. 그런 임금을 우두머리로 모시고 민심을 어떻게 수습한단 말인가."

"그럼 처삼촌은 어떻게 하자는 거요?"

"어떻게 하긴. 그저 보신保身에 전일하는 거다. 세상일은 될 대로 될 게구."

"왜놈의 종이 되어도 좋다는 얘긴가요?"

"천만에, 왜놈의 종이 될 순 없지. 왜놈에겐 그런 힘도 없구. 아마 2, 3년도 버티지 못 할걸. 물론 나라도 황폐할 대로 황폐해지겠지만. 그렇다고 해서 나라의 황폐를 우리 힘으로 막을 수야 없지 않는가. 내버려두는 거다. 임금이 요동으로 가든지 말든지. 기민을 하든지 말든지. 우리 일은 그때 시작하는 거다. 새 나라를 만드는 거다. 썩은 선비를 일신하고 새 일꾼이 들어서서 새 왕조를 만든다, 이것일세. 이씨의 왕조 갖곤 이 나라를 기사회생起死回生시킬 수 없다."

심우영의 주장에 일리도 있다는 것을 알면서도 허균은 이에 동조할 순 없었다. 허균은 나라를 일단 위기에서 벗어나게 하자는 데 있었다. 밉건 곱건 이 나라의 임금이 아닌가. 국난을 당했을 때만은 그 임금을 중심으로 뜻을 합쳐야 할 것이 아닌가. 그런데 임금이 기민棄民을 한다면? 그땐 사정이 달라지겠지. 이씨왕조가 끝나는 날이니까.

"임금은 도망쳐도 세자世子가 있지 않는가요."

심우영의 의중을 알기 위해 허균이 해본 소리다.

"세자? 말도 말게. 나라를 버린 임금의 아들을 임금으로 모셔? 그땐 이 심우영도 가만있지 않겠다."

긴 여름날도 저물어가기 시작했다. 두 사람은 저녁노을 속으로 침하해가는 한강을 묵연히 바라보았다.

그 무렵 전황은 어떠했던가.

허균과 심우영이 알 까닭이 없었지만 약 반달 전 임진강에서의 공방전이 끝나고 왜군은 북진 중에 있었다.

대강의 사정을 알기 위해 임진강 전투의 상황을 기록해본다.

아군의 장령과 병력은 다음 같았다.

도원수 김명원, 휘하 병력 7천여 명

부원수 이빈, 제도 도순찰사 한응인 3천여 명

독전관 홍봉상, 제도 순찰부사 이성임, 조방장 유극량, 검찰사 박충간, 좌의장 이천, 방어사 신할, 전 유도대장 이양원 5천 명

경기감사 권징, 순변사 이일, 전 부원수 신각, 조방장 변기, 총 병력 1만 5천 명

왜군의 병력

1번대 주장 고니시 유키나가, 병력 약 1만 8천여 명

2번대 주장 가토 기요마사, 병력 약 1만 2천여 명

5월 1일에 왜군 1번대가 동대문으로 들어오고, 2번대는 남대문

으로 들어왔다.

며칠 후 구로다黑田長政의 3번대(1만 1천여 명), 모리森吉成의 4번대(1만 4천여 명)가 전후하여 들어오고 총지휘관 우기다宇喜多秀家는 5월 중순에 들어왔다.

제장들이 모여 의논한 결과, 1번대는 평양 방면, 2번대는 함경도 방면으로 북진하는데, 3번대는 1번대를 후원하고 4번대는 2번대를 후원하여 강원도를 침입하기로 했다.

2번대의 주장 가토 기요사미는 5월 10일에 서울을 출발, 파주를 지나 임진강에 진출했는데 도선渡船은 전부 대안으로 몰려 있고 강물이 급했다. 건너가지 못하고 수일 동안 그곳에 머물러 있게 되었다.

13일, 1번대 주장 고니시 유키나가는 소 요시토시의 부장副將인 야나가와에게 명령하여 우리에게 강화講和를 권고하라고 했다.

야나가와는 서울을 떠나 임진으로 가서 가토의 군대를 후퇴하도록 했다. 가토는 감시부대만 강 근처에 남겨두고 주력은 파주로 돌아갔다.

야나가와는 고니시 유키나가, 소 요시토시의 연서로 된 서면을 아군에 보내왔다. 정전停戰강화하자는 내용이었다. 아군은 3일간의 기한을 두고 승정원에 계啓하여 회보키로 했다.

16일에 야나가와가 서울로 돌아와 이 사실을 보고했다.

17일, 파주에 주둔 중이던 적의 1번대는 아군이 강을 건너오는 징조가 보인다고 하여 급히 임진강으로 달려왔다. 그리하여 이미 도강하고 있던 아군과 정면으로 충돌하게 되었다.

한편 아군의 도원수 김명원은 12일에 평양에 장계를 올렸다.

"신은 이빈, 유극량 이하 제장 20여 명과 군사 1천여 명을 거느리고 임진강을 지키고 있습니다. 그리고 벽제 등 여러 곳에 복병을 배치하여 많은 전과를 얻었습니다."

16일에 또 장계를 올렸다.

"이양원 또한 이빈과 신각 이하 여러 장수 10여 명과 병력 5천여 명을 거느리고 대탄에 위치하여 방금 진격을 도모하려 하고 있습니다."

이러한 장계가 있고 보니 조정은 이 방면의 상황을 낙관하게 되었다.

경기감사 권징도 13일 장계를 올렸다.

"적은 고군孤軍으로 너무 깊이 들어와서 발에 종기가 나고 피로하여 그 기세가 이미 꺾여 있으니 도원수에게 하명하시와 이 기회를 타서 급히 공격하여 좋은 때를 놓치지 말게 하여 주십시오."

그런 까닭에 조정에선 적세敵勢가 쇠약하여 더 이상 진격할 수 없을 것으로 생각하고 김명원에게 연달아 진격 명령을 내려 주저하고 있는 그를 책망했다.

전 경상감사 이성임은 순찰부사로 임명되어 임진강에 나타났다. 이성임은 앞서 영남지방에 내려가 모병에 종사하다가 길이 막혀 오지 못하고 있었는데 13일에야 돌아가서 종군하게 된 것이다.

14일, 임금은 한응인에게 교지를 내렸다.

"적세가 이미 쇠했다고 하는데 김명원이 아무것도 하는 일이 없으니 경이 내려가서 적을 무찌르되 김명원의 절제를 받을 필요가 없다."

이날 경상좌병사 이각이 영남을 탈출하여 임진강변에 나타났다는 소식을 듣고 조정에서 선전관을 보내어 그의 목을 베어 진중陣中에 본보기로 했다.

16일 경기감사 권징이 장계를 올렸다.

"적은 이미 세고역피勢孤力疲하여 둔영을 불태우고 도망치려는 징조가 있으니 제장에게 명하여 추격케 하소서."

이때 전 유도대장 이양원, 순변사 이일, 전 부원수 신각은 대탄에 진을 치고 있었고, 도원수 김명원, 도순찰사 한응인, 경기감사 권징, 방어사 신할, 조방장 유극량, 변기 등은 임진에 진을 치고 있었다.

김명원은 모든 군대를 강안에 배치해놓고 북상하는 적을 막으려고 했다. 강상에 있는 배를 모조리 강 북안에 집결시켜 놓았다. 적은 강 남쪽까지 와서 진지를 점령하였지만 배가 없어 강을 건너지 못했다. 이렇게 하여 수일 동안 아군과 적은 강을 사이에 두고 대치해 있었다.

그런데 어느 날 적은 강가에 설치했던 야전막사野戰幕舍를 불태우고 숙영 도구와 무기 자재를 거두어 철수해버렸다. 퇴각하는 척하여 아군을 유치하려는 계교였다. 이것을 경기감사 권징은, 적이 세고역피勢孤力疲해서 둔영을 불태우고 도망간 것으로 보고 장계를 올린 것이다.

방어사 신할 또한 경박하고 무모한 사람이어서 권징과 같은 판단으로 강을 건너 추격하기로 하고 17일을 결행일자로 잡았다.

도순찰사 한응인이 병사 3천 명을 거느리고 왔다. 이 병사들은 북쪽 야인들과 여러 번 싸운 경험이 있어 진형에 밝고 전기戰技가 뛰어난 사람들이었다.

"우리 군사는 멀리서 왔기 때문에 지쳐 있으며 아직 먹지도 못했고 기계를 정비하지도 못했으니 잠깐 쉬었다가 내일 전세를 살펴 후군後軍이 도착한 뒤에 공격하는 것이 좋겠다."

고 말했으나, 한응인은 임금으로부터 빨리 공격을 하라는 교지를 받고 있었던 바이라, "그렇게 한가하게 기다릴 수 없다"며 불평하는 자 수명을 끌어내어 목을 베어버렸다.

도원수 김명원은 한응인이 북경北京에서 돌아와 처음으로 전선에 왔을 뿐 아니라, 자기의 절제를 받지 말라는 임금의 특지特旨를 받고 왔다는 사실을 알고 있었으므로, 그렇게 하는 것이 옳지 못하다는 것을 뻔히 알면서도 충고의 말 한마디도 하지 않았다.

조방장 유극량은 나이가 많고 풍부한 경험을 가진 무인이다. 경솔하게 도강하는 것은 위험하다고 극구 반대했다.

"나는 어려서부터 군에 몸을 담은 사람이오. 어째서 죽음을 두려워할 수 있겠소. 내가 도강을 반대하는 것은 오로지 국가 대사를 위해서요."

방어사 신할은 유극량을 비겁하다고 하여 칼을 뽑아 치려고 했다. 유극량은 하도 어이가 없어 분격하여 진중으로 돌아갔다. 도원수 김명원은 유극량의 의견이 옳다고 했으나 신할은 끝내 자기주장을 고집했다.

유극량은 자기의 주장이 옳다고 생각했지만 신할이 도강을 시작하자 가만있을 수가 없었다. 자기 휘하의 군병을 이끌고 강을 건넜다. 한응인도 부하들에게 도강 명령을 내렸다.

　도강 부대는 적의 보루에 쳐들어갔다. 적도 도망했다. 이것을 강 북쪽에서 보고 있던 김명원은 아군이 승승진격乘勝進擊하는 것으로 알았다. 검찰사 박충간과 독전관 홍봉상도 아군의 승리로 알았다. 홍봉상은 그 승리의 현장을 보기 위해 급히 강을 건너갔다.

　그런데 난데없이 적병 7, 8명이 상반신 나체로 큰 칼을 휘두르며 나타나 아군의 진중을 덮치자 그 뒤로 복병伏兵이 일시에 습격해왔다. 아군은 사방으로 도망쳤다.

　"여기가 나의 죽을 곳이다."

　유극량은 말에서 탄식하며 큰 활을 휘어 감고 적 수 명을 쏘아 죽였다. 그러나 병사들은 도망가고 적의 수는 많았다. 이윽고 유극량은 전사하고 말았다. 신할은 도망하려고 말을 탄 채 강물에 뛰어들었다가 익사했다. 관전하던 독전관 홍봉상도 화살에 맞아 죽었다. 이밖에 수많은 병사들이 전사했다.

　강가에까지 후퇴한 병사들은 강을 건너지 못해 투강投江하는 자가 수도 없었고 투강조차 못한 자들은 적의 칼에 찔려 죽었는데 한 사람도 항전하는 자가 없었다.

　이때 김명원, 한응인, 박충간 등은 강 북쪽에 있었는데 강 건너편의 상황을 보고 검찰사 박충간이 기겁을 하여 도망치기 시작했다. 비슷한 복장이었던 탓으로 도망가는 박충간을 병사들은 도원수 김명원인 줄 알았다.

　"도원수가 도망간다."

　누군가가 소리를 지르자 방수防守태세에 있던 병정들이 일제히 도망치기 시작했다. 김명원과 한응인이 앞으로 나와 "도원수는 여기에 있다"고 외쳤으나 공황상태에 빠진 병사들을 수습할 수가 없었다. 5천 명 병사 가운데 다시 모여든 자가 불과 천 명이었다고 하니 그 상황을 짐작할 만하다.

전투에 패한 김명원과 한응인은 평양으로 돌아갔다. 조정은 그 죄를 묻지 않았다. 경기감사 권징은 가평의 산속으로 도망쳤다.

그래도 적은 강을 건너 추격하지 않다가 내일, 임진강의 상류 대탄에서 도강하기 위해 아군의 동정을 살폈다. 부원수 이빈이 활 한 번 쏘지 않고 도망했다. 이양원이 이빈의 퇴각을 알자 자기도 진지를 버리고 강원도 방면으로 달아났다. 강 건너에 적을 보고 미리 도망쳐버린 장수들은 뭐라고 평해야 옳을까.

서울에 있던 고니시 유키나가와 소 요시토시는 18일에 임진의 소식을 듣고 약 30리가량 진출했으나 전투가 승리로 끝났다는 소식에 도로 서울로 돌아갔다가 6월 1일부터 행동을 개시하여 서쪽에선 개성으로, 동쪽에선 철원, 평강을 거쳐 북진하게 되었다.

이에 앞서 왜적의 장수들은 각각 담당구역을 정했다. 평안도는 고니시小西行長, 함경도는 가토加藤淸正, 황해도는 구로다黑田長政, 강원도는 모리森吉成, 충청도는 후쿠시마福島正則, 전라도는 고바야가와小早川隆景, 경상도는 모리毛利輝元가 맡고, 우기다宇喜多秀家는 서울에서 총지휘하기로 했다.

허균과 심우영이 이와 같은 경위를 소상하게 알았더라면 뭐라고 했을까.

심우영이 운길산으로 온 그 이튿날, 며칠 전 한성에 갔던 말쇠가 돌아왔다. 말쇠의 말로는 한성이 왜병의 통제하에 질서를 잡아간다는 것이며, 피란 갔던 기녀妓女들이 대부분 돌아와 왜병들과 놀아나고 있는 것이 목불인견目不忍見이라고 했다.

"그건 그렇고."

주위에 사람도 없는데 소리를 낮추어 말쇠는 이런 말을 했다.

"도련님들께서도 임금이 있는 평양으로 가서야 할 것 같습니다. 한성에 떠도는 소리에 의하면 왜놈이 점령한 지역에서 편안하게 지내고 있든지, 조정에 협력하지 않고 숨어 살고 있는 사람들은 뒤가 편하지 않을 것이라고 했습니다. 더욱이 양반의 자제들은 나서서 뭔가를 해야 한다는 겁니다. 평양엔 사람이 모자라 조정의 대소사에 심한 불편을 겪고 있다는 얘기였습니다. 저와 같은 상것들이야 별 볼 일 없겠지만 도련님들 같은 장차 출세해야 할 분들은 이런 곳에서 우물쭈물하고 있을 것이 아닌란 생각이 듭니다."

말쇠의 말을 듣고 보니 그도 그럴 것이란 짐작이 갔다. 명색이 양반의 자식이 국가 유사시에 숨어만 살고 있을 순 없는 일이었다.

그렇다고 해서 당장 행동을 일으킬 수가 없어 며칠을 주저 속에서 보내고 있었는데, 금강산에서 수도하고 있었다는 노승이 운길사에 와 있다는 소식을 들었다.

허균이 그 노승을 찾아갔다.

노승은 왜병 있는 곳을 피해 여기까지 왔다는 고생담을 하고서 허균의 이름을 고쳐 묻고 말했다.

"혹시 이조좌랑吏曹佐郎 허성을 아시느냐."

허균이 깜짝 놀랐다.

"그분은 바로 저의 친형입니다. "

"이거야말로 기연이군. 3일 전엔 형을 만나고 3일 후엔 동생을 만나다니. "

"어디서 형님을 보았습니까?"

"횡성의 어느 암자에서 보았소. "

"형님이 암자에?"

"암자라고 해서 놀랄 것은 없소. 당신의 형님은 순무어사巡撫御史로서 강원도를 두루 돌고 계시다가 해가 저물어 우연히 그 암자에 들렀던 것이오. "

"몸은 건강하시던가요?"

"별 탈은 없는 것 같아 보였습니다만, 전란 중이라 매사가 불편하셨겠죠. 초췌한 빛이 있었습니다. "

"무슨 말씀이 없었습니까. "

"달리 무슨 말이 있었겠소. 나라를 걱정하는 말이고 전쟁을 걱정하는 말이 있었을 뿐이었소. 그런데 당신은 왜 평양으로 가지 않고 이곳에 머무르고 있소?"

"나는 가족을 돌보는 책임을 졌습니다. "

"그 책임도 막중하오. 막중하지만 나라의 동량棟梁이 될 양반의 자제가 이렇게 숨어만 있어서야 되겠소?"

뜨끔하게 가슴에 와 닿는 말이었다.

"형님을 찾아 나서면 만날 수가 있겠습니까?"

"강원도에 가면 만날 수가 있겠지요. 순무어사의 발자취를 밟기야 쉬운 일일 것이니까요. 그러나 형님을 찾아간들 무슨 소용이겠소. 당신은 평양으로 가시오."

"적이 북상 중이라고 하는데 평양으로 갈 길은 있겠습니까?"

"무슨 말씀이오. 뜻이 있으면 길은 트이는 법이오. 수십만의 왜병이 있다고 하나 우리나라의 땅은 꽤 넓소. 왜병이 침범하고 있는 곳이라야 점點과 선線일 뿐이오. 그 점과 선을 피하면 될 것인데 왜 길이 없겠소. 이 노승이 강원도에서 여기까지 올 수 있지 않았소."

허균은 마음을 가다듬었다.

토막으로 돌아가 심우영과 의논했다. 금강산에서 온 노승이 자기 형을 만났다는 얘기를 하고 나서 허균이 물었다.

"아무래도 나는 평양에 가야 할 것 같은데 처삼촌 생각은 어떻소?"

한참을 침묵하던 심우영이 "단보"하고 불러놓곤 말했다.

"지금은 보신이 제일이다. 출세는 그 다음이다."

"출세하러 가는 것이 아니오."

"그럼 뭣하러 평양에 갈 것인가. 모처럼 이렇게 좋은 은신처를 구해 놓구."

"우리가 앞으로 무슨 일을 기도하려면 이 난리 통에 터전을 잡아 놓아야 합니다."

"어떤 터전을?"

"첫째, 많은 동지. 둘째, 무기. 셋째, 자금."

"그걸 평양에 가면 얻을 수 있겠는가?"

"운길산에서보다야 많은 것을 얻을 수 있겠지요."

"가다가 무슨 화라도 닥치면?"

"자기 하나를 보전할 수 없다고 해서야 대장부라고 할 수 있겠소?"

"위방불거危邦不居, 난방불입亂邦不入이란 말을 잊었나?"

"호아虎兒를 얻으려면 호혈虎穴로 들어가란 말이 있잖소."

"호혈이라고 해서 반드시 호아가 있는 것은 아니니까."

"그러나저러나 이대로 있을 순 없지 않소."

"언제까지나 이대로 있을 순 없지. 그러나 그건 걱정하지 않아도 돼. 언제까지나 난리가 계속되진 않을 테니까."

"바로 그거요, 처삼촌. 언제까지나 난리가 계속되진 않을 테니까 나는 평양으로 가야 합니다."

"평양 갔다가 임금이 요동 땅으로 건너간다면 단보도 그리로 따라갈 텐가?"

"그거야 안 되지요."

"그렇다면 가지 말게."

"처삼촌은 이씨왕조가 망하리라고 생각하는 모양이지만, 그렇게 되지 않을 경우도 생각해 보아야 할 것 아니오."

허균의 이 말에 심우영이 잠잠해 버렸다.

심우영, 박응서, 서양갑 등은 이씨조선이 망해야 한다고 생각하고 있는 사람들인데, 이번의 난리를 그 망조亡兆라고 믿고 있는 것이 확실했다.

허균은 누구보다도 그 기분을 잘 이해했다. 심우영, 박응서, 서양갑은 그 총명이나 기골에서나 담력에서 일당백一當百, 일당천一當千할 인물이었다. 그런데 서출庶出이란 하나의 조건 때문에 그들의 뜻을 펼 문이 죄다 닫혀 있는 것이다.

그들은 그들의 불우不遇만으로 이씨왕조의 멸망을 원하고 있는 것은 아니다. 조정의 대관들 치고 소실小室을 가지지 않는 사람은 거의 없다. 그러니 서출의 자녀를 가지지 않은 대관은 드물다. 그리고 그런 자녀들 가운데 특출한 인재가 있다는 것을 알고도 있다. 특출한 인재를 썩히는 것은 나라를 위해 커다란 손실이 아닌가. 그 손실을 알면서도 제도를 시정하지 못하는 것은 그들이 들먹인 인의 仁義가 말짱 헛것이란 뜻으로 된다. 그런 인간들이 하는 정사가 잘 될 까닭이 없다.

그런 까닭에 이씨왕조는 망할 것이며 망해야 한다. 임금의 아들은 서출이건 뭐건 경우에 따라 임금이 될 수 있는데 양반의 서출은 어찌하여 벼슬을 할 수 없는가. 이 뻔한 이치를 모르는 척하는 위선 僞善이 도대체 어느 날까지 지속될 수 있다는 얘긴가.

그러기 때문에 허균은 그들에게 전적으로 동조하고 그들의 불만을 나눠 가지기도 하는 것이지만, 망해야 한다는 것과 망하는 것과의 사이는 엄연히 다른 것이다. 이를테면 심우영을 비롯한 그들은 '이씨왕조가 망해야 한다'는 희망적 관측을 절대적인 현실인식의 바탕으로 하고 있는데 허균은 희망적 관측과 현실적 인식은 달라야 한다고 생각하고 있는 것이다. 바로 그 점이 그들과 허균의 차이점이었다.

한참만에야 심우영의 대답이 있었다.

"그렇게 되지 않을 경우를 생각하기만 해도 살맛이 없는 것을 어떻게 하나. 그러나 단보의 말이 옳다는 것은 인정해."

196

"그럼 내가 평양으로 가는 것을 승낙하는 거지요?"

"내가 승낙하고 안 하는 게 무슨 상관인가. 단보 마음대로 하려무나."

"그건 안 되오. 난 처삼촌의 승낙 없인 안 가요. 나는 처삼촌과 처삼촌 친구들의 동지니까요. 설혹 내 의견이 옳다고 해도 동지들의 찬동이 없으면 결단코 고집하지 않겠어요."

"고맙군."

심우영이 웃었다.

"고맙긴요. 동지로서의 당연한 태도이지요."

"그렇다면 나도 동지로서의 의리를 지켜야겠군."

심우영은 하늘을 쳐다보며 짤막하게 말했다.

"단보, 평양으로 가게."

그리고 덧붙였다.

"내가 따라가 주지. 동지가 위지危地로 들어가려는데 혼자 보낼 수가 있는가. 더구나 앞으로 우리의 맹주盟主가 될 사람인데…."

허균과 심우영이 평양을 향해 운길산을 떠난 것은 6월 중순이다.

하룻길을 걸어 가평에 도착하여 산속 암자에서 묵는데 그 암자의 보살이 허균의 행선지가 평양이란 것을 알자 대경실색하고 말했다.

"왜군이 이미 대동강을 건넜다고 합니다. 임금은 평양을 떠나 영변으로 옮겼다오. 지금쯤 평양은 불바다가 되어 있을 것이오. 그런 곳에 뭐하려고 가려는 겁니까."

허균이 놀라 물었다.

"보살께선 어떻게 그런 사정을 샅샅이 알고 계시우. "

"용문사의 스님이 구사일생으로 어제 돌아오셨어요. 선천의 말사末寺에 계시다가 왜병이 밀어닥친다는 소문을 듣고 부랴부랴 귀사하신 겁니다. "

보살의 말을 듣곤 왜군이 평양성에 육박하고 있다는 것이 사실임을 짐작할 수 있었다.

"운길산으로 다시 돌아가자"는 심우영에게 허균이 말했다.

"형님이 순무어사로 강원도에 계신다니까 강원도로 갑시다. "

"강원도에 간다고 형님을 만날 수 있을까?"

"만나지 못하면 강릉으로 가지요, 뭐. "

강릉엔 허씨의 구거舊居가 있었다.

"좋지. 경포대의 경치를 구경하는 것도 나쁠 것이 없다. "

"처삼촌은 역시 풍류객이군. 난리 통에도 경치를 논하는 것을 보니. "

"국파산하재國破山河在 아닌가. 전쟁 중에도 산하는 그대로인 걸. "

보리에 조를 섞은 밥을 얻어먹고 아침 일찍 두 사람은 물어물어 산속의 오솔길을 걸었다.

해가 질 무렵에야 원주에 도착했는데 마을엔 사람의 그림자라곤 없었다. 근처의 콩밭을 덮쳐 허기진 배를 채우고 어느 기와집을 찾아가 주인 없는 방에서 하룻밤을 묵기로 했다.

"근처에 적정敵情도 없는데 사람들이 왜 피했을까. "

"글쎄, 까닭을 모르겠군. "

그 이튿날에야 까닭을 알았다. 왜병이 삼척을 거쳐 원주로 쳐들어온다는 소식을 듣고 주민들이 피란한 것이었다.

"일부러 벼락 맞으려고 여기까지 온 꼴이 아닌가."

요기를 할 겨를도 없이 두 사람은 대관령으로 떠났다.

도중 설익은 옥수수를 뽑아 허기진 배를 채우고 가까스로 대관령 정상에 올랐을 땐 긴 해도 저물어가고 있었고 석양 속에 강릉의 거리가 아슴푸레 보였다.

바로 산 아래 마을에서 저녁연기가 오르고 있었다.

"저길 가면 저녁밥을 얻어먹겠군."

심우영이 중얼거렸다.

"아닌 게 아니라 배가 고프니 먹을 것밖엔 생각이 안 나누먼. 거지가 시인일 수 없는 까닭을 이제사 알았다."

허균이 웃었다.

강릉은 남으론 대관령을 끼고 북으로 설악을 끼어 대관령과 설악을 이루는 산맥을 서쪽으로 방벽처럼 두르고 있어 가장 안전한 피난처이다.

언제인가 점술가이자 예언자인 남사고南師古가 천재・기재・인재, 삼재三災를 피할 만한 곳은 강릉을 두곤 다시없다고 한 말이 되살아나기도 했다. 앞에 바다가 있고 적당한 들판이 있고 수목 무성한 산이 있고 보면 1, 2년 고절孤絶하는 경우에도 이곳만은 무사하리라는 생각이 들기도 했다.

이 무렵의 전황은 —

연안성延安城의 전투를 비롯하여 크고 작은 전투가 십수 처에 있었고 해상에선 한산대첩이 있었고, 안골포, 부산포의 해전이 있었다.

각지에서 의병이 벌떼처럼 일어났다.

전라도, 경상도, 충청도, 경기도 각처에서 일어난 의병들이 금산, 우척현, 해정창, 영천, 청주, 노곡, 순안, 성주, 소천, 안동 등지에의 전투에서 놀라운 전과를 거두었고, 웅치와 이치, 영천, 청주, 연안에선 왜군의 대병을 격퇴하기조차 했다.

전주, 봉산, 현풍, 창녕, 영산, 순안, 무계 등지에선 왜병의 사기는 극도로 저하되었다. 7월 10일, 왜병은 전주를 철수했다. 7월 27일엔 영천에서 28일엔 현풍, 창녕, 영산에서 철퇴하고, 8월 1일엔 청주에서, 9월 8일엔 경주에서 11일엔 무계에서 17일엔 무주와 금산에서 철수했다.

함경도로 간 가토 기요마사는 경성에서 안변으로 철수하고, 길주에 일부 병력만을 남겨놓았다.

이 동안에 전사한 사람은 김제군수 정담, 초토사 고경명 부자, 부령부사 원희, 도대장 김호, 의병장 조헌 부자, 의병장 유종개, 원주목사 김제갑 부자, 의병장 장사진, 별장 손승의, 녹도만호 정운 등이다.

이와 같은 애국지사들이 있지만, 한편 국경인鞠景仁 같은 반역도도 있었다. 국경인은 왜군이 내습하자 마침 그때 회령에 머무르던 임해군臨海君과 순화군順和君 두 왕자와 종신從臣 김귀영, 황정욱, 황혁, 남병사南兵使 이영, 회령부사 문몽헌, 은성부사 이수 등 수십 명을 묶어 가토에게 넘겨주고 투항했다.

국경인은 원래 전주 사람인데 죄를 지어 회령으로 귀양 와서 부府

의 아전이 되었다. 가토의 군대가 들어오자 그는 일족과 더불어 반란하여 그와 같은 짓을 저지른 것이다. 가토는 안변으로 철수할 때 국경인에게 회령을 지키도록 했다. 이때 회령의 학생 오윤적이 회령의 품관品官인 신세준과 협력하여 군병을 모아 국경인과 그 일당을 사살하고 그 머리를 의병대장 정문부鄭文孚에게 바쳤다.

　허균은 형 허성의 행방을 수소문했으나 묘연했으므로 사람을 시켜 조정의 인사배치를 알아보았다.

　허균이 당시 알아낸 조정의 인사배치는 다음과 같았다.

　영의정 최흥원, 좌의정 윤두수, 우의정 유홍

　판서 — 이조 이산보, 호조 이성중, 병조 이항복, 예조 윤근수, 공조 한응인, 형조 이헌국

　감사 — 강원도 강신, 경상좌도 한효순, 경상우도 김성일, 함경도 윤탁연, 황해도 조인득, 평안도 송언신, 경기도 심대, 전라도 권율, 충청도 허황

　대사헌 이덕형, 대사간 박응복

　수령방백 — 안주목사 이민각, 나주목사 권율, 황주판관 정엽, 춘천부사 박종남, 충주목사 이옥, 양주목사 고언백

　경상우병사 우승인, 검찰사 이헌국,

　진주목사 김시민, 영흥목사 이천,

　황해방어사 이시언, 인천부사 우성전,

　경상좌수사 변응성, 안동부사 김역, 평산부사 이은명, 회양부사 박종남, 삼척부사 홍인걸, 함경도 초모사 황찬, 영흥부사 안세희, 강원도 초모사 심우승, 경기도 조방장 박기백, 강음현감 유연, 안

동부사 우복용, 공주목사 최립, 의령현감 박사제, 여주목사 성명, 한산군수 신경행, 공주목사 나급, 수원판관 홍계남, 해주목사 전견용, 수원부사 조경….

아무리 뒤져보아도 허성의 이름은 없었다.

"정랑 벼슬 그대로 있는 모양이지?"

심우영은 위안의 말을 했으나 허균은 불안한 마음을 지울 수가 없었다. 전지 이곳저곳을 다니다가 전사했을 경우도 없지 않을 것이었다.

허균의 또 한 가지 불안은 자형姉兄 우성전이 7월 30일에 인천부사仁川府使로 발령되었는데 열흘도 못된 8월 9일에 윤건이 인천부사로 바뀐 데 대해서였다.

"무슨 일이 없고서야 열흘 동안에 자리가 바뀔 수 있겠는가요."

"조정의 하는 짓이야 조령모개가 아닌가."

"그렇더라도 이건 이상하오. 혹시 전사한 탓이 아닐까요?"

"단보의 그 버릇은 고쳐야겠다."

"무슨 버릇 말이오?"

"일을 최악의 방향으로 해석하려는 버릇."

"처삼촌, 생각해봐요. 형 봉은 38세에 죽었고, 누님 난설헌은 30세를 넘기지 못하고 죽었소."

"그렇다고 알지도 못하는 일을 최악으로만 생각해?"

"앞으로 조심하겠소. 그건 그렇고 서양갑과 박응서는 어디를 떠돌고 있을까?"

"놈들만 같이 있더라도 훨씬 지내기가 수월할 텐데."

주고받는 이야기가 이런 꼴이고 보면 매일매일 지루하기만 하다.

그러한 어느 날 허균은 외가의 다락방을 뒤지고 있다가 수 권의 고서를 찾아냈는데 그 가운데 진晉나라 갈홍葛洪이 쓴 〈신선전〉神仙傳이 있었다.

허균은 밤낮 없이 그 신선전을 탐독하기 시작했다. 신선전의 서문 자체가 허균의 마음을 끌었던 것이다.

그 서문은 다음과 같았다.

"나는 〈포박자 내편〉抱朴子 內篇을 지어 신선을 논하길 20권에 이르렀다. 그랬더니 제자 '등승'이 내게 묻기를,

"선생님은 선인仙人이 되기도 하고 불사不死를 배울 수도 있다고 하셨는데, 과연 선도仙道를 터득할 수 있는 사람이 실제로 존재했습니까?"

그래 내가 대답했다.

"진秦의 대부 '완창'의 기록에 의하면 고래로 수백 명의 신선이 있었고, '유향'이 기록한 것도 70여 인이다. 그러나 신선이 깊이 숨어 있기 때문에 세속의 사람들관 유를 달리하는 것이어서 세상에 알려진 것은 천千에 하나의 정도이다.

아무튼 '영자'는 불속으로 들어가 연기를 타고 하늘을 날고, '마황'은 용龍의 호위를 받았으며, '방희'는 운모雲母를 복용하고 변신의 술을 익혔고, '적장'은 꽃을 먹고 바람 따라 상하할 수가 있었고, '견자'는 산약을 먹고 선경을 저술했다. '소화'는 불과 더불어 영원히 이 세상을 떠나고 '무광'은 부추를 먹고 강물에 몸을 던져 물의 영

원성을 얻었다. '구생'은 송진을 먹고 불로를 얻었다. '공소'는 돌을 삶아 먹고 불괴不壞의 몸을 만들고, '금고'는 탕수에서 잉어를 타고 놀고, '계보'는 거북의 골을 먹고 갱소년하고, '여기'는 70세에 그 용색의 아름다움을 더했고, '능양'은 높은 산에 올라 오석지五石脂를 구해 신선이 되었다. '상구'는 창포를 먹고 불사가 되고, '우사'는 오색五色의 돌을 갈아 마시고 하늘에 속하게 되고, '자선'은 용을 타고 선계로 가고, '주진'은 후씨의 산에서 백학白鶴을 타고, '헌원'은 정호에서 용을 타고 승천하고, '갈유'는 추산에서 목양木羊을 타고 선계에 놀았으며, '육통'은 탁로를 먹고 장생長生했다. '소사'는 봉황새를 타고 하늘을 날고, '동방색'은 의관을 벗어 던지고 자유자재의 몸이 되었으며 '독자'는 모습을 바꾸어 복숭아를 팔았으며, '주주'는 단사丹砂를 먹고 비행술을 익혔다. '완구'는 추산의 정상에서 영생하고 '영씨'는 물고기의 등을 타고 하늘을 날았다. '수양'은 서악에서 바위를 부쉈고, '마단'은 선풍을 타고 천계로 갔다. '녹옹'은 험조를 타고 올라 신천神泉을 마셨고, '원객'은 오색의 나방이 되어 선탈蟬脫할 수 있었다.

나는 이제 옛 선인들로서 '선경'과 '복식방서'服食方書 및 백가百家의 책에 나타나 있는 것, 또는 선사先師들이 말씀하신 것, 숙유선학宿儒先學들이 논한 것을 수집하여 10권으로 엮어 진지달식眞智達識의 인사들에게 전하려 한다. 그러나 세속에 사로잡혀 유미幽微한 일에 관심을 갖지 않은 도배들에겐 애써 권하고 싶지도 않다. …"

심우영은 〈신선전〉에 대한 허균의 심취가 너무 심한 것을 걱정하여 어느 날 이런 충고를 했다.

"황당한 괴설일 뿐이다. 그런 것에 사로잡히면 일생을 취생몽사로 끝난다. 삼가는 것이 좋다."

"없는 신선을 있다고 썼겠소. 무슨 근거가 있기 때문에 이런 책이 나타난 것 아니오. 천지와 인생은 원래 신비로운 것이오. 인생을 신비롭다고 생각하여 그 신비를 찾아 노력하면 스스로의 인생을 신비롭게 살 수 있는 것이고, 인생을 홑으로 생각하고 평범한 것이라고 여긴다면 그 인생은 결국 평범한 것으로 되고 마는 거요."

"단보, 엉뚱한 소리 말게. 수명이 다하면 사람은 죽는 것이고, 먹이가 없으면 배가 고프고, 칼에 찔리면 아프고, 병들면 고통스러울 뿐인 것이 인생이다. 지금 난리 통에 버러지처럼 죽어가는 사람들을 보면서도 그런 잠꼬대 같은 소릴 해?"

"버러지처럼 죽어가는 사람들이 있으니까 나도 생각하는 거요. 인생을 이렇게 살아선 안 된다고. 우리 인생을 보다 소중하게 해야 할 것 아니오? 이렇게 비참하게 내버려두어선 안 될 것 아니오?"

"내버려두어서 안 된다면 어떻게 할 텐가. 역발산기개세力拔山氣蓋世의 항우項羽도 별 수 없지 않았던가. 신선이 될 것을 배울 게 아니라, 가능하다면 유방劉邦이 되길 배우게."

"유방이 예사로 될 수 있는 일인가요? 유방이 되기 위해서는 축지법縮地法을 배워야 하고, 둔갑술遁甲術을 배워야 하는 거요."

"축지법? 둔갑술?"

심우영이 허허 웃었다. 허균이 정색을 했다.

"지금 이 난세에 축지법 같은, 둔갑술 같은 도술道術 없이 천하를 잡을 수 있을 것이라고 생각하우? 역적으로 몰려 갇히기만 하면 꼼짝도 못하고 죽어야 할 주제를 갖고 감히 역성혁명이 이루어질 것 같소?"

"그러나 도술이란 것은 있을 수 없어. 헛된 꿈은 꾸지 말라구."

"도술이 불가능한 것이라면 혁명 같은 건 꿈에도 꾸지 말아야지요. 나는 길이 있다고 생각하오. 도술이 반드시 있는 것이고 있다면 터득할 수 있을 거요."

"단보 큰일 나겠구나. 정말 그런 걸 믿고 있다면."

"갈홍이 잘도 말했지. 세속에 사로잡혀 유미에 무관심한 자는 상대도 안 하겠다는 말."

"그러니까 나 같은 건 상대도 안하겠단 말인가?"

"오해 마시오, 처삼촌! 인생을 홑으로만 생각마시란 얘기요. 수양과 정진에 따라 우리의 인생을 신령神靈의 높이에까지 이끌어갈 수가 있다는 것을 믿읍시다."

"공자님이 뭐라고 말씀하셨지? 괴력난신怪力亂神은 불가론不可論이라고 하지 않았던가."

"공자는 불가론이라고는 했지만 괴력난신, 즉 신령스러운 것의 존재를 부인하진 않았소."

"불가론이면 되었지, 그 이상 무슨 말을 한단 말인고."

"처삼촌은 공자를 무슨 절대처럼 믿고 있는 모양입니다만, 갈홍이 쓴 이 노자의 대목을 읽어보시오."

"나는 그런 것 읽지 않겠네."

"그럼 내가 읽어줄 테니 듣기만 하시오."

심우영은 그 제안까진 거절할 수가 없었다. 그렇게까지 해서 허균의 비위를 상하게 할 수가 없었던 것이다.

허균이 〈노자〉老子의 대목을 읽기 시작했다.

　노자의 이름은 중이重耳, 자는 백양伯陽, 초楚나라 고현 곡인리의
사람이다.　그 어머니가 대류성大流星을 느끼고 노자를 임신했다.
이처럼 하늘의 기운을 받긴 했지만 이씨의 집안에 태어났으니 성을
이씨라고 했다.

　일설엔 노자는 천지보다 먼저 났다고도 하고, 하늘의 정精이라고
도 한다.　또 일설엔 어머니의 뱃속에 있길 72년, 탄생할 땐 어머니
의 왼편 겨드랑이에서 나왔고 나면서부터 백발이었다고 해서 노자
란 이름을 지었다고도 했다.　또 일설은, 그 어머니에겐 남편이 없었
기 때문에 외가의 성을 붙인 것이라고도 하고, 노자의 어머니가 오
얏나무 밑에서 그를 낳았는데, 탄생하자마자 말할 줄 알았던 노자
가 오얏나무를 가리키며 "이 나무를 내 성으로 하라"고 했다던가.

　또 일설은 처음의 삼황三皇 시절엔 현중법사玄中法師였고 다음 삼
황시대엔 금궐제군金闕帝君이었다.

　내 생각에 의하면 이러한 제설들은 노자를 보다 신성한 것으로
만들기 위해 꾸며진 것이고, 진실을 말하면 노자는 가장 훌륭한 득
도자得道者이다.　결코 사람과 다른 이류異類는 아니었다.

　사마천 〈사기〉에 의하면 노자의 아들은 종宗이란 이름으로서 위
나라의 장군이 되어 공적으로 인해 단段에 봉군되었다.　종의 아들은
왕汪, 왕의 아들은 언言, 언의 현손 하瑕는 한나라에 봉사하고, 하의
아들 해解는 교서왕膠西王의 부육관으로서 제나라에서 살았다.

　이렇게 보면 노자는 분명히 인령人靈인 것이다.　그런데 견식이
얕은 도사들이 노자를 신비화한 결과 과도를 범하게 되었다.　왜냐
하면 노자가 사람으로서 노력에 의해 득도한 것이면 사람들이 이를

배울 수 있는 것이지만 만일 노자가 원래 신령이었다면 배울 수가 없는 것이기 때문이다.

노자는 무욕담백한 사람으로서 장생長生에만 노력했기 때문에 주周나라에 있는 기간이 길었는데도 명성과 지위에 변동이 없었다. 화광동진和光同塵으로 안으로 충실하려고 했다. 도를 성취한 후에야 주나라를 떠났다. 즉, 선인仙人이었던 것이다.

공자가 노자의 가르침을 받고자 제자인 자공을 먼저 보낸 적이 있다. 자공을 보고 노자가 말했다.

"자네의 스승 구丘라는 자를 내 제자로 삼아 한 3년 동안 가르쳐 줄 수가 있다."

공자가 나타나자 노자가 이렇게 말했다.

"좋은 물건은 깊이 간직하고 없는 것처럼 해야 하듯, 군자는 성덕이 있어도 어리석은 자처럼 하는 게 옳다. 그런데 자네의 교만한 자부심과 넘치는 야망은 모두 자네에게 이익 되는 게 아니다."

공자가 책을 읽고 있었다. 노자가 물었다.

"무슨 책을 읽고 있는가."

"역易을 읽고 있습니다. 성인도 이 책을 읽었습니다."

"성인이 읽었다는 건 그렇다고 치고 자네가 그 책을 읽는 건 무슨 까닭인가. 그 책의 요지를 말해보아라."

"요지는 인의仁義에 있습니다."

"모기에 물리면 하룻밤 내내 잠을 이루지 못한다. 지금 '인의'라는 것으로 민심을 교란시키는 것이 모기가 사람을 무는 것 같은 꼴이다. 백조는 매일 몸을 씻지 않아도 하얗고, 까마귀는 물을 들이는 것도 아닌데 검다. 하늘은 스스로 높고 땅은 스스로 두텁다. 일월은 스스로 빛을 발하고 별은 스스로 하늘에 걸려 있고 초목은 스스로

종류를 달리하고 자란다. 자넨 '도道'라는 것만 익히면 언젠가는 도달할 수 있을 것이다. '인의'라는 게 무슨 필요가 있단 말인가. 북을 치며 염소의 행방을 찾는 꼴과 다를 게 무엇인가. 자네에겐 반역자의 소질이 있는 것 같군."

상당한 시일이 경과한 후 노자가 공자에게 물었다.

"어떤가, '도'를 터득할 수 있었는가."

"27년간을 노력했는데도 아직 터득할 수 없습니다."

공자의 답을 듣고 노자가 말했다.

"'도'를 타인에게 헌상할 수 있는 것이라면 사람들은 그것을 군주에게 헌상할 것이다. '도'를 남에게 선사할 수 있는 것이라면 사람은 그것을 자기의 어버이에게 선사할 것이다. '도'를 남에게 설명할 수 있는 것이라면 그것을 자기의 형제들에게 설명할 것이다. 그런데 그게 그렇게 될 수 없다는 것은 '도'의 중심엔 자기 자신이 있어야 하기 때문이다."

공자가 다음과 같은 말을 한 적이 있다.

"나는 시·서·예·악·역·춘추를 연구하고 선왕의 가르침을 외었으며 주공과 소공의 사적을 밝혀 70여 인의 군주에게 채용되길 바랐으나 여의치 않았습니다. 남을 설득하기란 참으로 어려운 일입니다."

그러자 노자가 말했다.

"대저 육예六藝라고 하는 것은 선왕의 과거 사적事蹟이지 선왕의 술작述作이 아니다. 자네가 익힌 것은 모두 과거의 사적에 바탕을 둔 것이다. 사적이란 실천으로써 만들어지는 것이지 말만으로 되는 것이 아니다."

노자 옆을 떠나 돌아온 공자가 사흘 동안이나 말을 하지 않다. 자공이 하도 궁금해서 그 까닭을 물었다. 공자가 이런 말을 했다.

"나는 어떤 사람이라도 그 정체를 파악할 수 있었다. 그런데 이번 노자와 상종했는데 그는 용龍이 아닌가 한다. 나는 망연자실 그의 말만을 들었을 뿐이다. 나는 나의 소재도 모를 만큼 멍청해 있었다."

노자가 국나라를 떠나 서관西關을 거쳐 곤륜산으로 가고 있을 때, 관수關受 윤희尹喜는 바람의 움직임으로 신인神人이 지나간다는 것을 알아차렸다. 그래 40리나 도로를 청소해놓고 기다렸다. 노자는 아직 아무에게도 '도'를 가르친 적이 없는데 윤희야말로 득도할 운명을 가진 자라고 판단하고 관에 머물기로 했다.

노자에겐 서갑徐甲이란 하인이 있었다. 젊을 때부터 노자의 시중을 들었는데 일당日當 백 문百文씩을 주기로 한 급료가 도합 720만 문이나 밀려 있었다. 서갑은 관을 떠나려는 노자에게 그 급료를 달라고 독촉했는데 노자가 지불하지 않자 서갑은 관수 윤희에게 사정을 말했다. 노자는 서갑에게

"자네는 벌써 죽었어야 할 사람이었다. 내가 이런 너를 채용한 것은 관직도 낮고 집도 가난했고 그때 하인이 없었기 때문이다. 그래 '태현청생부'太玄淸生府를 네게 주었기 때문에 너는 2백 년이나 살 수 있었던 것이다. 나는 네게 말했었다. 안식국에 도착하면 황금으로 급료를 지불해주겠다고. 그런데 넌 왜 그때까지 기다리지 못하느냐."

하고 서갑의 입을 땅을 향해 열게 하자 '태현진부'太玄眞符가 지면에 나타났는데 그 문자가 이제 막 쓴 것처럼 새로웠다. 동시에 서갑은 한 덩어리의 해골이 되어버렸다.

윤희는 노자가 과연 신인이면 서갑을 다시 살릴 수 있을 것이라

고 생각하고 노자 대신 급료를 자기가 갚겠다고 맹서하며 서갑을 위
해 구명을 간청했다. 노자는 '태현진부'를 서갑의 해골 위에 던졌
다. 서갑이 도로 살아났다.

윤희는 2백만 문을 지불하여 서갑을 보내고 그 자리에서 제자로
서의 예의를 갖추었다. 노자는 상세하게 장생의 비리秘理를 윤희에
게 가르치고 이어 오천언五千言을 구술했다. 윤희는 이것을 필기하
여 〈도덕경〉道德經이라고 이름하였다. 〈도덕경〉을 실천하여 윤희
도 선인이 될 수 있었다.

이 대목을 마저 읽고 허균이 물었다.

"처삼촌, 느낌이 어떻소."

"내 느낌을 말하기 전에 묻겠는데 단보는 그 글을 그대로 믿는
가?"

심우영이 반문했다.

"믿건 믿지 않건 감동적이지 않소."

"감동적인 것하고 사실은 다르지 않는가."

"무슨 소릴 하는지 모르겠군."

"처삼촌, 참으로 딱하오."

"딱한 건 단보이지, 내가 아닐세."

"그쯤으로 해둡시다."

허균이 웃었다.

"그쯤으로 해두지."

심우영도 웃었다.

심우영은 그렇게 친하게 지내면서도 허균의 감수성을 알지 못했

다. 허균의 감수성은 섬세하기도 했거니와 정서적이었다. 평범한 일상을 자기의 상상력과 사변思辨으로써 심화하지 않곤 배겨낼 수 없는 성격이었다. 이를테면 천성의 시인이다. 천성의 시인은 현실보다도 몽환 속에 놀기를 즐긴다. 이윽고 현실과 몽환을 분간할 수 없는 경지에 이른다. 상상을 현실 이상으로 존중하게 되는 것이다.

허균이 노장老莊의 철학에 눈을 뜬 때는 강릉에서의 피란시절이었다.

허균은 심우영의 한숨과 개탄의 소리를 들으면서 갈홍의 〈신선전〉을 하루도 놓지 않았다.

〈팽조〉彭祖의 기록에 감탄하고 〈백석선생〉의 기록엔 장탄을 금하지 않았다. 〈왕원〉王遠의 기록에 관해선 일언일구 빼지 않고 암송할 지경에 이르렀다.

훨씬 후에 쓰기로 되는 것이지만 〈홍길동전〉의 영감을 얻은 것도 〈신선전〉 때문이다. 강릉 피란시절 〈홍길동전〉의 구상이 차츰 익어가고 있었다.

허균이 또한 식물食物과 정신과의 관계가 밀접하다는 것도 〈신선전〉을 통해 깨달았다. 항상 식량이 모자라는 사정이 곁들이기도 해서 〈신선전〉에 언급된 약초에 관심을 가져 갖가지 풀과 나무뿌리를 시식해 보기도 하고 재래식 음식을 개량하는 법과 새로운 음식을 만들어보는 연구를 게을리 하지 않았다. 이런 경험이 후일 〈도문대작〉屠門大嚼이란 저작의 근거, 또는 동기였다는 것이 그 서문에 나타나 있다.

벽지 강릉에도 전황戰況 소식이 들어왔다. 이따금 피란 오는 사람들이 있었기 때문이다.

임진년이 저물어갈 무렵 허균은 반가운 소리를 들었다. 의병장 정문부가 이끄는 군사가 10월에 명천성明川城을 탈환한 데 이어 쌍포雙浦에서 왜군을 크게 무찔렀다는 것이다.

두 왕자에 관한 풍문도 있었는데 왜장倭將 중에도 별난 놈이 있었던 모양으로 다음과 같은 얘기가 있었다.

함흥에 주둔하던 나베시마鍋島直茂라는 왜장이 두 왕자를 불쌍히 여겨 종군승從軍僧을 시켜 두 왕자에게 다음과 같은 시를 보내왔다.

可憐天上關鳳兒 飛入雞群失德義 가련천상관봉아 비입계군실덕의
咸鏡蒙塵何所次 蝕非日恥是比時 함경몽진하소차 식비일치시비시
(가련하구나. 천상의 봉황아가 닭의 무리에 뛰어들어 덕과 의를 잃었다. 함경도까지 무엇 한다고 몽진해왔던가. 일식으로 빛을 잃은 것은 해의 수치가 아니고 시기의 탓이리라.)

이에 대해 두 왕자는 다음과 같이 차운次韻했다는 것이다.

包羞忍辱是男兒 不恨關山鍛羽儀 포수인욕시남아 불한관산단우의
玉帛朝回西塞曲 渭橋香火共歸時 옥백조회서새곡 위교향화공귀시
(수치를 안고 욕을 참는 게 남아가 아닐까. 관산에 깃을 가다듬지 못하는 것을 한하진 않으리라. 뒷날 옥박을 회조하여 서새곡을 읊으며 위수다리 위에 향불을 피우고 같이 돌아갈 때를 빌겠노라.)

이 소식을 듣고 허균이 말했다.

"왜놈도 제법이려니와 두 왕자도 제법이오. 아兒, 의儀, 시時로 차운하느라고 다소 글귀가 옹색하지만 그만하면 되지 않소."

왕이니 왕자의 얘기만 나오면 분연하는 심우영이 투덜댔다.

"그게 무슨 시가 되기나 했나? 억지로 글자를 꾸며놓은 거지."

때론 듣기만 해도 불쾌한 소문도 있었다. 예컨대 진사 진대유陳大猷 같은 놈의 소행이다.

왜병이 함흥성에 들어오자 진대유는 그의 처와 딸을 모조리 왜장에게 바쳐 그의 심복이 된 후, 아전 10여 명과 중원역졸, 덕산역졸을 거느리고 적의 앞잡이 노릇을 하며, 지방 사람들이 의병을 일으키려고 하면 일일이 고자질하여 잡아 죽이게 했다는 것이다.

임진년이 가고 계해년, 전국은 크게 전환되어 갔다. 조선과 명나라의 연합군이 평양성을 공격하여 고니시의 군사를 평양에서 퇴각시키고, 남쪽에선 성주성을 탈환했다고 한다. 의병장 정문부가 길주성을 회복했다는 것도 낭보가 아닐 수 없었다. 이순신은 해상에서 적을 대파했고, 권율은 행주산성에서 왜군을 크게 무찔렀다고 했다.

뿐만 아니라 왜군은 곳곳에서 패색이 농후했다. 가토 기요마사도 함경도를 버리고 서울로 돌아갔다는 소식이 있었다.

허균이 결심하지 않을 수 없었다. 임금이 이끄는 행재소行在所로 가기로 했다. 이때를 놓치면 체면을 구할 수 없다는 생각도 있었지만 우선 형의 안부를 확인해야만 했다.

계해년 4월초 허균이 평양을 떠났다. 심우영이 동행하지 않을 수 없었다. 이때 왜병은 서울을 철퇴할 준비를 서둘고 있었다.

폐허廢墟의 낙일落日

평양으로 떠나기에 앞서 허균이 한 일을 간추려 놓아야 하겠다.

그는 노모와 형 허성의 가솔, 그리고 자기의 가권을 강릉 교산蛟山으로 옮겼다. 왜군의 주력부대가 남하하여 서울에 집결하면 이를 추격하는 명나라와 우리나라의 군사가 이곳을 결전장으로 하게 될 경우 서울에 가까운 운길산이 피란처가 될 수 없다고 판단한 것이다.

허균의 제의에 따라 심우영도 그의 식솔을 강릉으로 옮겼다. 허균의 정세 판단이 옳다고 보았기 때문이다.

허균은 식량의 비축에 비상한 관심을 쏟았다. 산야에 자생하는 풀잎과 풀뿌리를 비롯하여 식용으로 될 만한 것이면 하나도 놓치지 말고 채집하라고 이르고 자기가 앞장섰다.

식용이 될 만한 풀이면 이것에 감자가루·옥수수가루·메밀가루·쌀가루·밀가루 할 것 없이 곡류의 가루를 섞어 쪄선 가늘게 썰어 그늘에 말리도록 했다. 그것을 허균은 천식天食이라 불렀는데 그의 말에 의하면 그 천식 한 되를 가지면 일일삼편一日三片으로 치고 어른 하나가 석 달을 산다고 했다.

후일 〈도문대작〉屠門大嚼의 저자로서 이름을 남길 만한 소양의 소유자이기도 한 그는 식물 말고도 메뚜기·여치·개구리 등 곤충도 예사로 보아 넘기지 않았다.

"닭, 돼지를 길러라."

"산짐승, 물고기를 잡아라."

"산과山果, 야과野果, 산채山菜, 야채野菜를 거두어라."

이렇게 가솔들과 이웃을 독려하여 비상식량의 비축에 힘썼다.

이런 상황이니 농사에 대한 정성은 더욱 대단했다. 누구의 농지이건 농사일을 도와야 한다는 것이 허균의 원칙이었다.

경기도를 비롯하여 하삼도下三道, 즉 충청도, 경상도, 전라도에선 사람들이 사람들을 서로 잡아먹는 산비酸鼻로운 사건이 일어나고 있다는 풍설이 강릉 그곳까지 전파되어 있었다. 그런 만큼 허균의 식량비축에 대한 독려는 설득력이 있었다.

심우영이 허균에게 이런 말을 했다.

"단보, 자넨 꿈만 먹고 사는 사람인 줄 알았더니 꿈 아닌 무언가를 먹어야 된다는 걸 알고 있구려."

"나야 꿈만을 먹고 살 수가 있지요. 그러나 도를 통하지 못한 가족들은 그게 안 되는가보아."

"단보를 친구로 하면 백 명의 친구를 가진 것으로 돼. 위우백인력爲友百人力이야."

"친구를 위해 화禍가 되지 않으면 다행일 것 같소."

"원수에 대해선 화이지. 단보를 원수로 하면 만 명의 적병에 포위

216

된 것처럼 될 테니까. 위수만인지화爲讐萬人之禍야."

"그걸 칭찬이라고 하는 말이우? 어느 땐 나를 노변지아爐邊之兒라
고 하더니."

"그건 지금도 마찬가지야. 자넨 노변지아 지상지동枝上之童 아닌
가. 언제나 위태위태하지."

"처삼촌, 인생이란 원래 위태로운 것이오."

출행날을 9일쯤 앞두고 허균의 모대부인母大夫人과 자기가 없을
동안의 대책을 의논하고 있는데 난데없이 순무어사巡撫御使 허성이
교산의 피란처에 들이닥쳤다.

재회의 기쁨으로 모두들 어쩔 줄 몰랐다. 허성은 계모 앞에 꿇어
앉아 곁에서 모시지 못한 불효를 빌었다. 허성의 친모는 별세하고
허균의 생모는 재취였다. 그러나 친모 이상으로 계모에게 지극한
효성을 다하고 있었던 것이다.

"형님의 안부를 알고 싶어 평양으로 가려고 했는데 형님의 무사
를 알았으니 평양에 갈 필요가 없어졌습니다."

그러나 허성은 허균의 평양행을 간곡하게 권유했다.

"아니다. 내가 어머니를 모실 테니 넌 평양으로 가거라. 호종의
신하가 자꾸만 줄어들어 주상의 심사가 심히 외로울 것 같으니 자
네라도 가서 견마지로犬馬之勞를 다하면 큰 위로가 될 것이네."

이 자리에서 밝혀둘 것은 〈조선왕조실록〉에 의하면 허성이 강원
도에 있는 가솔들을 돌보기 위해 강원도의 순무어사를 자청한 것처
럼 되어 있으나 사실과 다르다는 점이다. 허성이 강원도의 순무어

사로 나올 땐 이미 알려져 있는 바와 같이 그의 가솔은 양주 운길산에 있었다. 허성은 복명차復命次 평양으로 가는 도중 홍천의 어느 암자에서 가솔들이 강릉에 가 있는 줄을 알고 부랴부랴 그리로 달려온 것이다.

홍천의 그 암자에 허균이 가솔을 데리고 하룻밤 신세를 진 적이 있었다. 그때 허균이 암자의 보살에게 혹시 순무어사가 그곳에 나타나는 일이 있으면 가솔이 강릉으로 갔다는 사실을 알려달라고 부탁했다.

인과因果는 불가사의한 것. 허균은 새삼스럽게 인과의 영특함을 깨닫고 형 허성에게 불법의 오묘함을 설명했다.

전세戰勢를 궁금해하는 계모 앞에서 허성은 자기가 아는 대로 말했다. 그의 말에 의하면 명군明軍의 개입으로 왜군은 한성으로 퇴각했다는 것이며 왜군과 명군 사이에 강화講和의 교섭이 진행 중이나 전쟁이 언제쯤 끝나는지는 짐작하기 어렵다고 했다.

"어머니를 모시면서 강원도에서 내가 할 일은 할 수 있다. 장래가 촉망되는 자네는 임금의 측근에 있는 것이 여러 가지로 유익할 것이다."

허성은 힘주어 말하고, 허균의 평양행을 독촉했다.

허균이 강릉을 출발한 것은 4월 3일이다.

강릉과 평양은 멀기도 하다. 멀 뿐 아니라 그 길이 험난하다. 양양, 간성, 고성으로 해서 가는 길은 우선 설악, 금강산을 거쳐야하니 엄두도 낼 수가 없다. 부득이 다시 대관령을 넘어 원주, 춘천, 낭천, 금화, 철원으로 길을 잡아 황해도로 빠질밖에 없다.

왜군이 남하해버렸기 때문에 적병을 걱정할 필요가 없는 것은 다행한 일이지만 결코 수월한 길은 아닌 것이다. 그러나 젊음이란 것은 곤란을 무서워하지 않는 특성을 가졌다.

허균과 심우영은 괴나리봇짐에 허균의 이른바 천식天食 한 뒷박쯤을 싸 넣고 용약 길을 떠났다. 떠나기 직전 허성이 자상하게 여행 길에서 지켜야 할 마음먹이를 개유하자 허균이 백낙천의 시 한 수를 외며 껄껄대고 웃었다.

"행로난行路難은 부재산不在山, 부재수不在水, 다만 인간관계에 있는 것입니다."

대관령을 넘어 원주를 바라보는 언덕 위에 섰을 때 완연한 춘색春色 속인데도 황량함을 느낀 허균이 다음과 같이 읊었다.

平野風埃接遠丘 邊村四月似窮秋 평야풍애접원구 변촌사월사궁추
人家土屋纔容膝 驛路荒凉雜草茂 인가토옥재용슬 역로황량잡초무
遙見南方一小樓 不生登情只哀愁 요건남방일소루 불생등정지애수
昔時宛然煙花繞 此日雲山是原州 석시완연연화요 차일운산시원주
(평야에 인 바람과 먼지가 아득한 동산에 이어져 있어 이 변비한 마을은 분명 4월인데도 궁한 가을을 닮았구나. 흙으로 된 집들은 겨우 무릎을 들여놓을 만큼 구차하고 역로는 황량하여 길바닥에 잡초가 무성하다. 아득히 남쪽에 누각 하나가 보이지만 올라보고 싶은 마음은 생기지 않고 다만 애수를 느낄 뿐이다. 아, 옛날엔 아지랑이와 꽃이 둘러 있었을 이곳, 오늘 내가 보는 바는 구름에 덮인 산, 이곳이 곧 원주로구나.)

그 글귀를 반추하고 있던 심우영이 말했다.

"변촌사월사궁추邊村四月似窮秋가 좋았어."

"처삼촌의 감회는 어떠하오?"

"吾心不作詩오심부작시 吾情不成句오성불성구 오직 이곳이 원주라는 것만 알 뿐이다."

원주에서 홍천은 하룻길.

반겨줄 사람이란 없는 곳을 향해 걷는 나그네의 다리는 그 마음처럼 무거울 뿐이다.

그런데 홍천에서 아찔한 일이 있었다. 땅거미가 질 무렵 어느 두메에 있는 외딴 집을 먼빛으로 보아두고 그곳에서 하룻밤을 새울 요량으로 찾아갔다. 그 집에 도착했을 땐 이미 주위가 깜깜했다. 사립문이 굳게 닫혀져 있었다. 불을 켜지 않은 깜깜한 집이었는데도 인적기는 느낄 수 있었다. 우선 사립문이 안쪽으로 잠겨 있었던 것이다.

"여보시오."

"여보시오."

번갈아 불러보았으나 대답이 없었다.

심우영이 사립문 틈으로 손을 넣어 문을 매어놓은 매듭을 풀었다. 두 사람은 마루끝가지 가서 다시 한 번 "여보시오", "주인 계시오?"하고 불러보았다.

"이 집은 사람이 드나들 곳이 못됩니다. 어서들 나가시오."

젊은 여자의 목소리가 방으로부터 새어나왔다.

"사람 사는 곳에 사람이 못 들어온다니 말이나 될 소리요?"

심우영이 언성을 높였다.

"사람이 살고 있는 곳이 아닙니다."

하는 응수가 있었다. 가냘프나마 광택이 느껴지는 고운 음성이었다.

"사람이 살지 않는다면 지금 말하는 소리의 임자는 그럼 여우란 말이오?"

"여우보다도 천하고 추한 생명이오."

그리고는 일절 대꾸가 없었다.

근처에 인가라곤 없었고 그 집엔 별채 같은 것도 없었으며 헛간 같은 것도 없었다. 그렇다고 이슬을 맞고 그대로 잘 수도 없었다.

"무례하지만 이 마루에서라도 자고 가도록 하겠소."

안에서는 여전히 대꾸가 없었다.

허균과 심우영은 괴나리봇짐에서 이른바 '천식'을 두 알씩 꺼내 입에 넣었다. 딱딱하기가 호두처럼 되어 있어 한참을 입안에 넣고 있어야 겨우 씹을 수 있을 정도로 녹일 수 있는 것이다.

"물이 없을까?"

심우영이 부엌인 듯한 곳을 더듬어 한 바가지의 물을 떠왔다. 그 바가지의 물을 마시며 천식을 녹여 씹으니 요기가 된 느낌이었다.

"단보. 이 음식 묘하구면."

"뭣이 묘하다는 거요."

"씹을수록 맛이 나. 이 조그만 것이 뱃속에 들어가니 엄청나게 불어나는 것 같구먼."

"조그맣게 보이는 것이 실로 주먹 크기만 한 것이오."

"하여간 단보는 비상한 재주를 가졌어."

강릉을 출발한 이래 허균이 이른바 그 '천식'이란 것을 먹게 된 것은 처음이었다. 주먹밥과 쑥떡 같은 것을 준비해왔기 때문에 그냥 지내왔던 것이다.

"내 재주가 아닙니다."

"그럼 뭔가."

"견문의 소치죠."

허균은 어떤 〈식화지〉食貨誌에서 보았다는 얘기를 했다.

"전국시대에 중국 사람들이 이런 비상식량을 고안한 모양이오. 날마다 전쟁이 일어나고 있는 땅에 살자니 자연 그런 지혜를 갖게 된 것이지요. 우리나라도 이런 준비를 관의 명령으로 시켜두었더라면 사람을 잡아먹는 참상은 막을 수 있었을 것을. 백성들이 수확한 곡식의 백분의 일에 해당하는 곡식을 산채와 섞어 쪄서 말려놓으면 곰팡이가 피겠지만 2년, 3년씩도 너끈히 지탱할 수 있다고 그 식화지에 씌어 있습니다. 요컨대 우리나라 정사하는 사람들은 한 치 앞을 보지 못한단 말요."

"그러니까 나라가 이런 꼴 아닌가."

"나라의 꼴까질 염려할 계젭니까, 어디. 슬슬 한기가 드는데 바깥에서 밤을 새울 걱정이 절박하오."

허균은 방 안에서 듣고 있는 사람이 있다는 것을 의식하고 이렇게 말한 것이었으나 여전히 반응이 없었다.

주변이 부여한 기분으로 되었다. 신월新月이 돋아나 있었다.

"단보."

"말해보슈."

"오늘이 4월 5일이렷다."

"작년 이맘 때 우리는 춘추곡에 있었지?"

"그랬지요."

"그때 춘추곡에서 신월을 보며 단보가 지은 시가 있었지 왜."

"나는 잊었소. 어떤 것이었지요?"

"첫구는 사월침침장산무斜月沈沈藏山霧, 승구承句는 천상지하무한
로天上地下無限路, 전구轉句는 부지승월하인귀不知乘月何人歸, 결구結句
는 낙월요정만산수落月搖情滿山樹."

허균은 약간의 부끄럼을 느꼈다. 그 시는 초당初唐의 시인 장약허
張若虛의 '춘강화월야'春江花月夜를 깔아놓고 차작借作한 시였다.

친구들이 너무나 열광하는 바람에 허균은 장약허의 이름을 들먹
이지 못했던 것이다.

"그럼 좋은 시를 하나 읊을까요?"

허균이 그때의 변명을 할 셈으로 말했다.

"잠이 올 것 같지 않으니 시나 읊지."

"이건 장약허의 시요. '춘강화월야'란 악부체樂府體의 장시 가운데
한 토막이오."

昨夜閑潭夢落花 可憐春半不還家 작야한담몽낙화 가련춘반불환가
江水流春去欲盡 江潭落月復西斜 강수유춘거욕진 강담낙월부서사

"어떻습니까, 좋지요?"

"좋구나, 좋아. 어젯밤 한담에서 낙화의 꿈을 꾸었다. 봄은 이미 반이나 지났는데 집에 돌아갈 수 없으니 가련하구나. 강물에 밀려 봄은 떠나려고 하는데 강담에 걸린 달도 다시 서쪽으로 기울어들었다. 좋은 것은 좋구나. 좋은 시는 우리의 살 보람이다. 그러나 우린 오늘밤 노천은 아니지만 이 바깥에서 추위에 잠을 이룰 수 없으니 낙화의 꿈도 꾸지 못하겠구나. 집으로 돌아가긴커녕 기약 없는 나그네 길을 걸어야 할 판이니 가련한 정황을 넘어 처참하기도 하구."

"추한 생명도….”

방 안에서 여자의 말이 흘러나왔다. 허균과 심우영이 긴장했다.

"좋은 시는 들을 줄 압니다. 외람되지만 한 수만 더 시를 읊어주실 수가 없을까요?"

애소哀訴를 담은 목소리였다.

"좋소이다.”

허균이 고계高啓의 다음 시를 장황하게 읊었다.

子規啼罷百舌鳴 東窓臥聽無數聲 자규제파백설명 동창와청무수성
山空人靜響更切 月落杏花天未明 산공인정향갱절 월락행화천미명

"아가씨가 사는 이곳에 꼭 맞는 시가 아닐까요? 산공인정山空人靜하니까요. 마음에 드십니까? 마음에 드시면 또 하나 읊어드리지요."

"마음에 드는 정도가 아니옵니다. 선비께선 옥황상제가 보내주

신 풍류객이 아닐는지요."

"옥황상제가 보내서 온 것이 아니라 옥황상제에 쫓겨 이곳까지 온 낙백落魄한 나그네들이올시다."

"천지는 역여逆旅라고 했는데 나그네 아닌 사람이 있겠습니까."

이런 말로 미루어 여자는 범상한 사람이 아니라는 것을 짐작할 수 있었다. 그런 여자가 어떻게 산속의 외딴 집에서 홀로 살고 있을까.

그러나 그 의문을 성급하게 풀려고 해선 안 될 것이었다.

"나그네 아닌 사람이 없다는 것을 아시는 분이 이처럼 나그네를 업신여기십니까?"

여자의 대꾸가 없었다. 이번엔 심우영이 말을 보탰다.

"남녀칠세부동석을 생각하고 계시는 모양인데 우리 두 사람은 동석을 하자는 것이 아니고 찬 밤이슬을 피하고자 할 뿐입니다. 같은 방에 있다고 해서 동석同席이 되는 것은 아니지 않습니까. 우리는 지척을 천 리로 만들 수 있는 금도襟度와 예의를 갖추고 있는 사람들입니다."

"선비에게 밤이슬을 안 맞게 대접하지 못하는 소녀의 심정은 어떠하겠습니까. 소녀는 천형天刑의 병을 앓고 이처럼 가족들로부터도 버림을 받고 있는 몸입니다. 그런데 고귀하신 선비님들의 찰찰지신察察之身을 어찌 이 방 안으로 모실 수 있겠습니까. 안타깝기 짝이 없습니다. 그러하오니 저 신월이 기울기 전에 등을 넘어 가시면 마을이 있을 것이오니 그 마을의 첫째 집을 찾으시옵소서. 그 집에 소녀의 시중을 드는 하인들이 살고 있습니다. 제 말씀을 전하시고 그곳에서 편히 유하고 가시옵소서."

허균과 심우영이 어둠 속에서 서로의 표정을 살폈다. 먼저 입을
연 것은 허균이었다.
　"사정을 듣고 보니 우리가 너무 무례를 범한 것 같소. 그러나 우
린 이대로 떠날 수가 없소이다. 첩첩 산속에 고독하게 몸을 뉘어 계
시는 아가씨를 이 밤만이라도 옆에 있으면서 위로해 드리고자 합니
다."
　"고마우신 말씀."
　흐느껴 우는 소리가 있더니 이윽고 잠잠해져버렸다.
　"왜란이 있다는 것을 아시지요?"
　심우영이 물었다.
　"알고 있사옵니다."
　"이곳까진 놈들이 오지 않았겠지요."
　"놈들은 오지 않았으나 우리 군사들은 서너 번 다녀갔습니다."
　"빼앗긴 물건은 없었나요?"
　"제가 병자임을 알고 도망을 치더이다."
　"낭자의 고향은 어디요."
　"경기도 가평입니다."
　"그런데 어째서 여기에…."
　"하인들 가운데 이곳을 고향으로 하는 사람이 있어서요."
　"성씨를 알았으면 합니다만."
　"그건 묻지 마세요."
　심우영과 낭자의 대화를 듣고 있으면서 허균은, 나병癩病은 과연
불치의 병인가 하는 문제를 생각하고 있었다.

생명 있는 곳에 병이 있다. 병이 있다면 그것을 고치는 방법이 반드시 있으리라. 옛날의 명의 편작扁鵲에게 그 처방이 없었던가. 어쩌면 중국엘 가면 그 처방이 있을 것이 아닌가. 학문이 이 세상에 나타난 지가 3천 년이라면 의술도 그만큼 발달해 있을 것 아닌가.

밤은 3경에 이르고 있었다.

한기가 더해왔다. 그 한기와 싸우는 심정으로 허균이 물었다.

"낭자. 마음을 단단히 가지시오."

"단단히 가져 무엇에 쓰겠습니까?"

"마음을 단단히 가져 관세음보살을 염하십시오. 사람의 영혼은 영원한 것입니다. 이승의 삶은 순간입니다. 이승이 끝나면 저승이 있고, 저승 다음엔 새로운 삶이 시작됩니다. 삶은 윤회하는 겁니다. 낭자는 이승에서 견디지 못할 고통을 겪으시고 계십니다. 아무런 죄도 없이 말입니다."

"아닙니다. 저 자신은 기억하지 못하지만 전생에 지은 죄가 있었을 것 아닙니까. 그 전생에 지은 죄로 저는 이처럼 천형天刑을 받고 있는 것입니다."

"그것이 안타깝지 않습니까. 자기도 모르는 전생의 죄로 고통을 받는다는 것이. 그러니까 내생來生은 필시 좋을 겁니다. 이 고해苦海의 저편에 기막힌 행복이 기다리고 있다는 것을 믿으십시오. 그 믿음으로 해서 낭자는 길이 행복하게 될 것입니다. 그 믿음을 굳히기 위해 관세음보살을 염하시란 것입니다."

"감사합니다."

"그런데 낭자. 내세가 오기 전에 혹시 좋은 일이 있을지 모르니 오래 살도록 하시오. 절망해선 안 됩니다."

"이미 절망하고 있는걸요. 천형을 다 받기 전에 스스로 목숨을 끊는 것이 죄스러워 이렇게 연명하지만 바라는 것은 오직 죽음뿐입니다."

"그건 안 됩니다. 천형병은 불치의 병이 아닐지 모릅니다. 중국에 가면 치유의 처방을 구할 수 있을지 모르죠. 우리는 지금 평양의 행재소行在所로 가는데 거기 가서 중국의 장수들을 만나 좋은 약을 구하면 가지고 오겠으니 그런 요행이라도 기다려 보시구려."

"말씀만 들어도 황공하오이다."

이렇게 문을 사이에 두고 방중방외房中房外의 이야기는 이어졌다.

어느덧 4경四更이 되어 이윽고 닭이 울었다.

"황산곡黃山谷의 시에 이런 것이 있습죠."

하고 허균이 나직이 읊었다.

射陽三萬家 莫貴徐公門 사양삼만가 막귀서공문
誰能拜牀前 況乃共酒尊 수능배상전 황내공주전
唯此醉中趣 難爲醒者論 유차취중취 난위성자론
盜臥月皎皎 鷄鳴雨昏昏 도와월교교 계명우혼혼

"이 시에 특별한 의미가 있어서가 아니라 도둑놈이 교교한 달밤에 자고 비 내리는 새벽에 닭이 운다는 구절이 어쩌면 지금의 내 심정에 맞는 것 같아 읊었소이다."

"날이 밝기 시작했지요?"

여자가 물었다.

"아직은 회명晦明입니다. 곧 동이 틀 것 같소이다."

"그럼 이곳을 떠나주세요."

"일어서세."

심우영을 따라 허균도 일어섰다.

"안녕히 계십시오."

"마음 단단히 가지세요."

심우영과 허균이 한마디씩 작별의 말을 했으나 닫혀진 문 안에선 한마디의 말도 없었다.

"썩어가는 몸에 어떻게 목소리는 그처럼 아름다울까."

들길에 나서자 허균이 중얼거렸다.

"단보의 불설佛說이 제법이던데?"

심우영이 비아냥거렸다.

"도진시절刀盡矢折하면 암자에 들어가 성불할 작정이니까요."

장난기 없이 허균이 말했다.

"이 세상의 술과 여자는 다 어떻게 하구."

"핫하."

허균이 웃었다.

차츰 햇살이 뜨거워졌다.

"어디 방초라도 있으면 한숨 잤으면 좋겠다."

심우영이 하품을 했다.

"하룻밤쯤 잠을 못 잤다고 그러시우? 앞으로 주야겸행해야 되겠소. 이러다간 평양 가는 데 1년은 걸리겠소."

어느 폐촌 앞을 지나게 되었다. 무너진 돌담 위에 복사꽃이 피어 있었다. 돌연 허균의 목이 메었다.

"처삼촌 저 복사꽃을 보시오. 아름답죠? 애처롭기도 하고."

허균이 다시 걸음을 옮겨놓으며 나직이 읊었다.

"무너진 돌담 너머로 피어 있는 복사꽃. 그 꽃이 왜 저렇게 애처로운가. 화색花色이 기색飢色을 닮았기 때문이리라. 언제인가 열매를 맺겠지만 그 열매가 제 맛을 지닐 땐 없을 것이다. 돌멩이도 씹고 싶어진 허기진 입과 눈이 그 열매가 익기를 기다리겠는가."

심우영의 반응이 없자 허균이 물었다.

"이런 글을 뭐라고 하는지 아시오?"

"도화잡영桃花雜詠 쯤으로 해두지."

"처삼촌, 이건 영詠도 아니고 부賦도 아니고 황차 송頌도 아니오. 도화뢰桃花誄라고 하는 거요."

"도화뢰라!"

심우영이 고개를 끄덕였지만 졸음을 참지 못하는 모양이었다.

복사꽃이 피어 있는 빈집으로 들어가 빈방에 드러누웠다. 심우영은 곧 코를 골기 시작했다. 이윽고 허균도 잠에 빠져들었다.

점심때를 지났을 무렵 금화金化에 도착했다. 금화에선 그래도 사람의 그림자를 간혹 볼 수가 있었다.

"아아, 저기 주막이 있다."

심우영이 반색을 했다.

평상에 걸터앉아 주모를 불렀다. 피골이 상접한 노파가 장지문을 열고 얼굴을 내밀었다. 허균이 주머니에서 돈부터 먼저 꺼내놓았다.

"술 두 사발만 주슈."

노파는 이상스럽다는 표정으로 물끄러미 두 사람을 쳐다볼 뿐 말이 없었다.

"술 없습네다."

"주막에 술이 없다니."

심우영이 거칠게 말했다.

"대관절 손님들은 어디서 왔수?"

"어디서 왔건 그게 무슨 상관이오."

"손님들은 금주령이 내려 있는 걸 모르시우? 나라의 법으로 술을 빚어선 안 된다고 되어 있소."

"그게 언제부터인데요."

"한 달쯤 되었소."

"별놈의 법도 다 있군."

"굶어 사람을 잡아먹는 판국인데 곡식으로 술을 빚어야 되겠소. 나라의 법은 온당하오."

노파의 말엔 제법 위엄이 있었다.

"그래도 어떻게 유렴遺斂해놓은 게 있겠지요. 값은 후하게 드릴 테니 술 두 사발만 주시오."

"없는 것은 없소. 다른 데나 찾아보시오."

"그럼 술 대신 물 두 사발만 주시구려."

"물 인심이야 없어서 되겠소."

노파는 부엌으로 들어가더니 물 두 사발을 소반에 얹어 가지고 왔다.

"이렇게 되면 허균이 살 나라가 아니로군."

심우영이 빈정댔다.

"심우영은 살 나라이구?"

두 사람은 서로 얼굴을 쳐다보고 웃었다.

한참을 웃다가 허균이 소반 위의 물그릇을 바라보다 말했다.

盤上水二器 宛然是兩儀 반상수이기 완연시양의
客有道術者 以水化酒機 객유도술자 이수화주기

그러자 심우영이 무릎을 탁 쳤다.

何謂道術者 吾門心無躬 하위도술자 오문심무궁
心無所不能 應化水爲酒 심무소불능 응화수위주

허균이 헛허 웃고 물사발을 들었다.

"귀언아소설貴言我所說이니 반갑기 한량이 없소."

그리고 사발을 입게 갖다 대자 놀라 외쳤다.

"이건 술이다."

"그래 술이로군."

심우영도 맞장구를 쳤다.

다시 한 모금 마셨다. 정말 술이었다. 계속 마셨다. 술이 분명했다.

"없다는 술이 어디서 났지? 주모 정말 고맙소."

노파는 얼떨떨한 표정으로 두 사나이를 보고 있었다.

"이거 어떻게 된 거요."

"어떻게 되냐뇨?"

"술 하고도 맑고 맑은 옥로주玉露酒가 아니오, 이건."

"당신들은 나를 모함할 작정이우?"

"모함이라니 당치도 않은….."

"그럼 왜 물을 술이라고 우기죠?"

"술이라니까 술이라고 하는 것 아뇨."

술이라는 것을 증거하고 싶었지만 사발에 술은 더 남아 있지 않았다.

"그 술은 다시 한 잔 주시오."

"술은 없다니까요."

"그럼 그 물을 주시오."

노파는 그릇을 들고 들어가 다시 물을 떠왔다.

그런데 그건 물이었다.

"다른 독에서 떠온 것 아뇨?"

노파는 어이가 없다는 듯 심우영을 일으켜 세워 부엌으로 데리고 가서 독을 가리켰다.

"여기엔 이 독밖에 없소."

평양을 일러 서경西京이라고 한다. 서도西都라는 이름이 있고, 호경鎬京, 유경柳京이란 이름도 있다.

그 유서에 알맞게 평양은 이처럼 많은 이름을 가지고 있는데 계사년 4월 10일 허균이 모란봉 위에 섰을 때 '유경'이란 이름이 가슴에 저렸다. 대동강변의 수양버들이 선명한 푸르름으로 염려한 그림을 이루고 있었기 때문이다. 이 아름다운 도읍. 신화와 전설과 역사로서 아로새겨진 이 도읍이 처량하게 느껴지는 것은 능욕당한 귀부인을 방불케 하기 때문일 것이었다.

평양은 허균이 동경해 마지않던 곳이다. 언젠간 이곳을 찾으리란 마음은 벌써부터 있었다. 그런 때문에 허균은 평양의 역사와 지지地誌를 공부하기도 했다. 그런데 그때가 왜군의 침략을 받은 상처가 아물지도 않은 바로 그 시기였다는 것이 애절한 감회로 고였다.

허균의 감회를 이해하기 위해서도 평양의 유서를 기록해둘 필요가 있다. 〈동국여지승람〉에 의하면 —

동쪽은 상원군 경계까지 50리, 강동현 경계까지 47리, 남쪽은 중화군 경계까지 36리, 서쪽은 강서현 경계까지 57리, 중산현 경계까지 72리, 북쪽은 순안현 경계까지 49리, 자산군 경계까지 61리, 서울과의 거리는 582리.

본래 삼조선三朝鮮과 고구려의 옛 도읍으로 당요무진唐堯戊辰년에 신인神人이 태백산 박달나무 아래 하강하였으므로 나라 사람들이 그를 세워 임금을 삼아 평양에 도읍하고 단군이라 일렀으니 그것이 전조선이요, 주무왕周武王이 상商을 정복하고 기자箕子를 여기에 봉하니 그것이 후조선이요, 전하여 41대손 준準이 이르러 연인燕人

234

위만衛滿이 그 땅을 빼앗아 왕검성王儉城에 도읍하니 그것이 위만조선이다. 그의 손 우거右渠가 한漢의 조명詔命을 받들지 않으매 무제武帝가 원봉 2년에 장수를 보내어 사군四郡을 두었는데 왕검성을 낙랑군樂浪郡이라고 했다.

고구려 장수왕 15년에 국내성國內城으로부터 옮아와 여기에 도읍하였고, 보장왕 27년에 당고종唐高宗이 이적李勣을 보내어 신라와 함께 협공하여 고구려를 멸하고 안동도호부安東都護府를 두어 좌위위대장군左威衛大將軍 설인귀薛仁貴로 하여금 군사 20만을 거느리고 진무하게 했다. 뒤에 당나라 군사가 돌아가고 이 땅은 신라에 속하게 되었다.

고려 태조 원년에 평양이 황폐하였으므로 염주, 백주, 해주, 봉주 등 여러 고을의 백성들을 이곳으로 옮겨 인구를 충실하게 하고 대도호부大都護府로 삼았다. 그리고 조금 뒤 서경西京으로 삼았다. 광종光宗 11년에 서도西都라고 개칭하였고, 성종成宗 14년엔 서경유수西京留守라 일컬었고, 목종穆宗 원년엔 호경鎬京이라고 고쳤다. 문종文宗 7년에 문무반文武班 및 5부를 설치하였다. 인종仁宗 13년에 중 묘청妙清 및 유참柳旵, 분사시랑分司侍郎 조광趙匡 등이 반란을 일으켜 절령岊嶺길을 끊으므로 김부식金富軾에게 명하여 이들을 토평討平하고 유수, 감군監軍, 분사分司, 어사御使를 제외한 모든 관반官班을 없애고, 조금 뒤에 경기 4도를 삭제하여 여섯 현縣을 두었다.

원종 10년에 서북면병마사西北面兵馬使 영기관營記官 최탄崔坦과 삼화현三和縣 교위校尉 이연령李延命 등이 반란을 일으켜 유수를 죽이고, 서경 및 여러 성城을 이끌고 몽골蒙古에 붙었다. 몽골은 서경을 동녕부東寧府로 삼아 절령을 경계로 하여 이 땅을 지배했다.

충렬왕忠烈王 16년에 원元이 도로 우리나라에 돌려주어 다시 서경유수가 되었고, 공민왕 18년에 만호부萬戸府를 설치하였다가 뒤에 평양부라고 했다. 조선조는 그대로 평양부라고 하고 관찰사가 부윤府尹을 겸하게 했다. 세조조世祖朝에 진鎭을 두었다.

이처럼 평양의 과거는 그 굴곡이 심하다. 그런 까닭에 허균이 평양을 두고 영고성쇠榮枯盛衰에 관한 감회를 더욱 짙게 했던 것이다.

"평양의 유서만으로도 만 권의 서書를 이룰 수 있을 것을."

허균이 우두커니 서 있는 심우영을 돌아보며 탄식했다.

"군서軍書 만 권, 시서詩書 만 권, 잡서 만 권, 3만 권이면 되겠지."

심우영이 웃었다. 심우영의 사고방식은 언제나 건조하다. 감상感傷할 줄을 모른다.

"이 금수산을 두곤 이런 시가 있지요."

허균이 나직이 읊었다.

布帛己足貴 文彩歸錦繡 포백기족귀 문채귀금수
東風作春妍 郊外逆明晝 동풍작춘연 교외역명주
(베와 비단이 제아무리 귀하다고 해도 결국 문제는 금수로 돌아간다. 동풍이 일어 춘연을 만드는데 교외를 거니니 황홀하구나.)

"이런 건 어때?"

심우영도 한 수 읊었다.

山石多五色 花木更交加 산석다오색 화목갱교가

樵子穿雲去 分明入彩霞 초자천운거 분명입채하

(산돌은 다채로운 오색인데 꽃과 나무가 얽히고설켰구나. 구름 사이로 가는 나무꾼은 분명 채색한 안개 속으로 들어가는 모습이다.)

"고려 때의 얘기에 이런 게 있지요.

어느 왕인가 모란봉에 올라 '북두칠성삼사점'北斗七星三四點이라고 했겠다. 그러자 서생 하나가 대구를 지었다. '남산만수십천추'南山萬壽十千秋. 아첨도 이만하면…."

허균이 웃었다.

"어때, 단보도 시 한 수 지어보지 그래."

"무언대경無言對景이 곧 시정詩情이 아니겠소. 언言은 정情을 다하지 못해요. 어떤 명시도 시정에 미칠 수야 있겠소. 기껏 천하의 대시인도,

牧丹有仙峯 모란유선봉 雄峙此邦鎭 웅치차방진

我來浮碧樓 아래부벽루 凌顚興未盡 능전흥미진

할 수 있었을 정도이니까."

두 사람은 모란봉을 내려 부벽루와 연광정練光亭을 들러 정양문正陽門의 근처의 숙소로 향했다.

도중에 불탄 집터에서 눈물을 흘리고 있는 노파를 보았다. 정이 많은 허균이 그냥 지나갈 수가 없다.

"할머니, 왜 그처럼 슬피 우시지요?"

할머니는 말이 없었다.

"타버린 집은 다시 지으면 될 것이 아니오. 너무 슬퍼하지 마시

오.”

“타버린 집이야 다시 지으면 되겠지만 죽은 아들이 다시 돌아올
수 있겠소?”

할머니의 울음은 통곡으로 변했다.

“할머니의 아들은 좋은 곳으로 갔을 것이오. 이 각박한 세상에 돌
아온들 무엇을 하겠소.”

아들을 잃은 노모의 마음을 어떻게 위로할 수 있을까. 허균은 그
자리를 떠났다. 이 강산 방방곡곡에 슬픔이 미만彌滿하고 있는 것
이다.

숙소로 돌아가 몰래 술을 가지고 오게 하곤 숙소의 노주인에게
이것저것 물었다.

“왜병이 평양성에 들어온 것은 언제쯤이었소.”

“작년 6월 초순이었소.”

“이곳에서 그때 전투가 있었소?”

“전투가 뭐요. 왜병이 백 리 밖에 있을 때 우리 군사는 죄다 도망
쳐버린걸요.”

“오합지졸 무능지졸이었군.”

“그러나 군사들을 탓하지 마시오. 임금이 평양성을 버렸는데 군
사들이 어떻게 하겠소.”

“그리고 그 뒤 어떻게 되었소.”

“7월에 명나라 군사가 쳐들어왔습죠. 그러나 왜병의 계략에 빠져
사유, 대조변 두 장군의 목숨만 잃고 퇴각해 버렸소.”

“그 다음은?”

"우리 조선 군사들이 쳐들어갔지요. 작년 8월에 있었던 일이오. 우리 군사들은 용감하게 싸웠소. 그러나 성을 탈환하진 못했소. 그러다가 12월 그믐에 명나라의 이여성_{李如松} 장군이 대군을 이끌고 들어와 큰 싸움이 있었지요. 왜병이 그때 죽은 수가 만 명이 넘었다고 합니다. 겨울철인데도 사람 썩는 냄새 때문에 길을 걷질 못했소."

"왜병이 완전히 물러난 게 언제요?"

"정월 중순께였소."

허균이 주인의 말을 일일이 장첩에 적어 넣었다. 그리고 물었다.

"그때 평양기생들은 어떻게 됐소."

"대부분이 피란했겠죠."

"피란 못한 기생도 있지 않겠소. 왜병들과 놀아났을 게 아니겠소."

"그건 난 모르겠소. 그런데 오늘 들은 소문인데 어떤 기생이 왜장을 연광정에 유인해서 우리 장수를 불러 목을 베게 하고선 자기는 물속으로 뛰어들어 죽었다고 하더군요."

"그게 참말이오?"

허균이 흥미를 느꼈던 모양이다.

"참말인지 거짓말인지 내가 확인한 건 아니니 알 수가 없소."

"그 기생의 이름을 뭐라고 합디까?"

"계월이라고 하던가, 월향이라고 하던가."

"그 얘기가 진담이면 기막힌 미담이 되겠소. 시궁창에 핀 한 떨기 꽃이라고나 할까. 슬픈 역사 속에 피어난 아름다운 꽃이라고나 할까? 아무튼 평양의 자랑이 될 만한 것이니까 주인장께서 한번 살펴 보시오."

"예, 그리하리다."

평양전투에 관한 얘기는 끝 간 데를 몰랐다. 참담한 얘기, 잔혹한 얘기, 왜병들의 약탈과 강간, 명나라 병정들의 약탈과 강간.

"전쟁은 안 되오. 사람들이 모두 귀축鬼畜으로 변해버리니까요."

노인은 한숨을 쉬었다.

"꿈에 그리던 평양에 왔더니 평양은 이미 폐허가 되고 그 폐허 이곳저곳에 비화의 흔적만 남았더라. 그런데도 모란봉은 적적하게 서 있고, 대동강은 무심히 흐른다. 그러나 이러한 경황도 수유須臾의 일, 백 년 후 뉘라서 지금 이곳에 이르고 있는 눈물과 한숨의 뜻을 알리."

허균은 먹물을 담뿍 찍은 붓으로 흰 종이에 이 마음을 적었다.

"행재소는 어디오?"

사병 하나를 붙들고 물었다.

"안주, 박천, 숙천 등지를 전전하고 있다고 들었소. 그런데 상감은 어제 영유永柔로 돌아가셨다고 하오. 사방으로 돌아다니다가 결국은 영유로 돌아갔다고 하니 아마 영유가 행재소일 것이오."

이렇게 말하는 사병은 임금에게 호감을 갖지 않은 것이 분명했다.

영유는 평양에서 동쪽으로 35리의 상거에 있는 소현小縣이다. 평양에서 이틀을 머물고 허균과 심우영이 영유를 향해 떠났다.

아침 이슬을 밟고 들길을 걸으니 삽상하긴 했다. 그러나 영유에

서 그들을 반겨줄 사람은 없다. 무슨 일이 있을 것도 아니다. 영유
가 가까워짐에 따라 발길이 무거워졌다. 먼저 마음이 무거워져 있
었다.

"영유에 가서 어떻게 하지?"

심우영이 한 말이다.

"형님 서한이나 전하고 돌아올 뿐이지요, 뭐."

허균의 대답이다.

영유에 도착한 것은 점심때를 조금 지나서였다.

영유를 일컬어 이지강李之剛이 '사면산위작일성'四面山圍作一城이라
고 하고, 원효연元孝然은 '서연창해해운촌'西連滄海海運村이라고 했듯
이 미상불 영유는 사면에 산을 둘러친 성을 방불케 했는데 서쪽으
로 트인 들은 바다로 이어져 있었다.

"행제소로선 알맞군."

허균이 지세를 둘러보며 한 말이다.

"그런데 왜 사람들이 저렇게 많지?"

심우영이 한군데를 가리켰다. 저편 산허리에 사람들이 꽤 많이
모여 있었다.

"임금이 있는 곳이니까 많기도 하겠지요."

했지만 허균도 의아스러웠다.

영유에 들어서자마자 주막을 찾았다.

지나가는 행인을 붙들고 주막의 소재를 물었더니 그 행인의 답이,

"술 없는 주막을 찾아 뭣할 거요?"

금주령이 내렸다는 소식을 알고 있었지만 허균이 되물었다.

"평양의 주막엔 술이 있던데 영유엔 술이 없다는 건 무슨 말이우?"

"고관대작들이나 술을 마실까 평민이나 상놈은 술 구경도 못하는 곳이 영유라는 것만 알아두시오."

"술은 없어도 요기는 할 수 있을 것 아뇨."

"요기를 하려면 저리로 가시오."

행인이 골목 하나를 가리켰다. 기어들고 기어나고 해야 하는 나지막한 문이 달린 주막이었는데 봉루는 물론이고 마당에까지 사람들이 빽빽이 들어서 있었다.

"도대체 이게 어떻게 된 셈이요?"

허균이 병사의 복색을 한 사나이에게 물었다.

"오늘 무과별시武科別試의 초행初行이 있소. 그래서 구경삼아 모여든 사람들이오."

병사의 말이 퉁명스러웠다.

"지금 과거를 보여 어쩌자는 것이오."

허균이 물었다.

"박진朴晋이란 경상병사慶尙兵使가 강변과 황해도의 병정을 이끌고 한성에 쳐들어가는데 군관이 모자라 그 군관을 과거를 치러 뽑는다오."

"과거에 급제했다고 해서 당장 군관으로 써먹을 수 있을까?"

심우영이 중얼거렸다.

"그래 말이오. 사병들은 모두 웃고 있지요."

그 말투가 범상치 않아 허균이 물었다.

"사병들은 응시할 수 없나요?"

"왜 없겠소."

"당신도 응시하지 그래."

병사는 어이가 없다는 듯 씨익 웃었다.

"나는 상감을 시위하는 병사요. 상감을 모시고만 있으면 굶어죽을 염려는 없소. 죽어야 할 땐 상감과 함께 죽어야 하니 죽어도 제일 마지막에 죽을 것이 아니오? 그런 팔자를 바꾸어 군관이 돼요? 그런데 당신들은 어디서 왔소."

"우린 평양에서 왔소."

"그럼 시장하겠소."

병사는 "다 먹었으면 내려오지 왜 앉아 있느냐" 봉루를 향해 고함을 질러 동료인 듯한 두 사람을 끌어내곤 허균과 심우영의 자리를 마련해주었다.

허균은 봉루에서 내려온 동료와 같이 가려고 하는 병사를 억지로 끌어 옆에 앉혔다.

"이런 곳에서 당신과 같은 사람을 만나게 되니 반가움이 한량이 없소. 우리 통성명이나 합시다."

"나는 서울 사는 허균이라고 하오."

"나는 진만석이오."

심우영도 가만있을 수 없었다.

"나는 심우영이오."

"술이 없는 게 한이오만 우리 같이 식사라도 합시다."

허균이 권했다.

"나는 아까 식사를 했소. 당신들이나 드시구려. 지금 이 집에서 팔고 있는 것은 산채를 섞은 조 생선국이오."

병사가 중남이를 불러 호통을 쳤다.

"서울에서 오신 선비님들이다. 국밥 두 그릇 빨리 가져오라."

나름대로의 위력이 있는 모양으로 진만석의 호통 때문에 순서를 무시하고 국밥 두 그릇이 배달되었다. 무슨 생선인지 알 수 없는 생선국에 조알이 둥둥 떠 있는 국밥이었다. 배가 고픈데도 한 숟가락 뜨고 심우영이 상을 찌푸렸다.

"식량이 바닥이 나서 이곳에선 이 국밥을 진미로 칩니다."

진만석이 껄껄거리고 웃었다.

"행재소에 지금 상감이 계시우?"

허균이 물었다.

"그제 안주에서 돌아왔소. 지금쯤 과장科場에 나가계실 것이오."

"시위병사라고 했는데 당신은 안 나가도 되오?"

"우린 오늘 비번이오. 비번인데도 갈 데가 있어야지. 그래서 이런 데 와서 노닥거리고 있는 거요."

"고향이 이곳이오?"

"내 고향은 충청도 예산이오."

"난리 초부터 종군했소?"

"어렵쇼. 나는 마지못해 징발된 사람이오."

"어디서요."

"개성에서 얼마 안 되는 곳에 개풍이란 마을이 있소. 그곳 이 진사댁에 머슴을 살고 있는데 임금의 몽진행차가 그곳을 지나지 않았

244

겠소. 한성에서 거기까지 오는 동안에 시위하는 병사들의 태반이 도망가 버렸어요. 장정들을 징발하게 되었지요. 그래서 따라왔습죠."

"예산 사람이 개성까지 와서 머슴을 살게 된 연유는 뭐요?"

"고향에서 살아보았자 성 팔아먹을 형편이었지요. 그럴 바에야 타향에 가서 남의 집에서 살자. 이렇게 마음을 먹은 거요."

"개성에서 성을 팔았소?"

"천만에요. 나는 양반은 아니지만 종도 아니오. 머슴을 살고 있다뿐이지 성은 팔진 않았소."

얘기를 주고받고 있는 사이에 묘하게 친근감이 일었다. 그래서 허균이 이런 말을 했다.

"언젠간 왜놈들이 물러가고 말 거요. 그땐 우리 한성에서 만납시다."

"그럴 날이 있으면 좋겠소."

"그런 날이 있을 거요."

"그런데 선비들은 이곳에 무엇하러 왔소?"

이 물음에 답한 것은 심우영이었다.

"저 허 학사는 이조좌랑 허성 영감의 계씨요. 형님 일로 온 것이오."

"이조좌랑 허성 영감?"

진만석은 고개를 갸웃했다.

"그런 영감의 이름을 이 행재소에선 들어본 적이 없는데."

"지금은 순무어사로 강원도에 계시오. 그분의 서장을 가지고 왔소.”

심우영의 말에 고개를 끄덕이곤 진만석이 물었다.

“서장은 상감님께 바치는 상소인가요?”

“그렇소. 헌데 지금 행재소에 있는 대감이 누구누구요?”

“영의정 최흥원 대감, 우의정 유홍 대감, 좌찬성 정탁 대감, 호조판서 이성중 대감, 병조판서 이항복 대감 등이오.”

허균은 병조판서 이항복의 이름을 듣자 반가움에 가슴이 떨렸다. 이항복은 허균의 형 허성을 아들처럼 귀히 여겼다. 허성 또한 이항복에 대해선 아버지에게 대하는 것처럼 공경이 지극했다. 허균은 형 허성을 따라 설날이면 꼭 세배를 갔다. 이제 영유에선 걱정할 것이 없었다.

“그렇다면 진형, 이항복 대감에게 허성의 아우 허균이 와 있다고 전해주시지 않겠소?”

“오늘은 비번이어서 행재소에 가지 못하오. 내일 아침에 전하리다.”

“고맙소.”

“오늘 밤엔 어디서 유하실 작정이오? 영유는 좁은 고을인 데다가 호종의 신하가 많고 그 어른들의 시봉자가 많기도 해서 좀처럼 숙소를 구할 수가 없소.”

“그건 걱정 마시오. 바야흐로 춘사월春四月아니오? 하늘을 천장으로 하고 방초를 깔고 선인풍仙人風을 닮아보는 것도 인생의 낙이 아니겠소? 오늘 밤은 십이야十二夜라 달빛이 숙녀의 함수含羞를 닮을 것 아니겠소.”

허균이 호방하게 말했다.

"월하노숙月下露宿이 풍류는 되겠지만 군자의 체면은 아닐 줄 아오. 내 한번 숙소를 구해보겠소만 만부득이하면 향교로 가시오. 행재소에 볼 일이 있어 오는 미관말직이나 포의布衣의 선비들은 대개 그곳에서 노숙을 면하지요. 비좁고 편하진 않겠지만 옹색한 대로 견딜 수는 있을 것이오."

이렇게 하여 진만석과 허균, 심우영이 친교를 맺게 되었다. 앞선 얘기가 되지만 진만석은 허균의 생애에 큰 의미를 갖게 된다.

진만석은 허균과 심우영의 숙소를 마련해주기 위해 영유에서 5리나 떨어져 있는 미두산米豆山 밑 마을에까지 가주었다. 그곳 터줏대감이 변씨성邊氏姓을 가진 노인이었는데 넓은 사랑을 가지고 있고 우연한 기회에 진만석이 변 노인의 아들을 구해준 인연이 있었기 때문이다.

변 노인은 진만석의 청이 있자 자기는 안채로 들어가겠다며 사랑의 자기 방을 두 사람에게 내어주었다. 방이 여러 개 있었지만 행재소 관계의 사람들로써 모두 차 있었다.

이튿날 허균은 진만석의 주선으로 이항복을 만났다. 이항복은 허균을 잃은 자식을 도로 찾기나 한 것처럼 반겼다.

더욱이 허성의 소식을 듣게 된 것이 반가웠던 모양으로 허성이 보낸 서장을 내일에라도 상감께 올리겠다고 했다.

"마침 잘 되었다. 상감께선 자네 형으로부터 소식이 없어 항상 궁금하게 여기셨다. 이간책을 쓰는 사람이 없지도 않아 때론 변명하기가 난처하기도 했다. 그도 그럴 것이 호종한 신하가 한땐 반 이상이나 줄어든 일도 있었으니까."

이항복은 허균에게 민심의 동향을 물었다. 허균은 갖가지 사례를 들어 솔직하게 대답했다.

"나라의 대의, 임금에게 대한 명분 때문에 애쓰고 있을 뿐, 백성의 대부분은 내부적으론 나라에 대해 정이 떨어져 있는 듯합니다."

이항복은 눈을 지그시 감고 듣고 있더니 뚜벅 물었다.

"다른 사람에게도 그런 말을 한 적이 있나?"

"없습니다."

"앞으로도 하지 말게. 설상유화舌上有禍라. 더욱이 난세亂世일 땐 아무렇지도 않은 말이 엉뚱한 곡해를 받을 수가 있느니."

"명심하겠습니다. 그런데 전세는 어떻게 되어 있사옵니까?"

"아직은 오리무중이다. 왜병이 북쪽에선 밀려내려 갔지만 지금 한성을 점령하고 있는 형편 아닌가. 북쪽에서 밀어닥친 세를 그대로 밀고 나갔더라면 왜병을 바닷가에까지 쫓아버릴 수 있었을 것인데 명군明軍의 태도가 불분명해. 심유경沈惟敬이란 자가 농간을 부리는 모양인데 확실한 증거를 잡지 못하곤 이렇다 저렇다 할 수가 없고 설혹 증거를 잡았다고 해도 어떻게 할 수 있는 처지도 아니구."

이어 이항복은 장탄식을 했다.

"우리의 병사만 가지고라도 한번 결전을 해봤으면 하지만, 왕자 둘이 인질로 잡혀 있는 형편이니 딱하기만 하다."

"왕자는 지금 어디에 있습니까?"

"가토의 진중에 있다고 들었다."

248

"앞으로 어떻게 되겠습니까?"

"사필귀정事必歸正이라 왜병은 결국 이 땅에서 철수하고 말 테지만 그동안을 어떻게 견디어낼지."

"남쪽에선 사람을 잡아먹는다는 소문이 있던데요."

"소문만이 아니라 사실이다."

이항복은 이런 암울한 화제를 피하려는 듯 허균에게 물었다.

"자넨 앞으로 무엇을 하고 싶은가."

허균이 어리광하고 싶은 기분이 돋았다.

"전 둔갑술을 익혔으면 합니다."

"둔갑술? 모습을 바꾸는 것 말인가? 어쩌면 내 기분과 꼭 같으냐. 나도 어릴 적 둔갑술을 익혔으면 했지. 별다른 목적은 없었어. 한음을 놀래주려고 말이야."

"지금은 어떻습니까?"

"지금도 가끔 둔갑술을 생각할 때가 있지."

"둔갑술이란 것이 있는 것입니까, 없는 것입니까?"

"있지."

"있습니까?"

"그런데 그게 자네와 내가 바라는 대로가 아냐. 지금 조정에서도 그 언저리에서도 둔갑술이 능한 자가 많거든."

"지금 조정에 둔갑술을 아는 사람이 있다는 말씀입니까?"

"있지 않구."

이항복은 장난스러운 표정으로 바꾸더니 덧붙였다.

"사람인가? 하고 보고 있으면 고양이야. 고양이다 싶었는데 호랑

이가 되기도 하구. 여우로 둔갑했다가 개로 둔갑했다가 돼지로 둔
갑했다가….”

허균은 그 말뜻을 알 수가 있었다.

“그 외의 둔갑술은 있을 것 같지 않다.”

이항복이 크게 웃었다. 그는 화제를 신선술神仙術로 돌렸다.

“신선은 될 수 있을 것 같애. 이를테면 도연명陶淵明 같은 사람은
신선이 아닌가. 귀거래회歸去來會 전원이 장무로다. 그런데 돌아갈
전원도 없고 돌아갈 수도 없으니 딱하지 않는가.”

하더니 새삼스럽게 물었다.

“참 자넨 과거는 어떻게 되었는가?”

“과거할 생각이 없습니다.”

“그것도 내 의견과 같구나.”

“대감께서도 과거를 볼 생각이 없으셨습니까?”

“없었다.”

“그런데 왜 과거를 보셨습니까?”

“과거를 보지 않아도 되게 되려면 과거에 등과해야 하겠더구먼.
그래서 과거를 보았지.”

알쏭달쏭한 말이었다.

다시 이항복의 말이 있었다.

“자네도 과거 보기가 싫거든 빨리 과거를 보아버려. 장원급제를
하는 거다. 그리고 나면 과거를 안 보아도 되게 돼. 과거에 급제하
지 않으면 과거를 안 보겠다는 말을 못하게 돼. 안 보겠다고 마음을
다질 수도 없구.”

허균이 항복의 말뜻을 대강 짐작할 수 있을 것 같았다.

또 질문이 날아들었다.

"자네 술 좋아하지?"

"예."

"어쩌면 나허구 그렇게 꼭 같애. 나도 술을 이만저만하게 좋아하지 않거든. 그래서 실수를 얼마나 많이 했다구."

"대감께서 술 드시고 실수했다는 말은 듣지 못했는데요."

"남이 알게 실수하면 쓰나. 자기만 알고 있는 실수도 때론 견디기 어려운데."

영유에서의 처음 만남에서 이런 얘기가 오갔는데 숙소에 와서 곰곰이 생각해보니 실로 대단한 사건이었다.

둔갑술을 들먹이면 대강의 경우 어른들은 그런 허튼소리 말라고 할 것인데 단번에 동조하곤 그것에 대한 몽(蒙)을 살큼 틔우고, 과거를 보기 싫다고 하면 또 동조하곤 결국 과거를 보라는 암시를 하고…. 술에 관한 충언(忠言)으로 그 이상의 충언이 있을 것 같지 않고.

이 얘기를 전하자 심우영은,

"능구렁이 같은 영감이 능구렁이 같은 수작을 했을 뿐."

이라고 웃고 치웠지만 허균은 새삼스럽게 대인물을 발견한 느낌으로 흐뭇했다.

하루걸러 허균이 이항복을 찾아갔다.

"자네 형의 상소가 주상의 마음에 썩 들었던 모양이다. 자네가 영유로 온 것이 썩 잘된 일이었다. 더욱이 자네가 가지고 왔다고 하니

본인이 직접 온 것 이상으로 기뻐하시더라. 상감을 한번 배알하고
싶은가?"

"그럴 생각이 없습니다."

"그것 또한 나하고 꼭 같은 의견이다."

하며 활달하게 웃고 그 이유를 다음과 같이 설명했다.

"자네가 만일 상감을 만나기를 원하면 물론 만나주실 거고 자네
를 귀엽게도 여기실 것이지만, 날씨가 변하면 그놈이 아첨하러 여
기까지 왔다고 생각하실 것이 분명하다. 확인되면 주상의 안부를
알 겸, 형의 심부름으로 왔다는 지순至純한 정을 알겠지만 말이다.
만나지 않는 게 다행이란 사실을 알겠지? 또 있다. 상감을 만나면
자네를 음관蔭官으로 취할지 모른다. 그렇게 되면 자네가 이다음에
장원급제를 했을 때 괜한 말썽을 일으킨다. 상감의 총애가 미리부
터 있었다고 말이다."

들고 보니 그대로였다. 섣불리 음관으로 채용되거나 하면 난처
한 경우가 한두 가지가 아닐 것이다.

"그런 뜻 저런 뜻으로 왜병이 한성에서 퇴거했다고 하면 자넨 한
성으로 떠나라. 여기 남아 있어서 좋은 일은 한 가지도 없다."

이항복의 말이 있었다.

4월 20일 왜병이 서울에서 철수했다는 치보馳報가 영유의 행재소
에 들어왔다. 이 소문은 행재소 영유의 기분을 들뜨게 했다. 병사들
이 기세를 올리고 백성들도 함께 환호성을 올렸다. 완전한 승리는
아닐망정 답답한 가슴을 트이게 할 만한 사건임엔 틀림이 없었다.

허균이 이항복의 사관을 찾아가 내일 영유를 떠나 한성으로 가겠다는 뜻을 알렸다. 이항복에게 여부가 있을 까닭이 없었다.

"그렇게 하는 것이 좋겠다."

고 하고 내일 밤 송별연을 베풀겠다는 말이 있었다.

"그렇게 마음을 쓰시지 않아도…."

허균이 고사했으나 이항복은 그렇지 않다고 했다.

"사람에겐 만날 땐 만나는 예의가 있고, 헤어질 땐 헤어지는 예의가 있어야 하느니라. 내일 해질 무렵 자네의 친구도 같이 데리고 오라."

이항복과 같이 지내는 시간이 기쁘지 않을 까닭이 없다. 그에겐 해학이 있었다. 깊은 식견이 있었다. 그와 더불어 있으면 언제나 춘풍 속에 앉아 있는 기분으로 되는 것이다.

음력 4월 21일이면 벌써 초여름이다.

이항복은 사관 후면의 정자에 등명을 달아 송별연의 장소를 마련했다. 이윽고 조촐한 요리상이 들어왔다.

"산해의 진미는 있지만 성찬은 아닐세."

하고 변명한 다음 이항복은 손수 항아리의 술을 쪽으로 떠서 허균과 심우영의 잔에 채우고 자기의 잔도 채웠다.

"자, 잔을 드세."

이항복이 자기의 잔을 비웠다.

허균이 얼굴을 돌리고 마셨다. 그런데 그건 술이 아니고 물이었다. 등명이 어두워 표정이 나타나지 않은 게 다행이었다.

허균이 잔을 놓자 이항복의 말이 있었다.

"고인은 무현금無絃琴을 탄금했다고 하지 않는가. 인생에 무주연無酒宴도 있을 법한 일 아닌가."

"대감님의 정리情理로서도 충분히 취할 수가 있습니다."

"그러나 허공! 영유의 물은 천하일품이다. 잡스런 술과 이 물을 나는 바꿔주지 않겠다."

"저도 동감입니다."

심우영이 조아렸다.

"그러나 유감은 있어. 금야가 무월야無月夜라는 것이. 무주無酒까진 좋은데 무월無月이 겹치고 보니 무아연無雅宴이 된 것 같아."

"달은 우리의 마음속에 있지 않습니까?"

허균이 한 말이다.

"그렇지. 우리 마음속에 있지."

이항복이 무릎을 쳤다. 그리고 덧붙였다.

"도연명의 시심도 무주 무월엔 잠잘 수밖에 없었던 모양이지?"

"아닙니다. 대감님. 도연명의 유주有酒 유월有月의 시는 모두 무주 무월의 새벽에 이루어진 것입니다."

허균의 이 말에 이항복은 깜짝 놀란 듯 흐뭇해했다.

"허참, 내 평생에 아직 듣지 못한 말을 들었구나."

"취정醉情은 감感하고 성심醒心은 녹錄하여 시를 이루는 것이 아니옵니까. 유월有月이면 관觀하고 무월無月이면 상월위시想月爲時하기도 하구요."

허균의 말은 흐르듯 했다.

이것이 계기가 되어 시화詩話가 한참 꽃을 피웠다.

이항복의 유도誘導에 허균은 초당初唐, 성당盛唐, 중당中唐, 만당晚唐의 시를 논했다.

"초당의 시인 가운덴 누구를 좋아하는가."

이항복의 질문이었다.

"왕양노락王楊盧駱은 난형난제難兄難弟이지만 하나를 뽑으려면 역시 왕발王勃이 아니겠습니까?"

"왕발의 시 가운데 특히 좋은 것은?"

"특히 이 시를 좋아합니다."

長江悲己滯 萬里念將歸 장강비기체 만리염장귀

況屬高風晩 山山黃葉飛 황속고풍만 산산황엽비

(양자강 기슭에 나그네 된 지도 슬프도다, 오래 되었구나. 만 리길 저편의 고향으로 돌아가고 싶은 마음 간절하구나. 하물며 바람 높이 부는 가을 저녁. 산이란 산에 황엽이 날고 있는 것을 보니 마음 더욱 스산하다.)

"내가 좋아하는 왕발의 시가 있지."

이항복이 나직이 읊었다.

雨去花光濕 風歸葉影疎 우거화광습 풍귀엽영소

"대감님, 그것은 왕발의 절창絶唱입니다."

"그런가?"

고개를 끄덕이곤 항복이 말했다.

"왕발은 젊어서 물에 빠져 죽었다지? 허공, 자네도 물에 빠지지 않게 조심하게."

"예."

"초당의 시에 내가 잊지 못하는 것은 유희이劉希夷의 대백두음代白頭吟이라."

고 한 후, 항복은 허균에게 그 장시長詩를 외어보라고 했다.

허균이 낭랑한 목소리로 읊었다.

그리곤 年年歲歲花相似연년세세화상사 歲歲年年人不同세세연년인부동 하는 대목에 가서 약간 비감을 섞었다.

허균이 읊기를 끝내자 항복이 물었다.

"자네들은 늙을 것 같지 않지?"

하고 허균의 답을 기다리지 않고 보탰다.

"나도 젊었을 때는 그러하였으니까. 자넨 늙지 말든지 늙어도 한을 남기지 말든지 하게."

"명심하겠습니다."

"성당盛唐의 시인 가운덴 누가 좋은가."

"기라성 같은 찬란한 성좌星座가 아닙니까. 그러나 이백과 두보를 수발秀發한다고 해야 하지 않겠습니까?"

"당연한 이야기다. 그러나 오늘밤엔 이두李杜는 빼고 얘기하자."

"이두를 빼면 맹호연이 수일입니다. 가령 〈숙건덕강〉宿建德江 같은 것은 담백한 서경敍景에 천심千尋의 심정을 담은 것입니다."

"한번 읊어보게."

移舟泊烟渚 日暮客愁新 이주박연저 일모객수신
野曠天低樹 江淸月近人 야광천저수 강청월근인

"과연 좋군. 왕유는 어떤가."

하는 말에 허균은 深林人不知심림인부지 明月來相照명월내상조 로서
비롯된 〈죽리관〉竹里館과 興蘭啼鳥換흥란제조환 坐久花落多좌구화락
다를 읊었다.

흥에 겨운 이항복과 허균의 응수는 중당中唐을 거쳐 만당晚唐에까
지 걸쳤는데 배석한 심우영은 엉뚱한 생각을 하고 있었다.

명색이 송별연을 베풀겠다면서 무주상無酒床을 내놓고 이항복이
허균의 재주를 시험해볼 작정을 한 것이라고.

그런데 허균 본인의 기분이 좋은 모양이고 시재詩才 당하는 양상
에 흠이 없으니 심우영이 무어라 끼어들 틈바구니가 없었다.

이렇게 밤이 2경을 지났을 때 이항복이 항아리 속의 물을 떠서 빈
잔에 채웠다.

"음침한 전란의 상흔 속에 앉아 시를 논하고 시를 얘기하고 보니
기분이 이상하구나. 허문許門 3형제의 영명을 내 일찍 모르는 바는
아니었으나 아직 어린 자네의 시조詩藻가 그처럼 광심廣深할 줄은 짐
작조차 못했다. 지금부터 자네가 할 일은 과거 공부이다. 자네의
재능이 그 이상으로 뻗으면 이상은李商隱처럼 될까 두렵다. 그 재능
이 뻗기 전에 빨리 과거를 치러라."

이상은은 만당晚唐의 시인으로서 빛나는 존재이다. 그런데도 과
거에 합격하지 못하고 평생을 미관말직으로 끝내, 그의 친구 최각

崔瑂으로 하여금 虛負凌雲萬丈才^{허부능운만장재} 一生抱襟未曾開^{일생포}
^{금미증개} 라고 한탄케 한 운명이었다.

지나친 재주는 과거科擧와 같은 속인의 저울로선 잴 수가 없게 된
다. 이항복은 그렇게 되기 전에 속인으로서의 수속을 밟아버리라
고 충고한 것이다.

시화가 끝나고 얼만가의 시국담이 있었다.

이항복의 말로는 심유경沈惟敬이란 자의 농간으로 명장明將들이
조정의 말을 들으려고 하지 않는다고 했다. 조정으로선 패주敗走하
는 왜병을 추격하여 섬멸하고 싶은데 명장들은 왜국과 강화하려고
술책을 쓰고 있다는 것이다.

"그럼 조정에서도 강화에 응할 작정입니까?"

허균이 물었다.

"조정은 결단코 그렇게 안 되길 바라고 이 기회에 왜의 야심을 봉
쇄하여 장차의 화근을 없애려고 하지만 끝내 명나라가 그렇게 고집
하면 달리 도리가 있겠는가. 얼마 전에도 도승지 심희수가 심유경
을 찾아가, 천조天朝에서 왜와 강화하면 장간회도將奸誨盜하는 거나
마찬가지라고 하고 우리는 비록 소국이기는 하나 의義를 천재千載에
이르도록 지킬 것이니 왜병을 무찔러달라고 했다. 그런데 심유경
의 대답은 맹랑했다. 왜와 강화하겠다는 것은 성천자聖天子의 은명
恩命이며 석성상서石星尙書의 원략遠略이니 자기가 관여한 바는 아니
라고 했다. 그리고 이런 장광설까지 하더란 것이다. '대저 중국의
외이外夷에 대한 방침은, 언제나 관대한 것이어서, 오늘 황성皇城을
포위한 적도 내일 물러가면 이들을 멀리 쫓아버릴 뿐이지 원수로

258

삼아 그들을 없애버리진 않소. 중국은 아직껏 복수하는 일이란 없었소. 그런데 당신들 나라를 위해 복수할 수가 있겠소? 만일 당신들이 굳이 원수를 갚고 싶다면 당신들 힘으로 하오. 우린 말리진 않을 테니까.' 이러더라는 거라. 뿐만 아니라 명의 경략經略 송응창宋應昌의 태도도 마찬가지다…."

이항복이 송응창의 태도도 마찬가지로 한 덴 이견異見이 있다. 송응창은 심유경 같은 사기꾼은 아니고 나름대로 대의와 명분을 갖추어 행동한 사람이다. 이 기회에 송응창에 관한 〈조선왕조실록〉의 부분을 요약해서 인용한다.

선조 26년 4월 3일.
왕王, 정주를 출발하여 임반관林畔館에 행차하다.
영의정 최흥원崔興源 의주에서 돌아와 복명하다.
처음 흥원이 의주에 도착하자 명 경략 송응창은 진병進兵하라는 청을 듣기가 싫어 미안하다며 면회를 거절했다. 그러나 흥원은 송응창의 면회를 강청했다. 이윽고 응창이 흥원의 입견을 허락하고 흥원을 만나자 웃으며 말했다.
"당신이 가지고 온 진정서는 보지 않아도 알고 있소. 빨리 군사를 움직여 왜병을 소멸해달라는 얘기가 아니오. 그런데 내게도 생각이 있소. 잠시 정세를 봅시다. 만일 진심으로 놈들이 항복하고 강화하여 물러가겠다고 하면 나는 왜장령倭將領 가운데서 실권 있는 놈을 인질로 잡아두고 내 부하로 하여금 왜병들을 거느리고 관백關白 있는 곳으로 가서 항서降書를 받아오게 할 것이오. 대저 고니시小西行長와 가토加藤淸正는 제각기 생각이 다른 것 같소. 고니시의 애소哀

訴엔 진실이 있는 것 같은데 가토의 얘기는 딴판이오. 내 부하들이 기회를 보고 있다가 고니시는 죽이지 않을 것이지만 가토가 반항하면 당장 쳐서 없앨 작정이오. 이런 원려 없이 내가 왜장들의 말을 그냥 믿겠소?"

이때 홍원이 말했다.

"왜는 간사스럽고 교활하오. 지금 강화하겠다고 하지만 반드시 배신하고 말 것이오. 그때 대병大兵이 먼 곳에 있어 졸지에 대항할 수 없으면 어떻게 될 것이오? 지금 유 부장劉副將의 정병이 도착해 있지 않소. 빨리 개성까지라도 진군하는 것이 좋지 않겠소? 그러면 우리도 평양에 가서 정세를 판단하고 개성으로 파병하여 일을 성취시키겠소."

그러자 송응창은 좌우의 사람들을 물러가라고 하고 조용히 이렇게 말했다.

"지금 본국의 조정에선 오부五部, 육부六部, 양성兩省의 의견이 모두 왕사王師 원정하여 속국의 반을 복구했는데 병사들은 지치고 재물은 바닥이 났으니 오래 머물러 있으면 안 되니 철병하라는 것이오. 그러나 나는 누차 이런 제의에 반대해왔소. 황상皇上의 영을 받들어 조선의 안복安福을 기하고 있소. 조선이 의지하는 것은 오로지 천병天兵 · 明兵이오. 지금 사건을 마무리 짓지 않고 철병하면 전공前功을 모조리 포기하는 것으로 되오. 조선을 안복하겠다는 뜻은 어떻게 되는 것이오. 그래서 나는 본국에 청병청량請兵請糧하여 만전을 기하려 하고 있소. 이 모두 귀국을 위한 것이 아니오? 만일 내가 내 공명만을 위하고 귀국의 일에 등한하다면 지금 당장 병을 거느리고 돌아갈 수 있소.

그런데 한번 생각해보시오. 왜노가 간사하다는 것은 당신도 이

260

미 아는 일 아니오. 왜병 10만을 어떻게 다 죽일 수가 있겠소. 만일 20만 명을 이끌고 다시 당신 나라에 쳐들어오면 무슨 병마兵馬가 있기에 당신들은 이에 대항하겠소. 청병이 그때마다 올 수 있나요? 당신들을 구하고 싶은 마음이 있어도 그렇게 될 순 없을 거요. 우리 황상皇上께서 섬라暹羅와 유구琉球의 주사舟師 20만을 동원하여 왜의 본거를 찌르려고 하고 그 진지進止는 우리의 호령으로써 결정하게 돼 있소. 왜국은 이 사실을 알고 겁을 낸 나머지 퇴각하겠다는 청을 해왔소. 그들의 사정은 이렇게 급박한 것이오.

만일 걸퇴청공乞退請貢이 진실이 아니라면 단연 처치하겠소. 만일 그것이 진심이라면 봉군허공封君許貢해서 불가不可할 것이 어디에 있단 말이오. 이것도 천지복도天地復燾의 의義요, 왜중倭衆은 아직 중국의 국경을 범한 일이 없소. 그러니 영적이란 명분을 걸고 토벌할 순 없소. 흥사진지興師進止엔 도리가 있는 법이오. 왜병이 부산, 한성, 개성, 평양에서 물러난다고 해도 우리는 장병을 그냥 머물게 하며 조선의 방수에 힘쓰고, 귀국의 자진自振을 기다려 다신 걱정이 없다는 자신을 가지게 될 때 철군하겠소.

나는 이처럼 당신 나라를 생각하고 있소. 광부鑛夫 수십 인을 국왕에게 마련해주어 그들이 산출한 금은으로써 군심軍心을 얻는 자資로 하시오. 세자世子는 아직 연소하니 학문에 힘써 주공周孔의 책을 읽혀 후일 치국治國의 책策을 마련하는 데 도움이 되도록 하시오. 임금은 원수元首이며, 공보公輔는 복심腹心이며, 서료庶僚는 수족이오. 각기 면려勉勵하시오."

다시 송별연의 자리로 돌아간다. 이항복은 깊은 한숨을 쉬었다. "불원 무슨 형태로건 강화가 되겠지만 그 후의 문제가 더욱 복잡

할 것이다. 지난 난리는 그럭저럭 견디어냈지만 앞으로 닥칠 난리
가 걱정이다."

허균이 그 분위기에 빨려 들어갔다.

"병은 이미 고황膏肓에 든 것이 아니겠습니까?"

허균의 말이 이렇게 나오자 이항복의 눈이 반짝했다.

"그래서?"

허균의 말을 기다렸다.

순간 심우영이 상 밑으로 손을 뻗어 허균의 허벅다리를 꼬집었
다. 허균이 정신을 차린 모양이었다.

"명의名醫를 모셔야지요. 병엔 명의가 제일이고 정사엔 현명한 재
상이 제일 아니겠습니까?"

"병이 고황에 들었으면 명의도 소용없다는 얘기가 아닌가."

이항복은 허균의 대답이 없자 허리춤에서 얼마간의 돈 꾸러미를
꺼내 허균 앞에 놓았다.

"이걸로 노자에 보태어 조심하며 한성으로 돌아가라. 내일부턴
무척 바빠질 것이니 하직인사를 받을 겨를이 없을 걸세."

이항복은 어릴 때 신동이란 소문이 높았고 커선 그 총명함이 더
욱 빛나게 된 사람인 만큼 사람을 보는 눈도 매서웠다.

허균과 많은 얘기를 하는 도중 허균이 기재奇才임을 인정했으나
그 기재라고 하는 것이 이항복에겐 달갑지 않았다. 덕德이 따르지
못할 때 재는 기교奇嬌하게 나타난다. 그러니 기재는 재승박덕才勝薄
德으로 불리는 경우도 생긴다.

이항복은 친구의 동생이기도 한 허균의 재능이 기재보다도 대재

大才로 자랐으면 하는 마음을 갖기도 했던 것인데, 허균이 고황이란 말을 쓰는 바람에, 찬물을 끼얹힌 기분으로 되었다.

허물어져가는 나라를 어떻게 하든 일으켜 세우려고 애쓰는 이항복의 귀엔 허균의 그 '병은 이미 고황에 들지 않았을까' 한 말이 독침毒針처럼 느껴진 것이다.

이항복은 그들을 돌려보내고 침실로 돌아와 묵연히 책상 앞에 앉아 생각에 잠겼다.

'임종에 있는 환자 앞에서 그런 말을 할 수가 있을까? 누란의 위기에 있는 나라를 두고 선비가 그런 말을 할 수 있을까?'

이항복이 '그래서?' 하고 따졌을 때 허균이 명의名醫를 들먹였지만 그것이 본심이 아니란 것을 이항복은 귀신같이 간파하고 있었다.

'그렇다면 허균의 본심은 어디에 있었던 것인가. 본심을 털어놓았다면 무슨 말을 했을 것인가?'

이항복은 젊었을 때 문사랑問事郎으로서 취조한 적이 있는 정여립鄭汝立을 문득 상기했다.

그러나 아직 등과하지도 않은 애송이를 상대로 문제를 일으킬 것도 없었다. 일으킬 만한 사건도 아니었다. 설혹 문제가 된다고 해도 그것을 문제로 삼을 이항복의 성격도 아니었다.

다만 왠지 쓸쓸했다.

그만한 재사才士를 불가근불가원 해야 할 것이라고 생각하니 마음이 침울해지지 않을 수 없었다.

음력 21일의 달이 어슴푸레 길을 비추었다.

인적이 없는 들길로 나서자 심우영이 낮은 소리로 속삭였다.

"앞으로 단보가 오성(항복의 호)의 덕을 보긴 틀렸다."

"왜요?"

허균이 반문했다.

"병이 고황에 들었다고 했을 때 그 다음에 무슨 말을 할 작정이었나?"

"차제에 나라의 기틀 자체를 고쳐버려야 하지 않겠느냐고 할 참이었지요. 그런데 처삼촌이 꼬집지 않았소? 과격한 말을 해가지고 나이 많은 사람 놀라게 할까 봐 그만두었지요."

"그래도 오성은 눈치를 챘어. 단보의 가슴에 무슨 생각이 꿈틀거리고 있는가를."

"알았으면 또 어때요."

"알아봐야 별일은 없겠지만 단보가 앞날을 여는 데 도움은 되지 않을 거야."

"오성 없이 못 해나가나요?"

"그럴 리야 없겠지만 충군위국忠君爲國의 원형 같은 사람에겐 그 정도의 말도 충격이 된다네."

"그러나저러나 그 대감은 대단한 사람이오. 과거가 보기 싫으면 빨리 보아버리란 말 같은 건 예사 사람이 할 수 있는 말이 아니거든요."

"그뿐인가, 무현금無絃琴과 무주無酒를 갖다 맞추는 덴 놀랬다."

"아무튼 홑으로 볼 사람은 아닌 것 같으오."

"그러니까 단보는 오늘밤 큰 실수를 한 거여. 총명하기가 제1인

264

자로 꼽히는 사람에게 본심을 들켰으니 말이다."

"걱정 없소. 영리한 사람은 영리한 사람을 알아주게 돼 있으니까."

"단보는 참으로 말조심해야 하겠다."

허균이 영유를 떠난 것은 4월 22일의 새벽이다. 새벽길을 걷고 낮에 쉬자는 것이 그들의 작정이었다.

영유에서 10리쯤 걸었을 때 일대一隊의 병정이 허균과 심우영을 추월했다. 동이 틀락 말락 한 시간이었지만 그 병사를 인솔해가는 사람이 허균 옆에 와서, "허공이 아니오?"라고 했다. 보니 진만석이었다.

"진공, 어디로 가시오?"

"평양으로 갑니다.

명나라에서 우리 상감에게 보낸 선물이 도착했다고 해요. 그 선물의 이송을 탈 없이 하기 위해 경비하러 가는 거요. 그런데 학사들은 어딜 가오?"

"우리도 평양으로 가오."

"그럼 동행합시다."

"우리는 도저히 당신들 걸음에 따를 수 없소. 앞에 가시오."

"평양에 가서 만날 곳이나 정합시다."

허균은 먼젓번 묵었던 술집을 대주었다. 진만석의 일행은 순식간에 시야에서 사라졌다.

"역시 병兵과 인人은 다르군."

심우영이 혀를 끌끌 찼다.

"상감을 호위하는 병사들이니까 그만큼 우수하겠지요."

했지만 허균은 그들이 부러웠다. 적어도 저만한 체력은 있어야 하는 것이다.

서양갑의 생각이 났다. 박응서 생각도 났다. 도대체 놈들은 어디로 갔느냔 말이다.

"한성으로 돌아가면 서양갑을 만날 수 있겠소?"

허균이 물었다.

"나도 그걸 생각하고 있었어."

심우영의 대답이었다.

"이번에 평양 가면 한성으로 떠나기 전 평양기생을 안아야겠다."

허균은 중얼거렸다.

"본병이 슬금슬금 도져?"

심우영이 웃었다.

〈조선왕조실록〉을 초록하면 이무렵 한성에선—

사시巳時 명제독 이여송李如松 한성에 들어 소공주택小公主宅=南別宮에 관館하다. 해질 무렵 도체찰사都體察使 유성룡柳成龍, 도원수 김명원과 더불어 입성했다.

성중의 유민 백에 1, 2인도 없고 남아있는 자들은 모두 기아 피곤한 몰골이다. 이때 일기는 찌는 듯 더웠고, 인마의 시체가 즐비하여 그 썩는 냄새가 성중에 가득했다.

성내의 백골이 퇴적되어 공사간의 여사旅舍는 모두 회진와력灰塵

266

瓦礫이 있을 뿐이다. 다만 숭인문에서 동쪽 남산을 끼고 있는 일대는 왜군이 주둔했던 곳이라 집 같은 것이 얼마 남아 있었다.

유성룡 등 제관을 인솔하여 종묘의 허墟에서 통곡하고 이어 제독 이여송李如松의 거처를 찾아가 제장諸將을 예방하고 호곡하길 한동안. 이튿날 아침 제독의 문하에 이르러 밤사이의 안부를 묻고 아뢰었다.

"적이 이제야 퇴거했으니 멀리 가지 못했을 것이오. 원컨대 군대를 발하여 급추急追하소서."

여송如松이 말하길―

"나의 뜻도 그러하오. 그런데 급추하지 않은 이유는 한강에 배가 없기 때문이오."

유성룡이 "노야老耶(어른)께서 적을 추격할 뜻이 있으면 내가 한강으로 나가 배를 준비하겠소" 하자 여송은 "좋다"고 했다.

유성룡 등이 강상으로 달려가 선박을 구했다. 때마침 경기 우감사 성영成泳, 수사 이빈이 이미 대소의 선박을 이끌고 한강으로 왔다. 그 수가 약 80척.

유성룡이 사람을 이여송에게 보내 선박의 준비가 되었다고 알렸다. 이윽고 부장副將 이여백李如栢이 1만여의 병사를 통솔하고 강상으로 나왔다. 군사가 반쯤 건넜을 때 해가 저물기 시작했다. 그러자 여백이 돌연 발이 아프다고 하여 성중으로 돌아가 족질足疾을 치료한 연후 행동하겠다고 했다. 그리곤 가마를 타고 돌아가 버렸다. 이미 한강 남쪽으로 건너간 군사들도 도로 건너와 성안으로 들어가 버렸다.

유성룡이, 여송은 적을 겁내어 추격할 의사는 없으면서 만사謾辭로써 우리를 농락했을 뿐이란 내용을 적어 행재소에 치보馳報했다. …

　　말하자면 세상이 이렇게 돌아가고 있는데 허균은 평양기생을 안을 생각을 하고 있었던 것이다. 그러나 허균이 평양에 들어가 진만석으로부터 다음과 같은 얘기를 듣자 정신 바짝 차리고, "나도 조선의 백성인데"하고 뉘우쳤다.

　　진만석의 얘기는 비참하기 짝이 없었다. 이여송이 평양성을 공격할 때 조선인민을 붙들어 와서 삭발참수削髮斬首하곤 왜병의 머리라고 속여 그의 공을 부풀려 보고했다는 것이다.

　　적의 수급首級을 장수의 공로로 평가하는 버릇은 언제부터 생겨난 일일까. 일본도 중국도 조선도 이 관행은 마찬가지였던 모양으로 임진왜란은 한편 목 베기 경쟁이었다.

　　조선인의 목을 베어 왜병의 목이라고 속인 일은 이여송의 군대 말고도 가끔 있었던 일이다. 일본도 이에 질세라 조선의 양민을 붙들기만 하면 목을 쳐서 전과戰果로써 계산했다.

　　나중엔 어찌나 많은 목이 집결되었는지 이를 일본으로 수송하려면 특별한 수송수단이 있어야만 되게 되었다. 그래서 고안된 것이 코를 베거나 귀를 베거나 하는 방법이었다. 왜병은 조선인의 코와 귀를 베어선 소금에 절여 가마니에 넣었다.

　　소금에 절인 귀와 코를 끄집어내어 헤아려 그 수가 많은 부대에겐 특별한 상여금도 있었다고 한다. 여담이지만 일본 교토 대덕사

大德寺로 가보라. 그 앞엔 조그마한 동산을 방불케 하는 이른바 이 총耳塚이 있다. 임진壬辰·정유丁酉의 난에 왜병에게 잘린 조선인의 귀와 코가 묻혀있는 곳이다. …

이러한 상황 속에서 허균이 아니라도 생각하지 않을 수 없게 된 다. 허균은 이런 얘기를 듣고 그 비분한 마음을 수편의 시문으로 남 기려 했으나 도저히 가능하질 않았다. 그래서 깨달았다.

悲事成詩 慘事不詩 비사성시 참사불시
(슬픈 일은 시가 될 수 있으나 참담한 일은 시가 될 수 없다.)

허균은 또한 이하李賀의 '二十心已朽'이십심이후라는 심정에 공감할 수도 있었다.

너무나 허망하고 참담한 일을 겪어오는 동안에 허균 자신의 마음 도 황량할 대로 황폐한 것이다. 이윽고 한양길을 천천히 걸어 내려 오며 허균과 심우영 사이에 이런 문답이 있었다.

"천하에 정正이 있을까요?"

허균이 설문設問하면,

"정자正字 자체가 감일획減一劃 해야만 바르게 되지 않겠는가. 정 은 문자 속에도 없다."

이 말은 바를 정자가 바른 것으로 되려면 正로 되어야 하는데 '一' 한 획이 더 붙는 바람에 바르지 못하게 되었다는 뜻이다.

"천하에 의義는 있을까요?"

"의義란 내我가 양羊 껍질을 쓰고 양羊의 행세를 하는 게 아닌가.

그렇다면 순한 양인 척하는 것이 사람인 나로서 남는 것만 못하다."

"군왕君王은 있어야 하는 것인가요?"

"약자결류弱者結類하여 만든 것이 군왕이다. 한갓 의제擬制에 불과하다. 군왕의 자리는 찬탈하기 위해 있다는 것은 강자強者의 논리이다."

"공자의 말에 있지 않소, 가탈삼군지수可奪三軍之帥라고. 삼군지수는 임금이 아니오?"

"공자에게도 울발鬱勃한 찬탈의 의시가 있었던지라 필부匹夫의 뜻을 높이는 척 해놓고 본심은 삼군의 수를 빼앗는 데 있었으니까."

"세상 사람은 그것도 모르고 공자를 그저 온양溫讓의 인, 충성의 귀감이라고 보았으니…."

"그러니까 부유腐儒가 아닌가."

"그렇다면 우리는 어떻게 살아야 할지. 인간이 추구하는 일에 쾌락 이상이 있겠소?"

"없지."

"소년의 쾌락이 있고 청춘의 쾌락이 있고, 장년의 쾌락이 있고, 노년의 쾌락이 있을 때?"

"그 골고루를 즐길 수밖에 없지 않는가."

"욕심대로 되겠소?"

"안 되어도 본전이 아닌가. 그러니 되건 안 되건 천하를 기도해보는 것이 어때?"

"수 년째의 숙원이 아니었소."

"크지는 않지만 그런대로 좋은 나라가 아닌가. 정사만 잘되면 낙토가 아닌가. 흉풍凶豊이 매년처럼 바뀐대도 비축이 있으면 걱정 없는 고장이 아닌가. 그런 나라를 부유와 무능한 군주 때문에 이 꼴로 만들었다면….”

“장부되는 자 어찌 가만히 있을쏜가.”

고양된 기분이 계속되다가도 심우영이 충고하길 잊지 않았다.

“단보, 오성의 그 말만은 옳았다. 과거를 보기 싫거든 빨리 과거를 보아라. 우리의 일은 그때가 시작이다. …”

평양에서의 나날이 기쁠 까닭이 없었다. 곤폐困弊한 백성들의 한숨이 서린 곳에 무슨 흥이 있었겠는가.

기생이라고 해서 찾아가보면 청병 왜병에게 유린된 걸레조각과 다를 바 없었고, 애써 밀주密酒를 구해놓고 보면 주기酒氣보다 수기水氣가 많은 황탁의 물일 뿐이다.

“내 언젠가 평양감사로 오겠지만 그때까지도 이런 꼴이라면 살맛 없겠다.”

익살을 부리는 허균을 데리고 심우영은 한양길을 떠났다.

떠나기에 앞서 일을 하나 꾸미기로 했다. 허균이 귀인貴人행세를 하고 심우영은 그 종노릇을 가장하자는 것이다. 백면의 학사學士 두 사람이라고 하면 어딜 가나 대접을 못 받을 것 같아 한 사람은 나는 새도 떨어뜨리는 세도가의 아들로 꾸미고 그 꾸밈을 철저하게 하기 위해 심우영이 종자從者가 된 것이다.

초여름의 햇빛에 풀과 나무는 싱싱한 성록盛綠이었지만 전란에 피폐한 민생은 그야말로 참담하다고 말할밖에 없다. 차츰 사람들이 모여들어 저녁나절이 되면 이 마을 저 마을에서 연기가 오르는 정경을 볼 수 있었지만 가까이 가보면 초근목피^{草根木皮}로 연명하는 가련한 민생들을 볼 뿐이다.

그런 마을에서 귀인이 어떻고 종자가 어떻고 할 겨를도 없었다. 같이 슬픈 인생을 한탄하는 수탄장^{愁嘆場}이 있었을 뿐이다.

금조^{金朝}의 말, 몽골군이 중국을 치고 들어왔을 때도 이러한 양상이었던가. 신원^{辛愿}의 〈난후〉^{亂後}라는 시가 허균의 뇌리에 떠올랐다.

"처삼촌."

허균이 심우영을 불렀다.

"하인을 보고 처삼촌이 뭔가?"

"농담은 필요할 때 합시다."

"그런데 뭔가?"

"지금 이 길을 걷고 있자니 절실하게 떠오르는 시가 있어요. 금조^{金朝}의 시인 신원^{辛愿}의 〈난후〉라는 것인데."

"신원이면 왕호문^{王好問}의 친구가 아닌가?"

"그럼 처삼촌도 〈난후〉를 읽었겠네요."

"그러나 기억에 없어."

"이렇게 된 겁니다."

兵去人齎日 花開雪齊天 병거인귀일 화개설제천

川原荒宿草 墟落動新煙 천원황숙초 허락동신연

困鼠鳴虛壁 飢烏啄廢田 곤서명허벽 기오탁폐전

似聞人語亂 縣吏己催錢 사문인어란 현리기최전

"기가 막히는군."

심우영이 조용히 풀이했다. 신원의 시 한 구절 한 구절을 우리말로 가슴에 새겨 넣는 그런 기분으로서다.

"병정들은 물러가고 백성들이 돌아오는 날 꽃이 피고 하늘에 눈은 개었는데, 천원엔 숙초가 헝클어져 폐허마냥 된 마을에 연기가 움직인다. 곤해빠진 쥐는 아무것도 없는 벽을 쥐어뜯으며 울고 굶주린 까마귀가 폐전을 쪼는 것이 사람들의 흐트러진 말소리 같구나. 그런데 아아, 벌써 세리稅吏가 들이닥쳐 돈을 내라고 재촉한다."

"어쩌면 5백 년 전의 그때와 지금이 이처럼 같을 수가 있소."

"생사生死는 만고동萬古同이요, 전재戰災는 영세동永世同이 아닌가."

그러나 두 청년이 주변의 기아에 초연할 수 있었던 것은 허균의 고안考案으로 된 비황식량備荒食糧이 영유에 머물고 있을 동안엔 손댈 필요가 없어 아직 얼마쯤 남아 있었기 때문이다.

3일을 걸어 황주와 사리원의 중간지점에 왔을 때이다. 긴 여름해도 어느덧 서산 위에 걸렸는데 근처엔 인가라곤 없었다.

또 노숙을 해야 할까 하고 있는데 서쪽 동산 언저리에 연기가 오르고 있었다. 그곳에 가보기로 했다. 솔밭 사이에 조그마한 암자가 있었다. 심우영이 산문山門으로 들어가서 하룻밤 신세를 지겠다고 했다. 그러자 늙은 보살이 나타났다.

"오늘 밤은 재가 있으니 외인을 들여 놓지 못하오."

"무슨 재를 올리기에 외인을 금한다고 하시오?"

심우영이 항의했다.

"내력 있는 집안의 중대한 재가 돼서 외인은 엄금이오."

보살의 태도는 싸늘했다.

"만인을 제도해야 할 절에서 한 사람을 위해 황혼축객黃昏逐客이라니 그게 될 말이기나 하오?"

심우영이 시비조가 되었다.

"안 되면 안 되는 줄 아시오."

보살은 어디론가 사라져버렸다.

"물은 저기 있겠다."

허균은 샘을 가리키며 비황식량을 꺼내놓았다.

"일단 요기라도 합시다."

"분명히 연기 오르는 것을 봤으니 기어이 밥을 얻어먹고야 말겠다."

고 투덜대며 심우영이 이곳저곳을 기웃거렸다.

산문 반대쪽에 부엌이 있었다. 그곳에서 서넛 아낙네가 음식 준비를 하고 있었다. 정진요리精進料理일 것인데도 구수한 기름 냄새가 코를 찔렀다.

"부처님보다 허기진 사람 살리는 게 더 급한 일 아뇨? 먹을 것 좀 주시오."

심우영이 얼굴을 부엌에 디밀고 말했지만 여자들은 내외를 한답시고 거들떠보지도 않았다. 그래도 추근거리고 있으니 보살이 6척 장신의 남승男僧을 데리고 나타났다.

274

"물러가시오."

남승이 우렁찬 소릴 냈다.

"나는 귀한 댁 도련님을 모시고 서울로 돌아가는 사람이오. 나는 괜찮소만 그 도련님을 괄시했다간 이 절이 무사하지 못할 것이오."

심우영이 은근히 협박했다. 그러나 남승은 호통을 쳤다.

"우리는 그 무서운 난리를 겪은 사람이오. 이 절이 무사하고 무사하지 않고는 뒷날 일이오. 오늘은 당신들을 상관하기 싫소. 빨리 물러가시오."

"나는 이왕 상놈이니까 좋다고 합시다. 내가 모시고 있는 양반집 도련님이 있는데 괄시하실 거요?"

심우영이 이렇게 말하자 남승은 팔을 뻗어 심우영을 달랑 들어 올리곤 뜨락에 팽개쳐버렸다.

"이놈, 중놈이 감히."

심우영이 악을 썼다.

그 소리를 듣고 허균이 달려갔다.

심우영은 땅바닥에서 일어나지 못하고 있었고 남승은 그런 심우영을 노려보고 있었다. 심우영이 동작을 취하기만 하면 당장 요절을 낼 참으로 있는 그런 눈치였다. 허균은 우람한 남승의 체격을 보고 심우영과 둘이 같이 덤벼도 승산이 없을 것 같았다. 허균은 그 자리를 피하는 듯 어슬렁어슬렁 걸어 나와 몽둥이 같은 게 없나 하고 물색했다. 허균은 서양갑으로부터 몽둥이 쓰는 기술을 익혀놓고 있었다. 몽둥이 쓰는 데 약간의 자신이 있었다.

마침 산문 쪽에 장작더미가 있었다. 길이, 두께가 알맞은 장작

하나를 골라 뒤춤에 숨기곤 허균이 남승 옆으로 갔다. 그때까지도 심우영은 일어나지 못하고 있었다.

"부처님께 귀의한 자가 이런 행패를 할 수 있소?"

허균이 남승의 골통을 뒤에서 호되게 쳤다. 그런데도 남승은 끄떡도 안 하고 돌아서더니 다시 치켜든 몽둥이를 날쌔게 잡았다. 이때 봉술자棒術者의 요령은 붙들린 대로 상대방의 힘을 이용하여 상대방이 이끄는 대로 힘을 보태주면 된다. 허균은 그 요령을 살려 상대방의 명치에 심한 타격을 가했다. 6척 장신의 남승이 그 자리에서 거꾸러졌다.

명치와 불알은 남자의 2대 급소이다. 자기가 당기는 힘과 허균의 힘이 보태져 명치를 쳤으니 천하장사라도 배겨낼 길이 없다. 허균은 가슴팍을 부둥켜안고 쭉 뻗은 채 신음하는 남승을 향해 물었다.

"한 방 더 먹여야 내 직성이 풀릴 것 같은데 가슴을 한 번 더 쳐주랴? 아니면 불알을 치랴?"

그러자 남승은 또 뜻밖에도 호통이었다.

"사문을 이 꼴로 만들었으니 너는 무간지옥으로 떨어진다. 나를 빨리 일으켜 세워라."

"이자가 무서운 게 없군."

허균이 누워 있는 남승의 어깻죽지를 맹렬하게 쳤다.

"아아, 사람 죽인다."

남승이 고함을 질렀다. 고함소리에 아까 그 보살이 뛰어나왔다.

"이 무엄한 사람들!"

보살이 흥분했다.

"손찌검을 먼저 한 건 이 사람이오."

비실비실 일어나 앉은 심우영이 한 소리다.

보살은 남승을 부축해 일으켜 앉혔지만 남승은 "아무래도 어깨뼈가 상한 것 같다"며 그 이상 운신을 하지 못했다.

"아, 이 일을 어떻게 하면 좋으냐."

보살이 펄쩍펄쩍 뛰었다.

"불제자를 이런 꼴로 만들고 당신들 앞날이 편할 것 같수?"

그 이상의 악담이 나오려는 것을 보살은 간신히 참는 모양이었다.

"아무리 힘이 세기로서니 사람을 어찌 땅바닥에 그처럼 내동댕이칠 수 있느냐."

허리뼈를 어루만지며 심우영이 얼굴을 찌푸렸다.

"나도 부처님의 가르침을 소중히 하고 많은 절을 돌아다니며 많은 스님을 만나보기도 했습니다만 이 절처럼 매정스러운 절은 처음이고, 행패를 부리는 승려도 이 절에서 처음 보았소. 나는 이 절엔 불도佛道도 불심佛心도 없는 것으로 알고 이다음 내가 평안감사로 올 때 엄히 다스리겠소."

허균이 심우영을 부축하여 절을 떠날 차비를 했다.

그때 주위가 어둑어둑 했다.

산문을 나오려는데 "거기 머무시오" 하는 노인의 소리가 들렸다. 뒤돌아보니 어둠 속에서 완연한 흰 수염의 노장이 다가오고 있었다.

"아까는 젊은 놈이 무례를 범한 것 같소. 내가 대신 사과하오."

"노장이 사과할 것까지야 없지 않습니까."

허균이 한 말이었다.

"아니오. 내 있는 곳에서 봉변을 당했으니까 내가 사과해야죠."

"내가 봉변을 주기도 했으니 피장파장이 아닙니까."

"젊은 나리의 행동은 정당했소. 자기의 종자가 맞는 것을 보고 가만있을 수 없지."

"그러나저러나 우리는 지금부터 잘 곳을 찾아야 하니 이만 가겠소."

"잘 곳은 내가 마련해드리지. 자, 안으로 드십시다."

노장이 앞장을 섰다.

노장의 거처는 암자의 다른 건물보다 약간 높은 데 있었다.

창 한쪽은 모기장으로 되어 있었다. 방엔 훈향이 흐르고 있었다. 쌍촛대에 밝혀진 방 안의 조도는 전연 불가의 그것이 아니었다. 주의 깊게 보니 엷은 사포紗布로 된 노장의 도포나 세모꼴 검은 두건도 불교의 양식과는 거리가 멀었다.

잠깐 바깥으로 나가더니 노장은 네 사람의 여자에게 큼직한 요리상을 들려서 나타났다. 요리상을 방 한가운데 놓아두고 여자들은 소리 없이 사라졌다. 모두들 30세 안팎의 윤이 흐를 듯한 몸매를 하고 있는 걸 허균은 보았다. 심우영은 상처가 심했던 모양으로 여자 같은 건 안중에도 없다는 표정이었고 요리상의 음식에만 정신이 팔린 듯했다.

"술은 어떤지?"

노장이 은으로 된 주전자를 들었다. 소갈비찜이 김을 무럭무럭 내고 있는 것을 아울러 보며 허균이

"이렇게 고마울 수가…."

잔을 내밀었다. 호박색 액체가 방준芳樽한 향기를 뿜었다.

"송순주란 것이오."

허균의 잔과 심우영의 잔을 채웠다.

술은 혓바닥을 녹이고 목으로 구슬처럼 굴렀다. 갈비 한 쪽을 씹고 물었다.

"난리 통에 이런 절간에 이처럼 풍성한 진미가 있을 줄은 꿈에도 몰랐소이다."

허균의 속임 없는 놀람이었다.

"오해 마시오. 이곳은 절간이 아니고 길선도吉仙道의 도장이오."

"길선도란 뭡니까."

"무無에서 유有를 만들고 고苦에서 낙樂을 만드는 도술이오. 천하가 궁핍하다고 해도 내 고리庫裡는 풍성하오. 그런 도술이기에 길선도라고 이름한 것이오."

"그 극의極意를 알고 싶소이다."

"극의는 차차 알기로 하고 우선 술을 마시고 배를 채우슈."

노인은 연거푸 술을 따랐다.

"아아, 이제 겨우 생색이 나는군."

심우영이 정신이 돌아온 듯 왕성한 식욕을 발휘했다.

"상전 옆에 있는 것도 뭣한데 종자의 그 말버릇이 뭔가."

노인이 심우영을 나무랐다.

"사실은 그게 아니고 필요한 경우가 있을까 하여 꾸민 겁니다."

허균이 얼른 변명했다.

"내 그런 줄 알았지" 했지만 노인의 얼굴에 불쾌한 빛은 없었다.

"우리 통성명이나 하지요."

허균과 심우영이 각각 이름을 들먹였다.

"나는 길선도인吉仙道人이오."

"그런데 왜 영감님은 자시지 않고 우리들에게만 권하십니까."

"도인이 속인들처럼 먹는 줄 아는가?"

노인이 웃었다.

"먹지 않고 어떻게."

"속인들처럼 안 먹는달 뿐이지 먹기는 먹지. 안개와 이슬, 가끔 솔잎과 산삼을 먹지."

"이런 음식은 전연 입에 대지 않습니까?"

"한 달에 한 번쯤은 속인의 법을 따르지."

노인은 아무렇지 않게 말했다.

요리상에 가득했던 음식도 젊은 두 사람의 식욕 앞엔 아무것도 아니었다. 먹고 나니 졸음이 왔다.

"자, 젊은 선비들은 푹 주무십시오. 3경쯤엔 깨울 테니 그 요량 하고 자리에 드시우."

송순주에 무슨 조작이 있었던지 허균과 심우영은 깊은 잠 속으로 빠져 들었다. 꿈도 꾸질 않았다.

그런데도 용하게 3경쯤에 잠이 깼다. 노장이 깨운 탓도 있었지만 그 직전에 깨어 있었던 것이다. 전신의 피로가 말쑥이 풀린 것도 이상한 일이다.

"저 샘에 가서 목욕재계沐浴齋戒하고 와요."

하는 명령이 있었다.

만천의 별을 보며 냉수로 목욕하는 것도 다시없는 기쁨이었다. 육근六根이 청정해진 기분으로 방으로 돌아오자 노인은 새 옷 두 벌을 내놓으며 갈아입으라고 했다. 무조건 노인의 명령에 따를밖에 없었다.

"오늘 밤과 내일 밤 이곳에서 큰 재를 올리게 되어 있었소. 그런데 허 학사가 몽둥이를 휘둘러 재꾼을 때려 눕혔소. 오른쪽 쇄골이 부서져 지금 열을 내고 누워 있소. 부득이 허 학사와 심 학사가 그 재꾼의 몫을 해주어야 하겠소."

"어떻게 하면?"

"그걸 말할 필요는 없소. 남자로서 최고의 정성만 다하면 되는 일이니까."

노인은 두 청년을 이끌고 암자 뒤로 돌아가더니 방문을 각각 가리키며 그 방으로 들어가라고 했다. 허균에게 지정된 방은 오른쪽이었다.

"아무것도 묻지 말고, 말하지 말고 치성을 드렸다가 세 번째 닭이 울면 나와야 한다."

노인 어른의 주의사항이었다.

허균과 심우영이 각각 방으로 들어갔다. 방은 캄캄했다. 어둠에 익숙하려고 해보아도 소용이 없었다. 그 밤이 그믐날 밤 이쪽저쪽이란 것을 깨달았다.

손으로 더듬을 수밖에 없었다. 홑이불이 손에 닿아 홑이불 밑으로 손을 넣으니 여자의 알몸이 있었다. 약간 땀에 젖은 듯한 여체의 감촉이 와락 허균의 정염에 불을 붙였다.

볼록한 동산은 젖가슴이고, 경사를 타고 내려온 잘록한 부분은 허리일 것이었고 약간 두툼한 숲이 방초처럼 느껴지는 곳은 옥구玉丘라고 하는 것일까.

죽은 듯 숨 쉬지 않던 여체에 숨소리가 새어나오기 시작했다. 허균이 잠깐 옥천玉泉을 건드려 보았다. 맥맥한 옥수가 넘칠 듯했다.

이런 비상한 보기寶器를 앞에 하면 겸손할 줄도 신중할 줄도 아는 것이 허균의 매너이다. 허균은 옥천을 중심으로 언저리를 어루만지며 마음속에서 헤아렸다.

'일정一靜 이정二靜 삼정三靜 사정四靜….'

백일정百一靜에 이르러 동動하려고 하고 있는데 이웃 방 심우영은 벌써 작동을 시작한 모양으로 두터운 벽일 것인데도 음성淫聲과 교성嬌聲이 엇갈리더니 여자는 이윽고 허희歔欷의 곡조를 뽑아내고 있었다.

문정聞情, 즉 듣는 정도 과히 나쁘지 않다고 되뇌며 허균은 숨을 죽였다. 그는 심우영의 작동이 끝나고 난 즉시 작동을 개시할 작정이었다.

그런데 와락 여자의 팔이 뻗어오더니 허균의 목을 감았다. 여자의 가쁜 숨이 파열 직전에 있는 것 같았다. '오십정'五十靜까지 헤아리다 말고 드디어 옥천을 찾아들었다.

그 황홀감! 허균은 손으론 여자의 젖가슴과 어깨를 어루만지고 몸과 마음은 여자의 깊은 곳에 묻었다.

일진일퇴一進一退 우경우희又驚又喜하는 것은 여자만이 아니고 허균 자신도 그러했다. 돌연 여체가 꿈틀하더니 요요嫋嫋한 소리가 가야금의 음계를 기어올라 '악' 하는 소리와 함께 여자는 실신했다. 그 순간 허균도 남정을 억제할 수 없었다. 전신이 폭발했다.

그러나 그 일합一合으로 끝날 까닭이 없다. 2, 3각을 안고 안기고 그대로 있으니 다시 여체는 살아나고 허균의 남자도 생동하기 시작했다. 진미는 이 제2합第二合에 있었다. 정상 직전에서 다시 하강하고, 그리고 또 상승을 시작하는데 그 진퇴와 상하에 모든 기술을 다했다. 그 제2합이 얼마만큼 계속되었는지 모른다.

여자는 이윽고 "죽여 달라"고 애원하기 시작했다.

불어不語 불문不問의 명령을 깨달은 허균은 그저 섬세하고 정답게 작동하고 있었는데 여자는 이번에도 사내의 목을 틀어 안으며 실신하고 말았다.

그래도 허균은 남은 힘을 자신할 수가 있었다. 여체 또한 불사不死의 정염이다. 얼마지 않아 실신에서 깨어난 여체는 더욱 심한 탈담상을 나타내기 시작했다. 벌떡 상체를 일으켜 상위上位가 되더니 허균의 가슴 이곳저곳을 애교愛咬하기 시작했다.

허균은 세 번째 닭이 울도록까지 기어이 버틸 작정을 했다. 여자는 머리맡에서 반지 같은 것을 꺼내 허균에게 쥐어 주고 세 번째의 닭이 울기 시작한 순간 완전히 실신하고 말았다.

옷을 챙겨 입고 바깥으로 나왔다.

새벽의 명성이 동쪽 하늘에 있었다. 허균은 새삼스럽게 하늘을 보고 주위를 둘러보는 기분으로 있었다.

'환락극혜歡樂極兮 애정다愛情多란 심정은 정녕 이러할진저….'

그는 인생의 허무를 느꼈다.

살며시 이웃 방을 두드렸더니 심우영이 나타났다. 눈을 부비고 있는 것을 보면 그는 얼마간 잠이 들었던 모양이다.

노인의 거처로 돌아갔다.

방주인은 없고 촛불만 밝게 켜 있는데 조그만 주안상이 있었다. 술이라고 본 것은 술이 아니고 인삼즙이었다. 그것으로 능히 갈증을 모면할 수 있었다. 두 사람은 다시 잠에 빠져들었다.

두 사람이 잠을 깨었을 때엔 벌써 어둠이 깔려 있었다. 새벽인가 했더니 그게 아니고 벌써 황혼이었다. 긴긴 여름 해를 잠으로써 지워버린 것이다.

그날의 저녁상도 거창했다. 왕성한 식욕으로 마시고 먹었다.

노인의 말이 있었다.

"젊은 나리들! 오늘 하룻밤만 시선施善하시오. 이것도 인과응보요. 그놈을 앓아눕도록 때리지만 않았어도 이런 고행이 없었을 것 아니오."

"고행이 뭡니까. 내 생애 처음 있어 본 환락이었는데요."

허균의 말이 이렇게 나오자.

"그렇다면 다행이지만."

하고 노인은 웃었다.

"어떤 여자들입니까?"

"그건 묻지 마시오. 그저 사과부四寡婦라고만 알아 두어도 좋고 사음녀四淫女라고 알아 두어도 좋소. 길선도의 신도이오. 나는 저런 신도들 덕분으로 무에서 유를 만드는 술책을 부릴 수가 있소. 나는 원래 황해도 월정사의 중이었는데 신심信心보다도 음심淫心이 강하다는 것을 깨닫고 길선도를 개척하게 된 것이오. 이 암자의 부처는 환희불歡喜佛이오. 중국 장안의 낙선사에서 얻어온 것이오."

"혹세무민하는 사교라고는 생각하지 않으시오?"

심우영의 질문이었다.

노인은 빙그레 웃었다.

"따지고 보면 남도여창男盜女娼이오. 남자는 도둑놈, 여자는 창녀, 부처님은 선남선녀라고 하시지만 나의 길선도에선 남도여창이 인생관이고 세간관世間觀이오."

"그건 도인의 억지소리 같은데요."

심우영이 따지고 들었다. 허균은 노인의 태도에 이해할 수 있는 무언가가 있다고 믿고 잠자코 자기 생각만을 반추하고 있었다.

"도를 통한다는 것은 억지소리를 해갖고 억지를 통한다는 것이오. 억지 없이 도가 통합니까? 말하자면 부처님의 가르침도 억지요. 그런데 젊은 선비들, 남도여창으로써 성불成佛하는 길이 통합니다. 모든 길이 성불의 길이란 뜻도 있지만 남도여창은 뜻밖에도 인생의 진실 가까이에 있는 실상이오. 남도여창엔 두 가지 성불의 길이 있소. 하나는 죽는 그 순간까지 남도여창을 관철하여 인생의 전형을 만듦으로써 성불하는 길이고, 하나는 혈갈정진血竭精進하여 선남선녀로 돌아옴으로써 성불하는 길이오."

허균은 홀으로 볼 노인이 아니란 눈초리로 그를 보았다.

"오늘밤의 여인은 어젯밤의 여인과는 조금 다를 것이오만 이화以和 위중爲重, 이우위직以迂爲直의 방법을 쓰면 대과가 없을 것이오. 오늘의 재만 끝나면 내 두 학사에게 큰 선물을 하리라."

그날 밤도 3경쯤 되어 각각 지정한 방으로 갔다.

아닌 게 아니라 전날 밤의 여자들과는 달랐다. 허균은 얕은 경험이었지만 이 밤의 상대가 불감증이란 사실을 깨달았다. 다행히 그는 〈옥방비서〉玉房秘書란 책을 읽은 적이 있었다.

그러한 여자는 사전기事前技로써 정점 직전에까지 가야 하는데 그 사전기가 보통으로 어려운 것이 아닌 것이다.

이를테면 촉이불압觸而不壓, 손을 대긴 하되 억세게 눌러선 안 되는 것이고, 선이불경, 돌리기는 하되 딱딱하게 해선 안 된다는 것이며, 집중불산集中不散, 어느 한군데 쾌미점을 찾아 그 속에 정열을 집중하되 신체의 다른 부위로 자극이 흐트러지지 않게 해야 한다는 뜻이다.

또 한 가지 주의해야 할 것은 불감증이 있는 여자는 남자에게 그 약점을 탄로 나지 않기 위해서 양성佯聲을 지르고 양색佯色을 짓는다는 사실이다. 이 양성과 양색에 넘어가면 남자는 조필早畢하고 여자는 불필不畢로 끝난다는 것이 〈옥방비서〉에 적혀 있다.

상대가 불감증인 여자인 줄을 알면 접근을 삼가는 것이 남자의 지혜라고도 했다. 남자의 정력을 지나치게 소모하게 된다는 것이다.

허균은 의술자의 수련으로 대했다. 이편에선 흥분할 것이 없었으니 그 수련을 침착 냉정하게 작용할 수 있었다. 그런데 4경에 이르자 여자의 몸뚱이가 불덩어리처럼 되고 억제해도 터져 나오는 비명을 감당할 수 없게 되었다. 이윽고 작동을 개시한 허균은 얼마지 않아 여자의 몸을 완전히 녹여버리고 말았다. 결코 양성과 양색이 아니라는 것을 확인할 수 있었다.

286

일이 끝나자 여자는 베개에 얼굴을 묻고 울었다.

"내 사십 평생에 이런 일은 처음 있는 일이외다."

촉각만으로 안 것이지만 그 여체는 정교하기 이를 데 없었다. 어찌 그런 여체로써 불감증일 수 있었을까.

한편 심우영은 하룻밤을 뜬눈으로 새워 자기가 알고 있는 모든 수련을 다했는데도 끝끝내 여자의 관능을 만족시키지 못했다며 아쉬워했다.

이튿날 점심 때 허균과 심우영은 그 암자를 떠나게 되었는데 길선도인이라고 자칭하는 노인이 두 청년에게 은괴 한 개씩을 주었다. 백 냥쭝의 은괴였다. 그리고 허균에게만은 이런 말을 했다.

"허 학사에겐 절음節淫이 상약이오. 절음하면 당신은 백세의 수를 하리라."

"고마운 말씀입니다."

산문을 나서려는데 노인이 허균만을 또 불렀다.

"내 말하지 않으려고 했지만 어쩐지 정이 들어 한마디 묻겠소. 허 학사가 배우고자 하는 것이 무엇이오?"

허균이 솔직하지 않을 수 없었다.

"내가 배우고 싶은 것은 축지법과 둔갑술이오."

사실 이것이 허균의 소원이었다.

노인은 그 말을 엄숙하게 받아들였다.

"신선술을 배우겠다는 얘긴데, 이 나라는 축지법을 하기엔 너무나 좁고, 둔갑술을 하기에도 너무나 좁소. 산과 산으로 이어져 축지법이 소용없고, 골짜기가 많고 바위와 나무가 많아 둔갑하지 않아도 숨을 곳이 많소. 그래서 이 나라에선 축지법과 둔갑술이 필요치 않소. 꼭 필요하다면 피신술을 익히시오. 피신술은 3일 전의 일만 예측할 수 있으면 되는 일이오. 알았소? 3일 전. 그런데⋯."

"그런데 뭡니까?"

허균이 저만치서 기다리고 있는 심우영을 보며 물었다.

"내 말하리다. 허 학사는 왕상王相을 가졌소. 왕이 될 수 있는 상이란 말이오. 그런데 왕상처럼 흉상兇相이 없으니 이 나라에선 액사厄死할 상이오."

"그럼 어떻게 해야 됩니까?"

"나와 같이 있는 것이 상책이지만 생명을 늘리기 위해 미리부터 긴다는 것은 바람직하지 않고, 저 친구와 같은 사람들을 멀리하는 수밖에 없을 것 같소."

그 말이 떨어지기가 바쁘게 허균은 노인의 곁을 떠나 심우영의 옆으로 갔다.

암자에서 떨어진 곳에서 심우영이 물었다.

"노인이 무슨 말을 하든?"

"둔갑술을 배울 것이 아니라, 피신술을 배우라고 했소. 3일 앞만 내다볼 수 있으면 피신할 수 있다나?"

"그따위 말은 나라도 하겠다."

"아니오, 처삼촌. 의미심장한 말이오. 3일 앞을 내다보도록 수양을 해야지."

"그것 말곤?"

"별말 없었소. 축지법과 둔갑술이 우리나라엔 필요 없다는 말밖엔."

말없이 한참을 걷다가 그젯밤 새벽 실신하기 전 여자가 준 반지를 꺼내 보았다. 금반지인데 안으로 글자가 하나 새겨져 있었다.

자세히 보니 '건蹇'이란 글자였다.

"이게 뭐고?"

"글쎄….."

"주역의 효爻가 아닌가?"

"그럴지도 모르오."

"건蹇의 이利가 무엇이던가?"

심우영이 고개를 갸우뚱했다.

"서남西南 아니오. 건의 괘사는 서남에 이利가 있고 동북엔 이가 없다고 되어 있소."

"그럼 우리를 서남으로 가라고 권한 건가?"

"무슨 소릴 해요. 자면서 반지에 그런 글을 새기나?"

아무래도 수수께끼였다.

그 여자는 무슨 의미를 가지고 이 반지를 준 것일까. 가지고 있는 것이니까 기분 내키는 대로 준 것일까.

아무래도 함부로 준 것은 아닌 것 같았다.

허균이 주역 언저리를 죄다 외어보다가 다시 건蹇이란 글자로 돌아왔다.

괘사는 '서남에 이, 동북에 불리'가 틀림없었다. 그렇다면 지금 걷고 있는 이 길은 방향으로 봐서 불길한 것이 없는 것이다.

"오늘 밤은 사리원에서 자야지?"

심우영은 벌써 잘 걱정을 하고 있었다.

"해가 중천에 있는데 벌써 잘 걱정이오?"

하면서도 허균은 속으로 중얼거렸다.

"건!"

꼬박 사흘을 걸어 강음현江陰縣 천신산天神山 기슭에까지 왔다. 사
흘의 연속 보행은 허균과 심우영을 기진맥진하게 했다. 육체적인
피로에도 그 원인이 있었거니와 정신적인 타격이 보다 큰 원인이다.

자연은 성록盛綠으로 치장하고 있었지만 민생은 말이 아니었던
것이다. 집들은 황폐의 극을 이루고 사람들의 얼굴은 기색飢色으로
처량했다. 전란의 비애가 걸음마다 깔려있는데 허균에게 충격을
준 것은 이미 죽어있는 엄마의 젖을 빨고 있는 어린아이의 모습이
었다.

사리원을 떠난 이틀째 어느 마을에 들었는데 그 마을은 폐촌이나
다를 바 없었다. 길가의 마을이 돼서 특히 병정들의 노략질을 당했
던 모양으로 마을은 텅 비어 있었다. 사람의 그림자라도 보려고 이
집 저집을 뒤지고 있던 차에 덩그런 기와집에 들어섰다. 역시 사람
의 그림자는 보이지 않았지만 집의 규모와 꾸밈새로 보아 다른 집
보단 유복해 보였고 왠지 사람의 내음을 그 집에서 느낄 수가 있어
그날 밤을 묵을 작정을 한 것이다.

집안에 샘이 있는 것이 다행이었다. 샘가에서 얼굴의 땀을 씻고
허균과 심우영은 이곳저곳을 뒤지기 시작했는데 뒤쪽 구석방 앞에
서 인적기를 느꼈다. 방문을 열어 보았다. 젊은 여자가 누워 있었

다. 그 몸에 매달려 있는 어린애가 있었다. 헛기침을 했는데도 젊은 여자는 일어날 기미를 보이지 않았다. 하는 수 없이 허균이 방에 들어가 여자를 흔들어보고 나서 그제야 그 여자가 이미 시체가 되어 있음을 알았다. 죽은 지 얼마 되지 않았다는 추측은 해볼 수 있었지만 죽은 것은 죽은 것이다.

어린애는 죽은 어미의 젖꼭지를 빨고 있었다. 생후 5, 6개월쯤 되었을까. 앙상하게 여윈 어린애는 어미를 닮아 있었다. 허균이 얼른 시체에서 아이를 떼어내자 어린애는 울음소리도 아닌 울음소리를 터뜨렸다. 신음하는 것 같은, 재채기를 하는 것 같은 기묘한 소리였다.

"어떻게 아이를 살릴 수 없을까?"

엉겁결에 허균이 한 말이다.

심우영이 어린애를 들여다보더니 뚜벅 말해다.

"어림도 없다. 지금 죽어가지 않는가."

아닌 게 아니라 어린애는 물에 던져진 물고기마냥 입을 벌렸다 닫았다 하며 숨을 몰아쉬고 있었다. 그것도 순간, 어린애는 허균의 품안에서 숨을 거두었다.

이렇게 애절한 비통이 다시 있을까. 전쟁 통에 갖가지 비참을 보아왔지만 허균은 이때처럼 인생의 허망을 깨달은 적은 없다. 그럴 때 부처님의 '일체개공'一切皆空이란 사상은 크나큰 구원이었다. 일체개공이 아니면 그 모자의 참상을 새기기는 불가능했던 것이다. 허균이 불도佛道에 대한 신심信心을 진지하게 가꾸게 된 동기는 이때에 있었다.

"어떻게 하겠소, 이 시체를."

허균이 중얼거렸다.

"그대로 내버려두지 별수가 있겠나."

심우영의 대답이었다.

달리 도리가 없었다. 그 시체를 묻어 주려면 다음다음으로 문제가 있었다. 노천이 아니고 방 안에서 죽은 것이 다행이라면 다행이었다. 모녀의 시체를 나란히 눕히곤 방문을 닫았다. 그러나 그래놓고 훌쩍 떠나기엔 허균의 심정은 너무나 애절했다. 괴나리봇짐에서 지필묵을 꺼내 다음과 같이 써서 문밖의 기둥에 붙였다.

모정母情을 다하지 못하고 간 젊은 어미와 모정을 알지 못하고 간 어린애의, 두 인생의 유해가 이 방중에 있느니라. 그러나 그 혼백 아직 유해를 떠나지 못하고 방중에 있으리니 사람과 때를 얻어 정중히 장사할지니라. 행여의 나그네 우연히 어린애의 임종에 접하여 낙루落淚 한량없었으나 달리 도리 없으므로 애통의 뜻을 이렇게 적는다. 삼가 피안에 있어서의 구원한 명복을 비노라!

심우영이 허균이 하는 짓을 보고 있더니 한마디 했다.

"정이 많은 것도 탈이다. 그 많은 정을 지니고 각박한 인생의 바다를 어떻게 건널 건고."

사건은 그 이튿날 밤에 있었다.

천신산 부근에서 머물 만한 곳을 찾는데 난데없이 십수 명의 장정들에게 포위당했다.

"보아하니 양반의 자식들 같은데, 어디에서 어디로 가는고?"

두목으로 보이는 자가 물었다.

"우리는 평양에서 한양으로 가는 나그네다. 왜 길을 방해하는가."

심우영이 대꾸했다.

"평양에선 무엇을 했으며 한양엔 뭣하러 가는가."

"피란차 평양에 갔다가 한양의 집으로 돌아가는 참이다."

"보아하니 임금에게 아첨하러 몽진길에 따라간 놈들이로구나."

두목은 침을 탁 뱉으며 졸개들에게 호령했다.

"이놈들을 꽁꽁 묶어 산채로 돌아가자."

허균과 심우영은 순식간에 꽁꽁 묶였다. 묶는 솜씨가 꽤나 익숙했다.

"묶는 솜씨는 탄복할 만하다만 왜 묶이는지 알 수가 없구나."

허균이 한마디 했다.

"곧 알게 될 거여."

졸개가 한 소리다.

묶인 채 험준한 산길을 오른다는 건 적잖이 고통이었다. 희미하게 신월新月이 있긴 해도 나무뿌리 돌부리를 가늠할 수가 없어 몇 번을 넘어질 뻔했다.

그러나 졸개들이 저마다 짐을 지고 있는 것이 궁금해서 물었다.

"지고 있는 것이 무엇인가?"

"먹을 거다."

그 말을 듣고는 힘이 났다. 사실은 그것을 알고 싶어 물은 것이다. 허균은 생명의 문제는 둘째로 두고 우선 배가 고파 견딜 수 없었다. 끌려가서 이대로 굶게 되면 어떻게 하나. 그것이 걱정이었다. 이 생각은 또한 설혹 죽은 일이 있더라도 실컷 배불리 먹어나 보았으면 하는 심정과 비슷하다. 허균과 심우영은 요 며칠 동안 산채에 보릿가루를 섞어 쪄서 말린 이른바 비황식료備荒食料 외엔 먹어보지 못했던 것이다.

두세 개 움막을 지어놓은 데까지 갔다. 졸개가 다시 근처의 나무에 결박 지으려고 하자 허균이 말했다.

"이토록 묶어 놓고 또 나무에 결박할 것 뭐 있는가. 도망을 치라고 해도 이대로는 달아나지도 못하겠다. 배가 고파서도 안 되겠다. 우선 물이라도 한 바가지 주구려."

화적질은 해도 마음의 뿌리는 유순한 모양으로 나무에 묶으려다가 말고 두 바가지의 물을 떠와 허균과 심우영에게 각각 한 바가지씩 안겼다.

물을 마시고 나니 각박한 심정에선 멀어질 수 있었다. 나무에 몸을 기댄 채 화적들이 바삐 움직이는 꼴을 구경하는 마음이 되었다. 그들은 밥을 지으려고 분주했다. 보리와 조를 한꺼번에 삶으면 어떠냐고 한 놈이 물으니 따로따로 삶으라고 외치는 소리가 있고, 그먼 길을 걸어갔는데도 쌀 한 톨 얻지 못한 게 분하다고도 했다.

"쌀밥 얻어먹긴 틀렸구나."

허균이 나직이 말했다.

"보리 조밥이라도 우리에게 줄 줄 알구?"

심우영은 낙망한 소리를 냈다.

이윽고 식사가 시작되었는데 그들은 허균과 심우영을 돌아보지도 않았다.

허균이 고함을 질렀다.

"무슨 인심이 이러냐. 여기에 사람이 있다는 걸 모르냐?"

"곧 죽어야 할 놈이 무슨 고함인가?"

"죽을 때까진 살아 있는 게 사람이다. 살아 있는 사람을 두고 너희만 먹어? 산중인심이 그래 갖곤 어디다 써먹겠는가."

허균의 고함은 비통한 절규에 가까웠다.

"보리 한 톨, 조 한 알이라도 죽을 놈에게 줄 것은 없다. 우린 목숨 걸고 군량軍糧을 털어왔다. 그런 걸 어떻게 네놈들에게 주어?"

"흠, 화적의 인심조차도 아니구나. 금수만도 못한 무리들이군."

"금수다. 우리는 금수다. 잘 알았구나. 너희들은 무엇 때문에 여기까지 붙들려 왔는지 짐작도 못하지?"

하고 껄껄 웃는 소리가 있었다. 그 웃는 소리가 흉측스러웠다. 허균은 더 이상 고함을 지를 생각이 나지 않았다. 무엇보다도 근력이 없었다.

화적들끼리 수군대는 말이 있었다.

"굶어죽은 고기는 맛이 없다는데."

"굶어죽기 전에 처치할 테니까."

"소나 돼지도 죽을 때까지 먹이를 주어야 한다며?"

그러더니 보리밥 덩어리 두 개를 들고 졸개가 나타났다. 그것을 받아 얼른 깨물었다.

"인심을 쓸 바에야 소금도 좀 주지."

"소금 이름을 알고 있는 것 보니 큰 놈들이로구나."

그래도 그 졸개는 반 숟갈쯤의 소금을 보리밥 덩어리에 뿌려 주었다.

한 덩어리의 보리밥이 눈물이 나도록 맛이 있었다. 과연 식자위대食資爲大라는 것을 뼈저리게 느꼈다.

먹고 나더니 화적들은 잠에 떨어졌다. 그것도 그럴 것이었다. 얼마를 걸었는지 몰라도 군량을 털어왔다니까 원행했을 것이었다. 원행한 뒤에 배불리 먹었으니 잠도 올 것이었다. 허균과 심우영도 가물가물 졸기 시작했다. 파수를 보던 놈도 저만치 나무에 기대 코를 골았다.

허균이 혼신의 힘을 다해 잠을 쫓으려고 했다. 심우영을 발로 쿡쿡 찔렀다.

"이자들은 우리를 잡아먹을 작정이오."

"나도 그런 짐작이 들어."

"그렇다면 가만있을 수 없잖소."

알았다는 듯 심우영이 고개를 끄덕끄덕했다.

"자아."

나지막하게 말하고 일어서려는데 파수꾼이 먼저 일어나 앞을 막아섰다.

"너희들 도망가려고? 어림없지."

하더니 허리에 차고 있던 새끼동아줄을 풀어 허균과 심우영을 나무에 묶어버리고 말았다.

절체절명이라고 단념했다. 그럴 바에야 잠이나 잘 수밖에. 허균과 심우영은 깊은 잠에 빠져들었다.

흔들어 깨우는 바람에 허균이 눈을 떴다. 총총한 별이 두상에 있었다. 북두성을 보고 4경을 넘었다는 짐작이 들었다.

허균과 심우영을 나무에 묶어놓은 채 화적들이 둘러섰다.

졸개 하나가 나타나더니 엄지손가락만 한 육포를 허균과 심우영의 입에 쑤셔 넣곤 씹어 먹으라고 했다.

계피를 섞어 개고기를 쪄서 말린 것 같다는 의식이 들 즈음에 두목의 말이 있었다.

"인육人肉의 맛을 보지도 못하고 인육이 된다는 것은 너무나 측은한 일이라서 이 세상을 하직하는 마당에 그 진미를 맛보게 했다. 잘 씹어서 삼켜라. 동물은 각각 제 맛을 가졌거니와 고기 맛 가운데선 인육이 최귀最貴하고 가장 미미美味이니라."

허균은 씹고 있던 육포를 탁 뱉었다. 그리고 소리쳤다.

"극악무도는 인육을 먹는 짓이다. 무릇 모든 죄는 경우에 따라 용서를 받을 수가 있지만 인육을 먹은 자는 무한지옥하고도 초열지옥焦熱地獄에 떨어진다. 너희들도 명심하여라! 인육을 먹어선 안 된다."

두목이 낄낄거리며 말했다.

"우리는 덮어놓고 인육을 먹는 것이 아니다. 물론 배고플 때가 한두 번이 아니었지만 그래서 인육을 먹는 것은 아니다. 우리는 양반의 고기만을 먹는다. 놈들은 우리들 서민을 무수히 잡아먹었기 때문이다. 씹어 삼켜먹는 것만이 잡아먹는 것이 아니란 사실은 너희들이 더 잘 알고 있을 것이다. 우리는 양반에게 보갚음을 하기 위해

모였다. 우리의 욕심으론 이 나라의 양반 전부를 먹어 치웠으면 싶다. 양반을 없애버리면 그만큼 먹을 것이 남는다. 양반을 없애버리면 우리가 이 나라의 주인이 될 수 있다. 우리는 양반을 잡아먹음으로써 일석삼조를 노린다. 양반을 없애 우리의 천하를 만드는 것이 기일其一, 양반의 고기를 먹어 미미를 맛보는 것이 기이其二, 그렇게 해서 무고히 죽어간 서민들의 원한을 풀어주는 것이 기삼其三, 알았느냐?"

"양반을 잡아먹겠다는 덴 나도 찬성이다. 나처럼 양반에게 시달림을 받은 사람도 없을 것이니까. 나를 풀어주오. 나도 당신들의 편이다."

심우영이 번쩍 고개를 쳐들고 말했다.

"그럼 너는 뭐냐."

두목이 물었다.

"나는 옆에 있는 도련님 시중을 드는 종이다."

"그게 틀림없나?"

두목이 허균에게 물었다.

"그렇다."

허균이 수긍했다.

"시중을 들어야 할 도련님과 같이 죽을 생각은 없는가?"

두목이 심우영에게 물었다.

"여태껏 수모를 받아온 것도 분한데 무엇 때문에 같이 죽을 것인가."

심우영이 대어들듯 말했다.

그러자 두목이 빙그레 웃으며 허균에게 물었다.

　"나라의 법으론 종은 양반에게 귀속되어 있는 것 아닌가. 나는 네게서 너의 종을 빼앗기 싫다. 너는 너 혼자 죽길 원하는가, 종과 같이 죽길 원하는가?"

　"나라의 법이 여기서 무슨 소용이 있는가. 너희들이 양반만을 잡아먹기로 했다면 너희들 법대로 할 일이다. 양반 아닌 사람을 죽일 까닭이 없잖은가. 나는 양반 아닌 자와 같이 죽긴 싫다."

　허균이 분연한 투로 말했다.

　"그럼 약속하지. 너를 죽여 포를 뜨고 난 연후에 저놈을 방송하리라."

　"그건 안 된다. 내가 살아 있는 눈앞에서 저 종을 방송하라. 그렇지 않으면 나는 죽을 수가 없다."

　"죽고 안 죽고는 우리 손에 달린 것이거늘 네 마음대로 할 수가 있단 말인가?"

　"있다. 고래로 사이불사死而不死란 말이 있다. 나는 너희들의 주장이 갸륵하므로 죽어주려는 것이다."

　"갸륵하다는 뜻이 뭔가."

　"나는 양반이지만 양반의 행패를 옳지 못하다고 생각하는 사람이다. 이 나라가 어지러운 것은 양반 때문이다. 금번의 난리도 양반의 잘못으로 일어난 것이다. 양반이 득세하고 있는 이상 이 나라는 사람 살 곳이 못된다. 나는 그걸 잘 알고 있다. 그러니 양반을 잡아먹겠다는 너희들의 주장이 갸륵하다는 것이다. 그러나 그 집념이 어디까지 지탱되느냐가 걱정이다. 양반 몇 놈 잡지 못하고 너희들이 법망에 걸린다면 너무나 억울한 일 아닌가. 너희들에게 붙들려 죽은 양반만이 원통한 지경이 되고. 그렇게 될까봐 나는 나의 죽음이 아까울 뿐 나라의 양반 전부를 때려잡을 수 있다면야 나는 기꺼이 죽을 수가 있다."

"사람이 오래 살고 있으니 별놈 다 보겠군. 양반 죽이는 게 좋다는 말을 양반 입에서 듣다니. 해뜨기 전에 이자를 처리하라."

두목이 졸개들에게 일렀다.

몇 놈의 졸개가 움막 옆 개울에 숫돌을 꺼내놓고 칼을 갈기 시작했다. 돌연 삼엄한 공기가 감돌았다. 두목은 움막 속으로 들어가려다 말고 졸개 하나를 부르더니,

"피를 모조리 빼어버리도록 각별히 조심하라. 먼젓번 고기는 매웠다. 피를 말쑥이 빼지 않은 탓이다. 인육은 맛이 있지만 인혈人血엔 독이 있어, 알았나?"

이때 허균이 소리를 높여 불렀다.

"내 종놈은 풀어줘야 할 게 아니냐."

두목이 돌아서서 허균 가까이에 왔다.

"풀어주겠다고 약속했으면 풀어준다. 그러나 모두들과 의논한 후에 풀어준다. 서툰 소리 지르지 마. 참, 잊을 뻔했군. 양반의 이름이나 알아두자."

"나는 허균이다. 경상감사 허엽의 아들이며 이조참의 허성, 창원부사 허봉의 동생이다. 양반의 관록으로선 부족함이 없을 것이다."

"귀한 고기를 먹게 되었군."

두목이 고개를 끄덕끄덕 했다.

파수꾼만 근처에 남고 주변이 조용해졌다. 개울가에서 열심히 칼을 가는 소리만이 들려왔다.

북두성이 완전히 기울었다. 허균은 꿈을 꾸고 있는 느낌이었다. 조금도 현실감이 나질 않았다.

"단보."

심우영이 나직하게 불렀다.

"말씀 하슈."

"쉬잇, 그게 어디 종에게 하는 말투인가."

"나 죽고 혼자 살면 신이 나겠수다."

"무슨 말. 어떻게든 무슨 변을 만들어야지."

"알고 있소. 잠자코 기다려요."

허균은 파수꾼이 귀를 기울이고 있는 것을 보고 대화를 한문투로 말했다. 그것은 다음과 같은 내용이었다.

"기회를 보아 당신이 강하게 주장하라. 나를 죽이는 것은 좋다. 그러나 나의 고기를 먹어선 안 된다. 나는 어릴 적에 고질에 걸려 매일 조금씩 비상이 섞인 약을 먹어왔다. 그런 까닭에 비상이 내 고기에 절어있다. 만일 내 고기를 일단 먹었다 하면 즉시 중독이 되어 죽는다. 그러니 나를 죽이는 것은 좋지만 먹어선 안 된다."

"오지여설吾知汝說."

심우영이 고개를 끄덕였다.

갈아 시퍼렇게 된 칼을 들고 졸개들이 모여들었다. 나무에 묶어 놓은 결박을 풀었다. 그때 심우영이 입을 열었다.

"여보쇼들. 이 양반을 죽이는 건 상관하지 않겠소. 이곳에선 양반이 죽어야 하는 것이니까. 그러나 이 양반의 고기를 먹을 생각은 마시오. 이 사람은 어릴 때부터 간질병에 걸려 줄곧 약을 복용했는데 그 약은 비상이 섞인 약이오. 그러니 이 사람의 살엔 비상이 절어들어 있을 것이오. 만일 한 점이라도 그것을 먹으면 이 양반을 죽이는 건 백번 천번 잘하는 일이오만 이자의 고기를 먹어선 안 되오. 나를 살려주려는 호의에 보답하는 뜻으로 하는 말이오."

"이 양반을 살려주고 싶어 꾸민 얘기가 아녀?"

"천만부당한 소리. 이 양반을 죽이는 건 좋다고 하지 않았는가. 나는 이 양반이 죽는 것을 바랐으면 바랐지 살려주고 싶은 생각은 없느니."

그리곤 심우영이 얼른 말하길,

"저 양반의 호주머니를 들춰 보슈. 거긴 저 양반이 항시 복용하는 약이 있을 것이오. 그걸 꺼내 씹어보면 당장에 알 일인걸."

졸개 하나가 허균의 바지에 달린 호주머니를 뒤졌다. 돌덩이처럼 굳은 비황식료가 나왔다.

"그게 바로 저자가 먹는 약이오. 나도 같은 병인지라 내 호주머니에도 그 약이 있소."

"이 여문 것을 어떻게 씹어."

"씹는 것이 아니라 물로 삼키는 것이오. 그러나 한번 핥아나 보시오. 비상 내음이 있을 테니까."

산채와 보릿가루를 이겨서 말린 비황식료를 핥으면 쓴 맛이 나고 살큼 곰팡이 냄새가 난다. 그 냄새를 비상 내음으로 우겼다.

그것을 핥아본 졸개는 얼굴을 찌푸리곤 움막 쪽으로 갔다. 두목에게 의논하기 위해서였다.

약간의 시간이 걸렸다.

"먹지도 못할 사람을 죽여서 뭣할 거냐"는 말이 있음직도 했고, "그러나저러나 죽여 없애라"는 명령도 있을 법도 했다. 죽여 아무런 보람도 없는 살생을 할 까닭이 없다는 추측도 해봄 직했다.

아무튼 숨 막히는 시간이었다.

졸개가 움막으로부터 나오더니 "한숨 자고 두령이 작정한다니까 우리도 가서 눈을 붙이자"고 했다.

졸개들은 시퍼런 칼을 이리 뒤집고 저리 뒤집고 하더니 움막 속으로 들어가 버렸다. 파수꾼의 교대가 있었다.

어느덧 별빛이 희미해졌다. 먼동이 트기 시작했다.

"생야生也 사야死也."

허균이 긴 한숨을 내쉬었다.

"휴념休念 휴념, 궁즉변窮卽變이고 변즉통變卽通이니라."

심우영의 말은 떨렸다.

동이 트자 움막 근처가 갑자기 소연해졌다. 아침밥을 짓는 놈, 움막을 허는 놈, 짐을 꾸리는 놈.

"어쩔 참인가?"

허균이 파수꾼에게 물었다.

"이곳을 떠날 작정인가 보다. 이 산엔 오래 머물러 있을 수가 없어. 행길이 가까운 데다가 후미진 곳이 없으니까."

이런 말을 주고받는데 졸개 하나가 나타나서 심우영의 옆에 섰다.

"저 사람의 고기엔 분명 비상이 섞여 있을까?"

"어릴 때부터 비상이 든 약을 먹었으니까 그럴밖에."

"꼭 그렇다면 저 사람을 잡아야겠어. 그 고기로 배신하는 놈들을 처치해야겠어."

졸개가 다시 어딘가를 가더니 칼을 든 사나이들을 데리고 나왔다.

"만사휴의萬事休矣."

허균이 신음했다.

졸개 하나가 허균의 발목을 묶고 나무에 묶은 결박을 풀었다. 허균이 풀밭에 뒹굴었다.

그때 두목이 나타났다.

"너희들 간질병을 가지고 있는 게 확실한가?"

대답을 하지 못했다.

"간질병이 확실한가?"

두목이 거듭 물었다.

"확실하다."

심우영이 대답했다.

그러자 두목이 칼을 들고 있는 졸개들을 둘러보며 말했다.

"이자들을 우리 손으로 죽일 필요가 없다. 비상이 섞였대서 그 고기를 먹었다고 당장 죽을 거란 증거도 없지만, 만일 고기를 먹으면 간질병에 걸릴 것은 확실하다. 미친개 고기를 먹으면 미친병에 걸리듯. 이 자들을 내버려두고 떠나자."

그 말이 끝나자 모두들 서둘기 시작했다. 이윽고 십수 명의 화적들은 능선을 향해 출발했다. 아마 구월산으로 갈 것이라고 짐작했다. 잠깐 후 그들은 온 데 간 데 없어졌다.

허균은 다리까지 묶인 채 풀밭에 뒹굴고 있고, 심우영은 나무에 묶인 채로 있었다. 손을 쓰자니 손은 묶였고 발을 쓰자니 발은 꼼짝도 할 수 없었다.

"검사劍死는 면했지만 고사枯死할 지경이 되었구먼."

허균이 하늘을 향해 허허하게 웃었다.

"익살도 살고 난 연후의 익살이다. 저기 있는 바위까지 굴러가서 동아줄을 끊도록 해보게."

심우영이 한 소리다.

허균이 바위 있는 쪽으로 굴러가서 매듭을 바위에 대고 부비기 시작했다. 까딱도 하지 않았다. 부자유한 몸을 움직이려니 곧 지치게 되었다.

"차라리 까마귀의 밥이 되는 편이 낫지."

허균이 중얼거렸다.

"마봉위침磨鋒爲針이란 말이 있잖은가."

심우영이 격려했다.

그러나 결박이 하도 단단해서 쉽사리 끊어질 것 같지 않았다. 지칠 대로 지친 허균이 깜박 잠이 들었다. 잠이 들었다기보다 혼수상태가 된 것이다.

심우영이 고함을 지르기 시작했다.

"사람 살려 주어."

외치다가 심우영도 혼수상태에 빠졌다.

그들이 제 정신을 차렸을 땐 하늘에 별이 있었다. 허기가 온몸을 휩쓸었다. 물 한 방울 먹지 않고 긴긴 하루를 지냈으니 갈증으로 목이 타는 것 같았다. 개울이 가까이에 있다는 것을 짐작한 허균이 그 방향으로 굴러갔다. 과연 개울이 있었다. 개처럼 엎드려 실컷 물을 마셨다.

"내게도 물 좀 마시게 해 달라."

심우영이 애원했지만 그게 가능할 일이 아니었다.

"처삼촌은 종놈에 빙자하여 혼자 살려고 하더니만, 이젠 처삼촌이 먼저 죽게 되었구랴."

허균이 익살을 부렸다.

"그게 무슨 소린가 단보! 나는 그렇게라도 하여 변기變機를 만들 셈이었네."

심우영이 애절하게 말했다.

"내가 괜한 소릴 했소."

허균이 얼른 위로의 말을 했다.

밤이 깊어갈수록 허기증은 심해만 갔다.

심심산곡에 사람이 올 까닭도 없고 그야말로 절대적인 궁지에 몰린 것이다.

부엉새 소리가 났다. 산의 적막이 에워쌌다.

그 적막을 깨뜨리기가 겁이 나 말도 못할 지경이 되었다.

화적에게 잡혀 하마터면 인육이 될 뻔한 위기에서 벗어나고 나니 아사餓死의 위험이 닥친 것이다.

허균은 자라온 기왕을 회고했다. 아버지에게 귀염을 받던 시절, 장안의 술집을 휩쓸던 시절, 춘추곡에서 지내던 시절, 강릉에서 영유까지 가는 길에 겪었던 일, 길선도인을 만나 음탕한 이틀 밤을 지냈던 일, 가족들 생각, 친구들 생각….

문득 허균은 자기는 이미 이승을 떠나 저승에서 지옥도地獄道를 걷고 있는 것이 아닌가 환각을 가지게 되었다. 지옥이다. 지옥이 아닐 까닭이 없다. 이하李賀도 27세에 죽었거니 25세의 나이에 죽어도 서러울 것이 없다는 마음을 먹어보려도 해도 소용이 없었다.

'천상천하天上天下 유아독존唯我獨尊이 무슨 꼴인가!

시방세계十方世界의 신령이여, 우리를 도우소서, 부처님 우리를 도우소서, 나무아미타불 관세음보살.'

심우영은 죽었는지 혼절했는지 그저 조용했다. 허균은 가물가물하는 의식을 버티며 관세음보살 나무아미타불을 쉴 새 없이 염했다.

긴 밤이 새었다. 허균이 다시 개울가로 뒹굴어 가서 물을 마셨다. 물을 마셨기 때문에 의식이 선명하게 돌아왔다.

심우영은 고개를 꺾듯이 아래로 하고 미동도 하지 않았다.

"처삼촌."

서너 번을 불렀을 때 심우영이 겨우 고개를 쳐들고, "으음." 했을 뿐 다시 고개를 가슴팍에 처박고 말았다.

다시 지겨운 하루가 시작되었다.

허균은 뒹굴면서 똥과 오줌을 쌌다. 똥오줌에 범벅이 된 모충毛蟲, 허균은 자기를 그렇게 짐작하면서도 쉴 새 없이 염했다.

"나무아미타불 관세음보살."

며칠이 되었는지 몰랐다. 희미한 의식의 저편에 주변을 날고 있는 까마귀 떼가 있었다.

"처삼촌, 까마귀들이 우리를 먹이로 본 모양이오." 할 작정이었지만 말이 되진 않았다. 심우영은 완전히 의식을 잃은 모양으로 미동도 하지 않게 되었다.

산채를 캐러온 마을의 아낙네들이 기별해서 사나이들이 올라왔다. 들것에 실려 마을까지 올 수 있었던 허균과 심우영이 정신을 차리고 꼽아보니 산속에 있었던 날짜가 보름을 넘어 있었다.

마을 사람들은 친절했다. 부족한 식량사정인데도 두 사람들에게 대한 간호는 극진했다. 겨우 생명을 보전한 허균은 강음현 회산마을을 제2의 탄생지로 꼽았다.

마을 아낙네들의 말로는 허균이 꽁꽁 묶여 분뇨 속에 뒹굴어 의식을 잃고 있으면서도 입술은 계속 움직이고 있었는데 가까이에 귀를 대어보니 "나무아미타불 관세음보살"로 들리더라는 것이다.

허균은 자기가 소생하게 된 것은 부처님의 영력이 회산마을의 아낙네들을 그곳으로 데려온 것이라고 믿고 더욱 불도에 정진하게 되었다.

허균과 심우영이 회산마을을 떠나 한양을 향해 발정하게 된 것은 그로부터 열흘 후이다. 허균이 그곳에 머무는 공안, 회산마을 사람들에게 비황식료의 비법을 가르쳤다. 그것이 '회산떡'의 유래라고 하는데 고증할 방도는 없다. 강음현은 지금 이북 땅이다.

6월 초순의 어느 날, 해가 질 무렵 허균과 심우영이 동대문으로 들어섰다.

"헛허" 하고 허균이 서버렸다.

"으음."

심우영은 신음하는 소릴 냈다.

일망무진의 와륵의 더미, 그 저편에 남대문이 우뚝했다. 와륵의 더미 사이사이로 앙상한 잡초, 그것이 석양에 비껴 황량한 기분을 더했다.

허균과 심우영은 일순 더위를 잊었다. 대궐을 비롯한 대하고루大廈高樓는 그들이 떠날 때 이미 소실되어 있었지만, 한성의 파괴가 이처럼 처참할 줄은 상상도 못했던 일이었던 것이다.

자세히 보니, 이곳저곳에 움막 같은 것이 보였다. 쓰러지다 겨우 남은 두세 개 기둥을 의지하여 짚 또는 기와를 덮은 것인데 그 자체가 와륵의 더미나 다를 바 없었다. 그 움막들로 인해 참담한 느낌이 더욱 짙었다.

행인들의 모습은 해골이 넝마를 두른 형상이고, 표정이란 없고 눈빛은 상처받은 동물의 그것이었다. 말을 걸어보았으나 시원한 대답이 없었다. 입안에서 혀를 굴리는 묘한 소리를 낼 뿐이다.

말을 듣기도 하기도 싫다는 꼬락서니다.

허균의 집이 있는 숭인방은 동대문에서 가깝다. 우선 그리로 가 보았다. 집은 흔적도 없고 부서진 기왓장만이 남았다.

"어떻게 된 걸까. 기둥쯤은 남아 있어야 할 건데."

허균이 어이없어 하며 중얼거렸다.

"쓸 만한 기둥은 죄다 빼간 것이어. 단보 집 재목들은 썩 좋았으니."

심우영이 한 말이다.

"그래도 나무 조각 몇 개쯤은…."

허균이 상을 찌푸렸다. 그런 거나 있으면 움막을 만들 수도 있었을 것인데 하는 아쉬움이었다.

"아따, 그까짓 나무 조각 있으나마나. 그런 건 죄다 땔감으로 훔쳐갔을 거여. 지난겨울이 얼마나 추웠나?"

심우영이 자기 집으로 가보자고 했다.

진장방鎭長坊에 있는 심우영의 집은 3분의 2쯤은 뜯겨 없어지고 3분의 1쯤은 기운 채 남아 있었는데, 방 두 칸엔 사람들이 살고 있는 흔적이 있었다. 부엌엔 솥이 걸려 있었고, 방엔 헌옷 나부랭이가 있었다.

사람이 살고 있는 까닭으로 집이 그 모양으로나마 남아 있는 것이라고 짐작할 수 있었다.

이곳저곳 뒤져보았으나 양식이 될 만한 것은 없었다. 맹렬한 허기증을 느꼈지만 어떻게 할 수가 없었다. 밥 빌어먹기 위해선 이곳저곳 헤매보아야 하는 것인데, 피로가 일시에 엄습하여 꼼짝도 하기 싫었다. 다행히 부엌에 물이 있기에 한 사발씩 들이켜고 두 사람은 마루에 걸터앉아 폐허의 낙조를 보았다.

허균이 조용히 시를 읊었다.

"참담하여라. 용과 뱀이 날로 싸워 죄 없는 백성들을 죄다 죽이려고 하는구나. 고원에서 홍수가 나선 산하의 모습을 바꿔버리고 전지에서 불어오는 바람 때문에 초목엔 피비린내가 난다. 한스럽구나. 정위의 새가 되어 바다라도 메워버렸으면 싶고 포서처럼 진나라의 조정에 가서 울고도 싶지만 이제 눈물조차 말랐다. 병주에 어떤 호걸이 있을까. 정경으로 치고 내려온 한신과 같은 장군이 전국을 기적처럼 바꿔 놓을 수는 없을까. "

"이런 처지에 시를 읊을 흥이 있어?"

심우영이 혀를 찼다.

"이런 처지니까 시라도 읊어야지요. "

허균이 하늘을 올려다보았다. 어느덧 해가 지고 하늘엔 초승달이 걸렸다.

허균이 또 다시 시 한 수를 즉흥으로 읊었다.

"낙일 청산하니 한 조각 수심이 인다. 동쪽 하늘의 신월은 조각배를 닮았구나. 만일 진정한 평화를 얻을 수만 있다면 때때로 북악산에 올라 한양을 내려다볼 것을. "

발자국 소리가 있었다.

달빛으로 허균과 심우영이 앉아있는 것을 보았던 모양으로

"거기 누구요?" 하는 소리가 다가왔다.

세 사람이 가까이 와서 섰다.

"나는 이 집 주인 심우영이오. "

"오오라. 그렇지. 여긴 심씨 집이었지. 우선 불부터 켜야 하겠다. "

한 사람이 안으로 들어가 부시를 쳐서 등불을 켰다.

"무주가無主家에 무단으로 들어와 살고 있으니 미안하오. " 하는 것을 보면 체면은 있는 사람들이었다.

등불 아래서 수인사가 있었다.

고문호, 고진호 형제에다 다른 하나는 신명석이라고 했다. 기왕 셋집에 살았는데 그 집이 불에 타서 갈 곳이 없어 이 집이 비어 있길래 와서 사노라고 변명을 했다.

"당신들 때문에 이 정도라도 집이 남아 있게 되었으니 감사할 사람은 나요."

심우영이 점잖게 나왔다.

"아닌 게 아니라 우리들 때문에 기둥뿌리 몇 개쯤은 온전할 수가 있었소."라고 한 것은 고문호라는 사람이었다.

"그건 그렇고 우린 배가 고파 죽을 지경이오."

허균이 한 말이다.

"양식을 조금 구해왔소."

하며 고진호가 부엌으로 들어갔다.

"참, 한 달 전엔가 어떤 사람이 와서 이 집 주인이 오거든 건네주라는 쪽지를 남기고 갔는데…."

그 사이 신명석이란 자가 방구석을 찾더니 종이쪽지를 꺼냈다.

그 쪽지는 서양갑이 쓴 것이었다.

見比書片 速來駱山下徐家 徐羊甲

(이 쪽지를 보거든 빨리 낙산 밑에 있는 서가집으로 오라. 서양갑)

"서양갑이 살아 있었구나."

허균이 환호에 가까운 소릴 했다.

"그놈이 어디 쉽사리 죽을 놈인가?"

심우영도 반가운 듯 말했다.

소금으로 보리밥을 먹고 허균이 "배를 채운 김에 양갑일 찾아갑시다"고 했다.

"어두운데 길을 제대로 찾겠소. 날이 밝거든 가십시오."

고문호가 만류했다.

"그것도 그래. 제대로 집들이 있으면 찾아갈 수 있겠지만 온통 폐허이니 집 찾기가 어려울 거라."

심우영의 말도 있고 해서 그날 밤은 그 집에서 묵기로 했다.

고문호, 고진호, 신명석은 입담이 좋은 사람들이었다. 전쟁 전엔 종로의 육전에서 장사하던 사람들이었다.

"세상이 이 꼴로 되고 보니 장사가 될 까닭도 없고 매일처럼 이곳저곳을 헤매 입에 풀칠할 곡식을 구하는 게 일인데…."

신명석이 말을 더듬는 것으로 보아 구걸 반, 도둑질 반으로 연명하고 있는 것을 알 수 있었다.

"왜놈이 있을 때도 서울에 있었느냐?"

허균이 물었다.

왜놈이 성안에 있었을 땐 그들은 송추로 피란했다고 했다. 가족들은 아직도 송추에 있다는 얘기이다. 그들의 말에 의하면, 서울이 이처럼 파괴된 것은 왜놈들의 소위所爲도 있었지만, 조선인 불량배들의 소위가 더 심했기 때문이라고 한다. 숨겨놓은 재물을 찾기 위해서 고의로 불을 질러놓고 불량배들이 설쳐댔다는 것인데, 심지어는 조선인끼리 목을 베어갖곤 왜놈의 진영에 가서 한두 되 쌀을 바꿔 먹는 놈들이 있기도 했다는 것이다.

"사람을 잡아먹기도 했다는 얘기던데."

심우영이 이렇게 묻자 고진호가 대답했다.

"직접 보진 못했지만 그런 일이 있었던 것 같소. 그래서 우리들은 혼자 돌아다니지 못하고 세 사람이 붙어 다녀요. 당신들도 조심해야 할 거요. 배가 고프면 사람들은 짐승이 되니…."

"사람이란 필경 짐승이니까."

허균은 한숨을 내쉬었다.

얘기를 하다가 부득이 불을 꺼야만 했다. 모기가 심하게 덤벼들었기 때문이다.

"매일 밤 이렇소?"

허균이 물었다.

"오늘밤은 더욱 심한 것 같소. 주인이 돌아왔다고 환영하는개비어."

고진호의 말에 모두들 웃었다.

신명석이 나가더니 마른 풀, 푸른 풀을 뜯어 와서 방 안에 연기를 피웠다. 그리곤 헌옷을 한 차례 휘두르곤 방문을 닫았다.

"연기가 맵고 덥겠지만 모기놈들에게 뜯기는 것보다야 낫지 않겠느냐"는 신명석의 말이었다.

불을 끄고 연기를 방밖으로 내몰고 나서야 겨우 숨을 돌릴 수 있었다.

난리 통에 고생한 얘기는 끝 간 데를 몰랐지만, 허균과 심우영은 스르르 잠에 빠져들었다.

날이 새기가 바쁘게 허균과 심우영은 서양갑을 찾아갔다. 서양갑은 자기 집 뒤뜰이 낙산과 이어져 있는 것을 이용해 낙산에 깊은

314

토굴을 파놓고 거기서 살고 있었다. 박응서, 이경준, 김경손, 박치인, 그밖에 이름 모르는 사람도 섞여 있었다.

그런데 모두들 혈색이 좋고 피둥피둥 살이 쪄 있었다.

"너희 놈들은 사람을 잡아먹고 그처럼 피둥피둥한 게 아니냐?"

심우영이 익살을 부렸다.

"필요하다면야 사람 아니라 그보다 더한 것도 잡아먹지. 그러나 우린 그럴 정도로 궁하진 않다."

토굴 안쪽으로 가득 찬 섬들을 가리키며 서양갑이 "저게 모두 쌀이라"고 했다.

"놀랍군! 어떻게 된 건가?"

허균이 물었다.

"어떻게 되긴. 나는 난세를 사는 비방을 익혔다. 난세를 살려면 누구보다도 배불리 먹어야 하는 거라."

서양갑이 호방하게 웃었다.

허균이 더욱 놀란 것은 호사롭게 차린 술상을 보았기 때문이다.

"오늘쯤 단보와 우영이 올 줄을 알고 준비한 걸세. 어디 그동안 술맛이나 보았겠나. 이 술은 명제독明提督 이여송李如松이 즐겨 마시는 술이라네."

서양갑이 허균과 심우영의 잔에 호박색으로 맑은 술을 가득 따랐다.

진한 향기가 코를 톡 쏘고 혀끝에 짜릿한 자극을 주는 술이었다. 한 잔을 단숨에 켜고 허균이 물었다.

"영문이나 알고 이 술을 마셨으면 좋겠다."

"영문을 알려면 긴 애기를 들어야 하네. 오늘은 술이나 마시고 우선 노독이나 풀라."

박응서가 말했다.

"우리가 오늘 오는 것을 참으로 알았단 말인가. 그거나 알고 싶다."

심우영이 말했다.

"이 사람, 따지기 좋아하는 버릇은 여전하군. 매일처럼 자네들을 기다렸지 않은가. 그러니 오늘쯤 단보와 우영이 올 것이라고 알고 항상 준비하고 있었단 말일세. 그런 데다 오늘은 유한경의 생일이라네."

서양갑이 웃었다. 유한경과는 허균과 심우영이 조금 전 수인사를 한 사이다. 유한경은 세도 있는 유 씨 집안의 서출이었다.

시국문제가 화제에 올랐다. 서양갑, 박응서, 이경준이 번갈아가며 한 애기를 종합하면 다음과 같다.

2월엔 행주산성의 전투와 상주전투가 있었다. 해상에선 웅천전투가 있었다. 행주산성에서 크게 패한 왜군은 2월 27일 한성에 모여 의논한 결과, 도요토미 히데요시가 조선에 오는 것을 연기하도록 하고, 식량 사정이 급박하니 이를 해결하도록 할 것과, 전라·경상 양도를 공략한 후 보급이 쉬운 지점에 축성築城하여 지구전持久戰 계획을 세웠다.

이때 모인 왜장들은 이시다 미츠나리石田三成 등 오봉행五奉行(봉행이란 이 경우 최고군사위원 같은 것이다)이었다.

316

이들이 합의하여 보고한 결과 도요토미 히데요시는 3월 10일 철수명령을 내렸다.

이에 앞서 가토 기요마사는 명나라의 참장參將 풍중영馮仲纓과 안변에서 만나고, 고니시 유키나가는 용산에서 심유경沈惟敬과 만나 강화를 의논한 바 있다. 명군이 강화할 뜻을 갖게 된 것은 지난 1월 말 벽제관碧蹄館 전투에서 대패한 때문이라고 짐작할 수 있다. 그 후 명군은 이 핑계, 저 핑계를 대고 전투할 기색을 보이지 않았다. 그랬는데 전라감사 권율權慄이 명나라 군사의 힘을 전혀 빌리지 않고 행주산성에서 왜적을 크게 무찔렀다.

이 무렵, 이여송은 가토 기요마사의 군軍이 평양을 공격할 것이란 거짓 소문을 빙자하여 '평양을 지켜야 한다'는 구실로 개성에서 평양으로 이동, 병病을 칭탁하여 교대하기를 원했다. 경략經略 송응창宋應昌은 이여송의 교대신청을 거절하였으나, 거듭된 간청에 이기지 못하여 교대를 승인하는 한편, 임진강을 지키던 부총병 사대수副總兵 査大受에게 명령하여 한성방면의 적정을 살피게 했다. 이때 사대수의 부하 김지귀 등이 야음을 이용하여 용산 쪽으로 잠입, 용산 창고에 있던 왜군의 양곡과 마량을 몽땅 불태워버렸다.

이여송은 평양에서 심유경의 권고를 받고 점차 강화할 뜻을 굳혀 경략 송응창의 마음을 움직이도록 애를 쓴 모양이다.

한편 조정에서는 3월 중순경, 전라도 의병장 최경회로 하여금 구례, 거창 지방을 지키게 하는 등 화의和議에 귀를 기울이지 않고 결전준비의 강화에만 힘썼다.

그런데 명나라의 송응창이 왜군과 화의할 뜻을 가지고 조선의 장군들에게 일본병을 죽이지 말라는 금령禁令을 내리기까지 했는데, 전라감사 권율이 왜적을 참살한다는 보고를 듣고 대노했다. 이에 조정은, 왜놈이 우리의 불구대천의 원수인즉 절대로 화의에 응할 수 없다는 뜻을 승문원承文院으로 하여금 송응창에게 전하게 하였는데, 전량통판錢糧通判 왕군영王君榮이, 그처럼 강경한 태도는 좋지 못하다는 의견을 말하므로 그 뜻을 완곡하게 전하도록 했다.

아무튼 조정의 의향과는 달리 국면은 주전 본위主戰 本位에서 화의 본위和議 本位로 전환하게 되었다. 왜군도 이러한 국면을 대처하기 위해 도요토미 히데요시의 명령을 기다려 4월 18일에 한성으로부터 철수하게 되었다. 왜군이 철수하자 이여송이 한성으로 왔으나, 송응창의 명령이라고 하여 왜군을 추격할 생각을 안 할 뿐 아니라 조선군의 진격을 방해하기까지 하고 있다.

"이상이 지금의 전세이다."

서양갑이 이렇게 상황 설명을 끝냈다.

"그럼 지금 왜병은 어떻게 하고 있는가?"

허균이 물었다.

"영남지방에 집결해 있으면서 우리의 허虛를 찌르려고 하고 있다."

서양갑의 말을 받아 박응서가 끼어들었다.

"왜병은 진주를 넘보고 있다는 이야기다. 진주에선 지난해 왜병이 3만 병력으로 덤볐다가 패했는데 그 보갚음을 할 작정인 것 같다."

318

"지금 도원수가 누군가?"

"권율이다. 행주산성에서 대승한 후 김명원과 교대되었다."

"거, 잘된 일이군. 김명원은 도원수감이 아니다. 병조판서는 그
대로 있지?"

심우영이 물었다.

"이항복은 그대로 있다."

김경손의 대답이었다.

허균과 심우영은 근 한 달 이상을 시골길을 헤매다가 보니 세상
일을 전혀 모르고 있었는데, 이들의 얘기를 듣고서야 겨우 사태의
윤곽을 잡은 느낌이었다.

"화의는 이루어질 것 같은가?"

허균이 서양갑에게 물었다.

"왜군도 명군도 기진맥진해진 모양이니 화의는 되겠지. 그러나
달갑지 않아."

"왜 달갑지 않은가. 이대로 버티다간 조선 백성 다 죽겠다. 어제
한성에 들어와 행인들의 몰골을 보니 기가 막히더라."

허균의 말에 서양갑이 애매한 웃음을 띠고 술잔을 권했다.

"차차 얘기하지."

밤이 이슥하게 되어 허균과 단둘이 되었을 때 서양갑이 이런 얘
기를 했다.

"단보, 홍계남이란 이름 들은 적이 있는가?"

"없다. 홍계남이가 누군가?"

"안성 사람이다. 의병장으로 출중한 인물이다. 작년 안성전투에

서 과병으로서 왜적의 대병을 물리친 사람이다. 내가 보기엔 이번 난리 통에 이름 낸 인물 가운데서 제일로 칠 만한데 조정의 논공행상論功行賞을 보면 참으로 어처구니가 없다. 안성전투 전에도 크게 발탁함이 있어야 할 것인데 그러지 않고 있다가 안성전투에서 당목할 만한 공을 세우자 겨우 논공했다는 것이 수원판관水原判官에 기호양도畿湖兩道의 조방장助彷將이다. 수원부사水源府使가 되고도 남을 인간을 그 대접이 뭔가 말이다. 그 이유는 단 한 가지다. 그가 서출이기 때문이다."

서양갑은 흥분하기 시작했다. 서출 문제가 나오기만 하면 흥분하는 버릇이 있는 그의 성품을 잘 알고 있는 허균은 자세히 홍계남의 이력을 물었다.

서양갑은 한때 홍계남과 같이 지낸 적이 있다며 갖가지 일화를 말하고는 "그의 출자出自에 따른 고통과 그 모자의 설움은 필설난설筆舌難說이다"라고 했다.

"학식은 어때?"

"가히 천재라고 할 만해."

서양갑은 홍계남이 의병을 모으는 데 쓴 격문을 외어보였다.

직정直情을 표출하여 웅혼하며 읽는 사람으로 하여금 폐부를 찌르는 감동적인 문장이었다.

"그만한 학식을 갖춘 용장勇將은 드물 것인데."

허균이 탄복했다.

"지知와 인仁과 용勇을 겸전한 명장이 곧 홍계남 장군이다. 이런 장군을 서출이라고 푸대접하는 조정을 가만둘 수 있겠느냐."

서양갑이 흥분했다.

서양갑은, 빨리 화의가 이루어져선 안 된다는 이유로써 다음과 같이 말했다.

"지금 화의가 성립되면 조정이 되살아나게 돼 있다. 철저하게 망해 버려야 해. 백성들이 완전히 등을 돌리도록. 부유腐儒들이 얼굴을 쳐들고 다니지 못하도록 이만한 정도로도 역성혁명을 할 수 있도록 되었는데 우리네 백성들에겐 밸이 없어. 그러니 더욱 폭삭 망해버려야 한다니까. 왕실엔들 체면이 있어야 할 것 아닌가. 백성을 이처럼 도탄에 빠뜨려 놓고도 의연 왕 노릇을 하고 있으니까 말이다."

"폭삭 망하게 되면 어떻게 할 텐가?"

"의군義軍을 모을 작정이다. 지금이라도 격檄을 돌리면 2, 3천 명은 모여. 산간마다 화적이 있다. 그 화적들이 전부 의군이다."

"화적들을 모아 나라를 만든다?"

"화적들이 부유들만 못할 줄 알구? 통솔만 잘하면 기막힌 병력이 된다. 우리의 머리를 합하면 기막힌 나라 하나쯤 거뜬하게 만들 수가 있다. 의군을 일으켜 세우기 위해선 이 조정이 망해야 해. 군사들이 염증을 내야 하고 백성들의 배가 더 고파야 하구. 그럴 때를 위해서."

서양갑이 목소리를 낮추었다.

"난亂 이래 우리가 무엇을 했는지 아나? 무기를 모으는 데 전력을 다했다. 왜놈에게서 빼앗은 무기, 명군에게서 훔친 무기, 우리 군사가 유기한 무기, 도합 수천 개에 이른다. 그것을 우리는 수집하여 방불한 골짜기에 묻어두었다. 그 가운데 제일 큰 무기고는 여주의 어느 산속에 있다. 거기엔 화약도 더미로 쌓여 있다. 천기天機는 바야흐로 익어가고 있어.”

서양갑은 이어 구체적인 계획까지 설명하고 나서 자신 있게 말했다.

“앞으로 10년쯤 기다리면 된다.”

“10년 동안 더 전쟁이 계속되어야 한단 말인가?”

“그렇다. 왜놈도 지치고 명나라도 지치고, 이조왕실은 썩은 돼지처럼 죽어버리고 그리고 난 후에 우리 세상이 온다. 어쩌면 허씨왕조가 들어설지 모른다. 아니 허씨왕조가 들어서야 한다. 허씨왕조가 기필코 들어선다. 단보, 각오를 단단히 하고 있어. 어쩌면 홍계남 장군을 우리 편으로 모실 수 있을는지도 모른다.”

허균은 서양갑의 의견에 동조할 수도 없고 그렇다고 해서 그 의견을 탓할 수도 없었다. 다만 그와의 우의만은 존중하고 싶었다. 서양갑은 친구로선 천인력千人力인데 만일 원수로 돌리면 만인력萬人力이 될 사람인 것이다.

한양으로 돌아온 지 며칠 후 허균은 남대문을 나서 마포 쪽으로 나갔다. 혼자가 되어 한강을 보고 싶었기 때문이다.

유유히 흐르는 한강을 보며 돌아가신 아버지, 작은형 봉, 그리고 누님 난설헌을 생각했다. 난을 겪지 않고 돌아가신 것이 행이었을까 불행이었을까. 만일 아버지가 살아계셨더라면 그 노구를 이끌고 몽진한 임금을 따라 이곳저곳 행재소로 옮겨 다니셨겠지 싶으니 차라리 아버지의 죽음이 다행이랄 수 있었다. 그러나 봉은? 난설헌은? 전란 속에서도 무수한 시화를 남겼을 것 아닌가. 이 산하를 슬퍼하는 데도 봉의 재능과 난설헌의 재능을 통한 슬픔은 또 다른 함축을 가졌을 것이리라.

이런 생각 저런 생각을 하다가 돌아오는데 만리동 고개에서 김개金闓를 만났다. 백립白笠을 쓰고 추레한 삼베 도포를 입은 꼴이 상가喪家의 개狗란 말을 상기하게 했다. 김개는 좌의정 김귀영金貴榮의 아들로서 귀공자로 자라고 살았던 사람이다. 그래서 처음엔 다른 사람인가 했는데 가까이에서 보니 틀림없이 김개였다. 나이가 8세 연장이었지만 허교하는 사이라서 허균이 "김공!"하고 불러 세웠다.

그리곤 백립으로 보아 상신喪身임을 알고 얼른 상문을 올리고 고인이 아버진가 어머닌가 물었다.

"아버지가 돌아가셨다."

김개가 그저 지나치려는 것을 허균이 그를 붙들어 근처의 주막으로 들어갔다. 허균이 주막에서 김개로부터 들은 얘기는 이러했다.

김귀영은 난초亂初에 황정욱 부자와 더불어 왕자 임해군과 순화군을 모시고 관북關北으로 갔다. 그곳에서 근왕병勤王兵을 초모하는 동시에 백성들을 위무하기 위해서였다.

회령에 도착했을 때이다. 국경인鞠景仁이란 아전이 그 일족과 함께 반란을 일으켜 임해군·순화군 두 왕자와 김귀영, 황정욱 부자 등 배신들을 포박하여 거기까지 쳐들어온 왜장 가토 기요마사에게 넘겨버렸다.

가토가 철수한 후 국경인 일당은 회령의 학생 오윤적과 회령의 품관品官 신세준에게 붙들려 사살되었으나, 가토의 포로가 된 두 왕자와 김귀영 등은 계속 가토에게 끌려 다녔다. 김귀영이 왕자를 데리고 탈출을 꾀했으나 번번이 실패하고 그럴 때마다 고초를 당했다.

그러고 있는데 가토가 화의를 청할 목적으로 김귀영을 석방하여 행재소로 보냈다. 두 왕자의 생명이 걸려있는 문제이므로 김귀영은 노구를 이끌고 태산을 넘어 행재소에 가서 임금을 알현하고 왜병의 동태와 두 왕자의 사정을 알렸다. 그러자 임금은, 적에게 사로잡혔으면 마땅히 죽어야 하는 것이거늘, 살아 돌아와서 그따위 소리를 하느냐고 질책하고는 회천으로 귀양 보냈다.

왕자를 모시는 몸으로서 어떻게 죽을 수가 있었겠는가. 왕자를 모실 책무를 가진 자가 왕자를 볼모로 두고 가토가 시키는 대로 행재소를 찾지 않을 수 있었겠는가. 임금의 말대로라면 적에게 붙들린 죄로 해서 왕자야 어떻게 되었든 선비의 체면을 지키기 위해 죽어야만 옳았단 말인가. 볼모로 잡혀있는 왕자가 죽임을 당할지도 모르는데 가토의 명령을 거역해야만 했던 것인가.

김개는 얘기를 하면서 눈물을 줄줄이 흘렸다.

"그래 귀양 간 곳에서 돌아가셨나?"

허균이 물었다.

"아니다. 회천보다 더 사나운 곳으로 옮기라는 임금의 명령이 있었다. 그곳으로 가시다가 도중에서 돌아가셨다."

"아버지의 춘추가 몇이셨지?"

"75세였다네."

그 대답에 허균이 일시에 역정을 폭발시켰다.

"세상에 75세 노인을, 좌의정을 지낸 중신을 그렇게 대접하다니…."

그런 것을 임금이라고 모셔야만 한단 말인가 하는 외침을 가까스로 참았다.

새삼스럽게 서양갑의 말이 생각났다. 나라가 나라의 꼴을 차리려면 우선 그런 왕실을 뒤엎어야만 한다.

허균은 술을 거듭 권하며 김개를 위로했다.

"그래 앞으로 어떻게 할 텐가?"

"나는 죄인의 아들이다. 죄인의 아들에게 할 짓이 있겠는가?"

죄인이 무슨 죄인이냐고 하고 싶었지만 허균은 말을 삼가고, 앞으로 혹시 좋은 일이 있을지 모르니 있는 곳이나 알아두자고 했다.

"그럴 기회는 없을 것 같네."

김개의 대답엔 힘이 없었다.

"지금 형님이 아버지의 무덤을 지키고 있네. 평안도의 산골짜기에서 어찌 형님 혼자에게만 산소를 맡겨둘 수 있겠나. 나는 내일 그리로 떠나야 하네. 3년상이 끝날 때까진 우리 형제가 아버지의 산소를 지켜야지. 억울하게 돌아가신 아버지가 아닌가. 70 평생을 바쳐 나라를 위하시다가 죄인으로서 돌아가신 아버지의 곁을 어찌 한시인들 떠나 있을 수 있겠는가."

"김공은 효자로군."

"효자? 살아 편하게 모시지 못하고 이런 꼴이 된 내가 효자라구?"

김개는 도포를 털고 일어섰다.

마포에 속량시켜준 옛날 하인이 장사를 하고 있는데 그곳에 가서 노자나 마련해볼까 한다는 김개의 말이었다.

김개와 헤어져 무거운 가슴을 안고 서양갑의 토막으로 돌아왔다.

서양갑은 허균을 보더니 다짜고짜 그대로 양수리 운길산으로 가라고 하며 졸개 하나를 부르더니 쌀이 든 자루를 지웠다.

"이놈을 데리고 가있다가 식량이 모자라거든 나한테로 보내게."

서양갑은 그 이상의 말을 하려고 하지 않았다. 심우영을 찾았다.

"우영은 일이 생겨 여주로 갔다."

"영문이나 알아야 하지 않겠느냐."

서양갑은 호통을 쳤다.

"영문은 뒤에 알아도 된다. 곧 해가 진다. 빨리 떠나라."

하는 수없이 동대문을 빠져나오려고 할 때 박응서가 헐떡이며 뒤쫓아 왔다.

"단보, 양갑일 오해하지 말게. 양갑은 자네가 우리 패거리에 섞여 있다는 걸 세상에 알리기 싫은 거다. 지금만이 아니다. 앞으로도 자넨 우리 패거리와 아무런 관계가 없다. 그리 알고 행동하라."

"도대체 우리 패거리란 게 뭣이고?"

안달이 나서 허균이 물었다.

박응서가 입을 허균의 귀에 갖다 대고 소곤댔다.

"우리 패거리는 화적의 무리다. 자네가 있는 동안 우리는 꿈쩍도 안했다. 오늘밤 중대한 일이 있다. 빨리 가거라."

박응서는 뒤돌아서서 달려가듯 걸음을 빨리하고 사라졌다.

부서진 야망野望

갑오(1594)년 2월 29일 정시庭試가 있었다.

이에 앞서 공조참판工曹參判 허성許筬은 진주사陣奏使로서 명나라로 가게 되어 있었는데 조용히 허균을 불렀다.

"이번 2월 29일의 정시엔 어떤 일이 있더라도 응시하도록 하라. 네 나이 벌써 26세가 아니냐. 이번의 기회를 놓치면 시기가 늦어진다. 가문을 위해서도, 네 일신을 위해서도 과거는 치러야 되지 않겠는가."

조정을 부유腐儒와 소인들의 집합이라고 보고 있는 허균은 정말 관도官途에 들기는 싫었지만 형의 간절한 권고를 물리칠 수가 없었다. 게다가 심우영, 서양갑, 박응서 등 친구들의 기대를 저버릴 수가 없었다.

"응시는 하겠습니다만 자신은 없습니다."

허균은 형 앞에 머리를 조아렸다.

"네가 자신이 없으면 누가 과거를 볼 수 있겠는가. 과거에 응시하는 것만으론 안 된다. 기필코 장원을 해야 한다. 너에겐 장원을 할 수 있는 재능이 있다. 같은 급제라도 장원 급제하고 다른 급제는 장래에 있어서 엄청난 차이가 있다."

허성의 말은 준절했다.

"걱정 말고 명나라에 다녀오십시오. 응분의 노력을 하겠습니다."

응시한 결과 급제는 했다. 그러나 장원은 하지 못했다. 장원은 박동열朴東說이었다.

〈조선왕조실록〉에 의하면, 이때의 정시문과에 급제한 사람은 박동열을 비롯한 15명이라고 되어 있다. 장원 박동열은 당장 정언正言으로 발탁되었다. 정언은 사간원司諫院에 속한 정6품의 관직이다.

허균에게 내려진 관직은 예문관藝文官의 검열檢閱이었다. 검열은 사초史草를 모으는 직책으로서 정9품이다. 허균이 장원을 한 박동열에 비해 재능이 뒤떨어지진 않았지만, 그의 시험답안이 너무나 교격하고 기이해서 시관試官들의 마음에 들지 않았기 때문이다.

정6품과 정9품과는 현격한 차이이다. 허균은 자존심이 상했다. 그렇다고 해서 내려진 관직을 거절할 수는 없었다. 자연 언동이 거칠어졌다. 자기 말고 3명의 동료가 있었는데 허균은 이들을 업신여겼다. 동료들이 그를 좋아할 까닭이 없었다. 허균은 직장에서 외톨박이가 되었다. 직장에서 퇴출하기만 하면 옛날 친구들과 어울려 장안의 술집을 휩쓸었다. 백면의 서생일 때에도 화류계에 이름을 날린 허균이고 보면 미관말직이라고 하지만 지금은 의젓한 관리이니 기생들의 환영을 받는 것은 당연한 일이다.

명나라에서 돌아온 허성이 아우의 행동을 보고 위험을 느꼈다. 방자한 그의 행동이 조정에 알려지면 전도가 막힐지 몰랐다. 허성은 아우의 방자함을 고치려면 엄격한 수신을 필요로 하는 직책에 갖다놓을 수밖에 없다고 생각하고 백방으로 손을 써서 설서設書의 직에 임명되도록 했다.

설서의 정식명칭은 세자시강원世子侍講院 설서設書이다. 관등은 검열과 다를 것 없이 정9품인데, 세자에게 경사經史와 도의道義를 가르치는 것이 임무이다. 경사와 도의를 가르치는 사람이 방자할 수는 없는 것이다.

"설서가 된다는 것은 장차 대성할 수 있는 기회를 잡았다는 뜻이다. 세자는 장차 임금이 된다. 지금 세자의 신임을 얻어 놓으면 출세는 확실하다."

허성은 아우의 근신을 기회 있을 때마다 권고했다. 허성은 아우뿐 아니라 아우를 둘러싼 친구들을 타이르기도 했다.

"자네들이 균의 친구일 것 같으면 그의 대성을 기대해야 하지 않겠느냐. 자네들은 균이 방자하지 못하도록 성심을 다해라."

이 충고가 먹혀들었다. 심우영, 서양갑, 박응서 등은 앞으로 허균을 크게 이용할 생각을 하고 있었다. 방자한 행동을 그들 자신이 삼갔다.

허균으로서도 전일처럼 자유롭게 행동할 수가 없었다. 세자에게 강력한 인상을 심어주어야 했다. 그러기 위해선 경사經史의 강의가 특출해야만 했다. 세자의 구미에 맞도록 강의 내용을 배열해야만 했다.

세자 광해군光海君은 허균보다 여섯 살 연하이다. 허균이 광해군을 처음 만난 것은 광해군 20세 때였다.

광해군은 18세 때 세자로 책봉되어 분조分朝를 설치하고 의병을 모집하기도 하고, 군량미를 조달하기도 하여 왜란의 수습에 이바지하기도 했으나, 인빈 김씨의 소생 신성군信城君 때문에 세자의 책봉이 늦어진 일도 있고, 부왕의 성미를 믿지 못하는 데 따른 불안도 있고 해서 그 성격엔 심한 굴곡이 있었다. 지나친 자만심이 있는가 하면 사람을 믿지 못하는 음울한 구석이 있었다. 따라서 자기보다 재질이 뛰어나다고 보면 시기하고 자기보다 못하다고 보면 경멸하는 경향이 있었다.

허균은 그 성미에 맞추어 강의를 해야만 했다. 그러기 위해선 허균이 자기의 빛나는 재질을 감추어 광해군의 자존심을 돋우는 방법을 쓰지 않을 수 없었다. 가령 이런 방법이다.

"세자께옵서 익히 알고 계시는 것을 강설하려고 하니 따분합니다. 그러나 신의 직책이고 보니 어쩔 수 없이 몇 마디 드리지 않을 수 없사온즉 틀린 데가 있더라도 해량해 주옵소서."

띄엄띄엄 치졸하게 꾸며 강설을 하면서도 그 내용에 있어선 상대방이 감복하지 않을 도리가 없게 만드는 것이다.

광해군은 엉뚱한 구실을 만들어 생트집을 부리는 경우가 이따금 있었다. 어느 날 있었던 일이다.

좌정하자마자 광해군이 대뜸 이렇게 시작했다.

"허 설서는 맹자를 어떻게 생각하는가."

재치 있는 허균도 이 당돌한 질문엔 선뜻 대답할 수가 없었다. 그러자 광해군이 고쳐 물었다.

"맹자가 좋은 사람인가 나쁜 사람인가?"

"아성亞聖으로 일컫는 어른이니 나쁜 사람일 까닭이 있겠습니까."

허균의 대답은 정중했다.

광해군의 얼굴에 냉소冷笑하는 빛이 일었다. 그리곤 말을 이었다.

"나는 그 사람을 좋은 사람으로 보지 않아."

허균은 잠자코 다음의 말을 기다렸다.

"그 사람이 양 혜왕을 만났을 때 무어라고 했는가?"

"인의仁義가 중요하다고 했습니다."

"허 설서도 그렇게 생각하는가?"

"인의는 중요한 것입니다."

"그럼 묻겠는데, 지금 우리나라에 중요한 것이 무엇인가? 이익인가, 인의인가?"

"두 가지 모두 중요합니다."

"그 가운데서 하나만을 취하라고 하면 어느 편을 취하겠는가?"

"지금 나라가 난중亂中에 있으니 이익을 취해야 하겠습지요."

"난중이 아니라도 마찬가지다. 나라는 이익을 취해야 한다. 고래로 이익을 취하지 않은 나라가 있기라도 했던가? 인의는 이익을 취하고 난 연후에 들먹일 것이 아닌가?"

"맹자의 말씀은, 이익을 취하되 인의를 중히 여기는 마음이 근본에 있어야만 옳은 이익이 될 수 있다고 한 것이 아닌가 합니다."

"그게 말짱 거짓말이란 것이오. 진나라가 인의로써 흥했나? 천만에. 권모와 술수와 전쟁으로써 흥한 것 아니오? 진나라가 망한 것이 인의가 모자라서였소? 천만에. 당초 있지도 않은 인의가 모자라게 될 까닭이 있소? 이익을 생각하는 마음이 해이해져서 망한 거요. 또 한나라는 어떻소. 한나라가 인의로써 생겨난 거요? 인의로써 망한 거요? 오로지 이익, 이익, 이익이고 고래로 나라의 흥망은 이익에 있었소. 이익을 생각하는 마음이 투철하고 악착같으면 나라는 흥하고, 그 마음이 해이해지면 나라는 망하는 거요. 맹자는 괜한 말을 꾸며대선 치도治道를 어지럽히는 자요, 그렇지 않소?"

허균은 난처한 심정이 되었다. 세자의 말에 동조하면 사문난적斯文亂賊이 되는 것이요, 동조하지 않으면 불충의 신이 되는 것이다.

그래서 겨우 다음과 같이 말을 꾸몄다.

"만물엔 음과 양이 있고, 겉과 속이 있고, 더불어 여러 면이 있사옵니다. 어느 한 면만을 보면 지당하신 말씀입니다. 그러나 다른 면에서 보면 지당하다고 말씀드릴 수가 없습니다."

"그렇다면 인의로써 흥한 나라가 있기라도 했는지 한번 들먹여 보시오."

"요堯·순舜·우禹 3대가 모두 인의로써 흥했습니다."

"그럼 왜 시대가 지탱하지 못하고 춘추시대가 도래한 거지요? 어째서 전국시대가 있게 된 것이지요?"

"인의가 땅에 떨어졌기 때문입니다."

"왜 인의가 땅에 떨어졌을까요?"

"위정자의 마음먹이가 잘못되어서 그렇게 된 줄로 알고 있습니다."

"답답한 소리!"

광해군이 소리를 높였다.

"인의니 뭐니 하는 것 갖곤 천하를 지탱하지 못하게 된 때문에 저절로 인의가 땅에 떨어진 것이오. 위정자의 마음 때문이 아니오."

광해군의 말이 옳다고 생각했다. 그러나 허균이 거기에 동조할 순 없었다.

"그렇게 쉽게 하실 말이 아니라고 아룁니다."

"그렇다면 어렵게만 말을 해야 하는가? 내 한 가지 허 설서에게 묻겠소. 공자라고 하면 인의의 덩치 같은 사람 아뇨?"

"덩치란 말씀은 좀 ···."

"덩치란 말이 뭣하면 인의가 곧 사람이 된 것 같은 분 아니오?"

"그러하옵니다."

"그런데 어찌 그런 어른은 나라를 얻지 못하고 병신 같은 인간들이 왕이 될 수 있었는가 말이오."

"나라를 얻고, 얻지 못하고는 천명天命의 소이이므로 인간의 인의로선 어떻게 할 수 없는 일이옵니다."

"그러니까 나는 인의가 소용없다고 하는 것이오."

광해군은 쾌재를 불렀다.

허균은 그 말을 긍정하는 뜻으로 되는 침묵을 지킬 순 없다. 그렇다고 해서 반대하면 무슨 엉뚱한 트집을 잡을지 몰랐다.

"그 문제는 날을 바꾸어 다시 의논할 작정을 하고 오늘은 그만 두사이다."

허균이 머리를 숙였다.

이런 일이 있었는가 하면 광해군은 괜히 들뜬 기분이 되어 허균에게 기생방에 안내하라고 졸랐다. 이거야말로 위험천만한 일이다.

"지금 나라가 난중에 있사온데 어찌 그런 곳으로 모시겠습니까."

외지에 행차하실 때 기회를 보자고 달래야만 했다.

이 무렵, 큰 전투는 없었으나 왜군이 점령한 지구에선 왜군이 백성을 괴롭히고 명군이 주둔하고 있는 지역에선 명군의 작폐가 심했다. 전란으로 제대로 농사를 짓지 못해 기근상태가 사방에서 속출했다.

조선인으로서 부왜附倭한 자들도 많았지만 왜병으로서 투항한 자도 많았다. 왜군의 장군급 인사로서 투항한 사람 가운데 가야시마 모토베에萱島本兵衛라는 장수가 있었다. 조정은 이에 절충장군折衝將軍에 임한다는 교지를 내렸다.

이 가야시마의 부하에 니시가다란 자가 있었는데, 비범한 검객이었다. 그런데 항장降將 가야시마는 항복을 후회하여 나타나지 않고 그 부하 니시가다만 이편에 남았다.

〈조선왕조실록〉 선조 27년 9월 14일 조에 다음과 같은 기록이 있다.

처음 항복한 왜병들을 한성으로 보내기로 되어 있었는데, 이들을 전송함에 있어서 폐단이 적지 않으므로 그중에서 재기才技 뛰어나고 공순恭順의 뜻이 보이는 자는 진중陣中에 유치해 두고, 그 외는 도검刀劍을 몰수하여 한산도 근처에 수용하여 격군格軍으로 하고 정상이 의심스러운 자는 제장諸將으로 하여금 선처케 하다.

허균이 니시가다를 만난 것은 이 무렵에 있었던 일이다.

왕이 서청西廳으로 출어하여 살수검창殺手劍槍의 시재試才를 보는 날, 왕세자도 같이 배관하게 되었다. 이때 허균은 설서의 자격으로 왕세자를 모셨다. 시재가 끝난 후 니시가다 등 항왜降倭의 검술시범이 있었다. 그 가운데서도 니시가다의 검술은 뛰어났다. 감枾을 공중에 던져놓곤 삼척三尺의 장검으로 일도양단一刀兩斷하는데 20여 개의 감 중 하나도 어김이 없었다.

행사가 파하고 난 뒤 왕세자 광해군은 특히 니시가다를 초치하여 소연을 베풀었다. 그 석상에서 주로 허균과 니시가다 사이에 말이 오갔다. 광해군이 그렇게 주선한 것이다.

"귀하의 검술은 과연 신기神技라고 할 만한데, 어디서 그 기술을 습득하였는가?"

"7세 때부터 숙부에게서 초보를 배웠으며, 12세 때엔 유명한 스가하라의 지도를 받았다."

"혼자서 몇 사람을 상대할 수 있겠는가?"

"검술에 소양이 없는 자를 상대할 경우이면 검이 훼손될 때까지 수십 명을 상대할 수 있다. 검술에 약간의 소양이 있는 상대이면 3인까진 실수 없이 해치울 수가 있다."

"듣건대 일본에선 검술이 능하면 크게 중용된다고 하는데, 귀하는 어떻게 되었는가?"

"검술이 능하면 전쟁에 활용될 뿐이다. 문벌이 없는 자는 그때그때 상여를 받을 뿐이고 지위는 올라가지 않는다. 고로 나의 지위는 낮다. 문벌이 없기 때문이다."

"조선에 와서 조선병을 얼마나 죽였는가?"

"믿어주실지 모르나 나는 한 사람도 조선병을 살상한 일이 없다."

"무슨 까닭인가?"

"나는 이 전쟁을 일본의 잘못이 일으킨 것으로 안다. 정正은 조선에 있고 비非는 일본에 있다고 판단했다. 그런고로 나는 조선병을 살상하지 않을 것으로 미리부터 결심한 바 있다."

"항복하게 된 동기는 무엇인가?"

"나는 나의 힘이 약해서 항복한 것도 아니고, 내가 곤경에 처했기 때문에 항복한 것도 아니다. 비非를 깨닫는 것이 일본의 무사도武士道이다. 나는 일본의 비를 뉘우치고 조선의 정正에 항복한 것이다."

"귀하의 상관인 가야시마는 일단 항복의 뜻을 밝혔다가 중지했다고 하는데 어떻게 된 것인가?"

"가야시마에게 항복을 권한 것은 나다. 히데요시秀吉의 잘못을 알았으면 뉘우칠 줄 알아야 한다. 그것이 인간의 도리라고 내가 권고했다. 그 권고를 받고 일단 가야시마는 결심했는데 변심한 것으로 안다."

"변심의 이유가 어디에 있었다고 생각하는가?"

"가야시마의 집안은 이른바 명문이다. 그에겐 부모가 있고 처자가 있어 항복하면 문벌에 수치가 되고 부모처자에 누를 미칠 것이라고 생각하고 변심한 것이 아닌가 한다."

"귀하에겐 부모처자가 없는가?"

"부모는 있지만 처자는 없다. 내가 항복했다고 해서 수치가 될 문벌도 아니다. 오로지 인간의 도를 다할 뿐이다."

"인간의 도가 무엇인가?"

"하늘을 우러러 부끄럼이 없고 땅을 굽어보아 뉘우침이 없는 정명正明한 수신修身이 인간의 도리라고 생각한다. 내가 익힌 검술은 이 인간의 도를 닦기 위한 수단이지 비겁한 호신술이 아니다."

"일본에도 충절忠節을 소중히 하지 않는가."

"충절을 소중히 한다."

"그렇다면 귀하는 충절의 윤리에 어긋난 것 아닌가."

"그렇지 않다. 나의 주군主君은 히데요시와 싸우다가 망국亡國하고 전사했다. 가야시마는 그 부장部將의 하나이었는데, 본의 아니게 이번에 출전하게 되었다. 그러니 나는 충절을 다하려고 해도 충절을 바칠 주군을 가지고 있지 않다."

"히데요시가 국왕이면 마땅히 그에게 충절을 바치는 것이 아닌가?"

"히데요시는 왕이 아니고 관백關白이다. 나는 그의 신하가 아니다. 신하의 예를 다하여 신하로서 인정을 받았을 때만이 군신의 관계가 성립된다. 나는 히데요시에게 신하의 예를 신청한 적도, 인정을 받은 적도 없다."

"일본엔 천황이란 것이 있다고 하던데, 천황에게 충절을 바칠 수 있지 않은가."

"나는 천황의 명령을 받고 출전한 사람이 아니다. 내가 귀국에 항복했다고 해서 천황의 뜻을 거역하는 것은 아니다. 그리고 지금 일본에선 몇몇의 공경公卿을 제외하곤 천왕에게 충성할 수 없게 되어 있다. 굳이 말하면, 나는 천황의 배신陪臣은 될 수 있어도 직접의 신하는 아니다. 배신이란 주군을 통한 신하이다. 주군이 없는 이 마당에선 나는 배신조차도 아니다."

"그렇다면 귀하는 우리 대왕의 신하가 될 수 있겠는가?"

"신하로서 인정하여 주면 기꺼이 신하가 되겠다. 그러나 이 전쟁
이 끝나기까진 항왜降倭의 신분 그대로를 보전하고 신하의 예를 다
하는 것은 유보해주길 바란다."

"그 이유는 무엇인가."

"신하가 되면 대왕의 명령에 절대 복종해야 되며, 그런고로 전쟁
에 나가 왜병을 무찌르라고 하면 그대로 실행해야 한다. 그런데 지
금의 나의 처지는 그럴 수가 없다. 지금까지 같은 진영에 있던 그들
을 나는 죽일 수가 없다. 출전 이래 조선병 하나도 죽이지 않은 내
가 동족의 병사를 죽일 수 있겠는가. 내가 항복한 것은 조선병은 물
론이고 명병明兵을 죽이는 것을 하지 않겠다는 결의의 소치이다. 그
런데 어찌 일본병을 죽이겠는가."

"그럼 귀하는 앞으로 어떻게 살아갈 작정인가."

"전쟁이 끝날 때까진 포졸 신분으로 있다가 전쟁이 끝나면 얼마
간의 농토를 얻어 주경야독으로 이 나라의 예의를 배워 독실한 농
민으로 살고자 한다."

이때 광해군의 말이 있었다.

"그 뜻 갸륵하다고 일러라. 주상께 여쭈어 소원이 이룩되도록 해
주겠노라고 일러라."

허균이 통역을 시켜 광해군의 말을 니시가다에게 전하게 했다.

"황공하온 말씀, 감사합니다."

니시가다가 머리를 조아렸다.

광해군 앞으로부터 허균은 니시가다를 동반하여 퇴출했다.

니시가다는 〈조선왕조실록〉에 야여문也汝文으로 기록되어 있다. 그 이름이 니시가다 야에몬西方彌衛門으로 되어 있는 것을 야여문으로 음역音譯한 것이다. 〈조선왕조실록〉 선조 27년 9월 계사癸巳조에 "항왜降倭 야여문也汝文은 계려計慮가 있는 인물이다. 사정司正의 고신告身으로 후대厚待케 했다"란 대목이 있다.

그런 까닭으로 비교적 자유로운 시간을 가질 수 있는 니시가다와 허균은 그 후로도 상종이 있었다. 서양갑, 박응서와 같이 술자리에 어울리는 기회도 있었다. 서양갑은 니시가다로부터 검술을 배우기도 했다.

이 무렵 조정에서는 항복한 왜병을 적의 진영에 밀파하여, 적의 창고를 불태우거나 적의 장수를 죽이거나 하면 가선당상嘉善堂上의 벼슬을 주고 금품의 상을 주겠다는 논의가 나타나 있다.

이 이야기를 들은 니시가다는 다음과 같이 설명했다.

"그런 꾀는 꾸미지 않는 것이 좋을 것이다. 비록 항복한 왜인이긴 하나 장차 이 나라의 백성이 될 사람들이오. 그러니 그 사람들을 비겁하게 만들지 마시오. 항복한 것도 양심의 가책일 것인데, 동족에게 손해를 끼치라고 권유하는 것은 무리한 짓이오. 뿐만 아니라 그런 짓으로 전쟁의 승패가 결정되지 않는 것이오. 되레 상대방의 적개심만 불러일으킬 염려가 있소. 어차피 전쟁은 화의和議로써 끝내야 하는 것인즉, 불필요한 살육행위는 화의를 천연遷延시키는 결과밖에 더 될 것이 없소. 화의가 천연되면 피아간 손해만 커질 뿐이오."

니시가다의 말은 진실이었다. 심유경沈惟敬의 장난으로 사태가 묘하게 움직이고 있었지만, 주전파主戰派인 가토 기요마사加藤淸正까지 화의하자는 편으로 기울어져 있었다. 〈조선왕조실록〉 선조 27년 9월 22일조에 다음과 같은 대목이 있다.

도총섭都摠攝 승려 유정惟政 및 경상좌병사 고언백高彦伯, 군관주부 이겸수李謙受 한성으로 오다. 비변사備邊使는 이들에게 왜정倭情을 심문하다. 이들 말하길, 가토 기요마사는 왕자들의 편지가 없음을 탓하고 있다. 또 왕자가 경성에 있는데도, 왜 명나라에 있다고 하는가를 묻는다. 임해군은 중국에 가서 아직 돌아오지 않았다. 순화군은 경성에 있다. 중간에서 전한 자의 잘못이다. 서울에 있는 왕자를 중국에 있다고 할 까닭이 없지 않는가 라고 대답했다. 가토 기요마사는 왕자의 서신을 받아오라고 거듭 말하고 있다. 가토 기요마사가 강화講和를 바라고 있는 것은 충정에서이다. 상세하게 탐문한 바에 의해서 가토 기요마사의 심정은 이렇다.

"당초 소 요시토시가 흉모를 주장하고, 그 장인 고니시 유키나가小西行長와 선봉이 되어 당신 나라에 쳐들어왔다. 평양에서 대패하여 후퇴하고, 진주에서 또한 분패하여 도요토미 히데요시에게 큰 죄를 지었다. 그들은 일본으로 돌아갈 수 있는 면목이 없다. 그래서 감히 명明과 화의할 것을 약속했으나 성취할 수 없었다. 귀국과 원한을 풀고 화의하려고 한다. 나는 통분을 참을 수가 없다. 나는 귀국과 우호를 맺고자 한다. 만일 그렇게 결정되면 나는 돌아가 관백關白에게 보고하여 고니시 유키나가 등을 철퇴시키겠다. 나는 황자들을 호송하였을 뿐 아무런 결원結怨도 없다. 고니시 유키나가 등과 같이 나를 보아선 안 된다."

벼슬 가운데서도 설서의 벼슬처럼 따분한 건 없다. 항상 동궁東宮의 근처를 맴돌면서 왕세자의 부름을 기다려야 한다. 미리 예정을 알려주면 좋으련만 그렇지가 않다. 어떤 때는 밤이 늦도록 외출해도 좋다는 허락이 없어 동궁의 별채에서 새우잠을 잘 때가 한두 번이 아니다.

갑오년 10월 25일, 왕세자빈이 해주海州에서 입경했다. 동궁에서 간단한 연회가 있었다.

별채에 있는 대소 관료들에게도 주효가 내렸다. 허균도 오래간만에 술에 취했다. 마침 당직이어서 그날 밤 거기서 자게 되었는데 3경에 잠을 깬 허균은 바람을 쏘일 겸 뜰로 내려섰다.

10월의 밤, 차가운 밤공기를 쐬며 칠흑의 어둠 속 저편에 성두星斗 찬란한 하늘을 보았다. 주위는 적막했다.

어디선가 인기척이 났다. 어둠에 익숙해진 눈으로 사위를 둘러보고 있는데, 별채의 샛문에 치맛자락 같은 것이 어른거렸다.

허균은 날쌔게 그곳으로 갔다.

분명히 궁녀라고 알 수 있는 여자가 저편의 돌담을 돌고 있었다. 허균이 그 뒤를 쫓았다. 미투리를 신고 있었기 때문에 발자국 소리는 나지 않았다. 여자는 나무와 담벼락 사이에 몸을 가누고 서 버렸다. 누군가를 기다리고 있는 것이라고 짐작할 수 있었다.

칠흑의 밤 3경에 일어나 담벼락에 기대서서 누군가를 기다리는 궁녀!

혹시 순라巡邏의 병정이 그녀의 정인情人일지 몰랐다. 궁중에 여자는 많다. 그러나 여심을 달랠 수 있는 여자는 그중의 몇 사람에 지나지 않는다. 수십 명에 이르는 젊은 여자들은 대개가 공규空閨의 서러움 속에서 살아야 한다. 그러한 여자 가운데 치열한 정염情炎의 소유자도 있을 것이었다. 만일 궁중에 있는 여자가 외간남자와 눈이 맞았다고 하면 죽음에 해당되는 죄를 범한 것으로 된다. 말하자면 그 궁녀는 죽음을 무릅쓰고 저기 서 있는 것이다.

허균은 측은한 마음과 함께 호기심을 느꼈다. 그들의 밀회密會를 보아 넘겨주어야겠다는 생각이 없지 않았지만, 밀회하는 남과 여를 확인해보고 싶은 호기심을 포기할 수도 없었다. 차츰 추위가 심해져서 턱이 떨릴 지경으로 되었지만 허균은 근처의 나무에 의지하고 서서 어둠 속을 응시했다.

능히 반각半刻은 지났을 때인데도 사나이는 나타나지 않았다. 순라병은 담 저편으로 지나가게 되어 있었다. 궁녀가 서 있는 담벼락은 그 부분이 퇴락되어 있을 것으로 짐작되었다. 순라병이 지나가면 서로 신호를 해서 궁녀를 담 밖으로 끌어내든지 사나이가 퇴락된 곳으로 비집고 들어서든지 할 것이었는데 아무런 동정이 없었다.

이윽고 여자가 돌아서서 이쪽으로 걸어왔다. 허균이 운신할 수가 없게 되었다. 다른 곳으로 피할 수도 되돌아 달아날 수도 없었다. 하는 수 없이 허균이 여자 앞을 막아섰다.

여자는 소스라치게 놀랐다. 그러나 소리를 지를 순 없었다.

탄로가 나면 어차피 죽어야 하는 것이다.

"가만 나를 따라오시오. 해롭게는 안 할 테니."

나직이 귀엣말을 하고 허균이 앞장을 섰다. 도중 별채로 와서 당직하고 있는 방 안으로 그 여자를 안내했다. 공교롭게도 그날 밤의 당

342

직은 허균 혼자였다. 세자빈이 오랜만에 돌아왔기 때문에 세자는 빈의 처소에 들 것으로 알고 당직 이외의 사람들은 집으로 돌아가 있었기 때문이다.

불을 켤 수는 없었다. 캄캄한 밤, 캄캄한 방에 젊은 남자와 여자만이 있게 되었으니 앞으로 전개될 일은 뻔했다.

피차의 한기가 풀리길 기다려 허균이 여자의 옷을 벗기기 시작했다. 저항이라곤 없었다. 이윽고 알몸의 사나이와 여자가 되었다.

상대방의 이름을 묻고자 했지만 입이 열리질 않았다. 상대방도 이편을 묻지 않았다. 여체女體는 분명 처녀라고 판단할 수 있었는데 정염에 불타는 듯했다. 신음을 견디는 긴장감으로 해서 파열할 직전에까지 갔다. 허균은 그 기막힌 황홀감 속에서도 죽음의 환영을 보았다. 탄로 나기만 하면 명백한 죽음이 있을 뿐이다. 허균은 생의 심연을 들여다 본 느낌으로 전율戰慄하기까지 했다.

후일 사랑하는 계랑桂娘의 죽음에 임해 다음과 같은 허균의 철학을 읊은 바 있는데, 그 철학은 실로 그 순간에 터득한 것이다.

'남녀 사이의 정욕은 천天이오.
예법禮法, 행검行檢은 성인聖人의 가르침이다.
나는 천天에 따를지언정 성인에 따르진 않겠다.'

이름을 물을 수도 밝힐 수도 없는 안타까움 속에서 허균은 오합五合의 운우雲雨를 치렀다. 밤이 5경에 들 즈음에 허균은 몸을 일으켰다. 여자는 이미 생사를 초월한 여체로서 숨 쉴 뿐이었다. 허균은 정중히 여자의 치장을 거들어 어둠 속으로 내보내놓고 다시 자리에 누웠다.

사단事端이 어떻게 전개될지 모를 일이지만 이제 와선 이미 참견하고 걱정할 일이 아니었다.

정욕은 천天이매 천운에 맡길 수밖에 없었다.

한편 엉뚱한 공상이 일기도 했다. 어쩌다 그 여인이 잉태하여 내일이나 모레쯤 동궁의 눈에 드는 일이 있으면 앞으로 그 아이가 왕이 될지 모르는 일이다. 그렇게 되면 진시황秦始皇의 친부인 여불위呂不韋처럼 되는 것일까. 허균은 그 밤의 일자日字를 마음속에 새겨두었다. 갑오년 10월 기사(25)일 밤 4경.

아무 일 없이 그날 밤을 새고 그 이튿날도 무사히 끝났다. 허균과 그 궁녀, 둘만이 아는 비밀이 성립된 것이다.

그 다음 다음 날, 허균은 광해군의 부름을 받아 〈춘추좌전〉春秋左傳을 강설했다. 허균이 강설한 부분은 정鄭의 장공莊公시대이다.

"군자가 범해선 안 될 것에 6역六逆이 있습니다. 비천한 신분으로서 고귀한 신분을 배제하는 일, 연소자가 연장자를 배척하는 일, 소원한 사이의 사람이 근친자를 이간시키는 일, 신참자가 고참자를 무시하는 일, 소록자小祿者가 후록자厚祿者를 억압하는 일, 사악한 자가 정당한 자를 박해하는 일 이것이 6역입니다. 군자가 지켜야 하는 6순六順이 있습니다. 군주는 수의守義, 신하는 진충盡忠, 부父는 자자慈子, 자子는 효친孝親, 형은 애제愛弟, 아우는 경형敬兄 이상이 6순입니다."

이날 특히 허 설서의 강설은 웅변이었다. 광해군이 빙그레 웃으며 물었다.

"허 설서는 스스로 6순이라고 생각하는가?"

"6순이고자 합니다. 아직은 부족합니다."

"그 말이 좋았소. 허 설서를 크게 등용하리라."

갑오년이 가고 을미乙未의 새해가 밝았지만 시국은 여전히 혼미하여 조정은 갈피를 잡지 못했다.

조정은 갖가지 수단을 써서 왜병의 철퇴를 종용했지만 왜병은 이것저것 이유를 내세워 응하지 않았다. 강화講和의 건件이 진척되지 않는 데엔 왜장들끼리의 반목反目이 되기도 했다. 고니시小西와 가토加藤의 의견은 일일이 대립되었다.

고니시는 온전한 방법으로 강화를 추진하려고 하는데 가토는 강경했다. 심지어 가토는 고니시가 명나라의 유격遊擊 심유경沈惟敬을 상대로 진행시키고 있는 강화교섭을 간위姦僞라고 일축하고, 이른바 5사五事를 제시했다. 5사란 다음과 같다.

① 명나라와 일본의 왕실 간에 혼사를 이룰 것.
② 조선 4개 도道를 일본에 속屬하도록 할 것.
③ 조선의 왕자를 일본에 인질로 보낼 것.
④ 조선의 대관大官인 노인을 일본에 인질로 보낼 것.
⑤ 조선의 대관이 일본의 가로家老(중신重臣)들과 의논해 서약할 것.

이것은 일고의 가치도 없는 제안이었다. 싸워서 전국토를 초토로 만들망정 수락할 수 없는 조건인 것이었다.

이런 난제難題를 안고 윤근수尹根壽가 명나라로 갔다. 명나라도 그 따위 제안엔 상대할 필요가 없다는 태도를 밝혔는데 주청사 윤근수는 명나라 황제로부터 뜻밖의 칙령을 받고 돌아왔다.

명 황제는 왕자 광해군에게 전경의 군무軍務를 총지휘하도록 칙서를 내렸다. 왕은 이 뜻을 사방에 전하여 금후 군에 관한 업무는 왕세자에게 품稟하여 재결을 받도록 하라고 영을 내렸다.

좌의정 김응남이 명 황제의 뜻이 나변에 있는지를 모르므로 그대로 거행할 수 없다고 왕에게 아뢰었다. 이튿날엔 영중추부사領中樞府事 심수경沈守敬이 2품 이상의 대관들을 거느리고 왕 앞에 엎드려 아뢰었다.

"황칙皇勅의 본의는 그렇게 하라는 것이 아닐 것입니다. 세자로 하여금 군무에 적극적으로 참여하라는 뜻으로 아옵니다. 어제의 전교를 거두어 주시옵소서."

왕은 윤허하지 않았다. 이에 이르러 왕세자를 비롯하여 대신, 유사백관, 옥당, 정원, 예문관 등의 백료百僚가 연일 누계하여 왕의 재고를 간원했다. 이윽고 왕은 그 간원에 따르기로 했다.

왕을 두고 왕세자가 군무를 통솔한다는 것은 말이 안 되는 처사이다. 군무의 최고 책임자가 곧 왕인 것이다.

며칠이 지난 후 광해군이 허균에게 물었다.

"이번의 칙서를 어떻게 생각하느냐?"

"명나라가 크게 위신을 세워보고자 한 것으로 압니다."

346

"엄연히 주상이 계시는데 내게 군무를 총독케 하는 것이 명의 위신을 세우는 일인가?"

"명나라가 조정의 현상을 달갑지 않게 생각하는 듯합니다."

"그럼 어떻게 해야 하는가?"

"주상의 신금을 어지럽히지 않도록 전전긍긍하셔야 할 줄 압니다."

"딱한 일이군."

광해군은 쓰게 입맛을 다셨다.

어느덧 4월이 되었다.

폐허처럼 되어 있는 궐내 이곳저곳에 꽃이 피었다.

"난리 중에도 꽃은 피는가. 허 설서, 이 난중유화亂中有花를 두고 시 한 수 지어보시오."

광해군이 허균을 돌아보며 말했다.

"사시운행무인정四時運行無人情."

하고 첫 구를 말했을 때 윤 승지尹承旨가 들어왔다. 승지를 보자 일순 광해군의 어깨가 떨렸다. 그 무렵 광해군은 왕이 부르기만 하면 공포를 느끼곤 했다. 무슨 일이 어떻게 터질지 매일 불안했던 것이다.

"동궁마마, 듭시란 분부이옵니다."

윤 승지가 대청마루 위에서 조아렸다.

"무슨 일이냐?"

광해군의 음성이 떨렸다.

"수삼일 후 명 유격明遊擊 심유경을 접대하게 되어있사온데 동궁께서 대행하시란 뜻을 전하실 작정이 아닌가 합니다."

"나더러 심유경을 접대하라구? 친행親行하시기로 이미 정해졌고 그 뜻을 상대방에게 전한 게 아닌가? 그런데 어찌….."

"주상께서 몸이 불편하시다면 바꿀 수도 있는 것이옵니다."

"안 돼. 그러지 않아도 명의 장군들이 이 트집, 저 트집 잡고 있는데, 만일 그렇게 해봐요. 자기들을 냉대한다고 무슨 야료를 부릴지 모를 게 아니오. 더욱이 심유경이란 놈은 간사하기 짝이 없지 않은가."

사실이 그러했다. 심유경의 언변과 술책에 조선은 물론 일본과 명나라까지 놀아날 판이었다.

"그러하오나 주상의 분부이시온데 어떻게 하옵니까. 빨리 듭시기 바라옵니다."

윤 승지는 이마를 마루에 대었다.

"곧 갈 것이오."

광해군의 말이 있자 윤 승지는 곧 떠났다. 광해군이 일어서며 물었다.

"허 설서, 내가 대행代行해야 하겠소?"

"…….."

실로 난처한 문제였다.

명령을 듣지 않으면 불충불효가 되고, 명령대로 거행해도 불충불효가 될지 모르는 일이다.

"끝까지 사양함이 가할까 하옵니다."

허균이 가까스로 대답했다.

"알았소."

광해군이 떠난 후, 허균은 예조판서를 찾아갔다. 허균의 말을 듣자 예조판사가 장계를 올렸다.

"심유경이 경박하오나 명 황실의 신임을 받고 있는 자입니다. 그리고 이자는 소진蘇秦·장의張儀를 뺨칠 정도의 책사策士이옵니다. 만일 친행하시지 않고 세자를 대행하신다면 어떤 트집을 잡아 무슨 짓을 할지 모릅니다. 친히 납시어 심유경의 책략을 봉쇄하옵소서."

"내가 병들었다고 해도 안 된단 말인가?"

왕은 고집을 부렸다. 그리고 역정을 냈다.

"모든 군무를 세자가 총독하도록 하자는 것이 명나라의 의사가 아니었던가. 그런 사정인데 세자의 대행이 어째서 불가하단 말인가."

주상을 배알한 세자 광해군은 머리를 조아렸다.

"분부라고 하오면 수화불사하고 거행해야 마땅하고 의당 그렇게 해야 하겠사오나 상대가 심유경인지라 분부 거두어주었으면 하옵니다."

"세자는 내 명령에 거역할 텐가?"

왕은 불쾌함을 감추지 않았다.

이때 접대도감接待都監, 비변사備邊司, 정원政院 등에서 세자의 대행이 불가하다는 상소가 있었다.

왕은 하는 수 없이 심유경의 접대를 친행하기로 했다.

왕 앞에서 풀려나온 광해군은 긴장이 풀린 탓인지 멍청히 앉아 있더니 퇴출하려는 허균을 머물게 하여 대작對酌을 명했다. 허균은 고금古今의 대소사大小事를 들먹여 세자를 위로하는 한편 앞으로의 방침을 건의했다. 혼정신성昏定晨省을 철저히 할 것, 작고 크고 간에 새로운 정보가 있으면 누구보다도 먼저 왕에게 알릴 것, 독실한 면학의 자세를 보일 것 등이다.

　4월이 저물어갈 무렵이다.
　내명부 하나가 월장, 탈출하려다가 붙들려 심한 추궁을 받았다. 그녀는 만삭에 가까운 배를 하고 있었다.
　대궐 내의 내명부가 임신했다는 사실만으로도 해괴한 일이었다. 대궐 내의 여자들은 왕과 내시內侍를 제외하곤 일체 남자와 접촉하지 못하게 되어 있을 뿐 아니라 접촉할 기회가 없는 것이다.
　"이곳저곳 궁궐 담장이 허물어져 있으니 혹시 외간남자와 통했을지 모른다."
　"아무튼 불쌍한 여자다."
　"사내가 누구냐고 물어도 대답을 안 한다는구먼."
　"그 사내가 누굴까?"
　"파수병일지도 모르지."
　"대담한 놈이다."
　하료下僚들 사이에 이런 말들이 오갔다. 이윽고 그 내명부를 상대한 남자를 대라는 국문에 입을 열지 않다가 심한 매를 맞고 죽었다.
　허균은 혹시 그 여자가 작년 10월에 하룻밤을 같이 지낸 여자가 아닐까 하는 생각을 지워버릴 수 없었다. 작년의 그 여자일 것 같으면 분명히 처녀였다. 만일 그 여자라면 자기가 죄를 지은 게 된다는 마음으로 허균은 불각 중 '나무아미타불'을 염했다.

이러나저러나 가련한 인생이다. 그때 허균의 뇌리에 시 한 수가 스쳤다.

窺紅對鏡斂雙眉 규홍대경염쌍미
含愁拭淚坐相思 함수식루좌상사
念人一去許多時 염인일거허다시
眼語笑屬迎來情 안어소엽영래정
心懷心想甚分明 심회심상심분명
憶人不忍語 억인불인어
銜恨獨呑聲 함한독탄성

광해군도 이 사건엔 충격을 받았던 모양으로 한탄했다.
"도대체 그런 일이 있을 수 있는 일인가?"
"정염情炎은 그렇게 무서운 것입니다."
허균이 말했다.
"공자도 말씀하셨지. 호학好學은 호색好色처럼 하는 사람을 보지 못했다고."
광해군은 중얼거렸다.
"학學은 인위人爲이며 색色은 천위天爲입니다."
"그 말 참 좋다."
허균이 말하자 광해군은 무릎을 쳤다.

"허 설서, 밥만 먹곤 못 사느니 반찬도 있어야 하듯, 성현의 말만으론 허기가 지오. 가끔 패설 같은 것을 들을 수 없을까?"

"왜 패설이 없겠습니까만 신이 하나 지어 올리지요. "

이것을 동기로 허균은 소설을 구상하게 되었다. 그 첫 작품이 〈남궁선생전〉南宮先生傳이다.

〈남궁선생전〉은 다음과 같이 시작한다.

남궁 선생의 이름은 두부이다. 대대로 임파에 살았다. 재산이 넉넉하여 그 고을에선 으뜸이었다. 할아버지와 아버지는 크게 벼슬할 생각이 없었으므로 내내 이속吏屬에 머물렀다. 남궁두 혼자만이 공부를 하여 나이 30세에 사마시司馬試에 합격하여 과장에서 이름을 날렸다. 〈대신불약부〉大信不約賦로써 장원한 일이 있어 모두들 그 부를 외우곤 했다. 그도 사람됨이 몹시 거만하고, 모질며 참을성이 있어서 어려운 일을 과감하게 해치우고, 자기 재주를 믿고 시골에서 안하무인격으로 행세하여 지방의 수령들에게 경의를 표하지 않았다. 그리하여 관가의 상하가 모두 그를 좋아하지 않았으나 감히 그 앞에선 무슨 소리를 하지 못했다.

이윽고 남궁두는 서울로 이사해서 영달을 꿈꾸게 되었는데, 첩 하나만을 고향에 두고 가끔 내려와 살림을 처리했다. 첩은 영리하고 해박한 지식을 가지고 있기 때문에 남궁두는 특히 그녀를 사랑했는데, 그녀는 남궁두의 이성 당질堂姪과 간통하게 되었다. 어느 해 가을, 남궁두가 급한 일이 있어 시골로 돌아왔다. 집을 30리쯤 상거에 두었을 때 해가 저물었다. 하인들은 그곳에서 머물도록 해두고 자기만 말을 달려 집으로 왔는데 그때 첩이 당질과 밀통하는 정경을 보았다. 남궁두는 활을 쏘아 그 남녀를 죽였다. 관가에 고발할

까도 했지만 가문의 명예에 손상이 될 것이므로 몰래 시체를 끌어내어 물논 속에 묻어 버리고 서울로 도망쳤다.

남궁두의 범죄사실이 탄로되어 그는 옥에 갇힌 몸이 되었다. 남궁두의 아내가 간수들을 꾀어 술에 취하게 한 후 남편을 탈출시켰다. 남궁두의 아내는 옥중에서 죽었다. 그의 재산은 몰수되었다. 남궁두는 금대산으로 들어가 머리를 깎고 중이 되었다. 그러나 관가의 추궁이 그곳에까지 미쳐 그는 그곳을 떠나 지리산 쌍계사에 가서 한 달쯤 머물다가, 그곳도 위험해져서 태백산으로 갈 작정으로 길을 떠나 의령의 어느 야사野寺에서 묵게 되었다. 그때 젊은 승려가 남궁두의 과거를 들추었다. 깜짝 놀란 남궁두는 자기의 과거를 고백하고 제자가 되겠다고 했다. 그러나 그 중은 "나는 단지 남의 상相을 볼 줄 알 뿐이오" 하고 참으로 훌륭한 선생은 무주 치장산에 있다고 했다. 남궁두는 무주 치장산에 한 해 동안 머물며 선생을 찾았으나 무위로 끝났다.

그 후 어찌어찌하여 선사仙師를 만났다. 선사는 남궁두의 입문을 거절했으나 남궁두는 참을성 있게 정진했다. 그 정성에 감동되어 선사는 "그대야말로 참을성 있는 사람이다. 그러나 둔탁하고 날카롭지 못하니 다른 것은 가르칠 수 없고 죽지 않는 방술을 가르쳐 주겠다"고 했다. 선사는 위백양魏伯陽의 〈참동계〉參同契와 〈황정내외옥경〉黃庭內外玉景經을 주며 그 책을 1만 번 읽으라고 했다. 그리고 갖가지 식사법을 가르치기도 하고 정精, 기氣, 신神을 단련시켰다. 3년이 지나자 선사는 남궁두에게 승강昇降 전도顚倒의 법을 가르쳤다. 그렇게 정진하길 십수 년, 남궁두는 비로소 신선술을 익혔다.

이상이 〈남궁선생전〉 첫머리의 대강이다.

허균이 광해군에게 보여준 것은 이 부분까지다. 그런데도 광해
군은 크게 기뻐했다.

"허설 서야말로 스스로 신선술을 익힐 수 있는 사람이다. 특히 이
유려한 문장이 어떤가?"
하며 몇 줄을 소리 내어 읽어보기도 했다.

허균이 〈남궁선생전〉을 완성한 것은 그로부터 십수 년 후이다.
앞서는 얘기가 된 것이지만 그 대강을 다음에 적어둔다.

남궁두는 선사와 헤어져 고향 임파로 돌아왔다. 옛집은 터도 없
고 전지田地는 벌써 서너 번이나 주인이 바뀌어 있었다. 서울에 가
보니 서울의 집도 터만 남았고 주춧돌이 풀 속에 묻혀 있었다.

남궁두는 옛날의 충직한 종이 해남에 살고 있다는 소식을 듣고
그곳으로 찾아갔다. 종은 남궁두를 반겨 자기 집을 비워 살게 하고
이웃집 딸에게 장가들게 했다. 남궁두는 거기서 1남 1녀를 얻었다.
다음은 허균의 문장 그대로이다.

만력 무진년 가을에 내 공주公州에서 파직을 당하고 잠시 부안에
서 살고 있었다. 선생이 고부로부터 도보로 나의 객사를 찾아왔다.
그는 네 가지 경經의 오묘한 뜻을 나에게 전하고, 또 그가 선사를 만
났던 이야기를 상세하게 했다. 그때 선생의 나이는 벌써 여든 셋이
었으나 얼굴이 마치 열예닐곱 살 된 젊은이와 같고, 보고 듣는 정력
이 조금도 쇠하지 않고, 파란 눈동자와 검은 머리털 등 풍채가 마치
여윈 학과 같았다. 가끔 며칠은 먹지 않고 자지도 않으면서 〈참동

계〉와 〈황정경〉을 쉬지 않고 외었다. 그는 매양 말하길

"남이 모른다고 해서 험악한 일을 하지 말며, 귀신이 어디 있느냐고 하지 말고 착한 일을 행하며 덕을 쌓고 욕심을 끊고 마음을 단련한다면 상선上仙을 곧 이룩할 수 있으며, 난鸞과 학이 멀지 않은 앞날에 내려와서 그대를 맞이하리라 했다."

내가 보기엔 선생의 음식, 거조가 모두 평인平人과 다를 것이 없었다. 그것이 기이하여 물어보았더니 선생이 말했다.

"내 애초에 날아서 하늘로 오르려 했지만 지나치게 서둘다가 마침내 이루지 못했다. 그러나 스승께서 이미 나를 지상선地上仙으로 인정하였으니 부지런히 도를 닦는다면 백 년은 기필 할 수 있을 것이다. 요즘 산중이 너무 적적하므로 속세로 내려왔으나, 아는 친구 하나도 없을 뿐 아니라 이르는 곳마다 젊은 녀석들이 나의 늙고 누추함을 멸시하므로 인간에 섞여 살 흥미마저 잃어버렸다. 인간이 오래 살기를 원하는 것은 기쁜 일을 누리기 위함이거늘, 이제 내겐 아무런 기쁨도 없으니 무엇 때문에 오래 살기를 원하리. 그러므로 속세의 음식을 금하지 않고, 아들 손자를 껴안고 희롱하며 여생을 지내다가 갈 곳으로 돌아와 하늘의 명을 따를 뿐이다. 그대야말로 선재仙才와 도골道骨이 있으니 이 도를 힘써 행하여 쉬지 않는다면 진선眞仙이 되는 게 어째서 어렵겠는가. 스승께서 일찍이 내게 '참을성이 있다'고 숭도하셨는데도 불구하고 잠깐 참지 못하여 이 경지에 이르렀으니 이 '인'忍이란 글자는 선가仙家의 묘결妙訣인 만큼 그대도 삼가 지녀 잊지 말기를 바란다."

그는 나의 우거에서 머무른 지 수순旬 만에 만류도 듣지 않고 떠나버렸다. 남들은 그가 도로 용담으로 갔다고 했다. 허자許子(허균)는 이렇게 생각한다.

옛말에 이르길 '동국 사람들은 불佛을 숭상했으나 도道를 높이지 않았다'고 하였는데, 신라로부터 조선에 이르기까지 몇천 년이 지났는데도 도를 얻어 신선이 되었다는 이야기를 듣지 못했으니 과연 그 말이 옳다. 그러나 내가 본바, 남궁 선생으로 말한다면 정말 이상한 일이다. 선생의 스승은 과연 어떤 사람이며, 또는 그가 관상사를 만났다는 사실이 참인지 거짓인지 알 수가 없다. 또한 그의 이야기를 다 옳은 것이라고 인정하긴 어렵다. 요컨대 이는 저 그림자와 메아리처럼 되는 것이다. 다만 선생의 나이와 얼굴을 따져보면 참으로 도를 통한 사람이 아니고선 그렇게 될 수 없다는 생각이 든다. 어째서, 여든 살의 고령으로서 그처럼 건강할 수 있겠는가. 이로 보아선 결코 그런 일이 있을 수 없다고 우길 순 없다.

아아, 기이한 일이다. 우리나라가 궁벽한 해외에 있으므로 숨은 선비로서 연문羨門, 안기 같은 사람이 없지는 않았지만 찾을 순 없다. 그런데 바위틈에서 선생과 같은 이인異人이 나서 몇천 년 만에 기적을 이루었으니, 이런 변비한 땅이라서 신선이 날 수가 없었다고 말하진 못하리라. 도를 통하면 신선이 될 것이요, 도에 어두우면 곧 범인이니, 아까 들먹인 옛말이야말로 이식耳食과 다를 것이 없다. 만일 선생이 지나치게 서두르지 않고 단련에 성공했더라면 연문과 안기 등과 어깨를 겨룰 수 있었을 것이 아닌가. 끝내 참지 못하여 거의 이룩된 공을 무너뜨렸으니 오직 애석할 뿐이다.

허균은 〈남궁선생전〉에 쓰고 있듯 거만하면 사람의 지탄을 받게 된다는 것을 알고 있었다.

그런데 그는 광해군의 신임을 받게 된 무렵부터 주위의 동료들을 사람같이 여기지 않는 거만한 품이 더욱 조장되기 시작했다. 동료

들이 어쩌다 경전의 자구 하나를 틀리게 해석하면 주저 없이 힐난
했다.

"그대의 눈은 봉창과 같구나."

"그대는 글을 읽었는가 먹었는가."

조롱의 말을 함부로 하고, 심지어는 희롱하길 예사로 했다.

"그자는 항우項羽의 제자들인데 항우로부터 무력은 배우지 못하
고 무식만을 배웠다."

"허균과 같은 경박한 제사를 동궁의 곁에 둘 수 없다."
는 간언이 수없이 되풀이되었다.

그럴 때마다 광해군은 이를 상대하지 않았다.

"중후한 둔재鈍才는 북악산의 바위로서 족하다. 허 설서를 경박하
다고 하는 것은 티끌이 깃을 나무라는 꼴이다."

아닌 게 아니라 허균의 강설을 들으면 속이 툭 트이는데 다른 설
서들의 강론을 들으면 광해군은 가슴이 답답해져 견딜 수가 없었
다. 자연 "허 설서, 허 설서" 하고 그를 측근에 두려고 광해군은 마
음을 썼다.

허균이 벼슬하는 동료나 선배를 경멸하게 된 것은 그의 성격 때
문이기도 했지만, 불우한 스승과 친구들에게 대한 동정심이 그렇
게 폭발된 것이기도 했다.

이미 말한 바 있지만 허균의 주변엔 서출庶出이기 때문에 빼어난
재능을 가지고 있는데도 햇빛을 보지 못한 사람들이 많았다.

예컨대 이달李達 같은 사람이다. 이달은 허균의 형 봉篈의 친구이
며 누님 난설헌과 허균의 스승이다. 일찍이 삼당시인三唐詩人의 하

나로서 울연한 명성 가운데 있었지만 어머니의 신분이 천하다고 하여 세상의 멸시를 받아야만 했다.

허균은 그 처지를 안타깝게 생각했다. 그래서 지은 것이 〈손곡산인전〉蓀谷山人傳이다. 그것을 다음에 옮겨본다.

손곡산인 이달의 자는 익지益之이다. 쌍매당 이첨雙梅堂 李瞻이 후손이다. 그의 어머니가 미천한 탓으로 세상에 쓰이지 못하고 원주 손곡에서 살았다. 손곡을 호號로 삼았다.

이달은 젊었을 때 벌써 읽지 못하는 글이 없었다. 글을 많이 쓰기도 했다. 일찍이 한리학관漢吏學官이 되었으나 뜻에 맞지 않아 버리고 고죽孤竹 최경창崔慶昌, 옥봉玉峯 백광훈白光勳과 교유하여 시사詩社를 만들었다. 그는 소동파를 통해 그 진수를 배워선 한번 붓을 들면 몇백 편의 시를 썼는데, 그 모두가 아름다워 가히 읊을 만했다.

어느 날 사암思菴 박순朴淳이 이달에게 이런 말을 했다.

"시도詩道는 마땅히 위당魏唐을 정통으로 삼아야 한다. 자첨동파은 호방하긴 하지만 아류에 속할 뿐이다."

그리곤 서가에 꽂혀 있는 이태백의 악부, 가, 음 등과 왕유, 맹호연의 근체시近體詩를 뽑아주었다. 이달이 그제야 시의 정법이 이에 있음을 깨닫고 옛날 은거했던 손곡으로 돌아가 문선文選, 이태백집, 성당32가盛唐三十二家, 유수주, 위좌사, 양백겸의 당음唐音을 밤잠을 가리지 않고 읽었다.

5년 만에 마음이 갑자기 밝아진 듯했다. 시를 읊으면 말이 몹시 맑고 절실하여 차츰 구태를 씻었다. 곧 제가의 체를 본받아서 장단편과 율시, 절구 등을 지었다. 그는 구句, 자字를 단련하고 성聲과 율律을 갈고 닦았다. 이달의 시를 보자 모두들 감탄했다. 최고죽,

백옥봉 등은 '우리들로선 그를 따를 수 없다'고 하고, 고제봉, 허하곡과 같은 일대의 대가들도 그를 성당盛唐으로 인정하지 않을 수 없었다.

그의 시는 맑고 새롭고 우아하고 화려하여, 높은 것은 왕유, 맹호연, 고적, 잠삼 등의 경지에 필적하면서 유우석, 전기의 풍운風韻을 잃지 않았다. 신라·고려 때부터 당시를 배운 자가 모두 그를 따르지 못하였다. 실로 사암이 이달의 길을 틔어준 것인데, 비유하면 진섭이 한고조를 위해 길을 터준 것과 마찬가지다. 이달의 이름은 이로부터 동국을 휩쓸었다. 그런데 그의 시는 귀중하게 여기면서 사람은 버리고 등용하지 않았다.

그러나 사림詞林의 대가들은 끝까지 그를 칭도했다. 속인들이 그를 질투하여 형망刑網에 걸기도 했으나 그를 죽여서도 그의 명성을 빼앗지도 못했다.

이달의 얼굴이 얌전하지 못한 데다가 성격이 호탕하여 구속을 싫어하고 세속의 예법은 아랑곳하지 않음으로써 당시 사람들의 미움을 샀다. 그는 고금의 모든 일과 산수의 아름다움을 얘기하길 좋아했으며, 술을 좋아했다. 글씨는 진체晉體에 능했다. 그의 마음은 언제나 텅 비어 있어서 세속을 초월한 그만큼 살림살이를 돌보지 않았다. 그는 평생에 몸 붙일 곳도 없이 떠돌이로 사방에 비렁뱅이 노릇을 했으므로 많은 사람들이 그를 천하게 여겼다. 그리하여 그는 가난과 곤액 속에서 늙었다. 이는 시에 연좌連坐된 것이 아닌가 한다.

비록 그의 몸은 곤궁했으나 그의 시는 썩지 않을 것이다. 어찌 한 때의 부귀로써 그 이름을 바꾸리오. 그의 저서는 거의 산일되었다. 이것을 수집하여 4권으로 엮어 뒷세상에 전하고자 했다.

외사씨外史氏는 이렇게 평한다.

"태사太史 주지번朱之蕃이 이달의 시를 읽곤 만랑무가漫浪舞歌에 이르자 무릎을 쳤다. '이 작품이야말로 이태백에 비교하여 손색이 없다'는 것이다. 석주 권필은 그의 〈반죽원〉班竹怨을 보곤 '이걸 〈청련집〉青蓮集 속에 넣는다면 아무리 눈이 높은 사람도 분간하지 못할 것'이라고 했다. 이 두 사람이 어찌 망령된 말을 하였겠는가. 아아, 이달의 시야말로 정말 기막히다."

이처럼 존경을 아끼지 않았던 스승을 냉대하는 세상을 허균이 긍정할 수 있었겠는가. 그야말로 형편없는 인간이 높은 자리, 좋은 자리에 앉아 호통 치는 꼴이 보기 싫어서 허균은 주변의 벼슬아치들을 경멸의 대상으로 했다.

허균에겐 박응서, 서양갑, 심우영 등 외에 권필, 조위한, 이재영 같은 친구들이 있었다. 모두가 당당한 준재俊才들이었지만 가난과 출생이 화인이 되어 평생을 불우한 운명 속에 살았다.

권필은 두메산골에 굶주리며 살았다. 그러나 그의 문명文名은 당대를 풍미하고 있었다. 오만불손한 허균도 이 친구 앞에선 머리를 숙였다. 모르는 것이 있으면 찾아가 묻고 권필의 궁상을 돕는 데 최선을 다했다. 허균은 곧잘 말했다.

"내겐 두려운 것이 없다. 왜, 석주의 재능이 내 곁에 있으니까."

석주란 권필의 호이다.

조위한은 〈유민탄〉流民嘆을 지어 일세를 감동시킨 시인이다. 어지러운 정치에 시달리는 백성들의 슬픔을 읊어 읽는 사람으로 하여금 눈물을 자아내게 했다. 허균이 〈유민탄〉을 읽고 밤중에 그를 찾아갔다. 그리곤 말했다.

"당신은 백성의 가슴팍에 못을 박았다. 아니 통곡의 비를 세웠다. 당신의 시로 인하여 값없이 흘린 눈물이 아니게 되었다."

허균은 부박한 벼슬아치들의 언설엔 서슴없이 공박을 가하면서도 참眞인 것, 아름다운 것에 대해선 이처럼 솔직하게 감탄의 정을 토로했다.

이재영은 그 출생이 미천하다고 하여 '미문학관'이란 보잘 것 없는 직책을 맡고 있었지만 학식이 깊고 인간이 원만했다. 그는 허균의 그림자와도 같았다. 평생을 허균과 더불어 동고동락한 사람이다.

허균은 이 친구들 앞에선 자기의 벼슬을 부끄럽게 여겼다. 그러나 그 친구들을 위해 벼슬하고 있는 사정이었다. 이들은 모두 허균을 울로 삼고 살았다. 이들 친구 사이에 끼이면 허균은 부드럽고 겸손하고 매사를 양보했다. 그런데 벼슬아치들 사이에 끼이면 돌연 거만한 사람으로 변하는 것이다.

을미년이 저물어갈 무렵, 왜병의 일부가 철퇴하기 시작했다. 겨우 평화의 조짐이 보이기 시작한 것이다.

조정에서는 사은겸주청사謝恩兼奏請使로서 한준을 보냈다. 평화의 조짐이 보이는 데 대해선 사은謝恩하고 광해군의 세자책봉을 윤허해달라고 주청하기 위해서였다. 그런데 무슨 까닭인지 명황제는 광해군의 세자책봉을 윤허하지 않았다. 광해군의 세자책봉은 기정사실이고, 난초亂初에 분조分朝까지 한 경위를 보아서도 명나라의 태도는 의아하다고 아니할 수 없었다.

광해군은 이것을 왕의 은근한 책동으로 짐작하고 불안한 마음이 더해갔다. 광해군은 일시 의신암귀疑神暗鬼에 사로잡히기도 했다.

허균은 그러한 광해군을 보며 장차의 일을 근심하지 않을 수 없었다. 의신암귀에 사로잡히면 사람을 믿지 않게 되고 사람을 믿지 않게 되면 성격이 음흉하게 된다. 음흉한 성격의 군주가 얼마나 위험한 존재인가는 〈춘추〉春秋가 이미 증명하고 있는 그대로이다.

이 무렵 허균은 방술方術의 연구를 시작했다. 후한서後漢書의 〈방술전〉에 의하면, 방술엔 풍각風角, 둔갑遁甲, 칠정七政, 원기元氣, 육일칠분六日七分, 봉점縫占, 일자日者, 정전挺專, 수유須臾, 고허孤虛가 있다고 되어 있다.

정유丁酉 1597년 3월 26일.

허균이 문과중시文科重試에 장원으로 뽑혔다. 역시 교격한 표현이 많고 이단적인 내음이 풍겼으나 시관들을 압도하는 답안이어서 일부의 불평이 있었지만 허균을 두고 달리 장원을 택할 수 없었던 것이다.

그 무렵, 광해군은 물론이거니와 선조도 허균의 존재를 알고 있었던지라 시관들이 자기의 마음에 들지 않는다고 해서 함부로 평점評点을 놓을 수 없는 사정이기도 했다.

그러나 이 해 정월, 왜병이 재침하여 국내는 다시 수라修羅의 도가니가 되었다.

도요토미 히데요시는 조선이 왕자를 인질로 보내지 않고 대신大臣이 공물을 들고 오지 않는다는 것을 트집 잡아서 고바야시가와小早川秀秋를 대장으로 하여 10만의 군사로 하여금 전라, 경상, 충청,

362

제주 등을 유린할 작전을 세우고 고니시小西와 가토加藤에게 선봉을
명했다.

한편 명나라의 경리 양호揚鎬는 도요토미 히데요시에게 일본이
부산, 기장 등지를 침범하는 것은 약속에 어긋난다는 항의서를 보
내고 고니시 유키나가에겐, "도요토미 히데요시의 목을 베어오면
천금을 상으로 주고 귀하를 일본 국왕에 봉하겠다"고 통고했다.

적도 이편도 상대방의 사정엔 아랑곳없이 허황된 수작만 하고 있
는 것이지만 죽어나는 것은 병졸과 백성이었다.

이 해 4월 허균의 형, 허성이 이조참의가 되었는데 형을 향해 허
균이 이런 말을 했다.

"승자勝者는 생자生者요, 패자敗者는 사자死者입니다. 충이사忠而死
도 결국은 패한 것이며 충이로되 생生해야만 이긴 것으로 되옵니
다. 형님께 감히 불충일지언정 생生을 택하라는 말을 올릴 수 없지
만 과충過忠으로 위지危地에 들지 마시기 바라옵니다."

왜병이 재란再亂한다는 소식을 들었을 때 허성이 스스로 가토 기
요마사를 만나 결판을 내었으면 한다는 말을 한 적이 있었기 때문
에 허균이 한 말이었다.

"균으로부터 충고를 들으니 반갑기 한량이 없다. 그러나 자네의
생각은 대단히 위험하다. 충忠에 어찌 과충이 있겠는가. 충을 말하
면서 어찌 위지를 따질 수 있겠는가."

허성은 자기가 가토 기요마사와 담판할 생각을 갖게 된 이유를
다음과 같이 말했다.

"연전 내가 강원도에 오래 두류해 있었던 사실을 두고 비겁하게

난을 피해 돌아다녔다고 모함하는 자가 있다. 그들은 행재소^{行在所}에서 일보도 바깥으로 나가지 않으려고 꾀를 꾸미고 있는 주제에 전란 속을 누비며 백성들과 동고동락, 사기를 앙양하려고 애쓴 사람을 그따위로 모함하는 것이다. 그자들의 기선機先을 제압하려고 해본 소리지 경거망동을 하겠다는 것은 아니다. 이번엔 내가 너에게 한마디 하겠다."

허성은 허균에게 관한 소문을 일일이 열거하곤 충고했다.

"어디까지가 참말이고 어디부터가 거짓말인지 알 수가 없지만 소문이 많다는 것은 결코 좋은 일이 아니다. 그 방자함과 주색을 조금 삼갈 수가 없겠는가?"

"어떤 놈이 그처럼 소상하게 형님에게 고해바쳤습니까?"

"물론 악의를 갖고 말하는 사람도 있겠지만 대부분 너를 위해서 한 사람들이다."

"저를 위한다면 저에게 직접 말할 일이지 형님에게 고해바치다니…. 도대체 놈들이 누구입니까?"

허균은 당장에 놈들을 찾아가 야료를 부릴 것처럼 거칠게 말했다.

허성이 정색을 했다.

"균아. 너는 자기의 잘못은 반성할 줄 모르고 남의 비판만을 탓하려고 하니 정말 딱하구나."

"형님, 전 잘못한 일이 없습니다."

"참으로 그런가? 4월 초파일 양근 앞 강에서 기생들과 선유를 했다는데 그것이 잘못 아닌가?"

"친구들이 저의 장원을 축하한 놀이인데 어째서 나쁩니까."

"장원 축하도 정도가 있어야지. 기생 수십 명을 거느리고 온통 법석을 떨었다니 될 말이나 한 일인가."

"친구들이 벌인 일을 제가 어떻게 합니까."

"어떻게 하다니. 한번 생각해보아라. 왜놈이 다시 난을 꾸미고 있는 판국이 아니냐. 백성들은 지금 도탄에 있지 않느냐. 이런 판국에 그 방자함이 도대체 뭐란 말인가."

"백년의 난이 될지 10년의 난이 될지 모르는 상황이 아니옵니까. 허망한 세상에 우선 놀고라도 봐야지요."

허성이 성을 내자 허균은 그제야 허허 웃으며 머리를 조아렸다.

"들키지 않으려고 양근까지 가서 놀았는데 어떤 쥐새끼 같은 놈이 형님께 전했단 말입니까. 앞으로 조심할 터이니 용서해 주옵시오."

"그뿐이 아니다. 황 대감 집 수연壽宴에 놀음 나간 기생을 데리고 갔다더구나."

"그건 우리들 잘못이 아닙니다. 우리들이 미리 약조한 기생을 황 대감 집에서 데리고 갔지 않습니까. 그래서 도로 빼앗아온 것뿐입니다."

"그게 말이나 되는 소린가?"

"사람에겐 밸이란 게 있는 것 아닙니까. 황 대감의 아들 녀석이란 게 원래 돼먹지 않은 인간입니다. 우리와 약조한 줄을 뻔히 알면서 그놈이 수작을 부렸어요."

허성은 어이가 없는 모양으로 한동안 묵묵히 앉아 있다 탄식했다.

"균아 이대로 가다간 무슨 일을 당할지 모르겠다. 도대체 어떻게 하면 좋은가."

"형님, 방법이 있습니다. 저를 한성에서 떠나보내 주십시오. 좁은 한성에 있으니 있는 말, 없는 말이 납니다."

"때지 않은 굴뚝에서 연기가 난단 말인가?"

"연기가 나도 보이지 않으면 될 것 아닙니까?"

"연기가 나도 보이지 않으면 되다니. 네 버릇을 끝끝내 고치지 못하겠다는 게로구나."

"지방의 수령으로나 내보내 주슈. 행동을 삼가고 좋은 목민관이 될 테니까요. 제가 한성에 없으면 우선 제 말을 할 놈이 없을 것 아닙니까. 설혹 물의를 일으키는 일이 있어도 지방에서면 덜 시끄럽지 않겠습니까. 보다 더 고을살이를 하게 되면 누굴 상대로 못된 짓을 하겠습니까. 절 외직外職으로 내보내주시오."

허균의 말은 간절한 듯했다.

어차피 도리가 없는 일이었다. 허성은 소귀에 경문일 것이라고 짐작하면서도 간절히 타이르곤 시기를 보아 외직에 나가도록 주선하겠다고 했다.

문과중시에 장원했다고 해서 금시 지방관으로 임명하는 것은 어려운 일이지만 이조吏曹의 전관銓官들은 허균을 되도록이면 경원하려는 경향이 있었다. 허성이 슬쩍 허균이 이조로 올지 모른다는 말 한마디만 해놓으면 모두들 서둘러 허균을 외직으로 돌리려 할 것이 뻔했다. 온순하기만 한 것 같지만 허성에게도 책략은 있었던 것이다. 허균은 황해도의 도사都事로 임명되었다. 도사라고 하면 감사 다음의 높은 벼슬이다.

사방에서 숙덕거리는 소리가 있었다.

"그 인종지말자 같은 놈에게 그런 벼슬을 줘?"

"형이 이조참의니까 전관들이 잘 보아준 거지."

"그렇더라도 너무하지 않는가."

"약간의 재주가 있기로서니 주색에 빠져 수신이 전혀 안 된 놈을 도사에 임명해?"

"위에 감사가 있지 않는가. 도사는 직책은 높아도 실권은 없는 것이니까."

"아니다. 허균이 도사가 되면 감사를 깔고 앉을 거야."

"황해감사가 누구지?"

"최철건이란 머저리다. 허균에게 깔아뭉개질걸."

"아무려나 허성이 잘못한 짓이야. 허균은 황해도에서 일을 내고야 말 놈이니까."

이렇게 허균의 출세를 둘러싸고 허성이 입방아에 올랐지만 사실은 허성에게 책임 없는 일이었다. 아무리 이조참의직에 있다고는 하나 자기 아우의 인사 문제엔 용훼할 수 없는 것이다. 인사문제는 판서, 참판, 참의, 정당 등의 소관사이지만 전관銓官은 정랑正郞의 소관이다.

허균의 경우 허성이 바람을 잡긴 했다. 누군가를 시켜 허균이 이조吏曹에 들어올지 모른다는 말을 흘렸다. 만일 이조에 들어온다면 허균의 자리는 좌랑佐郞이 된다. 이조의 벼슬아치들은 그 거만하고 편벽스러운 허균이 동료가 될지 모른다는 사실에 공포를 느꼈다. 그래서 허성의 체면을 살릴 겸 허균을 위해 황해도 도사都事 자리를 마련한 것이다.

도사가 된 것을 기뻐한 것은 허균 본인보다도 주변의 친구들이었다. 도사의 친구를 괄시할 곳이 있을까. 이렇다 할 일정한 직을 가지지 못한 허균의 친구는 몽땅 해주로 이사 갈 차비를 했다. 아니 허균 자신이 그렇게 권했다.

"해주를 서울로 만들자. 내가 있는 곳이 서울이다."

허균은 호방하게 웃었다.

허균은 황해도로 떠남에 있어서 무옥巫玉이란 첩을 데리고 가려고 했다. 무옥은 재색을 겸비한 총명한 여자이며 특히 문장에 능했다. 그런데 무옥은 생각하는 바가 있어 황해도에 가지 않으려고 했다.

"나리, 소첩은 한성에 남겠사옵니다."

"그 까닭이 무엇인가."

"도사가 얼마나 높을지 모르지만 감사만 못한 것이 아닙니까. 감사되길 바라보고 도사가 되는 것 아닙니까. 나리께선 지금이 중요한 시기입니다. 수신을 잘하시어 상하의 신임을 얻어서 감사가 되셔야 합니다. 이러한 중대시기에 소첩을 데리고 가면 말썽이 나기 마련입니다."

"그대 무슨 소릴 하는고. 장부가 가는 곳에 애인愛人이 따르는 법, 잔말 말고 차비를 하시오."

"그뿐이 아니옵니다. 듣건대 나리의 친구들이 대거 출동한다고 하는데 그것도 안 될 일이옵니다. 지방의 정사를 보살피러 가는 것이지 소풍하러 가는 것이 아니지 않습니까. 나리, 황해도에 가면 서울에서 하던 작풍을 버려야 합니다."

"그따위 간섭은 하지도 마라. 사람이란 각기 살아가는 유의流議가 있는 법이다. 범처럼 살아야 하는 사람이 있고, 돼지처럼 살아야 하는 사람이 있고, 개처럼 살아야 하는 놈이 있고, 쥐새끼처럼 살아야 하는 놈이 있구."

"그럼 나리는 무엇처럼 사시렵니까."

"나는 영웅처럼, 호걸처럼 살 것이다."

"군자처럼 사실 작정은 없으신지요."

"군자? 수신제가 치국평천하 하겠다는 군자 말인가?"

"그렇소이다."

"케케묵은 소리. 군자 치고 썩지 않은 군자가 있기나 한가. 대체 수신이란 뭔가. 단정히 의관을 정제하고 앉아 도둑질할 궁리를 하는 것이 수신이다. 치가란 뭔가. 음흉한 술수를 써서 자기 집 광을 채우는 노릇이다. 치국은 또 뭔가? 윗사람에게 아첨하여 지마위록 指馬爲鹿하는 짓이다. 평천하? 이것이야말로 해볼 만하지. 그러나 그 짓을 하려다간 두頭와 동체胴體가 따로따로 묻혀야 한다."

"왜 평지에 풍파를 일으키려고 하나이까."

"풍파는 벌써 일고 있어. 내가 일으킨 게 아니다. 풍파 속에서 움츠리고 벌레처럼 사느니보다 활달한 봉황처럼 나는 살 것이다. 같이 황해도로 가자."

"소첩이 같이 가면 소첩의 말을 들어주겠습니까."

"경우에 따라서지. 그런데 나에게 뭣을 바라는가."

"소첩의 소원은 온후한 군자의 애인이 되고자 하는 것입니다. 안온한 세월 속에 자식을 키우고 글을 즐기고 사는 그런 인생을 갖고

자 합니다. 영웅도 싫고 호걸도 싫습니다. 나리, 허혼許渾의 시를 기억하고 계시지요.

英雄一去豪華盡 惟有靑山似洛中 영웅일거호화진 유유청산사낙중.”

“임자는 어찌 그런 것만 알고 이런 것은 모르는가.

榮辱升沈影與身 世情誰是舊雷陳 영욕승침영여신 세정수시구뢰진.”

결국 무옥은 허균을 따라 황해도까지 갔는데 가자마자 후회했다.

허균이 계랑桂娘이란 기생을 비롯하여 4, 5명의 기생을 동반한 사실을 안 것이다. 무옥은 여자로서의 질투보다도 허균의 신상을 걱정하는 뜻에서 따지고 들지 않을 수 없었다.

“나리, 해주에서 기방을 차릴 작정이옵니까.”

허균은 한양에서 같이 온 친구들이 소일을 위한 것이라고 했다. 사실 같이 온 기생 가운데 서양갑의 상대, 박응서의 상대가 있었다.

“나리, 황해도에도 기생이 있습니다. 나리는 그들을 업신여기는 짓을 했습니다. 여자들의 원한은 오뉴월의 서릿발 같다는데 어떻게 감당하시려고 나리는 이런 짓을 하십니까.”

무옥은 눈물을 흘렸다. 하지만 허균의 마음을 돌이킬 수 없었다.

“오뉴월 서릿발이 무서울 거야 없지.”

허균이 히죽히죽 웃으며 한 소리다. 도임하여 인사를 드리는 자리에서 허균이 감사에게 이런 말을 했다.

“본도의 주인은 감사어른 아니십니까. 제가 도사라고 해서 일을 도우려다간 되레 번거롭게만 만들 것입니다. 그러니 제가 아무 일도 안 하는 게 감사어른을 돕는 게 될 것입니다. 다행히 왜병은 물러가고 태평한 시대가 왔은즉 저는 실컷 놀 것입니다. 조정에 차차를 올리는 일이 있으면 그때 문장이나 돌보아드리지요. 감사어른 어떻습니까?"

감사 최철건은 괘씸하다고 생각했지만 한편 다행하게도 여겼다. 거만하고 경박하다고 소문난 허균이 자기의 재주를 믿고 사사건건 사무에 간섭한다면 감당하지 못할 노릇이란 짐작이 들었기 때문이다.

"허공의 뜻대로 하시오."

최 감사는 수월하게 허균의 제안을 승인했다.

이때부터가 문제의 시작이었다.

허균은 감사에게 청해 별당別堂을 마련하여 서울에서 데리고 온 기생들을 거처하게 하고 매일에 소연小宴이고 3일에 대연大宴을 베풀었다. 그러고 보니 해주읍에선 가무음곡이 끊어질 날이 없었다.

도내의 문인 묵객을 불러 놓고 시회詩會를 여는 것까진 좋았지만 갖가지 난봉꾼을 모아 잡희雜戱를 시키곤 술안주로 삼았다.

"감히 상감도 흉내 내지 못할 일이다."

"순풍淳風을 음풍淫風으로 만들었다."

"성인의 도를 땅에 떨어뜨리는 행동이다."

"왜병이 물러갔다고는 하지만 난리의 피폐에서 회생하지 못한 정황에 저런 방자한 짓이 있을 수 있는가" 등의 소연한 물의가 일었다.

이무렵 허균의 초청을 받고 해주에 와 있던 이재영李再榮은 "단보, 이래선 안 되네" 하며 비장한 어조로 말하고, 권필은 충고를 듣지 않자 "秋風忽灑西園淚 추풍홀쇄서원루"란 일곱 자를 써 놓고 떠나버렸다.

그래도 조위한은 너그러운 편이었다. 유상劉尙의 칠언절구를 계
랑의 치마에 다음과 같이 써놓고도 떠나지 않았다.

君去春山誰共遊 鳥啼花落水空流 군거춘산수공유 조제화락수공류
如今送別臨溪水 他日相思來水頭 여금송별임계수 타일상사내수두

박응서와 서양갑은 허균의 방자에 부채질을 하는 사람들이고,
심우영만이 은근히 걱정했지만 뾰족한 방책이 없었다.

그 심우영을 무옥과 계랑이 몰래 찾아왔다. 계랑은 심한 기침을
하고 있었다. 계랑이 기침을 참으며 입을 열었다.

"나리, 저를 한성으로 보내주셔요."

"왜 그런가?"

"제 몸이 이상합니다. 기침이 나고 신열이 나서 견딜 수가 없어
요."

말을 듣지 않아도 계랑의 병색은 완연했다.

"단보에게 말해보지 그래."

"막무가내예요."

이때 무옥이 말에 끼었다.

"도사께선 아무래도 자기 정신이 아닌 듯합니다. 속된 말로 하자
면 무슨 환장한 어른 같애요. 나리께서 감사 어른께 말해 따끔하게
그런 작태를 금할 수가 없겠습니까?"

"단보가 어디 감사의 말을 듣겠소."

"그래도 바로 위에 계시는 어른이 아니십니까. 감사께서 엄하게 개유하시면 혹시…."

"감사는 아예 함구하고 있을 모양이오. 허 참의의 체면을 보아서 그러는 것이겠지요만."

"이대로 계속될 것이 분명하다면 전 계랑 씨를 데리고 한양으로 떠날까 해요. 도중에서 붙들리지만 않게 하여 주사이다."

심우영이 그 청까지 거절할 수가 없어, 어떻게 해보겠다고 약속했다.

그러나 그런 모험은 할 필요는 없었다. 황해도 도민들이 조정에 글을 보내고 관찰청 내부에서도 보고가 간 모양으로 이윽고 사헌부에서 들고 일어났다.

허균은 황해도 도사로 있으면서 방자하기 짝이 없어 도민들의 증오와 지탄을 받고 있습니다. 서울의 기생들을 끌고 가선 흡사 후궁처럼 기랑妓廊을 꾸며놓고 주지육림의 추태를 연일 연출하고 있다는 것입니다. 뿐만 아니라 무뢰배들이 항시 드나들고, 무뢰배의 첩들까지 거동하여 부질없는 청탁을 일삼아 정사를 어지럽히니 방치할 수 없는 지경입니다. 하루속히 그를 파직시켜 기강을 바로 잡아야 하겠습니다.

선조는 사헌부의 상소를 보고 처음엔 허균의 재능을 시기하는 자들의 농간이 아닌가 했다. 광해군 역시 그렇게 생각했다. 즉시 내용을 소상하게 알아보라는 지시가 있었다. 사실이었다. 허균은 파직되었다.

파직된 지 한 달쯤 후 허균이 선조 앞에 불려나갔다. 선조는 그의 재주를 아껴 그냥 썩히기가 아쉬웠던 것이다.

허균이 선조 앞에 부복하자 선조가 대뜸 물었다.

"그래도 여자가 좋은가?"

"황공하오이다."

"황공하다는 말이 대답이 되는가."

"황공하오나."

"황공하오나, 어떻단 말인가."

"여자를 미워할 수 없사옵니다."

그러자 선조는 껄껄 소리 내어 웃었다.

"정직해서 좋다. 여자를 싫다고 했으면 그만이었을 것이지만 좋다고 했으니 도리가 있나. 여자를 미워하지 않기 위해서라도 자리를 마련하겠다."

이처럼 선조는 허균을 총애했다. 허균도 임금의 호의에 보답하는 뜻으로 몸가짐에 신중을 기한 것 같다.

얼마지 않아 형조정랑刑曹正郎으로 발탁되었다. 이어 춘추관 기주관을 거쳐 사예, 사복시정司僕是正 전적典籍 등을 역임 수안군수가 되었다.

선조 35년엔 원접사의 종사관이었고, 39년엔 유조의 종사관이었다. 이때 명나라의 황장손皇長孫의 탄생을 알리기 위해 주지번朱之蕃이 왔었다. 주지번은 명나라에서도 이름 높은 문사文士이다. 그와 허균 사이에 우정이 싹텄다. 주지번은 허균의 재능에 놀라 해동유

일의 재사라고 칭찬했다. 주지번은 허균과의 교제를 통해 허난설헌의 시에 접하게 된다. 주지번은 허난설헌의 시를 명나라에 유포한 사람이다.

선조 40년, 허균의 나이 39세에 삼척부사로 임명되었다. 이 무렵 허균은 깊이 불도佛道에 귀의하고 있었다.

그는 뚜렷한 유관儒冠이고 지방관이면서도 목에 염주를 걸고 있었다. 자기가 거처하는 방에 불상을 모셔놓고 향을 태우고 예불하기도 했다.

이는 당시의 풍조로선 어림도 없는 노릇이었다. 망발이라고 해도 과언이 아니었다. 삼척의 유림들이 일제히 공격에 나섰다.

이런 풍문이 조정에 들리자 사헌부가 가만있질 않았다. 사헌부는 "삼척부사 허균은 불도를 섬기는 이단자이니 파직이 마땅하다"는 상소를 올렸다. 이 상소엔 "명나라 사신을 맞이할 때에도 허균은 성학聖學을 돌보지 않고 불도를 숭상하는 방자한 말로써 나라의 체면을 어지럽힌 바 있다"는 대목이 있었다.

선조는 "문장을 잘하는 선비 가문엔 예부터 불경을 공부하는 자가 있지 않았는가. 성학에 맞서는 일이 없으면 그만한 정도로써 허균을 파직시킬 것까진 없지 않느냐"고 반문하기도 했다.

그러나 사헌부는 완강했다. 불도는 성학과는 빙탄불상용氷炭不相容한 것으로서 불도를 들먹이는 것 자체가 성학을 반대하는 것이라고 우기며 다시 상소를 올렸다.

허균은 글 잘 아는 선비로서 불경을 좋아하는 그런 유가 아니라 그 정도를 넘어 성대聖代엔 일찍이 볼 수 없는 과감한 짓을 한 자이옵니다. 항차 그의 아버지는 유학에 전심한 선비로서 이단을 배척하여 사학斯學의 우두머리로서 후진을 기른 어른이었는데 정성껏 기른 자기 아들이 이런 이단의 길에 휩싸일 줄은 꿈에도 몰랐을 일일 것입니다.

선비라면 누구나 문장을 좋아하고 견문을 넓히려고 하지 않겠습니까만 균의 행동은 그런 정도가 아닌 것입니다. 밥을 먹을 때도 경을 외고, 심지어 불단까지 만들어 놓고 승의를 입었을 뿐 아니라 염주를 목에 걸고 스스로 불제자라고 칭하는 등 그 행동은 정히 해괴망측, 목불인견입니다. 이래서야 어찌 지방수령으로서 백성의 사표가 되겠습니까. 엄히 다스려야 합니다.

선조도 어찌할 수가 없었다. 파직장을 내렸다.

허균은 파직장을 받고도 담담하였으나 그의 권속들은 그러질 못했다. 초상난 집처럼 되었다. 그것도 무리가 아닌 일이었다. 허균은 가권家眷을 편하게 하질 못했다. 여태껏 파면의 연속이라 하루도 편한 날이 없었던 것이다.

"당신은 무슨 고집이 그렇게 세어 이렇게 고생만 하게 마련인가요. 우리도 남들처럼 편하게 살아볼 수 없을까요?"

부인 심 씨가 눈물지었다.

"말 마시오. 인생사는 뜬구름과 같은 것이오. 그리고 인간의 운명은 하늘에 있소. 세상 일이 뜻대로 되는 것이 아니오. 세상이 내 뜻을 알게 뭐요. 구차스레 선비들의 비위 맞추며 사느니보다 차라리 죽을 먹을망정 뜻대로 사는 것이 속 편한 일 아니오."

이렇게 부인을 위로하고 다음과 같은 시를 읊었다.

　　오래 불경을 읽었기에 부질없는 마음도 없고 집착도 없다.
　　나의 뜻 이미 벼슬에 있지 않으니 어찌 계탄啓彈을 두려워하리오.
　　인생은 오직 안명安命에 있나니 돌아가 불도를 섬기리.

　　예교禮教는 지나치게 구속적이다.
　　세상사 모두를 이 마음에 맡기리.
　　군은 모름지기 군법을 따를 것이고 나는 내 인생에 투철하리라.

　　친한 벗 와서 위로하건만 처자는 오히려 불평이 그득하다.
　　하지만 시원한 이 마음 뜻대로 된 듯하다.
　　다행히 이백과 두보와 이름을 겨루네.」

　　허균의 불도에 대한 신심은 자못 심오하다. 당시 고루한 선비들은 당초부터 불도의 묘체를 알려고 하지 않았다. 그런데 허균은 그러지 않았다. 진실, 진리라고 보면 그것을 탐구하는 데 열과 성을 바쳤다.
　　허균의 불도에 대한 정진은 요컨대 진리에 대한 탐구심에 비롯된 것이다. 그런 까닭에 허균은 불교를 부인한 것이 아니다. 그는 유교가 정치와 인륜人倫에 유익한 것이라면 불교는 사람의 마음을 다스리는 데 유익한 것이라고 보았다.
　　"인생은 인륜으로만 되어 있는 것이 아니고 인성人性으로 되어 있는 것이다. 인성은 인륜이 이르지 못하는 데까지 뻗어있다. 인륜은 지켜져야 하는 것이지만 인성은 제도濟度되어야 한다. 인성을 제도하려면 출가해야 하고 인륜을 지키려면 입가入家해야 한다. 그런데 따지고 보면 입가 없이 출가가 없고 출가 없이 입가가 없다. 인륜과 인성은 같은 것 같으면서 이처럼 같지가 않고, 다른 것 같으면서 결국은 같은 것이다. 그러니까 번뇌煩惱가 있다.

유교와 불교는 결국 어느 편을 소중히 하느냐에 따라 달라진다. 하지만 인성이 인륜을 감쌀 수는 있어도 인륜이 인성을 감쌀 수는 없다. 그런 까닭에 재가在家의 불법이 있을 수 있는 것이다. 인생을 활용하려면 유교와 불교를 상치相馳하여 싸울 것이 아니라 상보상조相補相助하여 사람의 그릇을 키워야만 한다."

이것이 허균의 불도에 대한 기본적인 태도라고 하겠다.

허균은 주색을 좋아한다는 이유로 지탄의 대상이 되었고, 불도를 숭상한다는 이유로 배척의 대상이 되었다. 그런데 그를 잘 이해하는 사람은 이재영이었다.

"단보는 원래 독립불기의 대장부이다. 그 독립불기의 대장부가 좁은 땅에 살다보니 좌충우돌을 안 할 수가 없게 된 것이다. 주색을 좋아하는 것은 그의 횡일한 정열 탓이며 범인이 감당하지 못할 포부의 탓이다. 그가 진실하다는 것은 불도에의 정진을 보고 알 수가 있다. 얼음을 깨고 목욕재계하는 정진이 예사로울 수 없다. 단보에겐 한이 있는 것이다. 진실의 구슬을 가슴에 지니고 그것을 세상에 펴 보이지 못하는 초조함이 그로 하여금 교만하게 하고 견개狷介하게 하는 것이다. 그리고 그에겐 누구보다도 눈물이 많다. 불쌍한 친구를 그저 보고 지나치질 못한다. 단보는 만능의 사람이라도 감

378

당하지 못할 짐을 혼자 지려고 서두는 사람과 같다. "

그의 형 허성은 균을 잘 이해하고 있었다. 균이 하는 것이 일일이 마땅하지 못했지만 성은 균의 진실을 알고 있었다. 자기는 균을 나무랄 때 추상같았지만 남이 균을 욕하면 입버릇처럼 말했다.

"균은 날 곳과 시대를 만나지 못했어. 대나무를 화분에 심어놓으니 제대로 클 수가 있는가. 따지고 보면 불쌍한 놈이야. "

하지만 세상 사람들은 남을 속속들이 이해하려고는 하지 않는다.

허균은 언제나 매도와 공격의 소용돌이 속에 있었고 그것을 피하여 주색에 침륜하기도 했다.

그를 그처럼 총애한 선조도 이윽고 "그놈의 이름을 들먹이지 말라"고 하기까지 되었다.

실의失意의 시기에 허균은 혁명의 기상을 익혀갔다.

그의 둘레에 불평분자가 모이기 시작했다. 그 불평분자의 주동 인물이 박응서이고 서양갑이었다.

선조가 세상을 떠날 무렵 그들은 옛날의 피난처였던 조령의 춘추곡에 다시 모였다. 구체적인 모의를 하기 위해서였다.

그런 와중에서도 허균은 촌각을 아껴 시를 짓고 글을 썼다.

선조宣祖 41년. 새해가 밝았다.

새해는 밝았는데 임금의 생명은 황혼길에 들어서 있었다. 선조는 정릉동 행궁에 병들어 있었다.

생명이 단석旦夕에 있는 왕을 에워싸고 당파의 싸움이 치열했다.

전 공조참판 정인홍鄭仁弘이 유영경을 탄핵하는 상소를 올렸다. 영의정 유영경이 왕세자의 마음을 불안하게 하고 나아가 종사宗社를 위태롭게 하는 처사를 했다는 죄목을 내용으로 하는 상소였다. 선조는 정인홍의 상소가 임금의 마음을 동요케 할 뿐 아니라 영상領相을 모함하는 것이라고 알고 격노하여 불계不啓하는 뜻을 밝혀 이를 승정원에 내렸다.

유영경은 소疏를 올려 정인홍이 음모를 꾸미고 있다고 주장하니, 좌의정 우의정 등은 유영경의 편을 들고 유생儒生 정온鄭蘊 등은 정인홍이 옳다는 소를 올렸다.

왕은 정인홍을 영해에 유배하고 정인홍을 사주하였다 하여 이이첨李爾瞻을 갑산甲山으로 귀양 보냈다.

이런 소란이 있은 하루 후, 즉 무신년戊申年 2월 1일 선조는 숨을 거두었다. 〈조선왕조실록〉은 다음과 같이 적었다.

왕 휘는 연昖, 처음엔 균鈞. 덕흥대원군 제3자, 명종明宗 임자 7년 11월 11일에 탄강誕降. 처음엔 하성군에 봉하였다가 정묘 22년, 명종의 유명遺命으로 경복궁에서 즉위하다. 성性 총명강의, 공검자인, 영지英智 과인過人하고, 숭유중도崇儒重道 호학기의好學嗜義 사대지성事大之性이 지성이었다. 재위 41년, 춘추 57세, 시諡를 소경昭敬, 능陵을 목穆이라고 하다. …

이 무렵 허균은 건천동乾川洞 사저에 칩거하여 〈홍길동전〉을 쓰고 있었다. 〈홍길동전〉의 소재는 오래 전부터 허균의 가슴속에 익어 있었던 것인데 갑자기 집필을 결심한 데에는 동기가 있었다.

그해의 봄, 기해 적서嫡庶의 차별을 없애달라는 소疏를 올리자는 의견이 허균의 주변에 일고 있었다. 그러려면 여론을 환기할 필요가 있었다. 여론을 환기하는 데엔 소설이 제일이다. 그 소설을 많은 사람들이 읽도록 하기 위해선 어려운 한문으로 쓰는 것보다 아녀자도 읽을 수 있는 언문諺文으로 써야만 한다. 그래서 순일旬日 사이에 일기가성一氣呵成으로 쓴 것이 〈홍길동전〉이다.

> 화설 조선국 세종조 시절에 한 재상宰相이 있었으니 성은 홍이요, 이름은 모某라. 대대 명문거족으로 소년등과少年登科하여 벼슬이 이조판서에 이르니, 물망이 조야에 으뜸이요, 충효겸비하기로 이름이 일국에 진동하더라. 일찍 두 아들을 두었으니 하나는 이름이 인형仁衡이라 정실正室 유 씨의 소생이요, 하나는 이름이 길동吉童이니 시비侍婢 춘섬春蟾의 소생이라 ….

고 시작되는 이 소설은 뚜렷한 목적의식으로 쓰인 것이다.

홍길동은 서자라고 하는 신분 때문에 아버지를 아버지라 부르지 못한다. 뿐만 아니라 아버지의 총첩 곡산모谷山母가 자객을 시켜 자기를 죽이려고까지 하니 어떻게 견딜쏜가. 이럴 바엔 불의와 거짓으로 가득한 이 세상을 실컷 놀라게나 해주어야겠다고 결심한다.

이윽고 홍길동은 활빈당活貧黨의 괴수가 된다. 그리하여 평소에 익힌 무궁무진한 도술을 부려 동에 번쩍 서에 번쩍, 절간을 털기도 하고, 나라에 상납하는 재물을 약탈하기도 하고, 지방 수령들이 양민들로부터 수탈한 재물을 빼앗기도 하여 가난한 사람들에게 나누어준다.

나라에선 포도군관을 풀어 홍길동을 체포하려고 하지만 오히려 농락만 당하고 만다. 도리가 없어 임금은 길동에게 병조판서란 벼슬을 제수한다. 그러나 홍길동은 고국을 하직하고 남경으로 가다가 율도국硉島國에 정착하여 이상적인 나라를 만든다.

요컨대 이 소설은 천생천출賤生賤出의 울분을 대변하는 동시에 파사현정破邪顯正의 기개를 편 것이다. 그런 까닭에 홍길동은 실재實在 이상의 상징적 인물로 조선인의 가슴에 새겨지게 되었다.

서양갑, 박응서 등은 이 소설을 읽고 방성대곡했다.

서자의 천대와 학대는 분명히 폐단이었다. 뜻있는 사람들은 이런 폐단을 없애야만 된다고 건의하기도 하고 주장도 하였다. 그러나 고루固陋완고한 속유俗儒들의 반대로 아무런 보람을 얻을 수가 없었다.

"우리나라 인물이 중국보다 적은데 어찌 적서의 차별을 할 것이며, 또한 인신人臣의 충의를 원코자 하는 마음이 어찌 적서의 차별에 따라 다르겠는가."

조광조趙光祖는 사람을 써본 다음 자기의 분수를 어기는 죄가 있으면 법에 따라 엄중히 다스리면 될 것이 아니냐고 주장했다. 이이李珥, 성혼成渾 등도 조건부였지만 서자들의 등용을 상소한 바가 있다.

이러한 상소가 계기가 되어 선조 때엔 서자를 등용해야 하느냐, 등용하지 말아야 하느냐의 토론이 일기도 했는데 임진란이 터지고 보니 나라에 많은 군사와 인재가 필요하게 되어 일시 미봉책으로 서자에게도 미관말직을 주어 이들을 이용했다.

난이 끝나자 멎은 듯하던 당쟁이 격화되었다. 동시에 계급관념이 더욱 굳어졌다. 서자들의 출셋길이 다시 막혀버리고 말았다.

임진란과 정유란에 일시 이용된 적이 있었기 때문에 서자들은 조정의 처사와 양반들의 태도에 배신감을 갖게 되었다. 그들을 분격하게 한 사실은 비일비재했는데 그 가운데서도 서자들을 격분케 한 것은 홍계남 장군에게 대한 조정의 처우였다. 홍계남 장군은 임진란에 혁혁한 공을 세운 것이다.

난중엔 영천군수의 직위에 임명되기도 했는데 그가 장렬한 전사를 했는데도 공신功臣의 서열에 끼지 못했다. 상소를 해보자는 의견은 선조 40년, 즉 선조가 죽기 전 3개월쯤이었다. 발설자는 심우영이었다.

"상소는 해서 뭣하게."

박응서가 반대했다.

"무슨 놈의 상소인가. 쓸데없는 짓 하지 말고 싸울 준비나 하자."

서양갑도 반대했다.

"할 수 있는 수단은 다 써보는 것이 온당한 길 아니겠는가."

허균이 타일렀다.

"병석에 있는 자가 우리가 올린 소를 읽기나 하려구."

서양갑이 볼멘소리를 했다.

"그러나 상소할 준비나 해두자. 단보가 멋진 소설을 쓸 작정이라니까 그걸 읽으면 혹시 마음이 움직일 수도 있지 않겠나."

심우영이 조심스럽게 말했다.

"준비를 해두는 거야 좋겠지."

이경준이 한 말이었다.

그러나 그 이상으로 진전이 없었던 것인데 서양갑이 허균의 〈홍
길동전〉을 읽곤, "사람 같으면 이걸 읽고 생각이 달라지겠지" 했다.

그때 선조가 죽었다. 광해군이 즉위했다.

광해군은 선조에 비하면 과단성도 있고 융통성도 있을 것이란 전
제하에 상소하기로 했다.

이재영이 초草를 잡기로 하고 허균이 감수하기로 했다.

처음엔, "적서의 차별을 철폐하라"고 했다가 그것은 너무 과격하
다는 의견이 나와, "서자들에게도 등용의 길을 열어 달라"는 요지
의 온건한 문장으로 바꿨다.

이재영의 문장은 절실했다. 허균이 손을 볼 틈서리가 없었다.

"인륜에 적서嫡庶가 있을 수 없는 까닭은 엄연한 부자의 관계를
보아서도 알 일이오. 당연히 효도가 숭상되어야 한다면 충의는 바
로 효도를 근본으로 하는 것이고, 충효일체이거늘 충과 효를 이간
시켜 인륜의 대도를 어지럽히는 것은 성학聖學이 용서할 바가 아니
오"라는 대목에 이르러선 허균이, "이것이야말로 대문장이다" 하고
감탄했다.

"따지고 보면 자기도 서출이니 생각할 바가 있겠지."

박응서가 말하자 서양갑이

"따지고 보나마나 광해군은 서출이 아닌가. 따지고 볼 지경이면
서출이 임금 노릇을 하는데, 서출이라고 해서 벼슬할 수 없다는 게
우스운 일 아닌가. 아무튼 이 상소로써 결말을 짓자. 만일 들어주
지 않는다면 결단을 내는 거지."

하고 입을 다물었다.

상소문은 서양갑, 박응서, 심우영, 이경준, 박치인, 김경손, 이재영 등의 연명으로 제출되었다.

　　한 달을 기다려도 조정으로부터의 반응이 없었다.

　　허균이 애가 타서 형 허성에게 상소의 경과를 알아보았다.

　　"기대할 것 없다"는 짤막한 대답이었다.

　　허균이 서양갑, 박응서 등을 불러 상소의 보람이 없다는 것을 알리고 이어 다음과 같이 말했다.

　　"지금 조정은 난맥하기 짝이 없다. 선왕의 유교는 '동기를 사랑하길 내가 재세한 때와 같이 하라'고 했는데 선왕의 뼈가 마르기도 전에 임해군을 귀양 보내고 그 노복들을 주살했을 뿐 아니라 임해군의 유모의 생질들까지 죽이고 있다. 그것뿐인가 선왕의 유교를 받은 중신들을 예사로 죽이고 있다. 명나라는 광해군이 즉위했다고 듣자 '마땅히 장자가 승계해야 할 것이 아니냐'면서 광해군의 즉위를 승인하지 않을 모양이다. 게다가 요동도사遼東都司로 하여금 임해군은 사질査質하는 동시에 군민軍民들의 여정輿情을 살피게 했다. 건주建州의 누르하치奴兒哈赤, 淸太祖가 이미 회파부락을 공략하고 우리 국경을 침범하고 있다는 이야기다. 그야말로 국내외로 누란의 위기에 놓였다고 할 수 있다."

　　여기서 일단 말을 끊었다가 말소리를 낮추어 다시 시작했다.

　　"사태가 이러니 임금에게 기대할 아무것도 없다. 오직 우리들의 지모와 능력으로 나라를 바로잡을 수밖에 달리 도리가 없다. 지금부터 우리는 더욱 무술을 연마해야 하겠다. 자금을 모아야 하겠다. 조정의 관리들을 매수할 수 있는 데까지 매수하고 설득하여 되도록

이면 많은 사람을 우리 편으로 만들어야 하겠다. 한마디로 조정을 뒤집어야 하겠다. 거사를 했다고만 하면 도탄에 빠져 있는 백성들은 벌떼처럼 일어날 것이 아닌가."

"단보, 고맙네. 단보가 우리 편이니 아무런 걱정도 없다. 그러나 단보, 조정을 뒤엎는 일은 우리에게 맡겨두게. 단보는 뒤에서 지켜보아야 한다. 단보는 광해군의 심복이 아닌가. 언제 출사하게 될지 모를 일 아닌가."

"나는 그런 자의 신하가 되고 싶지 않다. 요 몇 달 동안 그자가 하는 짓을 보니 정이 떨어졌다. 나는 그자의 신하가 되느니보다 자네들과 같이 싸우다가 죽기를 택하겠다."

"단보, 무슨 소리를 하는가. 우리는 단보가 광해군의 신하가 되라는 얘기를 하는 게 아니다. 우리들의 울이 되어달라는 것이다."

"그렇다. 항상 우리는 그렇게 바라고 있었던 것 아닌가. 단보는 조정에 남아 있어야 하네. 우리들을 위해서."

박응서도 간절히 말했다.

"딱한 소리를 하는구나. 내가 조정에 있다고 해서 무슨 힘이 되겠는가. 탄핵문 한 장에 목이 날아가는 정황을 보지 못했는가."

허균은 거사의 계획과 준비에 대한 상세한 의견을 말했다.

일동은 허균의 의견을 경청했다. 그러고도 허균에게 출사할 기회를 놓치지 말라고 당부했다.

"우리들의 거사를 위해서 당부하는 거다. 단보의 영달을 위해서 하는 소리가 아니다."

서양갑이 정색을 하고 한 말이다.

허균이 "알았다"고 했다.

허균은 평소 서양갑을 높이 평가하고 있었다. 당대의 영웅이라고 격찬하고 다음과 같은 글을 지어 서양갑의 사기를 북돋아주곤 했다.

眞龍未起 假狐先鳴 진룡미기 가호선명

(진짜 용은 아직 일어나지도 않았는데 가짜인 여우는 먼저 운다.)

진짜 용은 서양갑을 가리키는 것이고, 가짜인 여우란 광해군을 가리키는 말이다.

허균은 광해군을 좋게 여기지 않았으나 광해군은 허균을 잊지 않았다. 그가 즉위한 지 넉 달 만인 6월 8일 광해군은 허균에게 실직實職을 제수하고 9월 6일 허균을 형조참의에 임명했다. 형조참의의 직위에 있으면서도 서자들과의 교유엔 변함이 없었다.

이듬해 허균은 진주부사陳奏副使로 명나라에 가서 주지번과의 교의를 새롭게 하고 천주교의 기도문을 구해왔다.

그러는 동안 서양갑 일당은 춘천 여강驪江 근처에 굴을 파고 동지들이 침식을 같이 할 근거지를 만들고, 강가에 무륜정無倫亭이라고 이름한 정자를 지었다. 무륜이란 유교를 숭상한다면서 기실 위선의 늪에 허우적거리는 놈들을 무시한다는 뜻으로 지은 이름이다. 지금으로 치면 무정부주의자無政府主義者들의 결사라고나 할까.

그들은 스스로를 강변칠우江邊七友라고 부르고 죽림칠현竹林七賢을 자처했다. 술을 통음痛飮하고 고가비분高歌悲憤하며 칼을 휘두르기도 하고 활을 쏘기도 했다. 굴 안엔 양식과 고금의 명서를 쌓아놓고, 낮엔 병서를 읽고 밤엔 무술을 익혔다. '일당백'의 기량을 갖추려는 것이 그들의 목적이었다.

광해군 원년 6월 15일, 명나라의 차관差官이 온다는 소식이 있었던 때였다. 허균이 이 기회를 놓치지 않도록 서양갑 일당에게 일렀다.

이들은 세밀한 계획을 짰다. 무술이 뛰어난 서양갑, 허홍인 등이 화살로 남별궁南別宮 문밖에서 명나라 사신을 쏘아 소란을 일으켜 수라장이 된 틈을 타서 미리 매복시켜둔 병종들로 하여금 궁궐을 점령하도록 한 것이다.

그러나 이 계획은 수포로 돌아가고 말았다. 명나라 사신들의 경호가 너무나 엄중했기 때문이다.

이 얘기를 듣자 허균이 서양갑 등을 힐책했다.

"전략은 단일일 수 없다. 제1의 전략, 제2의 전략, 제3의 전략을 짜놓고 임기응변으로 가장 적당한 전략을 채택해야 하는 것인데, 그러지 못하고 단일전략으로 임한다는 것은 요행을 기다리는 것밖에 될 수 없다. 투기나 도박과 다를 바 없다. 그런 주제에 손자병법은 무엇 때문에 익혔으며, 육도삼략을 배운 것이 무슨 보람인가."

진주부사로서 명나라에 갔다가 돌아온 허균은 과거의 시관試官으로 임명되었다. 원래 과거의 타락을 분개하고 있기도 했지만 그 무렵의 허균은 과거의 권위를 믿지 않고 있었다. 시관들이 서로 짜고 권문세가의 자식들을 뽑는 실상도 보기 싫거니와 당당한 능력자가 서출이라고 해서 응시조차 할 수 없는 사정이 저주스럽기만 했던 것이다.

그해 가을에 과거가 있었다.

허균의 9촌 조카 되는 사람이 응시한다는 것이었다. 그 응시자의 아버지는 허균의 삼종형이었다. 삼종형이 아들을 데리고 와서 잘 부탁한다고 했다.

"부탁한다고 해서 될 일이 아닙니다."

일단 거절을 했으나 한두 마디 말을 건네 보는 동안에 허균은 그 9촌 조카의 재기才氣에 놀랐다.

논어에 나오는 十有五五志, 三十而立, 四十不惑…의 대목의 뜻을 묻자, 그 조카가 대답하기를 "공자가 하나마나한 소리를 한 것이오"라고 했다. 허균이 깜짝 놀라 그 까닭을 물었다.

"입立 하고 불혹이 뭐가 다릅니까" 하는 반문이 돌아왔다.

재여宰予가 낮잠을 자다가 들켰을 때 공자가 '분토糞土로선 담장을 바를 수도 없다'고 한 대목에 대해선 "공자가 다른 곳에서 말한 '기서호其恕'라는 것과 모순당착을 일으킨 것이 아닙니까?"라고 했다.

"잠깐 낮잠을 잤기로서니 사람을 분토에 비하는 것은 너무하지 않습니까?"라는 것이다.

그의 말이 하도 당돌해서 자기의 어릴 때를 상기하는 기분이 되는 동시, 그런 마음의 경사傾斜로선 이 아이가 과거에 급제하긴 틀렸다는 생각을 했다.

그것이 안타깝기도 해서 허균이 "왜 과거를 볼 생각을 했느냐?"고 물었다.

"제가 과거를 볼 생각을 한 것이 아니라 아버지께서 과거를 보일 생각을 한 것입니다."

"급제할 자신이 있느냐?"

"시관試官이 공명정대하면 급제하겠지요."

"시관이 공명정대할 것으로 생각하나?"

"아마 공명정대하지 않을 것입니다. 그러니까 낙방하겠지요."

"낙방하면 어떻게 할 텐가?"

"아버지가 실망하시겠지요."

"너는?"

"실망하는 아버지를 보는 것이 딱하겠지요."

"그것뿐인가?"

"그 외에 달리 무슨 생각이 있겠습니까?"

조카를 보내놓고 허균은 무슨 일이 있어도 그를 합격시켜야겠다고 마음을 먹었다. 자기가 시관이 아니고선 그애는 평생 과거에 합격할 수 없을 것이란 생각이 들었기 때문이기도 했다.

답안지를 펴들고 보니 안심이 되었다. 수월하게 급제의 권圈에 들어갈 수 있었기 때문이다.

그런데 '대책'對策에 가서 곤혹을 느꼈다. '대책'의 과제科題는 '대병란책'對兵亂策, 즉 병란에 있어서 어떻게 대처해야 하느냐 하는 것이었는데 대뜸 모두의 글귀가 당돌했다.

兵亂之因不在民 專負其因上層者 병란지인부재민 전부기인상층자
(병란의 원인은 백성에게 있는 것이 아니다. 오로지 그 원인은 상층에 있는 사람에게 있다.)

말인즉 옳다. 백성이 전쟁을 일으킬 까닭이 없고 오직 조정의 정사가 잘못되어 전쟁이 발생하는 것이니까. 그러나 이 답안이 그냥 통할 순 없는 것이었다. 상층자를 임금이라고 해석하는 자가 나타나면 문제가 될 수밖에 없다.

허균은 망설이긴 했으나 최고의 평점을 내려 다른 시관을 누르고 조카를 급제시켰다. 그것이 문제가 되었다. 시관의 일부가 그 문제를 삼사三司에 제소했다. 삼사는 본래 허균을 좋게 생각하지 않는 곳이다. 이윽고 탄핵문이 임금 앞에 제출되었다.

"허균이 주상을 모독하는 문장에 접하고도 자기의 친척을 두둔하여 급제시킨 것은 나라의 기강을 유린한 것이다. 그 관직을 삭탈하고 엄중히 처벌해야 한다" 는 요지였다.

광해군도 상층자는 자기를 가리킨 말이라고 생각했던 모양이다. 즉시 파직시키고 경성에서 추방하라는 전교가 내렸다.

허균이 자기 석명釋明을 했으면 구제될 수 있었지만 그러지를 않고 그날로 당장 책 꾸러미를 싸서 등에 메고 태인泰仁으로 갔다.

가족들과 친구들의 상심은 아랑곳없이 허균은 태인에서 독서삼매, 저작삼매著作三昧의 나날을 보냈다.

부안扶安의 기생 이매창李梅窓을 찾아가 교유하게 된 것은 이 무렵에 있었던 일이다. 허균은 매창을 좋아했음에도 그녀와의 육체적 관계는 없었던 것으로 알려져 있다.

태인에서 한 저작은 〈한정록〉閑情錄 17권이다. 은거생활에 필요한 내용들을 적은 것인데, 은둔隱遁, 고일高逸, 한적閑適, 퇴휴退休,

유흥遊興, 아치雅致, 숭검崇儉, 임탄任誕, 광회曠懷, 유사幽事, 명훈名訓, 정업靜業, 현상玄賞, 청공淸供, 섭攝, 치농治農, 병화인瓶花引 등의 순서로 되어 있다. 그 제1권 운둔隱遁은 이렇게 시작된다.

巢父者堯之隱人也. 山居不營世利, 秊老以樹爲巢而寢其上故 時人號曰巢父. 堯之讓許由也 以告巢父 巢父曰汝何不隱 汝形藏汝光 若非吾友也

(소부巢父는 요堯 시절의 은자隱者인데, 산 속에 살며 세속의 이욕利慾을 도모하지 않았다. 늙자 나무 위에 집을 만들어 거기에서 자므로 당시 사람들이 ‘소부’라고 했다. 요가 천하天下를 허유許由에게 양여讓與하려 할 때, 허유가 소부에게 가서 그 말을 하자 소부가,

“자네는 어찌하여 자네의 형체를 숨기지 않고 자네의 빛깔을 감추지 않는가?” 하며, 그의 가슴을 밀쳐 버리므로 허유가 서글픔을 주체하지 못하여, 청랭淸泠한 물가를 지나다가 귀를 씻고 눈을 씻으며 말하기를,

“전일에 탐욕스러운 말을 들음으로써 나의 벗을 저버리게 되었도다.” 하고, 드디어 떠나 일생을 마치도록 서로 만나지 않았다.)

〈치농〉治農은 농사법을 기술한 것으로 소상하기 짝이 없다. 은둔을 들먹이고 고일, 한적, 유흥, 아치를 숭상한 사람이 어찌 농사법에 그처럼 밝았는가 싶으니 의외의 감이 없지 않다.

허균이 태인에 은거하고 있을 무렵에도 서양갑 등은 혁명을 위해 자금조달에 열중하고 있었다. 그들은 쌀장사, 나무장사도 하고 해주지방에 가선 소금장사도 했다.

정협, 허홍인, 박종인 등은 왕사王使라고 사칭하여 부호 이의승의 집에 침입해선 역적문서를 수사한다는 트집을 잡아 금·은 등 보물을 탈취했다.

광해군 4년 이후 이들은 허종인, 유인발, 김평손 등과 여러 차례 경상도를 내왕하면서 은상銀商들을 타살하는 등 강도살인 행위를 하기까지 하여 많은 군자금을 모았다.

이렇게 그들의 거사계획은 착착 진행되어갔다.

태인에서의 나날은 덧없이 흘러만 갔다. 가끔 뜻밖인 자극이 없지 않았지만 무료한 한일월閒日月임엔 틀림이 없었다.

무더운 여름이 지나고 가을의 청량함이 살결에 느껴질 때가 되었다. 마루에 걸터앉아 허균은 동산 근처에 떠오른 달을 보며 한숨을 지었다. 반달이었다. 그것을 보고 허균이 중얼거렸다.

"추석이 가까워지는군."

그날은 광해군 4년 8월 10일이었다. 추석이 가까워 온다는 것이 허균의 감회에 쓸쓸한 빛깔을 더했다.

방으로 돌아가 관솔불을 켜고 책을 폈다. 우연히 편 책이 누님 난설헌의 시문집이었다. 균 자신이 정성껏 모아 찬撰한 책이다. 박명薄命으로 돌아간 누님을 생각하는 건 언제나 슬펐지만 누님의 시문을 읽는 것은 다시없는 위안이기도 하다.

허균은 정좌를 하고 그 시문집 가운데서 〈어가오〉漁家傲라는 사詞를 찾았다. 〈어가오〉는 임진란 때 강릉으로 피란 가서 스스로 지은 〈학산초담〉鶴山樵談에 정열을 다해 논급한 적이 있는 시이다. 그만

큼 감동이 컸던 난설헌의 작품이다. 한참을 바라보다가 낭송을 시
작했다.

庭院東風恻恻 墙頭一樹梨花白 정원동풍측측 장두일수이화백
斜倚玉欄思故國 歸不得 사의옥란사고국 귀부득
連天芳草凄凄色 羅幌綺窓隔寂寞 연천방초처처색 나막기창경적적
雙行粉淚霑朱臆 江北江南煙樹隔 쌍행분루점주억 강북강남연수격
情何極 정하극
山長水遠無消息 산장수원무소식
(뜰에 동풍이 분다. 담장머리에 있는 한 그루 나무에 배꽃이 희다.
옥으로 된 난간에 비스듬히 기대어 고국을 그리워하지만 돌아갈 수
가 없다. 방초는 싱그러운 빛으로 하늘에 닿도록 우거져 있고, 비단
장막이 걸린 아름다운 창문은 적막하게 닫혀 있다. 화장한 얼굴 위로
흐르는 두 줄기 눈물이 붉은 가슴을 적시니 강북, 강남의 나무들은
안개에 싸여 나의 정은 끝 갈 데를 모를 지경이다. 산은 길고 물은 멀
어 소식조차 들을 수가 없구나!)

허균은 마지막 구절 '山長水遠無消息'을 되풀이해 읊고는 북받쳐
오르는 눈물을 어쩔 수가 없었다.

귀하게 여기며 사랑해주던 둘째형 봉篈이 세상을 떠난 지가 언제
이던가. 그 자상하고 섬세한 정을 베풀어주던 누님 난설헌이 세상
을 떠난 지가 언제이던가. 남아 있는 것은 오직 장형인 성筬뿐이다.
그런데 그 형에겐 언제나 걱정만 끼치고 있는 것이다. 형을 위해서
만이라도 마음을 고쳐먹어 볼까! 아니다. 일은 이미 늦었다. …

양 뺨을 축축이 적신 눈물을 닦을 생각도 없이 하염없이 앉아있는데 사립문 밖에 인기척이 났다.

"단보" 하는 말소리가 있었고, "도련님" 하는 말소리가 잇따랐다.

둘 다 귀에 익은 소리다.

허균이 벌떡 일어나 사립문 쪽으로 나갔다. 사립문을 열었다.

이재영李再榮이 덥석 허균의 손을 잡았다. 허균이 그의 어깨를 안았다. 이재영은 한 달 전에도 허균을 찾아왔던 사람이다. 이재영을 만난다는 것은 언제나 반가운 일이다.

"안으로 들어가세."

이재영이 말했다.

"빈객이 왔으니 술이 있어야 할 것 아닌가. 내 마을에 가서 술을 구해가지고 오지."

하고 바깥으로 나가려는 허균을 "술은 이따가 하기로 하자"며 이재영이 안으로 들어갔다.

마루 위에 무릎을 꿇은 이재영이 말문을 열었다.

"단보, 침착하게. 악록대감이 돌아가셨다."

허균이 귀가 번쩍했다. 악록대감이란 형 허성을 뜻하는 것이다.

"어제 새벽에 갑자기…."

장쇠가 울먹거렸다.

아버지 엽이 죽은 후 허성은 허균에게 아버지나 다를 바 없었다. 그의 개유는 엄했지만 정이 있었고, 균에게 잘못이 있으면 나무라기에 앞서 위로가 있었다.

허균의 울음이 처량함을 더하자 이재영이 위로했다.

"슬픔을 참는 것도 군자의 도리가 아닌가. 악록대감으로 말하면 향년 65세이니 살 만큼 사셨다. 뿐만 아니라 위位 인신을 극極하고 도 이 난세에 고종명考終命하셨으니 더 바랄 나위 없지 않은가."

사실 그 당시 높은 벼슬을 하면서도 이렇다 할 액厄 없이 65세를 산다는 것은 드문 예에 속했다. 그러나 허균의 마음이 그로써 위안을 받을 순 없었다. 한마디로 이제 허균을 감싸줄 울은 죄다 부서져버린 셈이다.

그사이 장쇠는 마을을 내려갔던 모양이다. 어떻게 구했던지 술을 구해가지고 왔다.

균이 장쇠를 시켜 뜰에 멍석을 깔게 하곤 상을 차렸다. 그 위에 술을 따라 놓고 서울을 향해 망배望拜를 했다. 임종을 지켜보지 못하고 장례에 참석하지 못한 스스로의 비례非禮를 그렇게 사죄하는 허균이었다.

이튿날 하인 장쇠는 돌려보내고 이재영이 허균의 우거에 남았다.

허균이 가장 궁금한 것은 서양갑, 박응서 등의 동태이다.

"요즘 도통 그들을 만날 수가 없지만 듣건대 다들 열심히 일을 꾸미고 있는 모양이다. 꽤 돈도 모았다고 하더군. 그러나 단보는 일절 개입하지 말게. 단보의 주변엔 언제나 살피는 자가 있다는 것을 알아야 할 걸세."

이재영이 소리를 낮추었다.

"이이첨과 정인홍의 동태는 어떠한가."

"세상은 바야흐로 놈들의 세상이다. 정인홍은 경상도 합천에 있

396

으면서도 광해군의 신임이 워낙 두터우니 못할 짓이 없다네. 이이
첨은 자기가 하고 싶은 일이면 모두 정인홍의 의견이라고 하여 아
뢰는 모양이다. 그러면 광해군은, 그저 좋다고 윤허한다는구먼.
이이첨이 미리 일을 처리해놓고 인홍에게 알리면 인홍이 그걸 전부
추인追認한다고 하니 아삼육 작부작이란 말이 나돌고 있지. 장관인
것은 정인홍의 덕을 송頌하는 상소가 매일 한 수레가 넘는다는 거
여.”

“썩어빠진 놈들! 그런 부유腐儒들로 이 나라는 망할 걸세.”

“망한 나라가 다시 망하면 어떻게 되겠나. 광해군은 속절없이 정
인홍에게 의지하고 있다고 해. 정인홍은 과거에 등제하지 않은 일
개 생원이 아니었던가. 생원으로서 상위相位에 오른 자는 근세에선
유일인唯一人이라네. 광해군은, 정인홍이 비록 나의 상相이 되지 않
더라도 타일 묘정廟庭에 배향할 때엔 상위相位로서 모셔야 한다고까
지 했다는군.”

“결국 광해군은 이이첨의 농간에 놀아나고 있다는 얘기가 아닌
가. 정인홍도 이이첨의 농간에 놀아나고 있는 거다. 내가 보기엔
정인홍은 강직하고 결백해. 그자의 험은 견문의 부족이다. 조정이
돌아가는 기미를 전연 모르고 이이첨의 말만 듣게 돼 있는 것이 탈
이다. 이이첨은 정인홍의 그 강직함을 이용하려고 그를 하늘처럼
받들고 있는 거다. 시골 생원이 뭘 아는가. 서울 권세가가 받드는
바람에 정신이 멍청해진 거다. 두고 보게나, 정인홍이 이이첨의 죄
까지 다 뒤집어쓸 테니까.”

하고 허균이 주위에 사람이 없는데도 불구하고 이재영의 귀에 바짝

입을 갖다 대고 소곤거렸다.

"광해조는 망하게 돼 있어. 그것도 불원간에. 광해조가 망할 때 정인홍은 살아남지 못할 것이여. 불쌍한 노인!"

"단보, 남의 걱정 말고 자네 걱정이나 하게."

하고 이재영은 입을 다물어버렸다.

이것은 이재영의 예감이 시킨 말이다.

"귀양살이 하는 내게 걱정해야 할 무엇이 있겠나. 야거夜去이면 일래日來이고, 일거이면 야래인데. 유주有酒이면 득락得樂이고 무주無酒이면 공수拱手라."

허균은 허허하게 웃었다.

"단보의 마음이 꼭 그대로라면 좋겠네만."

하고 이재영이 입을 다셨다.

"아무래도 위태로워."

"뭣이 위태로운가."

"박응서, 서양갑 등과의 사이를 두고 하는 말일세."

이재영 자신도 서출이어서 박응서, 서양갑 등과 깊이 사귀고 있는 처지였지만 반란음모에 가담할 뜻은 없었다. 그래서 그들을 경이원지敬而遠之했던 것이다. 그 반면 이재영은 허균에 대해서만은 성심성의였다. 오죽했으면 그들을 아는 사람은 이재영과 허균을 형영상반形影相伴이라고 했을까.

이재영은 허균을 그 문재文才만으로도 이 세상에 태어난 보람이 있는 사람으로 보고 항상 "천불여이물天不與二物이니 문재文才를 아껴 권도權道를 탐하지 말라"고 충고해왔다.

"여보게."

허균이 나직이 불렀다.

"뭔가."

이재영이 고개를 들었다.

"자넨 내가 꼭 위태스러운가."

"꼭이라고 할 것까지야 없지. 가끔 그런 생각이 든다 뿐이다."

"그렇다면 이 기회에 내 진심을 털어놓겠다. 앞으로 자네와 나는 만나지 않는 것이 좋겠다."

"그것 무슨 소린고."

"내가 위태로우면 자네도 위태로운 걸세. 누구나 우리를 형영상반, 이신동체로 생각하고 있지 않는가. 그러니까 내게 무슨 일이 생기면 자네도 온전할 수 없단 말일세."

"……."

"자네에겐 아직 말하지 않았네만 나는 박응서와 서양갑 등과 동사同事하길 결심하고 있네."

"……."

"자넨 나의 문재를 살 보람이라고 했네만 그 문재가 도대체 뭔가. 철리哲理는 불급노장不及老莊 불수공맹不隨孔孟이고, 시문은 당송팔가唐宋八家를 비롯하여 건안建安의 문사들에게 족탈미급足脫未及인데 그걸 갖고 생의 보람을 삼으란 말인가. 보다도 이두李杜의 시로써 배고픈 백성들의 창자를 채울 수 있는가. 이하李賀, 이상은李商隱의 현란한 시재詩才로써 학정虐政에 시달린 백성들의 원한을 풀어줄 수 있겠는가. 아니네. 장부 생生을 이 나라에 받았으면 백성들에게 한

천루天의 자우慈雨처럼 되어야 하느니. 무식한 미물이어서 지각이 없으면 또 모르되 지각 있는 사람으로서 무도無道한 경우를 겪으며 암군暗君에 대한 충성을 의義로 삼는다면 이는 나부懦夫가 할 짓이요, 겁자怯者의 비굴이 아니겠는가. 박응서, 서양갑은 자기들의 억울함을 천하의 억울함으로 알고, 불쌍한 백성들을 위해 생로를 틔워 만세의 기틀을 놓고자 하는 열사들이다. 모사謀事는 재인在人이고 성패成敗는 재천在天이다. 성成이면 생生이고, 패면 사死이다. 암우교격暗愚矯激한 왕의 일존으로 쓰레기처럼, 먼지처럼 꺼져 없어져버리는 생명이 무엇이 그처럼 아깝다는 것인가. 성사가 되면 삼천리 근역槿域에 복락福樂이 가득해질 것을!"

흥분한 허균의 목소리가 차차 높아지려고 하자 이재영이 방문을 열고 주위를 살폈다. 그것도 모자라 그는 일어서서 집 근처를 한 바퀴 돌아보곤 사립문을 새끼로 꽁꽁 묶어 닫았다.

이재영의 창백한 얼굴을 허균이 한참 동안 응시하더니 말했다.

"이쯤이면 내 뜻을 알았을 것 아닌가. 빨리 내 곁을 떠나게. 강원도나 경상도 산골에 가서 사는 게 나을 거여. 나와 친하다고 하여 억울한 죽음을 당해서야 되겠는가. 자네가 떠난다고 해도 자네의 우정을 잊지 않겠네."

"단보, 무슨 말을 그렇게 하는가. 자네의 비밀을 안 이상 나는 자네 곁을 떠날 수가 없다. 나는 벌써부터 단보와 생사를 같이 하기로 마음속에 정해놓고 있다. 그러니 단보, 있는 방책을 소상하게 일러주게. 혹시 내 지혜가 도움이 될지 모르는 일 아닌가. 그러나 나를 믿지 못하겠거든 그만두어라."

400

"자네를 믿지 못한다면 당초 내가 말을 꺼내 놓겠는가. 내가 한 말만으로도 이미 역적이 되기에 충분한데. 하지만 내가 구체적인 방책을 말할 수 없는 것은 그 일체의 방책을 박응서와 서양갑에게 맡기고 있기 때문이고, 그 방책의 진척을 지금 내가 알지 못하고 있기 때문이다."

"대강의 방향은 정해져 있을 것이 아닌가."

"가장 바라는 바는 역성혁명易姓革命이다. 자네에겐 설명할 필요도 없이 이씨조선은 이미 나라가 아니다. 예교禮敎는 패륜悖倫이고 정사政事는 불궤不軌이다. 그들이 숭앙하는 삼강오륜은 갈기갈기 찢어져 헌 걸레조각같이 되어버렸다. 마땅히 역성혁명을 하는 것이 천도天道에 따르는 일이다. 그런데 썩어빠진 선비들의 몽蒙을 틔운다는 게 쉬울 까닭이 없다. 부득이 역성혁명은 앞으로의 단계로 미루고 반정反正을 꾀할 수밖에 없다. 광해군은 반드시 영창대군永昌大君을 해치려 들 것이다. 그때 거사擧事한다. 선조宣祖의 유교遺敎를 받은 7신七臣. 아아, 그 가운데의 하나인 내 형은 돌아가셨구나. 그러나 유교遺敎의 6신六臣은 남았다. 이 6신을 대의명분의 방패로 하고 무력은 우리들이 제공하여 일거에 반정을 도모하는 거다. 영창이 아직 어리니 인목대비로 하여금 수렴청정케 하여 우리 포부대로 경륜대로 정사를 편다. 이것이 지금에 있어서의 우리의 방향이다."

이재영이 고개를 떨구고 듣고만 있더니 뚜벅 물었다.

"무력이 간단하게 모여질까?"

"그래서 서양갑이 돈을 모으려고 서둘고 있는 게 아닌가. 일단 일이 터졌다 하면 영창대군의 편에 설 장병이 호응할 것이 아닌가."

그래도 이재영의 얼굴엔 석연치 않은 빛이 있었다.

"이쯤 알았으면 될 게 아닌가. 지금이라도 늦지 않다. 우리와 동사同事할 마음이 없으면 빨리 이곳을 떠나라!"

"내 마음은 이미 결정되었다. 떠나란 말은 다신 말게. 내가 지금 생각하는 건 이왕 거사할 바엔 필성必成을 기해야 한다는 것이고, 이 거사에 내가 맡아야 할 직분을 알고 싶을 뿐이다."

"자네의 직분은 내 곁에 있는 것이다. 박응서와 서양갑에겐 접근할 필요가 없다. 항상 내 곁에 있으면서 나의 의논상대가 되는 것. 그것이 자네의 직분이다."

"내 생각을 말하면."

하고 이재영이 이런 제안을 했다.

"이 일의 필성을 기하려면 먼저 이이첨을 제거하고 정인홍을 제거해야 한다. 놈들은 호시탐탐 영창대군의 주변을 살피고 있다. 그렇게 하곤 조금이라도 의심이 가는 사람이면 고의로 죄를 만들어 제거한다. 그런 짓을 방치해두면 점점 우리들의 편이 줄어든다."

"이이첨을 제거해선 안 돼. 이이첨이 반드시 영창대군을 해치려고 들 것이다. 그것을 계기로 거사할 참인데 그 계기를 없애버리면 거사할 명분을 찾을 수가 없지 않는가."

허균의 말엔 일리가 있었다.

이재영이 중얼거렸다.

"단보의 말은 옳긴 하다. 그러나 이이첨의 술수를 깔봐선 안 돼. 그는 비상한 놈이다."

허균과 이재영 사이에 이런 말이 오간 날로부터 한 달 가까이 지난 후 우찬성右贊成 벼슬에 있던 정인홍이 우의정이 되었다.

그야말로 천하는 정인홍, 이이첨의 것으로 된 것이다.

허균의 마음은 이미 광해군에서 떠나 있었는데 광해군은 그래도 허균을 잊지 못하고 기회 있을 때마다 균을 조정에 불러들이려고 했다.

즉위하자마자 허균을 첨지중추사僉知中樞事에 임명한 적이 있고, 명나라에서 책봉정사冊封正使 유용劉用이 왔을 때는 실직實職을 조작하기까지 하여 접대사로서 균을 등용하곤 했다. 그럴 때마다 3사의 반대에 부딪쳐 그 재직을 오래 유지하지 못했다.

그런데 광해군은 왜국倭國의 정세에 관해 궁금증이 생기자 또다시 허균을 상기했다. 당시 왜국은 도쿠가와 이에야스德川家康의 천하가 되어 있었다. 도요토미 히데요시豊臣秀吉의 일당은 망하고 왜국은 신질서를 모색하고 있다고 하는데 단편적인 정보가 들어올 뿐 전모를 파악할 수 없었다.

광해군은 왜국의 정세를 파악하려면 허균 같은 인재를 등용할밖에 없다고 생각했다. 중국의 사신 주지번朱之蕃을 반하게 할 정도로 탁월한 외교수완을 가졌다면 왜인들을 매료魅了할 수도 있을 것이란 짐작은 허균을 아는 사람이면 광해군 아니라도 해볼 수 있는 일이다.

광해군은 허균을 왜정진주사倭情陳奏使에 임명했다. 광해군 4년 12월 15일에 있었던 일이다.

허균의 임명이 발표되자 사간원에서 들고 일어났다. 허균이 기왕에 범한 과오가 다시 한 번 열거되었다.

"허균은 재才는 있으되 성誠이 없다. 균에게 성이 없음은 기왕의 사례로써 밝혀진 바이다. 그리고 그가 개전改悛한 흔적이란 추호도 없다. 마땅히 근신 유일로 시종해야 할 몸인데도 배지配地를 떠나 인근의 읍에 드나들며 주색잡기에 여념이 없다고 한다. 이런 자를 '진주사'라는 막중한 자리에 임한다는 것은 나라의 기강을 스스로 문란케 하는 처사이다!"

하는 따위로 덤벼들고 보니 광해군인들 어쩔 수가 없었다. 그 자신 허균의 과오를 지실知悉하고 있었기 때문이다. 하는 수 없이 허균의 '왜정진주사'의 직은 하루로써 끝났다. 이튿날, 즉 12월 16일 체차의 영이 내렸다.

태인에서 이 소식을 들었을 때 허균은 박장대소했다. 은거 중에 있는 사람을 두고 왈가왈부하는 소인배들의 광분하는 꼴이 우습기만 했던 것이다.

그럴수록 그의 반정反正의 뜻은 굳어만 갔다. 그는 반정이 성사되었을 때 자기가 할 일은 삼사三司에 똬리를 틀고 있는 놈들의 능지처참이라고 생각했다. 특히 이호신李好信에 대해선 특별한 감정이 있었다. 허균의 눈으로 보면 이호신은 학부족學不足 덕부족德不足을 녹녹한 처세술로써 메우고 있는 전형적인 소인이었다.

"그런 놈이 대사간大司諫이라구?"

이호신을 상기하기만 하면 허균의 얼굴에 냉소가 서린다.

어찌 이호신뿐이었던가. 허균의 눈으로 보면 만조의 백관이 개나 돼지로밖엔 보이지 않았다.

언젠가 성주星州의 선비 이창록李昌錄이 허균을 태인의 우거로 찾아 온 적이 있었다. 이창록 역시 발랄한 재능의 소유자였고 명리名利를 초월한 활달한 성격이었다. 몇 순배의 술로 허균과 간담상조肝膽相照하는 사이가 되었는데 술에 취하자 이창록이 붓을 들더니 다음과 같이 썼다.

春風秋雨 楚漢乾坤 춘풍추우 초한건곤
干戈爲事 殺人爲法 간과위사 살인위법
衣帛食肉 心不足邪 의백식육 심부족사
奸黨滿朝 國家難保 간당만조 국가난보
君子何歸 小人揚揚 군자하귀 소인양양
弑兄弑弟 鳴呼異哉 시형시제 오호이재
人之無良 我以爲君 인지무량 아이위군

도대체 되어먹지 않는 나라이니 내가 임금이 되어야 하겠다는 어마어마한 말이다.

"각심刻心하면 족足할 것을 하수지필何須紙筆이냐?"며 허균은 그 종이를 갈기갈기 찢어 불태워버렸지만 이창록의 필적은 그대로 마음속에 새겨져 있었다.

'그는 지금 어디서 무엇을 하고 있는가?'

거사가 있으면 그도 또한 동지의 하나가 될 것이라고 허균은 이창록의 이름을 마음속에 꼽았다.

이 해 추동에 걸쳐 함경도에 여역癘疫이 유행하여 2천 9백여 명이 죽었다는 소식이 돌았다.

계축년癸丑年이 되었다. 광해군 5년이다.

허균이 점을 쳤다. 〈대흉〉大兇이라는 괘가 나왔다.

그리고 보니 신년벽두부터 마음이 쾌하지 않았다. 그러던 차에 서울에서 전언傳言이 있었다. 대사간 이호신이 부제학이 되고 최유원이 대사헌이 되었다고 한다.

허균은 서울의 소식에 마음이 동요되는 스스로를 반성했다. 3사의 소인배들에게 품은 앙심을 뉘우쳤다.

순수한 불제자가 되길 마음속에 다졌다. 그러나 색도色道를 단절할 수 없는 것이 고통이었다.

그는 "남녀 사이의 정욕은 천도天道이고 예법은 성도聖道이다. 나는 천도를 따를망정 성도는 따르지 않겠다"고 한 자기의 시를 회상하곤 얼굴을 붉히긴 했지만 '정욕은 천도'라고 한 스스로의 의견을 굽힐 수는 없었다.

그렇다면 불설佛說은 어떻게 되는 것인가. 끊기 어려우니까 끊으라고 하는 것이다. 문제는 끊어버리는 데 있지 않고 단부단간斷不斷間에서 진지하게 고민하는 데 있다.

色斷天地斷 情絶宇宙絶 색단천지단 정절우주절

斷不斷間人 絶不絶間生 단부단간인 절부절간생

(색을 끊으면 천지가 끊어진다. 정욕이 끊어지면 우주가 끊어진다. 단 부단 간에 사람이 있고 절 부절 간에 삶이 있다.)

佛不在斷絶 只在煩惱中 불부재단절 지재번뇌중
何日度彼岸 眞如自出來 하일도피안 진여자출래
(부처는 단절하는 데 있는 것이 아니고 다만 번뇌하는 가운데 있다.
언젠가 저세상으로 가면 진여의 부처가 스스로 나타나리라.)

끊기 어려운 색욕의 틈바구니에서 허균이 발견한 부처는 이런 것
이었다. 그는 또한 권도權道의 집념이 불설에 위배된다는 것을 알았
지만 생도生道와 권도를 같은 것으로 보고 생도가 끊어질 때 권도도
끊어질 것이니 서둘러 세속을 떠날 필요가 없는 것이라고 나름대로
불설을 이해했다. 허균이 이해한 불설은—

不去不來碧空裂 非心非佛一圓明 불거불래벽공열 비심비불일원명
本來無法無說處 東西南北一天地 본래무법무설처 동서남북일천지
(가고 옴이 없음이니 푸른 허공이 찢어지고, 마음도 아니요 부처도
아닌 경지가 뚜렷이 밝았다. 원래 법이 없는데 할 말이 어찌 있겠는
가. 동서남북은 사람이 갈라놓은 것이요, 본래 하나의 천지니라.)

허균은 애써 자기를 용서하고 남들을 용서하려고 했지만 권도權
道와 생도生道의 일치는 고집하려고 했다. 자기를 살리는 길은 권도
에 따를밖에 없다는 것이다. 이렇게 하여 그는 허무주의 사상에 기
울어 든다.
어느덧 4월에 들었다.
전주기생 여춘으로부터 한 통의 정서情書가 왔다.
"화진춘쇠花盡春衰하니 봄이 가기 전에 전주에서 만나 인생의 수

유須臾를 한탄하며 더불어 정을 나누자"는 내용이었다.

대흉大凶의 괘卦에 접한 이래 송경일념誦經一念의 근신생활을 하던 허균이지만 그가 말한 대로 천도天道의 초대를 거절할 수가 없었다.

그는 전주로 달려갔다. 전주기생 여춘은 부안기생 매창에게 지지 않는 시재詩才에 뛰어난 명기이다. 그들의 만남은 견우와 직녀의 상봉을 방불케 했다. 낮엔 건지산乾止山, 완산完山, 고덕산高德山을 두루 돌며 소풍하고, 밤엔 장야長夜의 연宴을 베풀곤 새벽이면 운우의 정을 나눠 며칠을 정신없이 지냈다.

어느 날이다. 그날의 소풍엔 유희발이란 선비가 동도했는데 그의 입에서 이런 말이 나왔다.

"며칠 전 조정에서 전교傳敎가 있었습니다. 앞으로 과거에 장자와 노자의 문장을 인용하는 자는 일체 채택하지 않겠다는 겁니다."

"언제는 장자와 노자의 설을 중용하게 되어 있었소?"

"그게 아니라 장자와 노자가 쓴 문자를 써도 안 된답니다. 임금의 휘자諱字를 기忌하듯 노자와 장자가 쓴 문자를 기피하라는 겁니다."

허균은 어이가 없었다.

장자와 노자가 쓴 문자를 기피하려면 공자, 맹자, 주자, 정자의 글을 그냥 베껴 쓸 수밖에 없는 것이다. 바꿔 말하면 선비들의 두뇌를 마르게 하려는 것이다.

허균의 분개한 감정은 어느덧 불길한 예감이 되었다.

새삼스럽게 장로莊老의 문자를 운운하게 된 데는 반드시 무슨 곡절이 있을 것 같아서이다. 그런 전교가 없어도 이미 장자와 노자의 학설은 금기로 되어 있었다. 그런데도 장자와 노자를 공부하는 사람이 없진 않았는데 그 사람들은 모두 허균 자신과 일맥 통하고 있었다. 그러니 이번의 처사는 허균의 잠재적인 동지까지 뿌리를 뽑으려는 저의로써 풀이할 수도 있을 것이었다.

허균은 그것을 곧 대흉의 괘에 결부시키는 기분으로 되었다.

그날 밤 허균은 여춘에게 자기가 생각한 바를 얘기했다.

"아무래도 무슨 일이 일어날 것만 같다. 나는 금년 벽두에 대흉의 괘를 뽑았다. 그런 데다 오늘 나는 이상한 소리를 들었다. 그게 아마도 나와 관련이 있는 것 같다."

그리곤 내일 아침에라도 태인으로 돌아가겠다고 했다.

요즘 같으면 피해망상증이란 표현을 썼겠지만 그땐 그런 말이 있었을 까닭이 없다. 그러나 여춘은 그와 비슷한 뜻의 말로 허균을 만류하려 했으나 허균은 듣지 않았다.

날이 밝았다. 허균이 여춘에게 지필묵을 가지고 오라고 일렀다.

허균이 다음과 같이 썼다.

握手一長歎 淚爲生別滋 악수일장탄 누위생별자
努力愛春華 莫忘歡樂時 노력애춘화 막망환락시
生當復來歸 死當長相思 생당부내귀 사당장상사
(손을 잡고 한번 장탄식하니 눈물이 생이별 위해 불어나누나. 애써 봄꽃을 사랑하며 우리들이 환락한 때를 잊지 말지어다. 살아 있으면 당연히 돌아오겠지만, 죽는다면 마땅히 길이 상사하리다.)

"이건 내가 지은 시가 아니고 소무蘇武의 시요. 착잡하니 시가 되지 않는구려. 그러나 이건 내 마음이오."하고 허균은 떠났다.

허균의 예감은 적중했다. 태인에서 허균을 기다리던 것은 엄청난 소식이었다. 그 소식을 전하며 이재영은 몸을 사시나무 떨듯 떨었다.

이재영의 말을 요약하면 다음과 같이 된다.

서양갑 일당은 이 해 9월의 어느 날을 기해 행동을 일으킬 계획이었다. 장사 3백여 명을 규합하며 대궐에 침입할 작정이었는데 그 앞에 조정의 고관들에게 뇌물을 써서 동지들로 하여금 궁내의 금위 및 궐문의 수문장직을 맡게 하여 내응의 태세를 갖추기로 했다.

내외의 호응으로 대궐을 점령하곤 왕과 세자를 몰아낸 다음 영창대군을 세워 인목대비로 하여금 수렴청정케 하고, 조정의 고관들을 모조리 숙청하고 자기들의 당인으로서 정권을 장악한다는 것이다.

그런데 혁명당 중의 한 사람인 박응서가 조령에서 은상銀商을 타살한 사건이 발각되어 포졸에게 붙들렸다. 때를 같이하여 반란 계획의 일부가 누설되었다. 이윽고 박응서가 반란 두목의 하나라는 것이 폭로되었다. 일시에 검거선풍이 불어 반란분자는 거의 일망타진되고 괴수 서양갑도 체포되어 그들의 범행의도가 명백하게 되었다.

그런데 간사한 이이첨은 서양갑 등을 당장 처단하지 않고 영창대군과 인목대비를 거세하는 데 이용하려고 했다. 사실 서양갑 등과 영창대군, 인목대비의 측근과는 사전의 연락이란 없었다. 이이첨은 자기들의 각본대로 응해주기만 하면 목숨을 살려줄 뿐 아니라 직위와 푸짐한 상을 주겠다고 서양갑을 꾀어 허위자백을 받아내는 데 성공했다.

410

이렇게 일망타진되고 허위자백까지 했는데도 서양갑과 박응서 일당은 허균의 이름만은 발설하지 않았다.

"그러나. 혹독한 고문과 교묘한 꾐에 빠져 언제 허균의 이름을 댈지 모른다."고 이재영이 말했다.

허균은 눈앞이 캄캄했다. 가까스로 정신을 가다듬고 어떻게 처신해야 할까를 궁리해 보았다.

모르는 척하고 심산유곡에 숨어버리는 방법이 있었다. 일체를 자백하고 처단을 기다리는 방법도 있었다. 시기를 보고 있다가 죽어버리면 될 게 아닌가 하는 생각도 있었다. 죽는다는 생각이 떠오르자 허균의 결심이 이루어졌다. 이른바 궁즉통窮則通이다. 갖은 수단을 다 써서 활로를 찾아보다가 만부득이할 때 죽어버려도 늦지 않다는 계산이다.

그때 허균의 머리에 떠오른 사람이 대북파大北派의 우두머리이며, 왕의 신임을 받고 있는 조정의 실력자 이이첨이다.

이이첨은 허균보다 아홉 살 위이지만 어릴 적 동문수학한 사이이다. 허균의 형편으로 보아 이용가치가 있는 인물이었다. 지자智者는 서로 통하는 것이다. 허균은 평소 이이첨을 경멸했지만 그의 지모는 높이 평가했다. 이이첨도 비슷한 생각을 자기에게 대해 가졌을 것이라고 허균이 짐작할 수 있었다.

이렇게 작심한 허균은 그 이튿날 이재영과 동도同道하여 한양으로 떠났다. 이른바 계축옥사癸丑獄事의 바람이 불고 있을 무렵이다.

한양에 도착한 허균이 이이첨을 찾아갔다. 그리고 대뜸 말했다.

"이 대감에게 견마지로犬馬之勞를 다할 작정으로 찾아왔소. 도깨

비놀음 같은 이 판국에선 대감의 일을 돕기 위해 나 같은 견마가 있어야 할 것으로 믿고 태인에서 모처럼 올라왔소."

언제나 기고만장하고 거만하게 대하던 허균이 견마犬馬를 자처하고 나타난 것이다. 이이첨이 으쓱하는 기분으로 되었다.

"단보가 나의 견마가 되겠다니 황송하기 짝이 없군. 시골에서 얼마나 고생하고 있었느냐?"
며 위로의 말을 아끼지 않았다.

"행재전리幸在田里라오. 나는 시골에서 고생하고 있기 때문에 죄를 무릅쓰고 배소配所를 벗어난 것이 아니오. 진심으로 형을 위하고 주상을 위하고 조정을 위할 목적으로 올라왔소. 형에게 내 소신을 전하고 난 뒤엔 무단으로 배소를 떠난 죄에 상응한 벌을 받겠소."

"벌을 받겠다니, 무슨 말인가. 내일에라도 주상에게 여쭈어 허형의 배류를 풀어주겠소."
하고, 허균의 소신이 무어냐고 물었다.

이이첨의 심중을 꿰뚫어보고 있는 허균은 이이첨이 필요로 하는 말을 골라 이른바 자기의 소신이란 것을 피력했다.

"화근을 전제剪除하는 것이 시급하오. 화근이란 말하지 않아도 알고 있을 것으로 믿소. 대군大君을 제쳐놓고 군君이 즉위한 것이 화근이 아니겠소. 고루한 중신들이 반드시 그 문제를 들고 나올 것이니 볕이 있을 동안에 화근을 말려 없애야 하오."
하고 방법을 세목에 이르기까지 제시했다. 허균의 말을 듣자 이이첨이 유쾌한 마음이 되었다. 이이첨의 가슴을 누르고 있는 것은 영창대군과 인목대비의 존재이다. 어떻게 하면 명분과 사리에 맞게 그들을 처리할 수 있을까 하는 것이 이이첨의 숙제였던 것이다.

"그러나 어려운 일이오."

이이첨이 이렇게 중얼거려 본 것은 허균으로부터 보다 효과적인 지략을 끌어내기 위해서였다.

"한꺼번에 모든 일을 처리할 수야 없지 않소. 단계적으로 일을 진행시키면 되오. 만일 우리 둘이 지모를 합칠 수만 있다면 안 되는 일이 무엇 있겠소. 내가 보기엔 지금 조정의 안팎엔 병신들만 있는 것 같소."

둘이 지모를 합하면, 하는 말이 썩 마음에 들었는데 허균의 다음 말엔 더욱 귀가 번쩍했다.

"조정엔 욕을 먹는 사람이 하나쯤은 있어야 하오. 내가 대감 대신 욕을 먹으리다. 꽃은 대감이 가지고 가시 돋친 가지는 내가 줍지요. 거름은 내가 져 나르고 대감은 과일이 익기만을 기다리면 될 것이오. 나는 몇 번이나 파직당하고 배류당하고 하여 기왕에 버린 몸이오. 기왕에 버린 몸일 바에야 존경하는 대감을 위해 못할 짓이 무엇 있겠소."

허균은 우선 위지危地에서 벗어나 자기의 생명을 구해야 했고, 이이첨은 스스로의 자리를 보전하기 위해선 수단과 방법을 가릴 수 없는 처지에 있었다.

이렇게 하여 두 사람은 삽시간에 간담상조하는 사이가 되었다.

허균은 이이첨을 통해서 박응서 사건의 전말을 상세하게 알게 되었다. 그가 심우영, 허홍인, 박치인과 더불어 체포된 것은 지난 4월 25일인데 박응서는 국청에서 죄다 털어놓았다. 조령에서 은상을 타살하고 은 7백 냥을 빼앗은 것과 7년 전 여주강변에서 동지들과 같이 놀며 영창대군을 옹립할 계책을 꾸민 일들을 털어놓고, 그 일당이라고 하여 김건, 신윤선, 김자점, 신경식, 기수격, 권순성, 성익조 등의 이름을 붙였다.

서양갑이 체포된 것은 28일이라고 했다. 이로써 사건은 급속도로 확대되었다. 이윽고 서양갑의 입에서 역모의 본원이 김제남에게 있다는 말이 나왔다. 김제남은 인목대비의 아버지며 영창대군의 외조부이다. 이미 말한 바 있지만 이 사건에 김제남을 끌어들인 것은 이이첨의 책략이었다.

이 단계에서 허균의 술책이 개재된다.

김제남은 서소문의 사저에서 사약을 받고 영창대군은 서인庶人으로 격하되었다. 인목대비를 폐해야 한다는 상소, 영창대군을 처치해야 한다는 상소가 쉴 새 없이 있게 되어 이윽고 서인庶人으로 된 영창대군 의瑈를 위리안치圍籬安置하라는 왕명이 내렸다.

그 사이 허균은 이이첨의 주선으로 왕의 신임을 얻어 계축년 12월 1일 예조참의禮曹參議에 임명되었다가 사흘 후 체차되었다. 그러나 이것은 대간들의 비난을 피하기 위함이었지 이이첨과 왕의 신임을 잃었기 때문이 아니다.

정황을 강화부사로 임명한 것은 허균의 천거에 의한 것인데 그는 도임하자마자 위리안치되어 있는 영창대군을, 음식을 제공하지 않고 방에 계속 불을 지펴 기진맥진하게 하여 죽게 했다. 이 일은 갑인년 2월 10일인데 허균은 닷새 후인 15일, 호조참의에 임명되었다.

허균은 명나라에 전존傳存하는 사서 가운데 우리나라의 왕실가계

가 잘못 기록되어 있다고 하여 이를 변무辨誣할 목적으로 명나라에

가기를 청하여 왕의 윤허를 받았다.

광해군 7년 2월, 허균은 명나라에 다녀와 잘못된 사서 임거만록

林居漫錄을 가져오는 동시에, 그 기록의 잘못을 시정하였노라고 보

고했다. 왕의 치사가 있었음은 물론이다.

"윤리를 펴고 기강을 세웠으니 그 밝은 충성은 일월과 같이 빛났다."

그 후로부터 허균은 천추사千秋使, 진주사陳奏使 등으로 수차례

명나라에 왕래하며 대소의 공이 있었다. 임금의 신임은 날로 두터

워갔다.

허균이 형조판서가 된 것은 광해군 8년 5월이다.

이 무렵 인목대비의 폐모론廢母論이 한창이었다. 이이첨 등 대북

파大北派는 인목대비를 폐할 것을 주장하고, 이에 대해 명사들과 전

직 대관을 지낸 사람들은 폐모의 불가함을 주장했다.

허균은 자기의 처신상 폐모론에 앞장섰다. 인목대비를 폐해야

한다는 열 가지 죄목을 맨 처음 열거한 사람은 허균이다. 뿐만 아니

라 인목대비를 두둔하는 자들을 가차 없이 몰아내는 데 그는 적극

적으로 가세했다. 자기의 심복들로 하여금 폐모를 주장하는 상소

를 쓰게도 하고, 어떤 때는 남의 상소를 대필하기까지 했다.

이이첨에 대한 불만이 이곳저곳에서 올랐다. 그럴 때마다 이에

아부한 허균에 대한 비난의 소리도 높아만 갔다. 임금의 신임이 두

터운 바람에 주저하고 있던 사람들이 사느냐, 죽느냐 하는 판국이

되고 보니 허균의 비행을 캐게 되는 동시에 그의 과거를 살피게 되

었다.

신변에 위험을 느낀 허균은 일을 서둘러야만 했다. 그 일이란 인목대비의 문제를 처단함으로써 아울러 적대세력을 없애야 하는 것이다.

그러자면 폐모의 이유가 될 뚜렷한 이유가 있어야만 한다. 그런데 그 이유가 있을 수 없었으니 부득이 조작해야만 했다. 허균이 자기의 심복인 김언황金彦滉을 불렀다.

"대비를 폐하게 하는 결정적 이유를 만들려면 어떻게 하면 좋을까."

"대비가 왕을 저주하여 밤낮 기도하고 있다는 사실을 왕에게 알리면 그게 결정적인 계기가 되지 않겠습니까."

"좋다. 그러나 그것 갖곤 부족하다. 삼청동에 모모인이 모여 반란할 음모를 짜고 있다는 사실을 첨가하는 게 좋겠다."

이렇게 하여 모모인사의 이름까지 써넣은 격문을 만들어 화살 끝에 달아 인목대비의 처소인 경운궁에 쏘아 넣고, 어떤 사람을 시켜 이것을 주어 고발하도록 꾸몄다.

정사년, 즉 광해군 9년 정월 중순의 어느 날 밤 이 격문이 내약방 정중內藥房庭中에서 습득되었다.

조정은 발칵 뒤집혔다. 그 격문 가운덴 영의정 기자헌, 판의금 박승종, 유희분 등의 이름이 있었다. 그들은 즉시 사직소를 올렸다. 영의정 기자헌은 "이는 간인의 흉계이다" 하는 말을 남기곤 강릉의 절로 도망쳐버렸다.

왕은 검열 서국정을 뒤쫓아 보냈다. 서국정은 저평과 홍천 사이에서 기자헌을 만나 서울로 돌아가자고 하였으나 기자헌은 굳이 사양하고 "그런 흉계를 꾸민 자는 허균이 틀림없다."는 암시를 글로 적어 올렸다.

이때부터 기자헌과 허균의 대결이 시작되었다. 서로 상대방을 없애기 위해 못하는 짓이 없게 되었다. 그러나 허균은 워낙 왕의 신임이 두터웠기 때문에 그 지위엔 동요가 없었다. 하지만 영의정 기자헌과 불편한 관계에 있는 사정이니 마음 편할 날이 없었다.

허균은 유학 한보길, 박몽준 등을 사주하여 인목대비전의 삭호를 상소하게 하여 조정을 혼란에 빠뜨렸다. 이윽고 성균관 유생 등이 대비의 10대죄를 열거하여 대비를 처단할 것과, 대비의 처단에 반대하는 기자헌을 탄핵하는 소를 올렸다. 이 모두 허균의 책동에 의한 것이다.

드디어 기자헌의 관직은 삭탈되고 문외출송門外黜送의 처분이 내렸다. 허균이 좌참찬左參贊으로 승진한 것은 이 해 12월 12일, 기자헌이 실각된 지 16일 만이다.

기자헌, 이항복 등이 배류의 처분을 받았다. 이때 기자헌의 아들 기준격은 허균이 기왕 영창대군을 옹립하여 인목대비의 수렴청정을 획책한 일이 있다는 사유를 들어 엄한 국문이 있어야 한다는 비밀소를 올렸다. 기준격은 기수격의 형이다. 기수격은 한때 박응서, 서양갑과 교유한 적이 있어 허균의 그들과의 관계를 알고 있었다. 기준격은 기수격으로부터 들은 바를 상소한 것이다.

왕은 이 소를 무시해버렸다. 기준격이 다시 소를 올렸다. 허균이 반대소를 올려 변명했다. 좌의정 한효순이 허균을 국문할 것을 청했지만 왕은 불문에 부쳤다.

이러는 동안에도 폐모론을 둘러싼 찬반의 논의가 치열하다가 이윽고 무오년 정월 28일, 왕은 대비의 호號를 없애고 서궁西宮으로 부르라고 했다. 이 명에 따라 좌의정 한효순, 예조판서 이이첨은 도당에 모여 다음과 같이 인목대비에 대한 절목節目을 정했다.

① 대비의 존호를 없앤다.
② 옥책옥보를 내놓게 하고 서궁西宮이라고 칭한다.
③ 국혼시國婚時의 납징납폐納徵納幣등 문서를 환수한다.
④ 분사分司를 파하고 공헌貢獻을 파하고, 서궁의 진배進排는 후궁后宮의 예에 좇는다.
⑤ 그 아버지는 역괴逆魁, 그 아들은 역도逆徒이니 종묘와는 인연을 끊는다.
⑥ 서궁의 둘레에 궁장宮墻을 쌓고 보를 만들어선 무사들로 하여금 감시하게 한다.

이 절목을 왕이 윤허했다.

이로써 인목대비에 대한 문제는 일단 낙착되었다.

이 무렵부터 허균의 신변이 더욱 더 불안하게 되었다. 무오년 4월 29일 합사合司에서 허균을 참형에 처해야 한다는 청이 있었다.

허균이 잠자코 있을 수가 없었다. 일단 자변自辯하는 상소를 준비하고 이이첨을 찾아갔다.

"근래 나에게 대한 모함이 빈번한데 대신께서 주상께 아뢰어 이런 일이 다시없도록 엄한 명을 내려주십시오."

"사실무근한 일이면 사필귀정으로 밝혀질 것인데 그런 일로 신금을 어지럽힐 필요가 있겠소."

이이첨이 싸늘하게 대했다.

이이첨으로선 이제 거북한 짐밖엔 되지 않는 허균 따위에 관심을 쓸 필요가 없었다. 자기의 숙제인 영창대군과 인목대비의 처리가 끝난 이제는 허균의 이용가치는 없어진 거나 다를 바가 없었다.

더욱이 이제는 허균이 위험한 존재로 화하고 있었다. 그렇지 않아도 욕을 얻어먹는데 허균 때문에 욕을 더 얻어먹게 되어 이이첨은 측근으로부터 무슨 까닭으로 그를 두둔하느냐는 충고를 매일처럼 받게 되었다. 게다가 자칫하면 허균이 자신보다 더 왕의 신임을 받게 될지 몰랐다. 이이첨은 허균을 거세할 책략을 꾸미기 시작했다. 이때 이이첨은 한효순으로부터 결정적인 이야기를 들었다.

"기자헌과 기준격의 허균에 대한 탄핵소는 사실무근이 아니오. 그것이 사실이오. 그런 허균을 예판(禮判)에 두고 계속 두둔하다간 당신 스스로가 역모의 죄를 둘러쓸지 모르오. 앞으로 허균을 두둔하여 주상의 명(明)을 어둡게 하는 짓은 삼가시오."

이런 사정이고 보니 이이첨의 입에서 탐탁스런 말이 나올 까닭이 없었다. 그렇다고 해서 박절하게 대한 것은 아니지만 눈치 빠른 허균이 이이첨의 마음을 읽지 못했을 까닭이 없었다.

그 길로 돌아온 허균이 심복 하인준과 현응민 등을 몰래 불렀다.

"민심은 이미 왕을 떠났다. 거사할 시기가 온 것 같다."

반란의 뜻을 밝히곤 세밀한 방법을 토의하기 시작했다. 반체제적인 지향을 가진 사람의 눈엔 체제가 곧 무너질 것같이 보이듯이 허균의 말을 듣자 현응민 등은 한 사람도 반대의사를 표명하지 않았다.

"군세軍勢를 얼마나 모을 수 있을까?"

하인준이 물었다.

"약 2백 명은 넉넉히 모을 수 있을 것이다."

서양갑, 박응서 등이 몰래 키워놓은 군사들이다. 그러나 하인준과 허균의 계산은 너무나 낙관적이었다. 이미 서양갑, 박응서가 없어졌는데 그들의 복심들이 간단하게 움직여 주리라고 믿었다는 것 자체가 실패의 원인이었다.

첫째 작업으로 성중의 민심을 교란시켜야만 했다. 북방의 어지러운 정세를 이용하여 남대문 밖에 "불원 나라가 망한다"는 흉서를 걸었다. 그리곤 매일 밤 남산에 교대로 올라가 불온한 소리를 외쳐댔다.

"북쪽에선 오랑캐들이 압록강을 건넜다. 남쪽에선 유구인琉球人들이 쳐들어왔다."

"장안 사람들은 빨리 피난하라!"

"빨리 피난하지 않으면 모두 죽는다."

그런 데다 노래를 퍼뜨렸다.

"성城은 들만 못하고, 들은 골만 못하네. 피난가세, 피난가세."

8월 들어 민심은 극단하게 흉흉해지고, 피난하는 무리들 때문에 성중의 혼란은 막심하게 되었다.

조정에서 회의가 열렸다. 왕이 물었다.

"이 시끄러운 일은 도대체 무슨 까닭인가."

여러 말들이 나왔는데 형조참의 이홍주가 아뢰었다.

"남산에서 떠드는 자들의 배후에 허균이 있는가 하옵니다."

왕이 놀라, "그게 무슨 말이냐?"고 이이첨을 돌아보았을 때, 이이첨이 "전하, 형조참의 이홍주의 말이 사실인 것 같습니다"라고 했다.

장내엔 아연한 공기가 돌았다. 언제나 허균을 두둔하던 이이첨의 말이니 모두들 놀랄밖에 없었다.

"허균이 그런 짓을 했을라구?"

왕의 얼굴에 의혹과 분노의 빛이 엇갈렸다.

"지금 의금부에 두 놈을 잡아두고 있습니다. 수삼 일 후 국문이 끝나면 전후의 일이 밝혀질 것입니다."

이홍주가 재차 아뢰었다.

허균의 전력을 대강 알고 있던 이이첨은 허균의 근처에 있는 사람들을 뒷조사하여 이홍주와 짜고 은밀히 일을 진행시켰던 것이다.

의금부에 붙들린 자는 현응민과 김개였다.

왕은 "빨리 놈들을 국문하여 소상하게 알리라"고 했다.

국문한 결과 현응민이 모든 것을 고백했다. 이이첨이 현응민의 자백을 인정했으니 왕도 어쩔 수가 없었다.

"세상이란 이처럼 험난한 것인가."

허균의 체포를 윤허했다.

허균이 체포되자 그의 범행이 중구난방衆口難防으로 폭로되었다.

속속 연루자들이 체포되었다. 하인준, 김우성, 황정필, 김윤황, 우견방 등이다. 이들의 공술이 모두 현응민과 김개의 공술과 일치했다.

허균이 체포된 것은 16일이다.

국문이 번거로울 것도 없었다. 허균은 모든 죄상을 자백했다. 그 자백으로 인해 연루자들은 모조리 처형되었다.

무오년, 광해군 10년, 서기 1618년, 음력 8월 24일.

하늘을 맑고 가을바람이 산들거렸다. 서소문 밖 형장에 아침부터 사람들이 모여들었다. 모두들의 복색이 비교적 깨끗했던 것은 추석을 지낸 지 얼마 안 되어 이른바 추석치레를 입고 있었기 때문이다.

정오쯤 되어 그들이 기다리던 죄인 허균이 함거에 실려 형장에 도착했다. 형리들이 장소를 정리했을 즈음 형조참의 이홍주, 형조정랑 박항길이 입장하여 자리에 앉았다. 이어 박항길의 사형집행을 위한 선언이 있었다.

형은 능지처참陵遲處斬에 의한 사형.

차례대로 집행되었다.

처음 왼쪽 다리를 끊고, 다음 오른쪽 다리를 끊었다. 피투성이 된 형리들은 계속하여 양팔을 겨드랑이 바로 윗부분에서 끊고 마지막으로 목을 끊었다.

지켜보는 사람들 사이에서 기침소리 하나 없었다.

이윽고 선혈을 이룬 허균의 머리가 나무 끝에 걸려 효시梟示되었

422

다. 바로 그 옆에 다음과 같은 방榜이 섰다.

"대역부도죄인大逆不道罪人 허적균지시許賊筠之屍"

북한산에서 목멱산에 걸친 하늘에 백운의 조각이 흐르고 있었다. 〈조선왕조실록〉은 다음과 같이 적는다.

> 허균, 자는 단보端甫 호는 교산蛟山. 허엽의 아들로서 문장이 일세에 독보하다. 불로佛老에 출입하였는데, 그 언言에 남녀의 정욕은 천天, 예법행검禮法行檢은 성인聖人. 나는 천에 따를지언정 성인에 따르지 않겠다는 말이 있다. 그의 자姉는 김성립의 처인데 일찍이 시명詩名이 높았다. 조서무逝함. 허균이 이를 취집하여 〈난설헌집〉蘭雪軒集이라고 하다. 〈성소복부고〉惺所覆瓿稿 42권은 허균의 시문으로서 수정手訂한 것이다. … 그의 나이는 51세.

"천부의 재능으로서 짐승의 성질을 키웠다天賦之才養獸性"고 하여 그 후 선비들은 허균의 이름을 들먹이는 것조차 꺼려하고 그가 쓴 글을 새긴 비문을 깎아버리기도 했다. 그의 절의節義에 대한 태도가 되어먹지 않았다는 것이다.

하지만 그에겐 원래 절의에 대한 관심이 없었다. 벼슬은 방편이었고, 왕이란 것은 방편의 대상이었을 뿐이다. 결국 허균은 지금 20세기도 모자라 21세기쯤에 태어났어야 할 인물인 것이다.

허균은 자기의 처참한 처지를 미리 알고 있었을 것으로 안다. 그는 〈정도전론〉鄭道傳論에 다음과 같이 적고 있는 것이다.

> 도전은 왕씨에겐 충신이 아니었다. 그 마음은 진실로 제 몸을 이

롭게 하는 데 있었을 뿐이다. 그런 까닭에 제 몸을 죽이게 됨을 면치 못했다. … 고려가 망할 때 도전이 만일 충의에 죽고 근近이 벼슬하지 않았더라면 사람들이 숭앙함이 포은圃隱과 야은冶隱과 어찌 다르리오. 계책이 이렇게 되지 않아 나라를 팔아넘긴 죄에 빠지고, 혹은 죽음을 겁내었다는 나무람을 받았다.

사대부가 사생死生과 존망에 있어 취하고 버리는 데에 어찌 삼가지 않을 것인가. 만일 도전이 좌명하던 날에 죽음을 당할 것을 환하게 알았더라면 반드시 두어 해 동안 목숨을 아껴야 했을 것이었다. 부귀에 대한 생각이 그 슬기를 어둡게 했다. 그 공을 자부하고 임금에게 나이 어린 아들을 세자로 세우도록 권해 자기의 권세를 굳히고자 하였다. 그런데 그 스스로 편하게 하려던 것이 곧 자기 자신을 위태롭게 한 것이었다. …

허균은 조선이 지속되는 동안 신원伸寃되지 않았고 신원될 까닭도 없었다. 그의 문장이 남아 신원의 계기를 마련하고 있는 것이지만 현대의 독자로서도 그에게 대한 반응은 다양하고 미묘하다고 할 밖에 없다.

나의 그의 시문에 대한 감상은 한 줄一行로 족하다.

文章何處哭秋風 문장하처곡추풍
(추풍의 슬픔을 곡하는 것 같은 문장이 무슨 소용이란 말인가!)

허균은 패자敗者조차도 아니다.

– 끝